PHILIPPA L. ANDERSSON

Burning KISSES UNDER THE Stars

ECHTE LEIDENSCHAFT

Über das Buch

Wie unangenehm!, denkt Hannah Clarke, als sie den Hollywoodstar und Frauenschwarm Drake Bradford als Bodyguard beschützen soll. Zur Tarnung soll sie sich als seine neue Freundin ausgeben. Ausgerechnet sie, die mit dieser oberflächlichen Glitzerwelt absolut nichts anfangen kann. Das kann ja heiter werden! Notgedrungen tauscht Hannah ihre bequemen Turnschuhe gegen schwindelerregende High Heels und will den Job einfach nur hinter sich bringen. Doch sie hat die Rechnung ohne Drake gemacht. Denn der sexy lächelnde Kerl, als den ihn alle Welt kennt, entpuppt sich als vielschichtiger, smarter Mann, der Hannah völlig den Kopf verdreht.

Kann sie ihn unter diesen Umständen beschützen? Und wer beschützt sie und ihr Herz vor ihm?

Über Philippa L. Andersson

Nach ihrem Germanistikstudium in Bamberg sowie beruflichen Stationen in Spanien, Hamburg und Berlin veröffentlichte Philippa L. Andersson 2012 ihre erste Kurzgeschichte. 2013 folgte ihr erster Roman »In deinen Armen«. 2017 erschien ihr erstes Hörbuch zu ihrem Roman »Romance Love – Vollkommen dir ergeben«. Im gleichen Jahr landete sie erstmals in der BILD-Bestsellerliste mit »You Can‘t Escape Love – Begehren . Vertrauen . Lieben«.

www.philippalandersson.de
www.facebook.com/PhilippaLAndersson
philippa@philippalandersson.de

PHILIPPA L. ANDERSSON

Burning Kisses under the Stars

ECHTE LEIDENSCHAFT

Originalausgabe
Juni 2020

Burning Kisses Under The Stars - Echte Leidenschaft
Philippa L. Andersson

Umschlag- und Innenfoto: © depositphotos.com/AlessandraM
Umschlaggestaltung: Philippa L. Andersson
Lektorat: Mona Gabriel, Leipzig, Deutschland
Korrektorat: Laura Gosemann, Berlin, Deutschland

Philippa L. Andersson vertreten durch:
Sowade, Plantagenstraße 13, 13347 Berlin, Deutschland
philippa@philippalandersson.de
www.facebook.com/PhilippaLAndersson
www.philippalandersson.de

ISBN: 978-3-96698-375-4

Bestellung und Vertrieb: Nova MD GmbH, Vachendorf, Deutschland
Druck: Sowa Sp. z o.o., ul. Raszynska 13, 05-500 Piaseczno, Polska

MAUERBLÜMCHEN *trifft* HOLLYWOODSTAR

1

Hannah

Montag: Hannah
Dienstag: Hannah
Mittwoch: Hannah
...

Wie ärgerlich! Ich bin immer noch nur für den Fahrdienst eingeteilt. Seit zwei Jahren arbeite ich für Invisible, eine Personenschutzagentur, deren Team ausschließlich aus Frauen besteht. Die in diesem Business besonders lange Probezeit ist vorbei, und ich hatte mich auf meinen ersten eigenen Kunden gefreut. Aber nein, ich bin weiterhin die Fahrerin für meine Kolleginnen und deren Klienten. Auch ein anspruchsvoller Job, allerdings keiner, den ich bis ans Ende meines Lebens machen will.

Laut Aushang muss ich für meine nächste Tour in zwei Stunden bei Gericht sein. Ich lade mir die Zieladresse aufs Firmenhandy, gehe in die Küche, nehme mir Kaffee, setze mich und plane die Route.

»Du bist noch hier?«, spricht mich meine beste Freundin und Kollegin Lainey an, die völlig durchgeschwitzt aus dem

Fitnessraum kommt, sich Nudelsalat aus dem Kühlschrank nimmt und sich wie eine Verhungernde darüber hermacht. »Hast du nicht Fahrdienst?«

»Hab ich. Sobald ich die«, ich hebe meine Tasse Kaffee, »ausgetrunken habe, mache ich mich fertig.«

Der Hauptsitz von Invisible liegt in einem ausgebauten Fabrikkomplex im Arts District von L. A. und wirkt von außen wie ein einfaches Bürogebäude. Von hier bis zum Gericht in der Hill Street brauche ich nur ein paar Minuten. Vielleicht sehe ich kurz meinen Dad. Manchmal klappt es. Er arbeitet dort in der Verwaltung.

Ich suche die Strecke nach Straßensperrungen und Staus ab, aber es sieht alles gut aus. Wenigstens ein Lichtblick.

Ich trinke aus, stehe auf und will zum Wagen, um zu überprüfen, ob der Motor einwandfrei läuft und sämtliche Elektronik funktioniert. Wenn ich weiterhin beweisen muss, dass ich ins Team passe, dann gehört das dazu. An der Treppe im ersten Stock, von der Küche und Galerie zum Erdgeschoss, bleibe ich jedoch stehen.

Die Eingangstür schwingt auf, und drei unverschämt attraktive Männer in dunklen Anzügen und mit Sonnenbrillen erscheinen. Selbst in L. A., der Stadt der Stars und Sternchen, stechen diese drei Herren hervor. Ganz zu schweigen von Kansas, wo ich aufgewachsen und meine Kindheit und einen Großteil meiner Jugend verbracht habe, bis meine Eltern nach Kalifornien gezogen sind. Eine Entscheidung, die für mich echt hart war, weil ich immer das Landei war, die Außenseiterin. Diejenige, die mit diesem Körperkult an der Westküste nicht so viel anfangen konnte. Aber ich kann meine Eltern, vor allem meine Mom, verstehen. Sie ist Lehrerin, und nachdem es an ihrer Schule eine Schießerei mit drei Toten gab, konnte sie dort nicht mehr arbeiten.

Neugierig beobachte ich die Männer. In Kansas würde man für die drei Paraden abhalten. Der erste hat ein auffällig breites Kreuz, der zweite ist blond, und der dritte hat die Figur eines Sportlers und volle dunkelbraune Haare. Heiß. Alle drei.

»Wer, meinst du, ist das?«, frage ich meine Kollegin, während ich das Trio weiter beobachte.

»Die Erfüllung meiner Gebete. Drei sexy Alphamänner auf einmal!«

»Lainey!« Mir schießt Hitze in die Wangen, und ich rücke meine Brille zurecht, um meine Verlegenheit zu kaschieren. Drei heiße, Fleisch gewordene Alphamänner sind auch mein Traum. Nur dass ich das nie laut zugeben würde. Das ist so oberflächlich, Menschen nur nach ihrem Äußeren zu beurteilen. Wir Frauen wollen nicht nur als Brüste und Hintern wahrgenommen werden. Dann sollten wir auch Männer nicht nur auf kantige Gesichtszüge und breite Schultern reduzieren. Außerdem zählt auch der Charakter. Eine Erfahrung, die ich am eigenen Leib gemacht habe, als ich auf der Highschool auf den Frauenschwarm Danny Rogers reingefallen bin. Ich dachte wirklich, ich wäre ihm wichtig. Aber er hat mich nur benutzt.

Naomi, die Chefin von Invisible, taucht auf und reicht jedem Besucher zur Begrüßung die Hand. Ich kann nicht verstehen, was sie reden, aber sie nickt den dreien zu, zückt ihr Handy, tippt etwas, und Sekunden später fahren vor den Fenstern und Türen Außengitter herunter, sodass niemand das Gebäude unbefugt betreten kann.

Wer ist das?, frage ich mich wieder. *Und warum sorgt Naomi für einen Lockdown?* Das habe ich, seit ich hier arbeite, bisher erst ein Mal erlebt. Für einen US-Senator, der in der Öffentlichkeit massiven Angriffen ausgesetzt war. *Seltsam …*

In dem Moment prallt draußen etwas mit einem dumpfen Knall gegen die vergitterten, kugelsicheren Scheiben. Sie halten. Aber trotzdem … *Was zum Henker passiert hier gerade?*

Sofort wollen Lainey und ich der Sache nachgehen, doch einer unserer neuen Gäste ist schneller, zückt sein Telefon und stellt es auf Lautsprecher.

»Was ist da draußen los, Tucker?«

»Alles unter Kontrolle, Gabe. Aus einem fahrenden Wagen hat jemand einen Stein geworfen.«

»Hast du das Nummernschild?«

»Konnte ich nicht sehen.«

»Wir haben Kameras im Außenbereich«, sagt Naomi. »Keine Sorge, das Kennzeichen kriegen wir raus. Braucht Ihr Mann Unterstützung?«

»Wenn Sie noch jemanden haben …«

»Sicher, ich kümmere mich gleich darum. Kommen Sie bitte mit?« Mit einer Geste bedeutet Naomi den Männern, ihr durch das Loft in den hinteren Bereich des Erdgeschosses zu folgen. Zu den Besprechungsräumen.

Ich bin hin- und hergerissen, ob ich nachsehe, was draußen los war, oder die Gruppe weiter beobachte. Und bleibe, zu fasziniert von alldem.

Der Sportlertyp nimmt seine Sonnenbrille ab, steckt sie in die Innentasche seines Anzugs und fährt sich durch die Haare. Eine angespannte Geste.

Er sieht sich um, scheint sich nicht vollends sicher zu fühlen, und so als würde er spüren, dass Lainey und ich auf der Galerie stehen, hebt er den Kopf, unsere Blicke treffen sich, und ein Schauer durchfährt mich. Langsam und sinnlich. Ohne dass ich etwas dagegen machen kann. Meine Haut prickelt, meine Mitte wird heiß. Und mein Mund ist plötzlich staubtrocken.

Reiß dich zusammen, Hannah! Das ist nur ein ganz gewöhnlicher Mann. Und ein denkbar ungünstiger Moment für solche Gefühle.

Ich will mich abwenden, doch ich kann es nicht. Erst als er aus meinem Sichtfeld verschwindet, atme ich wieder normal. So kenne ich mich gar nicht.

»Kneif mich! Das ist Drake Bradford«, murmelt Lainey.

»Wer ist Drake Bradford?« Ich verrenke mich, um einen letzten Blick auf den Mann zu erhaschen. Leider ist er verschwunden.

»Soll das ein Witz sein?« Lainey sieht mich überrascht an. »Ich weiß ja, du interessierst dich nicht für Klatsch und Tratsch, aber wie kannst du von diesem Kerl bisher nichts gehört haben? Er ist der angesagteste Schauspieler Hollywoods.«

»Aha«, mache ich nur. Den Wirbel um Prominente habe ich noch nie verstanden. Und irgendwie bin ich enttäuscht, dass jemand, der mich mit einem einzigen Blick so durcheinanderbringen kann, sein Geld damit verdient, vor der Kamera zu stehen. Das ist so, als würde sich Superman als pickeliger Teenager entpuppen und nicht als tougher Journalist.

»Hey! Der Kerl ist heiß!« Lainey wartet auf eine Reaktion von mir, doch ich schweige. »Wie kannst du so cool bleiben? Jedes weibliche Wesen vom Planeten Erde bekommt in seiner Gegenwart Herzrasen.«

»Er lässt sich bestimmt die Brust waxen.« Ich schüttele mich gespielt angewidert. »Nein, danke, kein Interesse.«

»Das sagst du jetzt. Aber wenn du sehen würdest, wie Schweißperlen auf seiner glatten, samtig weichen Haut von seinem obersten Sixpack-Muskel Wölbung für Wölbung für Wölbung nach unten fließen …«

»Dann würde ich ihm ein Handtuch reichen«, sage ich trocken.

»Perfekte Antwort, Hannah«, unterbricht uns Naomi, die plötzlich die Treppe hochkommt. »Kannst du kurz mitkommen?«

»Soll ich nach dem Rechten sehen?«

»Nein, dafür hab ich Jo gerade eingeteilt. Sie ist schon draußen, sichert das Gelände und wartet auf die Polizei, die die Spuren untersuchen wird.«

Ich bin enttäuscht. *Hält Naomi mich echt immer noch für so unbedarft, dass ich nicht mal alles bewachen darf?* »Worum geht es dann?«, frage ich.

»Dein erster Job ruft.«

Wow! Echt? Das ist ja viel besser!

Drake

»Und diese Leute hier sind wirklich die Besten?«, frage ich Gabe, meinen Manager, sobald uns die Geschäftsführerin von Invisible allein gelassen hat, um sich um den Vorfall eben zu kümmern und eine ihrer Mitarbeiterinnen zu unserem Termin dazuzuholen.

Am liebsten würde ich selbst nach dem Rechten sehen. Aber auch wenn ich noch nicht weiß, was ich von der Agentur halten soll, ich vertraue zumindest Tucker. Wenn der sagt, dass alles unter Kontrolle ist, dann ist es das auch.

Unglaublich, was gerade passiert …

Ich bin es gewohnt, als Star belagert zu werden. Lucas, ein bulliger Typ, der früher Ringer war, ist deshalb seit Jahren an meiner Seite, um lästige Fans auf Abstand zu halten. Tucker, der draußen beim Wagen wartet, habe ich vor sechs Monaten dazugeholt. Für den Fall, dass Lucas alleine nicht genügt. Aber die Ereignisse der letzten Wochen nehmen immer bedrohlichere Dimensionen an. Ich bin nicht aus Zucker. Doch auch nicht so dumm, die Vorfälle herunterzuspielen.

Alles fing mit einem Strauß Rosen an, der mir an die Adresse von meinem Strandhaus in Beverly Hills geschickt wurde. Ich war an dem Tag nicht da, Gabe hat die Blumen entgegengenommen – und sich eine Hand verletzt, weil zwischen den Stielen eine Messerklinge eingebunden war. Das war schon heftig.

Wir haben sofort diskret die Polizei eingeschaltet, die den Täter aber nicht ermitteln konnte.

Eine gute Woche später folgte der nächste Vorfall, bei einem Fototermin. Während ich auf dem roten Teppich für die Fotografen posierte, warf ein Unbekannter aus der Menge mit Reißnägeln nach mir. Zum Glück konnte ich mich schnell genug abwenden, und keiner ging ins Auge.

Dazu kommen jede Menge Drohbriefe, der Art nach immer vom selben Absender.

Bevor ich meinen aktuellen Dreh fortsetze, haben Gabe und ich daher beschlossen, meine Sicherheitsmaßnahmen zu erhöhen. Und zwar möglichst unauffällig. Der Angriff mit den Reißzwecken ging bereits durch die Presse, mehr Publicity sollen der oder die Täter nicht bekommen. Deshalb sind wir hier bei Invisible. Und jetzt das! Jemand wirft mit Steinen.

»Bist du dir sicher, dass Invisible die Richtigen für den Job sind?«, frage ich meinen Manager.

»Ja, laut meinen Quellen gehört diese Firma zu den Besten«, sagt Gabe. »Mehr als zwanzig Frauen arbeiten hier. Sie haben schon Politiker, Musiker und Unternehmer begleitet. Ohne dass die Öffentlichkeit gemerkt hat, dass sie Bodyguards sind.« Er lässt seinen Blick über die sterile Einrichtung gleiten, die in keinster Weise auf exklusive Kundschaft hinweist. Auch die Firmenchefin sah mir nicht wie jemand aus, der ständig mit den oberen Zehntausend verkehrt. Lediglich die Tatsache, dass sie bei unserer Begegnung kein bisschen überrascht war, hat darauf hingedeutet, dass sie es gewohnt ist, mit Prominenten zu reden.

»Was hältst du von dem Laden?«, frage ich Lucas.

»Sie haben auf den Vorfall eben gut reagiert und verstehen was von Sicherheit. Das eingebaute Überwachungssystem ist auf dem neuesten Stand. Die Kameras arbeiten mit Back-up-Systemen. Sieht für mich alles gut aus.«

Das beruhigt mich. Ich habe nicht so hart dafür gearbeitet, Chicago und das Problemviertel, in dem ich aufgewachsen bin, hinter mir zu lassen, nur um jetzt doch bedroht zu werden. Deshalb kümmere ich mich auch persönlich um meine Schutzmaßnahmen, was sonst eher unüblich ist.

Unwillig denke ich an die mir so vertraute Gegend um die West Lake Street, einen der Orte mit der höchsten Kriminalitätsrate des Landes. Ich kann mich immer noch an das nächtliche Jaulen der Polizeisirenen erinnern. Ständig war die Gegend in den Nachrichten. Und ich werde nie den Tag vergessen, an dem Ron John, der Besitzer eines kleinen Lebensmittelladens, überfallen wurde.

Er hatte mir und Dante, einem Jungen aus der Nachbarschaft, gerade Schokolade geschenkt. Das machte er bei uns Kindern hin und wieder. Da stürmten zwei maskierte Männer ins Geschäft und forderten den Inhalt der Kasse. Noch heute beschleunigt sich mein Puls, wenn ich an den Moment denke. Dante und ich haben uns in die hinterste Ecke des Ladens verdrückt und versucht, in unseren Secondhand-Klamotten eins mit den Getränkeregalen zu werden. Die folgende Szene haben wir dennoch mitbekommen.

»Verpisst euch«, zischt Ron John.

»Falsche Antwort«, sagt einer der Männer. Dann folgt ein dumpfer Laut, und Ron John stöhnt vor Schmerz.

»Ihr Arschlöcher«, ächzt er, und Geld klimpert.

»Tempo!«, ruft der andere Maskierte.

»Hier! Und jetzt haut ab«, kommt von Ron John.

Gleich darauf folgen ein Schuss und ein Schrei. »Kleine Warnung. Fürs nächste Mal«, sagt der Erste. Dann bimmelt die Glocke der Eingangstür, und sie sind weg.

Vorsichtig nähern Dante und ich uns Ron John. Der liegt am Boden, angeschossen, aber nicht schwer verletzt.

»Gib mir das Telefon«, schnauzt er mich an.

Ich schaue mich um, entdecke sein Handy neben seinen Zigaretten auf dem Tisch und reiche es ihm.

»Hast du was gesehen?«, fragt er mich.

In meinem Kopf rattert es. Die Stimmen der Männer kamen mir bekannt vor. Genau wie ihre Statur. Ich könnte bestimmt Angaben zur Person machen. Da zupft Dante an meinem Shirt. »Nein, Sir«, sage ich.

Ron John mustert mich und nickt. »Kluger Junge. Los, raus hier. Alle beide. Und haltet die Klappe!«

Keine Ahnung, wen er anrief. Dante und ich stürmten aus dem Laden. Und wir trauten uns nie wieder zurück. So war das in Chicago. Alltag.

Wieder läuft mir ein Schauer über den Rücken.

Uns beide hat die Zeit geprägt. Heute bin ich Schauspieler, und Dante ist, nachdem ich ihm erste Jobs in der Filmbranche besorgt habe, gefragter Stunttrainer. Wir verstehen uns gut. Aber über diesen Vorfall haben wir nie wieder ein Wort verloren. Wir sind da heil rausgekommen, und das wird auch so bleiben …

»Kannst du mich Text abfragen?«, wechsele ich das Thema und mache wie immer das Beste aus der Wartezeit. Ich kenne das gesamte Drehbuch von *Ein Rebell zum Verlieben* bereits, bin aber gerne optimal auf jede Szene vorbereitet.

»Klar.« Gabe macht eine winkende Handbewegung. »Her mit dem Skript!«

»Die blaue Markierung«, sage ich und öffne eine App auf meinem Tablet, auf dem sich ein digital signiertes Exemplar mit Kopierschutz befindet – eine Sicherheitsmaßnahme des Studios, damit der Stoff nicht vorab an die Öffentlichkeit gelangt. »Bereit?«

»Leg los!«

Ich spiele Jay, einen Mann, der sich – um eine Frau zu erobern – einem Rebellencamp anschließt. Ein Großteil des Films besteht entweder aus Kampf- oder aus Bettszenen, und der Plot ist absolut vorhersehbar. Es gibt die erste Begegnung mit Rose, gespielt von meiner langjährigen Filmpartnerin Caitlin Campbell. Es folgen illegale Gangaktivitäten. Ich versuche, Rose rauszuholen. Und als das nicht klappt, werde ich Teil der Gang, erkämpfe mir meinen Platz an der Spitze und kriege am Ende das Mädchen, die Macht, alles. Sechzig Prozent des Films sind bereits gedreht. Die Szene, die ich gerade übe, ist mein Eintritt in die Gang – und zu Rose.

»Wer hat dich eingeladen?«, liest Gabe möglichst finster die Rolle von Sharky, dem Rebellenanführer, vor.

»Niemand. Ich bin einfach deinem Gestank bis in dieses Loch gefolgt.«

»Bulldog!«, ruft er nach seiner rechten Hand.

»Der fette Kerl mit den Goldzähnen? Wird nicht kommen.«

»Was soll das heißen?«

»Na was wohl? Dass er tot ist.«

»Soll ich jetzt Angst bekommen?«

»Wenn du clever bist …«

Gabe lacht künstlich.

»Du findest das also lustig?«

»Auf jeden Fall.«

»Mal sehen, wie laut du lachst, wenn dir gleich ein Messer in der Brust steck–«

Die Tür des Besprechungszimmers fliegt auf. Eine Frau ruft: »Keine Bewegung!« Einen Atemzug später, ohne dass Lucas auch nur die Chance hat einzugreifen, liege ich mit dem Gesicht auf dem Tisch, den Arm auf den Rücken gedreht und ein Knie warnend an den Kniekehlen, bereit, es mir in die Beine zu rammen, sollte ich Anstalten machen aufzustehen.

Ist diese gesicherte Agentur doch nicht so gut, wie wir alle dachten?

Instinktiv will ich mich befreien, doch dabei verstärkt sich der Griff. Meine Sinne sind so geschärft wie lange nicht mehr. Schmerz zieht in meine Schulter. Und ich nehme einen unaufdringlichen femininen Duft wahr, der mich völlig unpassend anmacht.

»Was zum Henker?!«, fluche ich leise.

»Hannah, das ist unser Kunde!«, ruft Naomi.

»Wie bitte?!« Der Griff an meinem Arm bleibt eisern.

»Ich bin der Kunde«, wiederhole ich finster und schüttele ab, was diese Frau für eine Reaktion in mir hervorgerufen hat. »Wir haben meinen Text geübt. Ich bin Schauspieler.«

Binnen Sekunden lässt mich meine Angreiferin los. Und mit der Bewegung wirbelt wieder dieser sinnliche Duft zu mir, der mich kurz daran denken lässt, wie viel interessanter die Situation wäre, wenn diese Frau auf dem Tisch liegen und ich sie festhalten würde.

Falsches Kopfkino, Bradford!

»Es tut mir so leid«, sagt sie erschrocken und rückt sich die Brille zurecht, die ihr bei der Aktion beinahe von der Nase gerutscht wäre. »Ich dachte, hier wäre jemand in Gefahr und bräuchte Hilfe.«

Ich bin in Gefahr. Und zwar, meinen Verstand zu verlieren, denn ich finde die Frau trotz dieses Auftritts bezaubernd.

Irritiert richte ich mich auf, lasse die Schultern kreisen und meide den Blick aus ihren faszinierend grünen Augen, der mich trotz der Brillengläser gefangen nimmt.

»Bist du okay?«, fragt mich Gabe.

Ich halte ihm die Wange hin, mit der ich hart auf die Tischplatte gedrückt wurde. »Brauche ich Eis?« Kratzer kann die Maske am Set überschminken, Schwellungen nicht.

»Nein, sieht gut aus.«

»Dann bin ich okay.«

»Gott sei Dank!«, ruft Naomi und setzt ein beschwichtigendes Lächeln auf. »Darf ich vorstellen: Das ist Hannah Clarke. Sie wird den Job übernehmen.«

2

Hannah

»Wäre Lainey nicht besser geeignet?«, wende ich ein, als sich Drake Bradfords Blick bei der Aussicht, mich als seinen Bodyguard zu haben, verfinstert. Während mein Puls völlig unpassend in der Gegenwart dieses Mannes erneut in die Höhe schießt. Lainey würde sich über mich totlachen. Noch vor zehn Sekunden habe ich behauptet, dass mich oberflächliche Typen nicht interessieren. Aber hier bin ich nun und werfe dem Mann verstohlene Blicke zu, der sich nach meinem Kamikazeangriff um sein hübsches Gesicht sorgt. Das kann nur schiefgehen. »Ich wusste bis vor fünf Minuten nicht mal, dass Drake Bradford Schauspieler ist.«

»Ehrlich nicht?«, ruft Naomi verblüfft. »Hast du nicht *Leben, Liebe, Leidenschaft* gesehen?«

Was für ein schmalziger Titel! Ich schüttele den Kopf.

»Oder *Verführerischer Bastard*? Der Film hielt sich fast ein Jahr lang in den Kinocharts.«

»Nein.« *Sie tut ja so, als wäre das eine Bildungslücke!*

»Kennst du Sophia Dumont?«

»Wer soll das jetzt bitte sein?«

»Seine Freundin.«

»Ex-Freundin«, korrigiert Drake Bradford sie scharf.

»Nein, noch nie gehört«, gebe ich niedergeschlagen zu. *Null Punkte beim großen Promi-Quiz für Hannah Clarke!* Für diesen Job bin ich eine Fehlbesetzung. »Ich hole wohl besser Lainey.«

Ich stehe auf und will gehen, doch Naomi legt mir eine Hand auf den Arm und wendet sich an Gabe. »Habe ich zu viel versprochen? Sie ist perfekt für den Job, oder?«

»Nicht in der Glamourwelt zu Hause, nicht beeindruckt von seinem Aussehen und auf den Job konzentriert?«, zählt Gabe auf. »Klingt für mich fast zu gut, um wahr zu sein. Was sagst du, Drake?«

Sind null Punkte beim Promi-Quiz etwa ein Kriterium für den Job? Irritiert lasse ich mich wieder auf meinen Platz fallen – und spüre Drake Bradfords stechende Blicke über mich gleiten. Die für erneute Hitze in mir sorgen.

»Ich weiß nicht«, sagt er und wendet sich an Naomi. »Wen soll sie denn an meiner Seite spielen?«

Gute Frage! Frauen sind deshalb als Personenschutz so beliebt, weil sie unauffälliger sind als bullige Typen mit Sonnenbrille, die aus hundert Metern Entfernung als Bodyguard erkannt werden. Ich weiß von meinen Kolleginnen, dass sie bei ihren Aufträgen schon die beste Freundin oder eine Cousine waren. Was hat Naomi für mich vorgesehen? Vielleicht Managerin? Pressefrau? Oder –

»Sie wird Ihre neue Freundin sein«, sagt meine Chefin.

»Was?!«, hauche ich schockiert.

»Nie im Leben! Das wird ihr keiner abkaufen«, ruft Drake und lacht. *Der Mistkerl lacht!*

»Also ich finde, das ist eine ausgezeichnete Idee«, wendet Gabe ein. »Du hast Sophia Anfang der Woche den Laufpass gegeben. Alle fragen sich, wer die Nächste sein wird.

Sie könnte Model sein, die Figur hat sie. Das könnte klappen.«

Drake mustert Gabe, als wäre er verrückt geworden. »Okay, sie wird beim Anblick von Prominenten nicht in Ohnmacht fallen. Das ist ein riesiger Pluspunkt. Aber hast du sie dir mal angesehen?! Sie hat ganz hübsche Augen. Sofern man das hinter den Brillengläsern erkennen kann. Darüber hinaus weiß ich gar nicht, wo ich bei ihr anfangen soll. Sie geht nie im Leben als meine Freundin durch!«

»Man muss da nur ein bisschen was machen«, sagt der Manager.

»Ein bisschen?«, ächzt Drake.

Ich trage Sneaker, Boyfriendjeans, ein weißes Shirt und einen klassisch schwarzen Blazer, alles keinen Hauch glamourös. Meine Hände sind nicht manikürt, meine Wimpern nicht getuscht, und meine Haare sehen aus, als wäre ich in einen Sturm geraten. Es sollte mich nicht verletzen, dass mich Drake Bradford so attraktiv findet wie eine Stehlampe. Aber das tut es. *Warum?*

Immerhin sind wir uns einig. Bei mir ist nicht nur ›ein bisschen‹ was zu machen. Wenn ich den Job übernehme, brauche ich eine Generalüberholung. Ganz anders als meine Kollegin.

»Sicher, dass ich nicht Lainey holen soll?«, frage ich.

Drake

»Komm schon, Hannah«, schaltet sich Naomi ein. »Das könnte dein Auftrag werden. Du bist die Beste dafür.«

»Was genau müsste ich denn machen lassen?«, fragt sie.

Nichts, ist mein erster Impuls, und ich zwinge mich, ihr nicht erneut so tief in ihre grünen Augen zu schauen …

oder an ihren perfekten vollen Lippen kleben zu bleiben. Sie hält ohnehin nicht viel von mir, kein Grund, meine Aktien weiter in den Keller zu treiben.

In Gedanken lege ich eine Schablone meiner Ex-Freundinnen über Hannah Clarke und erstelle einen Katalog mit Maßnahmen, die ergriffen werden müssten, damit sie denen ähnelt.

»Kontaktlinsen, Haare, Make-up, Klamotten …«, beginne ich aufzuzählen. Ich bin Schauspieler und weiß, wie sehr sich Menschen verwandeln können. Aber bei dieser Frau wird das echt eine Herausforderung, damit der Schwindel nicht auffliegt. »Und Posing-Stunden«, füge ich kritisch hinzu.

»Posing?!«, schnappt sie empört nach Luft und stemmt ihre Hände in die Seiten.

»Ja«, sage ich nur und schaue Hilfe suchend zu Gabe.

»Wenn Sie als Drakes Freundin durchgehen sollen, müssen Sie eine gewisse Attitüde an den Tag legen.«

»Attitüde?«, wiederholt sie genauso fassungslos wie eben.

»Sex-Appeal?«, schiebe ich hinterher, auch wenn sie mir bereits den Kopf verdreht. Aber die Sorte Frau, die ich date, macht nicht nur mich schwach, sondern alle Männer im Umkreis von zehn Metern.

»Also wenn es darum geht … Ich kann sexy sein!«

Skeptisch runzele ich die Stirn. Ich meine, aus irgendeinem mir selbst nicht ganz klaren Grund finde ich Hannah Clarke unglaublich heiß. Doch hierbei zählt nicht mein persönlicher Geschmack, sondern ob ihr die Welt da draußen abkauft, meine Freundin zu sein.

»Fein, beweisen Sie es!«

»Jetzt? Hier?!«, ist ihre erste Reaktion. Dann sammelt sie sich. »Wie Sie wollen!«

Ihre Kampfansage gefällt mir. So viel Feuer hätte ich ihr nicht zugetraut.

Sie verlässt das Zimmer, ungefähr drei Sekunden vergehen, dann kommt sie zurück und wirkt tatsächlich verändert.

Wow!

Sie hat die Brille abgenommen, und das Grün ihrer Augen hypnotisiert mich. Um ihre Figur zu betonen, trägt sie ihr weites Shirt vor dem Bauch zusammengeknotet. Ihre Lippen glänzen feucht, als wäre sie sich mit der Zungenspitze darübergefahren. Und mit jedem Schritt wiegt sie die Hüften.

»Vertragen Sie mehr?«, fragt sie provokant.

»Nur zu!«, ermuntere ich sie. Ich will wissen, ob sie das Spiel länger als fünf Sekunden durchhalten kann.

»Das hier ist meine Pose für den roten Teppich«, sagt sie, dreht sich zur Seite und schaut wie die pure Sünde über ihre Schulter.

»Nicht schlecht«, gebe ich zu. Was total untertrieben ist. Ich bin begeistert. »Wie würden Sie mich anhimmeln?«

»Hi, Darling!«, säuselt sie, und wie auf Kommando verformen sich ihre Lippen zu einem sexy Lächeln.

Ich muss lachen und huste, um es zu verbergen. »Nur meine Grandma nennt mich so.«

»Dann: Hi, Sahneschnitte!«

»Nenn mich einfach bei meinem Namen. Keine Koseworte.«

»Okay, wie wäre es mit: Oh, Drake!«

Sie haucht die Worte so verflucht sinnlich, dass ich mich frage, woher das plötzlich kommt. *Hat sie heimlich vor dem Spiegel geübt?*

»Sexy«, gebe ich zu.

»Also, überzeugt?«

»Fast«, sage ich. »Seien Sie mal ganz normal verliebt in mich.«

»Wie Sie wollen, Mr Bradford.« Ohne mich aus den Augen zu lassen, schreitet sie zu mir. Schritt, Hüftschwung. Schritt, Hüftschwung. Ihr Blick nimmt mich völlig gefangen. Die anderen im Raum vergesse ich.

Sie bleibt vor mir stehen, streckt die Hand aus und fährt mir mit ihren schlanken Fingern durch die Haare. Langsam, zärtlich, intim.

Und ich will sie.

Obwohl ich es selbst nicht ganz verstehe.

»Weiter!«, ermuntere ich sie und gratuliere mir dazu, einigermaßen normal zu klingen.

Eine weitere Salve von diesem süßen sexy Lächeln folgt, dann setzt sie sich auf meinen Schoß.

Instinktiv lege ich die Hände um ihre Taille und bereue es, weil ihre Haut warm und weich ist. *Wie soll ich sie je wieder loslassen?*

Als würde sie die Spannung zwischen uns nicht bemerken, legt sie eine Hand in den Nacken und fährt mir mit der anderen durch die Haare. Und plötzlich bezweifele ich, dass das hier gespielt ist. Denn es fühlt sich echt an. Als wären wir unter uns und würden uns gleich küssen.

Ich werde hart. Was mir bei Liebesszenen vor der Kamera noch nie passiert ist. Für einen Augenblick kann ich nur daran denken, in ihr zu sein. Sie hat garantiert einen kleinen Busch. Die Frau sieht nicht so aus, als würde sie regelmäßig Wachs oder einen Rasierer benutzen. Doch genau das törnt mich unglaublich an. Dass alles an ihr frisch und unverbraucht ist und nur darauf wartet, von mir erobert zu werden.

Fuck, Bradford, du Schwein! Reiß dich zusammen!

Ich grabe meine Finger tiefer in ihre Seiten und zwinge mich zur Ruhe. *Das hier hätte nicht passieren dürfen.* Aber da fällt mir ein Flackern in ihrem Blick auf. Als würde sie ähnlich empfinden. *Was zum Henker?!*

»Gut, überzeugt«, sage ich leicht atemlos. »Kein Posing-Unterricht für Sie.«

Hannah erhebt sich, als wäre nichts geschehen, löst den Knoten in ihrem Shirt, zieht ihre Brille aus dem BH und setzt sie sich mit beschmierten Gläsern wieder auf. Vor meinen Augen verwandelt sie sich zurück in das Mauerblümchen. Nur dass sie für mich kein Mauerblümchen mehr ist.

Dieser Funke, der eben kurz auf Stechflamme hochgedreht war, ist noch da. Und mir ist schleierhaft, wie ich ihn vorher habe übersehen können. Jetzt, da ich ihn einmal bemerkt habe, ist er offensichtlich.

»Also kann ich den Vertrag und die Geheimhaltungserklärung vorbereiten?«, fragt Naomi, als hätte sie nichts von der unterschwelligen Spannung zwischen ihrer Kollegin und mir mitbekommen.

Ich werfe Gabe und Lucas einen fragenden Blick zu.

Beide nicken. Das würden sie nicht, wenn sie meine Erektion bemerkt hätten.

»Meinetwegen«, knurre ich gespielt gleichgültig. Dabei bin ich es nicht. Ganz und gar nicht …

3

Hannah

»Wahnsinn! Du darfst Drake Bradford rund um die Uhr begleiten«, ruft Lainey, als ich in unsere Gemeinschaftsräume komme und an der Spüle meine beschmierte Brille putze.

»Du klingst, als wäre das was Gutes«, sage ich. Das einzig Gute daran ist, dass das mein erster eigenständiger Auftrag ist.

»Rund um die Uhr …«, haucht sie wie verzaubert.

»Ja, und?«

»Du wirst ihn nackt sehen.«

Völlig unpassend muss ich an Drake Bradfords Erektion denken. »Das ist ziemlich unwahrscheinlich. Beim Duschen braucht er keinen Bodyguard in der Kabine, und ansonsten wird er wohl kaum blankziehen und mir bei jeder sich bietenden Gelegenheit seinen nackten Hintern zeigen.«

»Ach komm schon, sei wenigstens ein bisschen aufgeregt. Der Typ ist heiß.«

»So heiß wie Wasserdampf. In der ersten Sekunde unangenehm, in der nächsten vorbei.«

Obwohl die Gegenwart von Drake Bradford irgendetwas mit mir anstellt, bleibe ich dabei: Ich stehe nicht auf diesen Mann und auf seine Luxuswelt. Ich werde mich nicht von seinem sexy Äußeren blenden lassen. Er ist genau so ein Typ wie mein erster Freund. Ein Blender. Und ich werde nicht auf ihn hereinfallen.

»Übrigens muss ich für den Job einen ganzen Katalog an Auflagen erfüllen.« Ich zähle Lainey ein paar Sachen auf und erwarte Mitgefühl. Stattdessen werden ihre Augen immer größer. »Nur zu deiner Information: Das ist was Schlechtes.«

»Spinnst du?! Die Besten der Besten werden sich um dich kümmern. Jede Frau würde liebend gerne mit dir tauschen. Freu dich gefälligst!«

Ich zwinge mich zu einem Lächeln, aber es wird eher ein Zähnefletschen.

»Sehr charmant, Hannah!«

Ein leises Surren ertönt, was bedeutet, dass die Sicherheitsgitter überall hochfahren und der Lockdown beendet ist. Unsere Gäste verlassen uns.

Ich trete an die großen Fabrikfenster, durch die die Sonne scheint, und sehe nach draußen. *Um mich selbst davon zu überzeugen, dass das Trio geht*, rede ich mir ein. Aber die Wahrheit ist, dass ich noch mal einen Blick auf Drake Bradford werfen möchte. Auf den Mann, der eben hart geworden ist. Auf den Mann, der mich so durcheinandergebracht hat. Auf den Mann, mit dem ich auf unbestimmte Zeit zusammenleben werde.

Zuerst verlässt Lucas, der Ringertyp, das Gebäude. Dann folgen Drake Bradford und sein Manager. Sie steuern ihren Wagen an, einen dunklen SUV, neben dem ein vierter Mann wartet. Tucker.

Obwohl ich es noch nicht müsste, scanne ich die Umgebung. Doch alles bleibt friedlich. Dann hefte ich meinen Blick auf Drake Bradford. Der Anzug betont seine breiten Schultern. Sein Gang ist selbstbewusst und souverän. Und ich erinnere mich plötzlich so intensiv an das Gefühl seiner Hände an meiner Taille, als würde er mich in diesem Augenblick berühren. Und Hitze steigt in mir auf. *Dabei will ich gar nichts von diesem Mann!*

Er langt in die Innentasche seines Jacketts und holt eine Sonnenbrille hervor. Bedauern erfasst mich, weil er sie sich gleich aufsetzt und sich ein Teil von mir wünscht, ich könnte noch mal in seine blauen Augen schauen. In dem Moment bleibt er stehen, sieht sich um und entdeckt mich. Als wüsste irgendetwas in ihm, wo ich bin.

Wie irritierend!

Mehrere Meter Luftlinie trennen uns, aber ich spüre die Hitze in seinem Blick. Und ich kann das leichte Lächeln auf seinen Lippen sehen. Als wäre irgendetwas besonders erheiternd. Was mich ärgert.

Als letzten Anflug von Protest hebe ich die Hand und zeige ihm den Mittelfinger. Schließlich bin ich heute noch Hannah Clarke, ein professioneller Bodyguard und eine intelligente, eigenständige Frau und nicht Miss Stöckelschuh.

Daraufhin wird aus seinem verhaltenen Lächeln ein breites Grinsen.

Was soll das nun schon wieder bedeuten?

Mit einem Schnauben wende ich mich ab.

»Du schaffst das?«, fragt mich Naomi.

»Sicher«, sage ich, nehme mir die Autoschlüssel, gehe zur Garage und spiele bis auf Weiteres zum letzten Mal den Chauffeur.

***

Ich schaff das nicht, dröhnt es eine Woche später durch meinen Schädel, als ich den lichtdurchfluteten Salon am Santa Monica Boulevard betrete, der für alle anderen Kunden geschlossen wurde. Damit mein Körper ein Upgrade erhält und den Ansprüchen von Drake Bradford gerecht wird.

Nachdem ich die zehnseitige Geheimhaltungserklärung zu meinem Job unterschrieben und einen Anhang ausgefüllt habe, um Drake bei den anstehenden Dreharbeiten begleiten zu dürfen, habe ich mich intensiv über meinen neuen Kunden informiert. Schließlich will ich meinen ersten Job mit Bravour meistern. Ich habe seinen Lebenslauf studiert, seine Filme angeschaut und Interviews mit ihm gelesen.

Das Ergebnis ist wenig überraschend. Drake Bradford dreht pro Jahr ein bis zwei Mainstream-Filme. Für jeden kassiert er im Durchschnitt zehn Millionen Dollar. Dazu kommen Werbeauftritte und Fotoshootings auf der ganzen Welt. Und natürlich Frauen. Jeden Monat eine neue. *So vorhersehbar.*

Nur ein Mal, am Rande, wurde erwähnt, dass er einen recht üppigen Anteil seines Einkommens für wohltätige Zwecke spendet. Was mich jedoch wundert, weil sonst niemand darüber berichtet. Keine Ahnung, ob das also stimmt. Jemand wie er würde das doch sicher an die große Glocke hängen, oder? *Seltsam …*

Zusammen mit Naomi habe ich die bisherigen Vorfälle analysiert und mich mit Drake Bradfords Bodyguards abgesprochen, wie wir uns in Zukunft die Aufgaben aufteilen werden. Für die Zeit des Auftrags hören sie ausschließlich auf mich, nicht auf Drake Bradford oder seinen Manager. Ich habe das Kommando, gebe die Richtung vor, und sie unterstützen mich. Und ich bin froh, dass sie auch noch da sind, denn ich folge der Einschätzung der Ermittler: Hier ist kein neidischer Kollege oder ein geprellter Fan am Werk. Die Vorfälle werden immer gewagter. Jemand hat es wirklich auf diesen Mann abgesehen.

Wenn ich er wäre, würde ich sämtliche Termine absagen und mich in einer meiner Traumvillen verbarrikadieren. Davon will er jedoch nichts wissen. Er behauptet, aus Pflichtgefühl. Ich finde, das ist Arroganz. *Aber bitte, es ist ja sein Leben!*

Da ich unbemerkt Drake Bradford beschützen soll, gehören zu meiner Ausstattung nur eine kleinkalibrige Waffe und ein Headset. Außerdem habe ich ein nigelnagelneues Handy und ein ebenso neues Tablet bekommen. Neben einem voreingestellten Mailverteiler und einer Chatgruppe mit Naomi und Gabe sind sämtliche wichtige Telefonnummern vom Team hinterlegt – und natürlich auch von meinem Kunden. Mein privates Handy habe ich auch noch dabei, werde das aber nur selten brauchen. Schließlich habe ich die nächste Zeit kein Privatleben.

Damit mir alle Welt abkauft, Model zu sein, hat Naomi zusammen mit Drake Bradfords Manager eine Vita erfunden und mit einer PR-Agentur einen darauf aufbauenden Instagram- und Webauftritt erstellt. Schließlich muss es mich online geben. Gezeigt werden dabei gefälschte Aufnahmen von Fotoshootings, die die Agentur erstellt hat. Alles sehr hochwertig, aber immer nur für weniger bekannte Marken, mit denen der Schwindel abgesprochen ist und die sich über die zusätzliche kostenlose Werbung freuen.

Der Wahnsinn, was Invisible und allen voran Naomi in so kurzer Zeit organisiert hat.

Um mich in meine neue Rolle einzufinden, habe ich zusätzlich einen Berg an Frauenmagazinen gewälzt, sodass ich auf dem neuesten Stand bin, was Fashiontrends und Promi-Klatsch und -Tratsch angeht. Ich habe meine ersten Schritte in High Heels gemacht, muss aber noch viel üben, bis ich darin einigermaßen sicher laufe, geschweige denn wie ein Model. Und ich habe erst gestern, nach einem Gespräch mit meiner Augenärztin, meine Brille gegen Kontaktlinsen eingetauscht, die ich Tag und Nacht drinnen lassen kann. Natürlich auf Kosten von Drake Bradford.

Meine Eltern habe ich auch informiert. Nicht dass sie sich wundern, wenn ich plötzlich in den Klatschspalten auftauche. Und was haben sie gemacht? Mir gratuliert! Weil sie genau wissen, wie sehr ich mir gewünscht habe, endlich einen eigenen Job zu übernehmen.

So weit, so gut …

Heute Morgen dachte ich noch, ich wäre perfekt vorbereitet. Doch nun starren mich fünf Frauen an, die darauf warten, aus mir Drakes Freundin zu machen. Und mir wird flau im Magen.

»Keine Panik. Wenn ich an deiner Seite bin, starrt die Hälfte der Leute zu mir. Keiner wird merken, dass du nicht die bist, die du vorgibst zu sein«, meldet sich Drake, der heute ziemlich gewöhnliche Klamotten trägt und trotzdem alles andere als gewöhnlich aussieht. Jede Pore verströmt Sex-Appeal.

Er ignoriert das Getuschel um ihn herum, nimmt sich Kaffee, setzt sich entspannt halb auf eine Kommode und lässt seinen Blick über mich gleiten. Intensiv. Oder kritisch. Ich bin mir nicht ganz sicher.

Mein Pulsschlag beschleunigt sich. Die Luft fühlt sich heißer an und der Raum kleiner. Wieder bringt er mich durcheinander.

»Was wollen Sie hier?«, überspiele ich schroff mein Gefühlschaos. Abgesprochen war, dass er mich heute Abend mit zu sich nach Hause nimmt und mich auf diesem Weg der Welt als seine neue Freundin präsentiert. Nicht dass er meiner erniedrigenden Verwandlung beiwohnt.

»Wir duzen uns ab sofort«, erinnert er mich amüsiert.

»Was willst *du* hier?«, korrigiere ich mich mit einem Augenrollen.

»Sicherstellen, dass du auch wirklich alles machen lässt. Nicht dass du schummelst.«

»Nett«, murmele ich. Ein bisschen mehr Vertrauen hätte ich schon erwartet. »Wo ist deine Security?« Wenn er hier ist, sollten die zwei nicht weit sein. Und dann muss ich sie kurz sprechen.

»Lucas ist draußen beim Wagen. Zusammen mit deiner Kollegin. Lainey heißt sie, richtig?«

»Ja. Und der andere Typ?«

»Wartet zu Hause auf uns.«

Instinktiv lasse ich den Blick durch den Salon schweifen, nun unter professionellen Aspekten. *Wo sind die Ein- und Ausgänge? Wer ist anwesend? Womit könnte ich Drake verteidigen, wenn jemand den Laden stürmt? Vielleicht mit dem Haarspray einem möglichen Angreifer kurz die Sicht rauben. Eine Schere als Messer benutzen. Und dann Verstärkung holen …*

»Entspann dich«, sagt Drake unerwartet sanft. »Ich bin hier in Sicherheit.«

Genau das werde ich nicht tun. Ich stehe auf und will Lucas holen, doch da zieht mich Drake am Arm zurück.

»Was soll das?«, fauche ich. »Lass mich los!«

»Das könnte ich genauso gut dich fragen. Bist du verrückt geworden, *so* da rauszugehen?«

»Wie? Menschlich?«

Er lacht leise, offensichtlich amüsiert über meine Schlagfertigkeit, wird dann jedoch schnell ernst. »Nein, unfertig. Was soll die Presse schreiben, wenn sie dich erst so und später wie verwandelt sieht?«

»Dass ich bradfordisiert wurde?«, zische ich, beruhige mich dann aber. *Stimmt, das war kopflos von mir.* Weil dieser Mann mich nicht klar denken lässt. »Gut, nicht ich hol deinen Securitymann, sondern du tust es.«

»Findest du nicht, das ist übertrieben?«

»Ich lasse mich waxen, weil du was von deinem Business verstehst. Hol du deinen Mann rein, weil ich was von meinem verstehe.«

Drake atmet tief durch. Offensichtlich liegen ihm Widerworte auf der Zunge, aber er fängt erstmals keinen Streit an, sondern tut, was ich will. Vielleicht ist der Kerl ja doch nicht so hohl, wie ich gedacht habe.

Ich warte, bis Lucas im Laden ist, und spreche mit ihm durch, wie wir vorgehen, falls Drake angegriffen wird. Das heißt, ihn raus zum Wagen schaffen, in dem meine Kollegin Lainey sitzt, und von hier verschwinden. Es ist unwahrscheinlich, aber ich werde kein Risiko eingehen. Naomi hat mir den Auftrag gegeben, und ich werde ihn nicht vermasseln.

»O mein Gott, Drake ist dadrin!«, kreischt eine junge Frau plötzlich von draußen und will den Beautysalon stürmen. »Drake, Drake!«

Ich zucke zusammen, gebe Lucas zu verstehen, sie aufzuhalten, und schiebe mich instinktiv vor meinen Kunden. Zu hundert Prozent der Bodyguard und zu null Prozent die sexy Freundin. *Mist! Ich erledige den Job erst seit fünf Minuten und begehe schon den ersten Fehler.* Wir stehen so nah bei den Fenstern, dass man uns von der Straße aus sehen kann.

Drake rettet die Situation. Er legt von hinten die Arme um mich und sein Kinn an meinen Kopf. Damit wir wie ein entspanntes Paar aussehen. Doch alles in mir versteift sich bei der ungewohnt intimen Berührung. Und Hitze sammelt sich in meiner Mitte. »Nur ein Fan«, murmelt er mir leise ins Ohr.

»Möglich«, sage ich und erhole mich von dem Schreck. »Aber einer, der hier nicht reinkommt. Kannst du dafür sorgen?«, frage ich Lucas.

»Klar, kein Problem.«

»Und ruf mich, wenn du Hilfe brauchst.«

»Und dann was?«, witzelt Drake. Mich immer noch haltend. Mir nach wie vor viel zu nah. »Springst du nackt und halb enthaart von der Liege?«

»Wenn es um dein Leben geht? Ja.«

»Gefällt mir nicht, wenn meine Freundin im Evakostüm herumläuft.«

»Fake-Freundin«, zische ich und mache mich von ihm los.

Mit einem Nicken gebe ich Lucas zu verstehen, dass er alleine den Eingang im Auge behalten soll, und wende mich an Colleen La Grande, die Topstylistin der Stars, die als Einzige vom gesamten Team in diese Scharade eingeweiht ist. »Lassen Sie uns anfangen!«

»Hier entlang!« Sie deutet zu einem der luxuriös ausgestatteten Separees, in dem meine Verwandlung stattfinden wird.

Ich folge ihr – mit Drake auf den Fersen. »Und du bleibst auf Abstand«, fauche ich ihn an.

»Warum?«

Ist das nicht offensichtlich? »Mein Job besteht nur darin, dich zu beschützen, nicht für deine persönliche Unterhaltung zu sorgen.«

»Ich lass für diese Show einen Bonus springen. Wie klingt das?«

Echt jetzt?

»Fein, schau halt zu«, sagt sie giftig, weil sie diese Diskussion nicht gewinnen kann. »Nur nicht hart werden. Und falls doch: Bitte wichs im Bad und nicht hier.«

Freches Ding! Aber statt beleidigt zu sein, lache ich einfach nur. Schon wieder. Weil ich neuerdings eine Vorliebe für vorlaute Frauen habe. Zumindest für diese eine.

»Was soll ich machen?«, fragt Hannah Colleen.

»Ziehen Sie sich bis auf die Unterwäsche aus und legen Sie sich auf die Liege. Wir beginnen mit dem Waxing und dem Aufhellen der Zähne.«

»Was für ein Spaß!«, murmelt Hannah und funkelt mich an. »Würdest du dich bitte wenigstens umdrehen?«

»Schüchtern?«

»Ich will nur nicht, dass du beim Anblick meiner altbackenen Wäsche erblindest.«

Klingt ja abenteuerlich. »Das Risiko gehe ich ein.«

Hannah wirft mir einen wütenden Blick zu, dabei sehe ich sie früher oder später sowieso halb nackt. Genau wie sie mich. Schließlich leben wir bei den Dreharbeiten zusammen auf engstem Raum. Da wird sich das nicht ganz vermeiden lassen. Und wenn ich mich am Set umziehe, schwirren ganze Teams um mich herum. Also ganz sicher auch Hannah.

»Fein, genieß die Show«, kapituliert sie und legt ihre Sachen ab. Mit betörenden Bewegungen, als wäre sie eine Stripperin in Vegas.

Okay, ganz so nötig habe ich es dann doch nicht! Ich nehme mir fest vor, lediglich ein Mal kurz hinzuschauen. Nur um zu wissen, womit ich es zu tun habe. Rein professionell. So weit mein Plan. Aber der scheitert kläglich.

Hannah ist zu perfekt.

Schlanke Beine, ein voller Hintern, eine schmale Taille, ein runder Busen. Und Unmengen dieser hellen, zarten Haut. Die ich berühren, an der ich knabbern, die ich auf mir spüren will. Dazu kommen ihre grünen Augen, die mich nun, ohne die Brille, geradezu hypnotisieren. Mein Schwanz blendet das kleine Wörtchen ›fake‹ vor ›Freundin‹ aus und meldet seine Rechte an. Mal wieder. Zum Glück trage ich heute Jeans, die sich nicht so leicht ausbeulen wie die Anzughose neulich. Aber die Wölbung im Schritt ist für jeden, der genauer hinschaut, deutlich zu sehen. *Großartig!*

»Zufrieden?«, fragt sie und wirft mir einen wissenden Blick zu.

»Ziemlich«, sage ich. »Und ich bin nicht erblindet.«

»Schade.«

Möglichst würdevoll legt sich Hannah in ihrer beigefarbenen Unterwäsche auf die Liege und hält still, als eine Zahnarzthelferin ihren Mund für die Zahnaufhellung vorbereitet. Parallel rücken zwei Kosmetikerinnen an, geben bereits erwärmtes Wachs auf Hannahs Arme und beginnen mit der Enthaarung.

»Argh!«, krächzt sie. Ich vermute eher vor Überraschung als vor Schmerz. Ja, die Prozedur ist unangenehm, an den Armen aber noch am ehesten auszuhalten. Im Gegensatz zum Intimbereich, der später folgen wird. Nicht weil ich pervers bin, sondern weil sich kein Promi Paparazzi-Fotos vom Strand leisten kann, auf denen links und rechts vom Bikinihöschen ein Busch hervorlugt. Meine Welt, meine Regeln.

»Argh!«, ertönt es erneut, und ich verlasse das Separee. Das muss ich nicht mit ansehen.

Die Plätze mit den Frisiertischen sind mir zu nah am Fenster. Skandalfotografen könnten mich durch die Scheibe sehen. Daher richte ich mich bei den gepolsterten Behandlungsstühlen ein. Auf meinem Tablet rufe ich das Drehbuch auf, übe im Stillen die nächsten Szenen ein und füge Notizen zu verschiedenen Varianten hinzu. Wie ich es an der Schauspielschule gelernt habe.

Ich merke gar nicht, wie die Zeit vergeht. Von außen wirkt es immer so, als würde es mir gefallen, im Rampenlicht zu stehen. Aber das hier, das ist der Teil, der mich wirklich reizt. Eine Figur aufgreifen, in ihre Gedankenwelt eintauchen, eins mit ihr werden.

»Mr Bradford?«, reißt mich Colleen aus meiner Arbeit.

»Ja?«

»Könnten Sie kurz mitkommen?«

»Weigert sich Hannah, sich die Bikinizone waxen zu lassen?«

»*Das* haben wir schon erledigt«, schnauft sie, als hätte sie zehn Hektar Land per Hand umgepflügt. »Wir sind jetzt bei den Haaren.«

Wie unerwartet! Was gibt es denn dabei für Probleme?

Ich schließe das Drehbuch und folge der Topstylistin zurück in den Behandlungsraum, wo eine nun enthaarte Hannah mit frisch lackierten Nägeln und Zehenspreizern in ein Handtuch gewickelt dasitzt und mit der Hairartistin diskutiert.

»Keine Strähnchen!«, faucht sie, anscheinend nicht zum ersten Mal. Auf ihrem Dekolleté prangen vor Ärger rote Flecken.

Darum geht es? »Jeder hat Strähnchen. Selbst Leute, bei denen man denkt, das seien nur Lichtreflexe«, mache ich mich bemerkbar.

Hannah dreht sich zu mir, öffnet den Mund, um etwas zu sagen, aber atmet dann einfach nur durch, sichtlich frustriert.

Sie scheint kurz davor zu sein, sich die Zehenspreizer abzustreifen, nach draußen zu rennen und mich meinem unbekannten Angreifer auf dem Präsentierteller zu servieren. Und in mir regt sich Mitgefühl. Was ich bei Menschen, die ich anheuere, normalerweise nicht empfinde.

»Lassen Sie uns eine Pause einlegen«, sage ich zu Colleen.

»Sicher, Mr Bradford.«

Colleen und ihr Team geben uns Raum, an Hannahs Miene ändert sich jedoch nichts. Sie schweigt nach wie vor, während ihre Blicke verraten, dass sie mir stumme Schimpftiraden an den Kopf wirft. Eine fieser als die andere.

»Du siehst toll aus«, versuche ich, die Wogen zu glätten.

Ihr Atem geht daraufhin hektischer, dabei haben Komplimente in der Regel den gegenteiligen Effekt.

»Hunger? Durst?«, frage ich weiter. Ich drehe mich und entdecke das Büfett mit Low-Carb-Essen, das Colleen ihren Kunden bereitstellt und das bisher kaum angerührt worden ist. Offensichtlich ist das nicht Hannahs Geschmack.

Ich habe eine Idee, gehe zu meinen Sachen, die bei Lucas stehen, und finde ein Snickers, das ich mir heute Morgen eingesteckt habe. Zufrieden bringe ich es Hannah.

»Wir wär's mit dem hier?« Ich halte ihr den Riegel hin, sie zögert, greift aber schließlich danach, beißt ab, und ihre Miene hellt sich auf. »Besser?«

»Ja, besser«, sagt sie kauend.

»Weißt du, dass du meine erste Freundin bist, die so was mag?«

»Was essen denn die anderen?«

»Sie machen immer irgendeine Diät.«

Sofort kaut sie langsamer.

»Das heißt nicht, dass du das auch musst«, erkläre ich schnell. »Du kannst essen, was du willst.« Ich lasse meinen

Blick über ihren Körper gleiten. Alles an ihr ist perfekt. »Was möchtest du noch?«

»Wasser.«

»Okay.« Ich hole ihr eine Flasche, schraube sie auf und reiche sie ihr.

»Das hätte ich auch gekonnt.«

»Hättest du nicht.« Ich zeige auf ihre frisch manikürten Nägel. »Die haben mindestens eine halbe Stunde Schonfrist. Kann ich sonst noch was für dich tun?«

»Den Leuten sagen, dass ich keine Strähnchen kriege?«

Das Thema ist also nicht vom Tisch? »Hier arbeiten Profis«, erkläre ich. »Was auch immer sie machen: Du wirst toll aussehen. Keine Sorge.«

»Darum geht es mir nicht.«

»Worum dann?«

Ihre Wangen verfärben sich leicht rot. »Es ist mir peinlich.«

»Ich fürchte, das musst du mir erklären. Leg los! Es gibt kaum ein Problem, von dem ich noch nie gehört habe.«

»Als Mann?« Skeptisch runzelt sie die Stirn.

»Als Mann in Hollywood? Aber hallo!«

»Hast du etwa auch gefärbte Haare?«

»Nein, alles Natur. Wie der Rest von mir.« Ich zwinkere. »Keine Po-Implantate, keine Botoxbehandlungen. Ich bin, wie Gott und das Fitnessstudio mich geschaffen haben.«

Das bringt Hannah zum ersten Mal, seit wir uns kennen, zum Lachen. Na gut, nicht richtig zum Lachen, eher zum Kichern. Trotzdem gefällt es mir.

»Sag schon, was ist es also?«, fordere ich sie auf.

»Die haben jetzt schon so viel an mir verändert. Das ist nicht mehr meine Haut, das sind nicht mehr meine Hände. Ich erkenne mich selbst kaum wieder. Ich würde gerne meine Haarfarbe behalten.«

»Das ist welche Farbe genau?« Ich gebe mir Mühe, eine schöne Bezeichnung zu finden. Haselnuss oder Kastanie. Karamell, Kaffee oder Schokolade. Aber nichts passt. »Straßenköterbraun?«, rutscht mir daher raus.

»Ganz genau! Die ist es. Das bin ich«, ruft sie zu meiner Überraschung keine Spur beleidigt, bevor ich meine Worte zurücknehmen kann. »Wenn ich viel draußen bin, werden meine Haare heller, wenn ich drinnen bin, wieder dunkler. Sie schimmern gesund, sie haben keinen Spliss, sie sind toll.«

Sie schwingt den Kopf von links nach rechts, und ihre Haare fliegen durch die Luft. Als sie wieder stillhält, hängt ihr eine Strähne vor den Augen. Ich streiche sie ihr aus dem Gesicht. *Um ihre Nägel zu schonen*, rede ich mir ein. Doch die Wahrheit ist, dass ich sie berühren will. Dass mich diese Frau mit ihrem Straßenköterbraun verzaubert. *Fuck*.

Mit einem Räuspern weiche ich zurück. »Ich klär das mit den Leuten. Aber gegen den Schnitt kann ich nichts machen.«

»Danke«, sagt sie. Nicht gezwungen, sondern ganz normal.

Ich muss grinsen.

»Was ist, Drake?«

»Du beginnst, mich zu mögen.«

»Träum weiter!«

Ich grinse noch breiter. Ja, Hannah mag mich. Und selbst wenn nicht: Ich beginne, sie zu mögen.

4

Hannah

Drake spricht mit Colleen unter vier Augen, und als sie zurückkommt, wirft sie mir einen Blick zu, als hätte ich sie zutiefst beleidigt. Dabei dürfen ihre Leute immer noch an mir herumschnippeln. Nur die Farbtöpfe bleiben zu.

Sie fährt mir durch die Haare, ruppiger als eben gerade, fängt sich jedoch. »Dann bringen wir nur einen richtigen Schnitt rein und arbeiten mit etwas Bewegung. Wie klingt das?«

»So als würden meine Haare Sport treiben.«

Ich höre Drake, der sich an den Rand gesetzt hat, leise lachen. Colleen verzieht dagegen keine Miene.

»Das klingt okay«, schiebe ich hinterher, weil ich es mir nicht mit ihr verscherzen will. Schließlich hat sie die Schere in der Hand.

»Dann wollen wir mal anfangen!«

Die Hairartistin teilt meine Haare auf und arbeitet sich auf meinem Kopf von unten nach oben durch. Das Ergebnis kann sich sehen lassen.

»Wie finden Sie das, Mr Bradford?«, fragt Colleen.

»Gute Arbeit.« Sein Blick gleitet zufrieden über mich, und meine Haut kribbelt völlig unangebracht.

Weil mir gefällt, dass ich ihm gefalle.

Wie dämlich von mir!

Als er eine Strähne durch seine Finger gleiten lässt, schlage ich seine Hand beiseite. »Schon vergessen? Ich spiele nur deine Freundin. Ich bin es nicht«, sage ich mit gesenkter Stimme, damit die anderen im Salon unsere Unterhaltung nicht mitkriegen. »Hör auf, mich anzutatschen!«

»Ich hab die Haare bezahlt, also darf ich sie so oft antatschen, wie ich möchte«, antwortet er ungerührt und wiederholt die Bewegung. Und jagt einen weiteren prickelnden Schauer über meinen Körper. »Manche Dinge muss man eben berühren, um sie zu glauben.«

Verteilt Drake Bradford gerade Komplimente an mich? »Das klingt, als wäre ich ein Weltwunder«, erwidere ich. »Also gefalle ich dir endlich?«

»Ja, das Team hat ganze Arbeit geleistet. Du siehst aus wie eine Frau, die ich auf einer Party ansprechen würde.«

Erst jetzt? Gut, ich mache nicht genug aus mir, bin aber keinesfalls hässlich. Ich habe eine gute Figur, ein hübsches Gesicht, tolle Augen. Sonst könnte ich ja kein Model spielen. »Und du siehst aus wie jemand, den ich eiskalt abblitzen lassen würde«, sage ich daher frostig.

»Weil du Angst vor attraktiven Männern hast«, erwidert er, ohne sich aus der Ruhe bringen zu lassen. Und fährt mir erneut durch die Haare.

»Von wegen!« Ich schnaube empört. »Weil ich auf Männer mit Tiefgang stehe. So tief, dass ich bis ans Ende meines Lebens immer wieder Neues zu entdecken habe.«

»Du weißt doch, der äußere Eindruck kann täuschen. Vielleicht bin ich das ja?«

Ich mustere Drake von Kopf bis Fuß. Er benimmt sich ganz zivilisiert, aber ich bezweifle, dass hinter der Hollywood-

Fassade ein Einstein steckt. »Sorry«, sage ich. »Du bist so seicht, dass ich genau sehe, was da auf dem Grund des Sees liegt.«

»Und das wäre?«, fragt er, eine Spur schärfer.

»Kieselsteinchen, nichts als Kieselsteinchen.«

Ein Schatten huscht über sein Gesicht.

Ups, das war ziemlich gemein von mir. Eine Entschuldigung liegt mir schon auf den Lippen, aber ich halte sie zurück. *Er hat mich schließlich auch beleidigt! Ich bin also erst jetzt einen zweiten Blick wert? Vielen Dank!*

»Vielleicht liegen neben den Kieselsteinchen auch ein paar Muscheln«, mildere ich meine Worte aber immerhin etwas ab. Seine Mundwinkel zucken. Doch ganz vom Tisch ist der Ausrutscher damit nicht.

»Na, dann mache ich mal, was ich in deinen Augen am besten kann: oberflächlich sein«, sagt er, geht zum Kleiderständer und greift nach einem Glitzerkleid. »Probier das als Erstes. Es sollte deine Brüste perfekt betonen.«

Wie ein Affront hält Drake mir ein sehr knappes Modell hin. Vielleicht rechnet er damit, dass ich diese drei Pailletten ablehne. Aber das lässt mein Stolz nicht zu.

»Du bist der Boss«, sage ich nur.

Mit dem Glitzerfummel verschwinde ich hinter eine Faltwand, lege das Handtuch ab und winde mich in das Kleid. Oder das, was vermutlich ein Kleid sein soll, allerdings auch als längeres hautenges Shirt durchgehen könnte. *Ich bin praktisch nackt!*

Unbehaglich zupfe ich am Saum, als könnte das Modell dadurch auf magische Weise größer werden. Dem ist natürlich nicht so. Wie man darin läuft, ohne dass es den entscheidenden Zentimeter nach oben rutscht und mich vor der ganzen Welt entblößt, ist mir schleierhaft.

Verdammt, Hannah, du konntest ja nicht deinen Mund halten! Aber du wirst dich jetzt auf keinen Fall zieren! Erhobenen Hauptes und mit meinem besten Hüftschwung trete ich hinter der Wand hervor und präsentiere mich. »Zufrieden, Mister Hollywood?«

»Lass mich das aus der Nähe begutachten.« Drake tritt zu mir und fährt mit den Fingerspitzen am unteren Saum des Kleides entlang. Und mein Atem geht flacher, weil ich mir plötzlich vorstelle, er würde seine Hand zwischen meine Beine schieben und mich dort berühren, wo ich es brauche. *Als hätte ich es so nötig! Bei einem wie ihm!*

»Du ziehst nicht ernsthaft in Betracht, dass ich das trage, oder?«, hake ich möglichst beherrscht nach. »Ich sehe billig aus.«

»Und schon wieder diese Vorurteile, Babe …«

Hat er mich gerade ›Babe‹ genannt?! Ich will mich mit ihm streiten, aber seine Nähe bringt mich total aus dem Konzept. »Drake?«

»Ja?«

Was auch immer ich ihm sagen will, es ist weg. Mein Kopf ist komplett leer.

»Nicht erschrecken«, raunt er mir da zu, legt seine großen, warmen Hände auf meine Oberschenkel und schiebt sie höher bis zu meinem Poansatz.

»Was soll das?«, hauche ich, hasse, wie schwach ich klinge, räuspere mich und wiederhole die Frage fester. Aber ich halte still, halte verdammt still. Weil sich das hier gut anfühlt, obwohl es sich nach nichts anfühlen sollte.

»Ich teste nur, wie tauglich das Kleid in der Öffentlichkeit ist.«

»Da wirst du nicht meinen Hintern antatschen«, knurre ich, jetzt wieder stärker, wenn auch immer noch unfähig, mich von ihm zu lösen.

»Du spielst meine Freundin, Babe. Genau so was mache ich mit meinen Freundinnen.«

»Ihren Hintern begrapschen?!«

»Nein, sie küssen.« Er verstärkt seinen Griff, jagt eine weitere heiße Welle der Lust durch mich, zieht mich enger, legt seine Lippen plötzlich auf meine und schiebt mir seine Zunge in den Mund.

Oh! Mein! Gott!

Drake

Ich stecke in Schwierigkeiten.

Riesengroßen Schwierigkeiten.

Es muss an diesem Kleid liegen. Jede Wette, wenn man hundert Männern diese Frau in diesem Kleid zeigen würde, dann würden die auch jeglichen Anstand vergessen. Ich will Hannah auf eine primitive, alles durchdringende Art, und egal wie sehr ihr Verstand protestiert, ihr Körper sagt mir, dass es ihr genauso geht. Sie versucht, es zu unterdrücken. Aber es gelingt ihr nicht.

Ich grabe meine Finger fester in ihren sexy Hintern, liebe ihre Hitze und ihre weiche Haut und wie perfekt ihr Körper meinen ergänzt. Ihre Hände krallen sich an meine Hüfte. Nicht um mich zurückzustoßen, sondern um nach Halt zu suchen. Was etwas heißen will, denn diese Frau könnte mich von sich schieben, wenn sie es wollte. Das hat sie bei unserem ersten Treffen eindrucksvoll demonstriert. Aber sie schiebt mich nicht weg.

Jede ihrer Beleidigungen ist vergessen. Ihr Mund ist eine Offenbarung. Heiß, feucht, gebend und nehmend. Ich kriege nicht genug von ihr, sauge an ihren Lippen, spiele mit ihrer Zunge. Nehme sie.

Mein Schwanz wird hart, und ich drücke mich enger an sie, damit sie merkt, was sie mit mir anstellt. Oder dieses Kleid. Oder sie und dieses Kleid.

Dann beißt sie mich. *Fest.*

»Au!« Wie aus einer Trance erwache ich. Ich atme schwer, sie auch. Ihre Augen schießen wütende Blitze zu mir. Was unsere Körper jedoch nicht daran hindert, weiter nah beieinanderzustehen. »Es ist das Kleid«, sage ich.

»Soll das eine Entschuldigung sein?«

Ihr von mir geküsster Mund bewegt sich, und wie hypnotisiert starre ich auf Lippen, die von meinem Kuss noch ganz geschwollen und feucht sind und mich zu einer weiteren Runde einladen. *Wie soll ich da widerstehen?*

Ich beuge mich wieder vor, sie weicht nur leicht zurück, und sobald unsere Lippen sich ein zweites Mal berühren, vertiefen wir beide den Kuss, genießen ihn langsamer, bewusster. Bis sie mich erneut beißt.

»Au!«, mache ich nun gespielt verärgert.

»Du musst damit aufhören«, sagt sie.

»Es ist wirklich das Kleid.« Ich packe sie fester und registriere, wie ihre Pupillen sich weiten. Vor echter Erregung. »Es muss das Kleid sein.«

»Dann lass es mich ausziehen.«

»Fuck, Frau!« Wenn ich Hannah nackt sehe, vergesse ich mich völlig.

»Und natürlich ein anderes anziehen«, schiebt sie hastig hinterher.

»Okay, tu das«, sage ich mit belegter Stimme.

»Dazu musst du mich loslassen.«

»Ich kann nicht.« Meine Hände streicheln ihren Hintern, können sich nicht von ihr lösen. Das hier ist zu gut. »Wende doch einen deiner Griffe an.«

»Sicher?« Sie runzelt die Stirn. *Niedlich.* Und ich will sie erneut küssen. »Das könnte dir wehtun, Drake.«

»Muss wohl so sein.«

Sie zögert, rammt mir dann jedoch ihr Knie in den Bauch.

Mehr vor Überraschung als vor Schmerz lasse ich sie los. *Sie hat es echt getan! Unglaublich!*

Hannah nutzt ihre Chance, weicht zurück und huscht hinter die Faltwand. »Das Kleid nehmen wir also nicht«, sagt sie, während Stoff raschelt.

»Auf keinen Fall«, stimme ich ihr zur Abwechslung mal zu. Allerdings nicht, weil ich das nicht wiederholen will, sondern weil sie kein anderer Kerl in dem Fummel sehen soll.

»Wie ist das?«, fragt sie und erscheint in einem eleganten schwarzen Kleid, das ihren Körper umspielt und beinahe komplett bedeckt.

Neue Lust durchfährt mich. Dabei bin ich so oft von Frauen in schönen Klamotten umgeben.

»Auch nicht?«, sagt sie, weil sie meinen Blick missdeutet.

»Doch, das ist gut. Das nehmen wir.« Die Anprobe wird dauern. Schließlich braucht sie für alle möglichen Situationen Outfits. Gabe hat die Auswahl zusammen mit Colleen festgelegt, das letzte Wort habe ich. Aber ich fühle mich der Aufgabe nicht gewachsen. »Entscheide du selbst über den Rest«, sage ich daher.

Ich gehe in die Waschräume und mache mich frisch, kippe mir kaltes Wasser ins Gesicht und frage mich, was ich hier eigentlich tue.

Hannah geht mir nicht aus dem Kopf. Diese Frau ist anders als alle, die ich bisher kannte. Ihr Temperament ist anders. Ihre Blicke sind anders. Der Kuss war anders. Ich will mehr von ihr. Aber das sollte ich nicht. *Los, behandele sie als die, die sie ist: dein Bodyguard. Nicht mehr, nicht weniger.*

Mit neuer Entschlossenheit verlasse ich die Waschräume und begegne Lucas. »Ist was vorgefallen?« Ich habe zwar nichts gehört, aber nachdem beim letzten Mal Steine geworfen worden sind, rechne ich mit allem.

»Nein, alles ruhig. Hannah wollte nur, dass jemand in deiner Nähe ist.«

»Rechnet sie mit einem Zwischenfall?«

»Immer. Das ist ihr Job. Dafür bezahlst du sie.« Er räuspert sich. »Uns.«

»Alles klar.«

Beruhigt ziehe ich mich wieder in das Separee zurück, öffne erneut das Drehbuch auf meinem Tablet und beschäftige mich weiter mit meiner Rolle. Wenn ich schon mal Zeit habe, sollte ich die nutzen. So gut ich kann, wenn sich eine Hannah Clarke nur fünf Meter von mir entfernt immer wieder an- und auszieht.

***

»Ich bin fertig«, macht sie sich nach beinahe zwei Stunden bemerkbar. »Können wir los?«

Ich schaue auf, und vor mir steht ein anderer Mensch. Nicht mehr die Sexbombe im Glitzerfummel, aber auch nicht das Mauerblümchen mit der Nerd-Brille, sondern eine stilvoll gekleidete, attraktive junge Frau in einer hoch sitzenden dunkelblauen Stoffhose, die ihre Beine länger erscheinen lässt, einer zitronengelben Hemdbluse, die am Kragen lässig aufgeknöpft ist, angesagten Sneakern, einer Designerhandtasche, einer Sonnenbrille im seidig schimmernden Haar und einfach nur umwerfend. *Und dein Bodyguard*, ermahne ich mich finster.

»Glücklich?«, fragt sie. »Oder müssen es High Heels sein?«

»Gibt es da ein Problem?«

»Ich bin in flachen Schuhen sicherer unterwegs.«

»Bei Promi-Events musst du welche anziehen.«

»Bis dahin übe ich. Doch fürs Erste … Kann ich so bleiben? Bist du zufrieden?«

Mein Blick wandert an ihr herunter, wieder über all ihre Vorzüge hinweg, bis hin zu ihren nackten Knöcheln und ihren Sneakern. Normalerweise liebe ich Frauen in High Heels. *Aber Himmel, selbst diese Knöchel finde ich anbetungswürdig!*

»Sehr zufrieden«, sage ich. »Solange du auch High Heels mitnimmst.«

Überrascht reißt sie die Augen auf.

»Was ist?« *Will sie sich jetzt wegen der Schuhe mit mir streiten?*

»Ich hab dich nicht für einen Mann gehalten, der ständig mit Komplimenten um sich wirft. Dabei machst du mir schon wieder eines«, erklärt sie.

»Gewöhn dich dran«, sage ich, lasse meinen Blick erneut über sie gleiten und genieße, dass ihre Wangen röter werden. »Wo sind deine restlichen Sachen?«

»Die bringt Lucas gerade zum Wagen.«

»Sehr schön, dann lass uns gehen. Bereit?«

»Bereit!« Sie strafft ihre Schultern und klemmt sich die Handtasche unter den Arm. »Hoffe ich zumindest.«

Sie geht voraus, das Handy mit der laufenden Videoaufnahme wie beiläufig in der Hand. So kann sie, wenn auch verwackelt, unauffällig die Umgebung filmen und später in Ruhe die Leute auf den Bildern analysieren. Ich halte ihr die Tür auf, und sobald wir den Salon verlassen und auf dem Santa Monica Boulevard sind, kreischen meine Fans und ein Dutzend Kameras klickt wie verrückt.

»Drake, wer ist das?«

»Küsst euch!«

»Wo habt ihr euch kennengelernt?«

»Wie lange seid ihr schon zusammen?«

Die Fotografen werfen uns Fragen zu. Hannah müsste sich zum Wagen bewegen, aber sie bleibt wie erstarrt stehen. *Das kommt unerwartet.*

»Angst?«, presse ich hinter einem Lächeln Richtung Kameras hervor.

»Ich hab nur auf dich gewartet«, flötet sie unecht.

Fuck, natürlich hat sie Angst! Selbst ich fühle mich unwohl. Denn so wie jetzt gerade bedrängen mich die Reporter selten. Es ist, als wären sie von Hannah genauso fasziniert, wie ich es bin. Und obwohl sie eigentlich für mich da sein soll, will ich für sie da sein. Vielleicht ändert das ja auch, was sie von mir hält.

Im Gedränge suche ich ihre Hand, umschlinge ihre Finger mit meinen und drücke sie kurz. Sie erwidert den Druck, dreht sich zu mir, unsere Blicke verbinden sich, und ich vergesse die Welt um mich herum.

›Alles okay?‹, frage ich stumm.

›Das kann dir doch egal sein.‹

›Ist es aber nicht. Antworte mir!‹

›Ja, alles okay. Jetzt zumindest.‹

›Gut.‹

Ich streiche ihr durch die Haare und genieße es, sie zu berühren. Mein Blick wandert zu ihren Lippen, und ich weiß nicht, was es ist, aber ich will sie schon wieder küssen. Und sie sieht den Wunsch in meinen Augen und beleckt sich die Lippen.

›Später‹, gebe ich ihr stumm zu verstehen, fahre mit dem Daumen über ihre Unterlippe und schiebe ihr dann die Sonnenbrille von ihrem Haar auf die Nase.

»Wir werden sehen«, murmelt sie, gibt sich einen Ruck und geht kaum merklich als mein Bodyguard voraus.

Werden wir, denke ich.

Am Wagen angekommen bedeutet sie mir, dass ich zu Lucas einsteigen soll. Ich rutsche in den Fond der Limousine, während sie draußen die Stellung hält und so tut, als würde sie das Bad im Scheinwerferlicht genießen. Dabei behält sie die Menge im Auge.

»Komm!«, erlöse ich sie, fasse nach ihrer Hand, ziehe sie mit einem »Breit lächeln, als würden wir herumschäkern!« zu mir in den Wagen und schließe die Tür.

»Alles okay bei euch?«, fragt Lainey vom Fahrersitz.

»Ja«, sage ich, habe immer noch den Arm um Hannah gelegt und genieße ihre Nähe. Sie hat allen da draußen den Kopf verdreht. Genau wie mir.

»Auch bei dir alles in Ordnung, Hannah?«, fragt Lainey ihre Kollegin.

Hannah schiebt sich die Sonnenbrille wieder ins Haar und sieht mich an. Und dieser Sturm, den ich so liebe, tobt in ihren grünen Augen. Sie empfindet, was ich empfinde. Nur dass sie es zurückhält. So gut sie kann.

»Ja«, antwortet auch Hannah. Aber ihr Blick sagt Nein. Nichts ist in Ordnung.

Lächelnd lehne ich mich zurück. Gefällt mir.

5

Hannah

Was stellt dieser Mann nur mit mir an? Ich atme tief durch, löse mich von Drake, setze mich auf den Platz direkt hinter Lainey und schnalle mich an. Zwischen uns ist nichts, absolut nichts. Er ist jetzt in Sicherheit, ich habe meinen Job erfüllt, und er kann nun tun, was auch immer er sonst tut.

Lautlos spiele ich das Video ab, das ich mit dem Handy eben vor der Boutique aufgenommen habe. Es ist schrecklich verwackelt, und an einigen Stellen muss ich es anhalten, um was erkennen zu können. Aber wichtig ist, ob ich jemand Verdächtigen entdecke. Und das ist nicht der Fall.

»Ist dir vorhin was aufgefallen?«, frage ich Lainey, die während meiner Schönheitsbehandlung im Wagen war, stütze mich auf die heruntergelassene Trennwand zwischen dem Gast- und dem Fahrerbereich der Limousine und kontrolliere aus Gewohnheit den Verkehr.

»Ui, der neue Star am Promi-Himmel redet mit mir«, scherzt sie.

»Fühl dich geehrt, dass ich dich noch kenne«, sage ich lächelnd. »Also?«

»Du warst richtig gut.«

»Das meinte ich nicht. Ist dir was Ungewöhnliches aufgefallen?«

»Nein, nichts.« Im Rückspiegel treffen sich unsere Blicke. »Nur dass du verdammt gut warst.«

»Ich bin immer gut. Jeder, der bei uns arbeitet, versteht was von seinem Job.«

»Das meinte ich nicht. Sondern Drake und dich zusammen. Das sah richtig echt aus.«

Hoppla! Ich fühle mich ertappt, und verräterische Hitze steigt in mir auf. »Hattest du etwa Zweifel daran, dass ich die Rolle spielen kann?«, frage ich zurück und lasse diese Chemie zwischen Drake und mir unkommentiert.

»Ehrlich gesagt. Ja.«

»Hey, Lainey, wie fies!«

»Bis heute Morgen hätte ich einfach nicht gedacht, dass in dir so ein Mensch steckt.«

»Unsinn! Ich bin noch die Gleiche. Die Seidenbluse, das Make-up und die frisch frisierten Haare ändern nichts daran.«

»Bist du dir sicher? Denn neben deinem neuen Look, der wirklich der Wahnsinn ist, war da etwas in deinem Blick … Das hat mich überrascht.«

»Meinst du Angst?« Denn die hatte ich da draußen für einen Moment, weil ich noch nie in einem solchen Maße das Zentrum der Aufmerksamkeit gewesen bin.

»Nein, ich meine, dass da was zwischen Drake und dir war. Oder was glaubst du, warum die so ausgeflippt sind?«

»Weil ich die neue Miss März bin.«

»Miss März?«, fragt sie amüsiert nach.

»Wusstest du das nicht?«, gebe ich überrascht zurück. »Drake hat alle vier Wochen eine neue Freundin. Und die Presse benennt sie nach den Monaten, in denen er mit ihr ausgeht. Ich bin die Neue. Miss März.«

»Mmh«, macht Lainey nachdenklich. »Dann war es vielleicht nur das. So was wie eben hab ich auf jeden Fall noch nie erlebt. Das war verrückt.«

»Das war es. Mir war das auch neu.«

»Ich dachte, bei diesem Sänger, den du gemeinsam mit Jo beschützt hast, war es ähnlich?«

Warum kann ich nie meinen Mund halten?

Statt zu antworten, sage ich ihr, dass sie vor dem Rodeo Drive abbiegen soll. Während wir uns unterhalten haben, habe ich weiter den Verkehr beobachtet, und nicht mehr lange und alle Autos stehen. Stau ist nicht schlimm, aber ich möchte endlich ankommen, das Grundstück sichern, meinen Job erledigen und Abstand zwischen mich und meinen Kunden bringen.

»Was ist los?«, fragt Drake, dem die Abweichung von der Route auffällt, und zum ersten Mal bemerke ich eine Spur von Unsicherheit in seiner Stimme. *Sehr menschlich!*

»Kein Grund zur Sorge. Nur dichter Verkehr. Wir nehmen eine andere Route.«

»Dauert es länger?«

»Als bei freier Fahrbahn?« Die es in L. A. praktisch nie gibt. »Ja. Aber nicht länger, als wenn wir uns durch den Stau quälen. Weiter vorne ist eine Baustelle. Gleich steht alles.«

»Alles klar«, murmelt Drake, nimmt eine Wasserflasche aus dem eingebauten Kühlschrank der Limousine, trinkt ein paar Schlucke und arbeitet dann weiter auf seinem Tablet. *Endlich mal, ohne mich mit Blicken, Berührungen oder einem zweideutigen Kommentar ganz wuschig zu machen.*

Ich drehe mich zurück zu Lainey. Sie kennt die Strecke. Das ist schließlich ihr Job, vorbereitet zu sein. Dennoch erkläre ich ihr den Weg und lotse sie über die Nebenstraßen, dankbar, was zu tun zu haben. Und mich nicht mit dem

Mann beschäftigen zu müssen, der jetzt, da er liest, noch sinnlicher aussieht als sonst.

»Wie war das mit dem Sänger?«, fragt Lainey und nimmt, sobald das Navi die neue Route berechnet hat, unsere Unterhaltung von vorhin wieder auf.

»Welcher Sänger?«, stelle ich mich dumm.

Sie wirft mir über den Rückspiegel einen warnenden Blick zu.

»Das war anders«, sage ich. »Ich habe sein Groupie gespielt, nicht seine Freundin.«

Drake lacht leise, und irritiert drehe ich mich zu ihm.

»Nur eine lustige Stelle im Skript«, erklärt er.

»Aha«, mache ich und wende mich wieder an Lainey.

»Inwiefern anders?«, fragt sie weiter. »Waren da nicht auch ständig Kameras in der Nähe?«

»Doch«, sage ich. »Plus ein Dutzend echter Groupies, die mir meinen Platz streitig machen wollten.«

Wieder lacht Drake, und wieder drehe ich mich um. Was er allerdings nicht mitkriegt, weil er seinen Blick auf das Tablet geheftet hat.

Seltsam! Meines Wissens ist sein aktueller Film keine Komödie. So viele witzige Stellen kann es gar nicht geben. *Was also liest er, das so lustig ist?*

»Aber wart ihr nicht auch wie ein Paar?«, fragt Lainey weiter und bringt mich dazu, Drake Drake sein zu lassen.

»Nein, waren wir nicht«, sage ich. »Ich musste den Kerl nur anhimmeln, als hätte ich den Verstand verloren, während Jo sein richtiger Bodyguard war. Das war alles.«

Wieder lacht Drake. *Das kann doch kein Zufall sein! Er belauscht meine Unterhaltung mit Lainey.*

»Was?«, fauche ich ihn an.

»Nichts, nichts«, sagt er, dabei kräuseln sich seine Lippen.

Mein Blick fällt auf das Tablet, und ich bemerke auf dem Display dieselben Textmarkierungen wie vor zehn Minuten. Weil er die Seite seit Ewigkeiten nicht umgeblättert hat.

»Du liest doch gar nicht das Drehbuch. Also, was ist so lustig?«

»Ich kann mir nicht vorstellen, dass du einfach so einen Kerl anhimmeln kannst.« Er gibt nicht länger vor, das Manuskript zu lesen, und schaut auf. »Noch dazu einen, den du *nicht* magst. So gut bist du nicht.«

»Wie kommst du denn darauf?«

»So was erfordert Training. Oder glaubst du, jeder kann schauspielern?«

»Das kommt ausgerechnet von dir? Dem großen Drake Bradford, das Leinwandgenie, das für sein Können mit Auszeichnungen überschüttet wird«, stichele ich, denn wir alle hier wissen, dass Drake für seine Rollen keine Preise gewinnt. »Ich war gut.« Ich recke mein Kinn. »Ich bin gut. Soll ich es dir noch mal beweisen? Und wieder deine sexy Freundin spielen?« Ich drücke den Rücken durch, strecke den Busen nach vorn, belecke mir die Lippen und klimpere mit den Wimpern.

»Auf die Rolle konntest du dich ja länger vorbereiten«, sagt er wenig beeindruckt, obwohl ich schwören könnte, dass sein Blick eine Millisekunde zu lange auf meinen Lippen verweilt. »Nein, zeig mir mal deine Groupie-Imitation!«

»An dir? Vergiss es!« Ich bin Drake schon viel zu nah gekommen. Mehr Herzflattern kann ich nicht gebrauchen.

»Nein, an Lucas«, fordert er zu meiner Überraschung.

Ich mustere Drakes Bodyguard in seinem gut sitzenden Anzug, der seine Ringerstatur und die Muskelberge kaschiert. »Lucas, sag ihm, dass er das vergessen kann!«

»Also, ich hab nichts dagegen, von dir angehimmelt zu werden.«

Flirtet er? Männer! »Ihr spinnt doch alle beide«, rufe ich und widme mich wieder Lainey und dem Verkehr. »Idioten!«

»Keine Sorge, Süße, *ich* weiß, dass du als Groupie toll warst.«

»Danke«, sage ich leise und drehe mich noch mal zu den Männern. »Seht ihr, sie glaubt mir. Basta.«

»Du hast nur Schiss«, zieht mich Drake auf.

»Ich hab nie Schiss.«

Ein skeptischer Blick folgt.

»Gut, ›nie‹ ist vielleicht ein bisschen übertrieben«, räume ich ein. »Trotzdem!«

»Beweis es doch einfach«, sagt Drake und zeigt zu Lucas. »Nur kurz.«

»Ich beiße auch nicht«, meint Lucas scherzhaft.

»Das sei dir auch geraten«, knurre ich. »Meine Faust könnte sonst rein zufällig dein Gesicht treffen.«

»Fängst du endlich an?«, drängt Drake.

»Fein!«, gebe ich nach. »Und danach will ich nie wieder hören, ich sei nicht gut in meinem Job.«

»Meine Lippen werden wie versiegelt sein.«

Worauf habe ich mich denn jetzt wieder eingelassen?

Drake

Normalerweise vertraue ich meinen Instinkten. Hannah ist eine außergewöhnliche Frau. Auf dem Tablet habe ich die ersten Online-Fotos von uns gegoogelt und sehe, warum die Medien so durchdrehen. Nicht weil sie unglaublich elegant aussieht, sondern weil da was ist zwischen uns. Etwas Echtes. Dass sie behauptet, nur meine sexy Freundin zu spielen, nervt mich deshalb. Ich muss nachprüfen, ob sie eine bessere Schauspielerin ist, als ich dachte, und ob auch mit einem anderen Mann passiert, was ständig zwischen uns passiert. Oder ob das nur sie und mich betrifft.

»Mach schon!«, fordere ich sie auf und genieße, wie aus ihren Augen erneut Blitze zu mir schießen. Dass sie mehr Feuer in sich hat, als man ihr auf den ersten Blick ansieht.

»Ja, ja«, knurrt sie, schnallt sich ab und rutscht auf Lucas' Schoß. »Achtung, es geht los!«

»Kann es kaum erwarten …«

Von der einen auf die andere Sekunde setzt sie ein Lächeln auf. Sie legt die Hände in Lucas' Nacken, drückt ihm ihre Brüste beinahe ins Gesicht und flüstert ihm Dinge ins Ohr, die ich nicht verstehe, die jedoch seine Augen zum Leuchten bringen. Sie zieht eine richtige Show ab. Die echt aussieht. *Verfickt echt!* Und es passt mir nicht.

Kein bisschen.

Dass Lucas so auf sie einsteigt, kotzt mich auch an. Er benimmt sich, als hätte er seit Jahren enthaltsam gelebt. Was nicht stimmt.

»Genug, Mister Hollywood?«, fragt Hannah und sieht mich über die Schulter an. Lasziv, provokant und durch und durch sexy.

»Ja, das reicht«, knurre ich mies gelaunt, dabei war es meine Idee.

Binnen Sekunden ist sämtliche Hitze aus ihrem Blick verschwunden. Lucas, der nicht so schnell schaltet, will sie küssen, doch sie drückt ihn von sich, wechselt wieder auf ihren Platz und schnallt sich an.

»Und wie fandest du meine Darbietung. Gut, oder?«, fragt sie zufrieden mit sich.

Ist also alles wirklich nur ein Spiel? Bilde ich mir das zwischen uns auch nur ein? Oder hat das erneute Funkeln in ihren Augen etwas zu bedeuten?

»Ausbaufähig«, murmele ich und unterdrücke den Impuls, Lucas eine reinzuhauen und sie brutal zu küssen, damit sie nicht vergisst, wem sie gehört. Mir. Nur mir.

»Also Lucas hat es überzeugt«, meint sie und tätschelt sein Knie.

»Lucas war ja auch ein leichtes Ziel«, halte ich fest.

»Warum kannst du nicht einfach zugeben, dass ich gut bin?« Sie grinst frech. »Vielleicht sogar besser als du.«

Will sie mich auf den Arm nehmen? Ich habe soliden Schauspielunterricht, mehrere Jahre Sprechtraining und diverse Sonderausbildungen hinter mir. *Hat sie das nicht recherchiert? Was glaubt sie, wer ich bin? Ein Laiendarsteller?*

»Du bist nie im Leben besser als ich«, knurre ich.

»Beweis es und himmele Lucas ebenfalls an.«

»Kommt nicht infrage«, sagt der.

»Bei mir war das okay«, wendet Hannah ein.

»Du bist ja auch eine Frau. Aber Drake ist wie ein Bruder für mich. Das geht mir zu weit.«

»Tja«, sage ich nur.

»Fein!« Hannah schnauft frustriert. »Dann mach es eben bei mir. Ich bin die Diva, und du bist mein Fan und belagerst mich.«

»Bist du dir sicher?«

»Sag doch einfach, dass ich besser bin als du.«

»Träum weiter!«

»Dann bin ich mir sicher.«

Es wird Zeit, dem Mauerblümchen zu zeigen, dass ich mehr bin als das hübsche Gesicht, für das mich jeder hält. »Spiel die Diva«, fordere ich sie auf.

»Gut so?«, fragt sie, setzt sich aufrechter hin, hebt ihr Näschen in die Höhe und schaut auf uns alle herab. Nicht besonders geschickt, aber die Darbietung erfüllt ihren Zweck.

»Ein Autogramm, bitte!«, rufe ich und rücke ganz dicht an ihre Seite.

»Aus dem Weg!«, tönt sie und zeigt mir die kalte Schulter.

»Bitte, nur schnell! Hier, was zum Schreiben!«, lasse ich mich nicht abwimmeln und halte ihr einen imaginären Stift hin.

»Ups, fallen gelassen«, macht sie es mir schwerer. *Das Biest!*

»Hier, ich hab noch einen«, improvisiere ich, woraufhin sie genervt schaut, weil sie dachte, sie hätte mich schon ausgebootet.

»Was, wenn ich den auch fallen lasse?«

»Dann hab ich noch einen.« Ich grinse. »Als Fan kenne ich doch meinen Star und seine Allüren.«

»Also gut«, lässt sie sich herab, meiner Bitte nachzukommen, und nimmt den imaginären Stift. »Und wo soll ich unterschreiben?«

»Hier!«, sage ich und hebe mein Shirt hoch.

»Was soll das denn? Lass das!«, fällt Hannah aus ihrer Rolle, wirft einen hungrigen Blick auf mein Sixpack und bekommt rote Wangen. Echte rote Wangen. Die mich darin bestätigen, dass ich sie durcheinanderbringe. *Ich. Nicht Lucas!*

»Spiel ich meine Rolle gut?«, frage ich meisterhaft unschuldig.

»Geht so.«

Fehler, Babe! »Dann muss ich mich wohl noch mehr anstrengen«, sage ich und halte weiter mein Shirt hoch. »Los, Hannah, bitte! Ein Autogramm!«

»Du spinnst doch!«

»Und ein Foto! Ich bin dein größter Fan. Nur kurz!«

»Du meinst das wirklich ernst?«

»Und wie!«, tue ich begeistert. Ich will auf keinen Fall jetzt schon nachgeben und meine Rolle verlassen.

»Hier!« Seufzend malt sie mit dem Zeigefinger drei Xe auf meinen Bauch, und ich will plötzlich mehr. Mehr von ihren Berührungen, mehr von ihren Blicken, mehr von ihrer Wärme …

Fuck, was auch immer mit mir los ist, ich will diese Frau.

Bevor Hannah sich fangen kann, rutsche ich zu ihr, lege ihr einen Arm um die Schultern, zücke mein Handy und schieße Fotos von uns. Ich mag sie an meiner Seite. Und wie sie kurz nach Luft schnappt. Heiser und sexy. Und Erleichterung macht sich in mir breit, weil ich mit jeder Faser meines Körpers weiß, dass ich diese Frau haben werde. Früher oder später.

»Oh, danke, danke, danke, Hannah«, spiele ich meine Rolle zu Ende. Schließlich bin ich hier, um etwas zu beweisen. »Bester Tag aller Zeiten!«

»Fein, du hast gewonnen, du Schauspielgott«, mault sie und schiebt mich von sich.

»Sag bloß, du bist eine schlechte Verliererin?« *Was hat sie erwartet?* »Mir gefällt das Spiel. Wen soll ich als Nächstes nachahmen?«

»Einen Autisten, der aus dem Fenster starrt.«

Glaubt sie, damit ärgert sie mich? Ich setze mich wieder auf meinen Platz, schaue nach draußen und sehe in der Spiegelung der Scheibe, dass sie zufrieden lächelt. Sie will es sich verkneifen, aber es gelingt ihr nicht.

»Und jetzt?«, frage ich, als etwas Zeit vergangen ist. Wir erreichen mein Grundstück am Rand von Beverly Hills und halten.

Hannah steigt mit Lucas aus dem Wagen und gibt ihm und Tucker, der aus dem Haus kommt, einen Wink, ihr zu folgen. »Jetzt wartest du hier, bis ich alle Räume überprüft habe, und dann kannst du rein.«

»Ma'am! Ja, Ma'am!«, rufe ich wie beim Militär.

»Nimm das bitte ernst«, sagt sie streng. »Es ist zu deiner Sicherheit.«

Sie hat ja keine Ahnung, wie ernst ich das hier nehme. Ihren Job und uns. Ich wäre nie auf die Idee gekommen, dass ausgerechnet das Mauerblümchen mir den Kopf verdreht. Aber das tut sie. Jetzt muss ich meine Karten nur noch richtig spielen.

Hannah schwärmt mit den Männern aus. Lainey bleibt bei mir im Wagen und macht Meldung an Invisible, dass wir ohne Vorkommnisse angekommen sind.

»Was gefällt Hannah?«, frage ich sie, sobald sie fertig ist, und setze mich zu ihr an die Trennwand.

Sie dreht sich zu mir. »Warum wollen Sie das wissen?«

»Wir spielen ein Paar«, improvisiere ich. »Gehört das nicht dazu? Sie hat sich über mich informiert. Aber ich weiß quasi nichts über sie.«

Lainey mustert mich misstrauisch, mein Interesse ist jedoch echt. Kosmetikbehandlungen und teure Kleider haben Hannah nicht beeindruckt. Und Lainey hat ein Einsehen. »Das haben Sie aber nicht von mir, okay?«

»Verstanden.«

»Sie liebt Schokolade. Egal wie schlecht sie drauf ist, Sie müssen ihr nur irgendwie was davon einflößen und sie wird sofort ein neuer Mensch.«

»Das habe ich schon bemerkt«, sage ich lächelnd.

Lainey runzelt die Stirn. »Wie?«

»Indem ich mein Snickers an sie abgetreten habe. Was noch?«

»Romantischer Kram.«

»Sie wirkt auf mich nicht wie jemand, der darauf steht.« Eher so, als könnte man sie mit einem Schweizer Taschenmesser, einer Kettensäge oder einem Gutschein für den Baumarkt begeistern.

»Sie wissen nicht viel über Frauen, was?«, erwidert Lainey grinsend. »Natürlich steht sie darauf. Sei es, ihr Blumen zu schenken, ihr die Tür aufzuhalten, ihr Komplimente zu machen – sie wird Ihnen zu verstehen geben, dass sie das nicht mag.«

»Aber das tut sie?«

»Ganz genau. Je bissiger ihre Kommentare ausfallen, desto sicherer können Sie sein, dass es ihr gefällt. Sie ist ein bisschen eingerostet, wenn es darum geht, zu ihren Gefühlen zu stehen. Aber sie sind da.«

Plötzlich ergibt Hannahs Verhalten einen Sinn. Ich kann es gar nicht erwarten, mein neues Wissen anzuwenden. »Danke«, sage ich.

»Darf ich Sie auch was fragen?«

»Klar.«

»Es sind im Grunde zwei Dinge.«

»Kein Problem. Worum geht es?«

»Sie wollen das nicht nur wissen, damit man Ihnen die Beziehung abkauft, richtig? Sie mögen sie.« *Ich bin am Arsch. Lainey hat mich durchschaut.*

Ja, ich mag Hannah. Aber das kann ich nicht zugeben, bevor Hannah es nicht selbst begriffen hat. »Schon vergessen, ich hab sie im ersten Moment als meinen Bodyguard abgelehnt«, versuche ich, mich rauszureden. Auch wenn es da eher um ihr Aussehen, weniger um ihren Charakter ging.

»Weil Sie sie mögen.«

»Weil sie mich wie ein tollwütiger Hund angesprungen hat.«

Lainey grinst. »Und weil Sie sie mögen.«

»Ich –«

»Sie müssen es nicht zugeben, Drake. Aber Sie sollten aufhören, es abzustreiten. Es ist ein bisschen wie bei ihr: Je vehementer Sie Nein sagen, desto deutlicher ist es ein Ja.«

»Also, ich …« Ich gebe auf. »Was ist die zweite Sache?«

»Machen Sie ein Selfie mit mir?«

»Damit hätte ich jetzt nicht gerechnet«, gestehe ich.

»Was denn?«, ruft Lainey. »Anders als Miss Promi-Allergie stehe ich zu meinen Schwächen.«

»Promis sind also Schwächen?«, erwidere ich, steige jedoch bereits aus dem Wagen aus. So wie Lainey.

»Ihr seid wie ein Glas Wodka zu viel«, sagt sie und drückt sich an mich. Vielleicht eine Spur zu aufdringlich. Aber noch im Rahmen.

»Sollte ich beleidigt sein?«, frage ich, schaue in die Kamera, lächele und halte still, während Lainey mehrere Bilder schießt.

»Nein, nein«, sagt sie, scrollt durch die Fotos, ist nicht ganz zufrieden und will weitere. »Was ich meine, ist, dass man als normaler Mensch immer ein bisschen benebelt ist in eurer Gegenwart. Und sobald man die Finger wieder von euch lässt und in die wirkliche Welt zurückkehrt, fühlt man sich verkatert.«

»Das hier ist die wirkliche Welt«, kläre ich sie auf.

»Ihre wirkliche Welt, nicht meine und nicht die von Milliarden anderer Menschen.«

Sie drückt sich weiter an mich, und ich schaue möglichst fotogen. Meine leichteste Übung. Schließlich stehe ich seit meiner Kindheit vor der Kamera und weiß genau, in welchem Licht ich wie aussehe.

»Lainey! Was zum Henker machst du da?!«, lässt uns die Stimme von Hannah auseinanderfahren.

»Ich wollte ihn kurz mal für mich haben, bevor du das Vergnügen hast.«

Hannah wirkt verärgert. Und hinter dem Ärger verbirgt sich Eifersucht. Was mir verdammt gut gefällt.

»Ist drinnen alles sicher?«, frage ich lässig. »Können wir rein?«

»Ja, können wir.«

Ganz der Gentleman gehe ich zum Kofferraum und raffe den Großteil der Einkäufe.

»Was soll das?«, fragt sie misstrauisch, nimmt aber ebenfalls ein paar Tüten.

»Wonach sieht es denn aus? Ich helfe dir. Was sonst?«

»Ich brauch keinen Kerl, der meine Sachen trägt.«

»Pech, jetzt hast du einen«, sage ich und erinnere mich an Laineys Worte. Je mehr Hannah protestiert, desto mehr gefällt ihr, was ich tue.

Hab dich, Hannah. Hab dich.

6

Hannah

Sollte Drake nicht in seine Villa stürmen und sein hübsches Gesicht mit Beautymasken verwöhnen? An seinen Muskeln arbeiten? Football schauen? Eben das tun, was oberflächliche Superstars in ihrer Freizeit so treiben. Stattdessen schleppt er meine Klamotten! Gut, irgendwie auch seine Klamotten, denn er hat meinen neuen Look bezahlt. Aber trotzdem!

»Du musst das wirklich nicht machen«, beteuere ich, als wir die geschwungene Treppe in die erste Etage nehmen. Dort ist mein Schlafzimmer direkt neben seinem. Für eine Nacht. Bis es morgen ans Filmset von *Ein Rebell zum Verlieben* geht.

»Ich bin gerne nett«, sagt er.

»Seit wann?!«

»Schon immer.«

»Hast du nichts Besseres zu tun?« *Als mich verrückt zu machen …*

»Nein, hab ich nicht, Babe.«

Mit einem Seufzen ergebe ich mich der Situation. Es ist nicht das Schlechteste, wenn Drake in meiner Nähe ist. Schließlich soll ich auf ihn aufpassen.

Außerdem genießt du es, Hannah.

Halt die Klappe, dämlicher, lüsterner Körper!

Drake stellt die Tüten vor dem Bett ab, packt den Inhalt aus, hängt Kleider auf Reisebügel und legt den Rest in die für mich bereitstehenden Koffer.

Misstrauisch verfolge ich seine Handgriffe, ehe ich mitmache, höre aber nicht auf, mich zu fragen, was das alles soll. Ich bin für ihn hier, nicht er für mich. Oder befürchtet er, ich würde nachträglich was aussortieren? Das werde ich natürlich nicht. Die Sachen sind mein Arbeitsoutfit. Außerdem, mal unter uns, sind sie viel zu schön.

»Wie sind deine Pläne für heute Abend?«, frage ich, als wir fertig sind.

»Wie sind denn deine?«

Streng sehe ich Drake an. *Auf seinen hübschen Hintern aufzupassen. Was denkt er denn? Okay, streichen wir ›hübsch‹. Einfach nur auf seinen Hintern aufpassen.* »Deine Pläne, Drake?«, bleibe ich beharrlich.

»Sport machen, etwas essen, die Szene für morgen durchproben und früh schlafen gehen.«

Ich runzele die Stirn. Das klingt überraschend bodenständig.

»Ach, und natürlich dem langbeinigen Model absagen, mit dem ich mich im Bett vergnügen wollte«, fügt er lässig hinzu.

Langbeiniges Model?!

Ich verdränge die Eifersucht, die in mir aufsteigt. Schon wieder. So wie vorhin, als ich Lainey und Drake zusammen gesehen habe. »Meinetwegen kann sie kommen. Sie muss nur überprüft werden und –«

»Reingefallen!«, ruft er da und verlässt den Raum.

»Wie bitte?«

Er lacht vergnügt. »Ich meinte natürlich, zwei langbeinige Models. Oder drei oder so viele, wie man halt für eine sexy Poolparty braucht. Du weißt, wovon ich rede, richtig?«

Weiß ich. Ein Becken voller Silikonbrüste. *Wer kennt das nicht in L. A.?* Nur dass meine Recherche zu Drake Bradford lediglich eine Strandparty vor fünf Jahren zutage gefördert hat. *Eine einzige!*

»Und vergiss die Drogendealer nicht«, füge ich hinzu, sobald mir klar ist, dass er mich nur aufzieht.

»Oh, stimmt, Babe, wie konnte ich die nur vergessen? Gut, dass ich dich habe!«

Lachend geht er, und verblüfft sehe ich ihm hinterher. Die Villa muss Millionen wert sein. Jede Bodenfliese kostet bestimmt so viel wie meine gesamte Wohnungseinrichtung. Und trotzdem wirkt Drake Bradford so … normal. Wie kann das sein?

Kopfschüttelnd schnappe ich mir mein Handy und meine Waffe, spreche mich mit Lucas und Tucker ab und starte meinen zweiten Kontrollgang, um ein besseres Gefühl für das Gebäude zu bekommen. Im Notfall kann so was Leben retten.

In der Villa hängen keinerlei Kameras, im Gegensatz zum Außenbereich, wo die Mauern des Grundstücks nahtlos erfasst sind. Ich überprüfe die zahlreichen Schiebetüren, durch die man vom Haus in den Garten gelangt, und schlendere dann über das Anwesen. Der Rasen ist perfekt grün, wird also garantiert exzessiv bewässert. Der Rest ist dagegen pflegeleicht. Es gibt einen Dattelpalmengarten, Kakteenhaine, Olivenbäume und Zypressen – Pflanzen, die mit wenig Wasser auskommen. Und alles ist friedlich.

Ich steuere die Aussichtsplattform an, von der man einen atemberaubenden Blick auf die Stadt hat, ändere jedoch meine Route, als ich Wasser spritzen höre. Ich nehme den Steinfliesenweg zurück zum Haus und schaue nach, woher das Geräusch kommt. Der Außenpool liegt verlassen da. Aber dieser Mann hat noch einen zweiten im Haus. Wer kann, der kann.

Ich gehe weiter, sehe, dass die Glastüren zum Indoorpool aufgeschoben sind. Und dort finde ich ihn, Drake.

In einem zügigen Tempo zieht er im Becken seine Bahnen. Und ich bewundere für einen Moment seine gleichmäßigen Bewegungen und das Spiel seiner Muskeln. Was für ein Anblick! Schwimmen kann richtig anstrengend sein, doch bei ihm sieht es leicht aus. Und sexy!

Am Beckenrand wendet Drake gekonnt, entdeckt mich, grinst und kommt kurz aus dem Takt. Dann setzt er jedoch seine Runde wie gehabt fort. *Beeindruckend!*

Ich setze mich auf eine ergonomisch geformte Holzliege. Natürlich nur, um ihn zu bewachen, rede ich mir ein.

Dabei hoffe ich in Wahrheit auf eine unserer Unterhaltungen, die meinen Puls in die Höhe treiben. Keine Ahnung, warum.

»Komm mit rein!«, sagt Drake außer Atem nach fünf weiteren Bahnen, lehnt sich an den Beckenrand und versucht, mich nass zu spritzen. Was ihm misslingt, weil ich zu weit weg sitze.

»Bei der Shoppingtour war leider kein Bikini dabei«, antworte ich und verkneife mir ein Lächeln. Er soll nicht merken, wie sehr ich mich über den kleinen Flirt freue.

»Ich hab immer ein sexy Set rumliegen. Für unerwarteten Besuch.«

Natürlich hat er das! »Denkst du, ich trag was von anderen Frauen?!«

»Dann gesell dich nackt zu mir.« Sein Blick frisst mich förmlich auf. »Ich schau auch nicht.«

»Das glaub ich dir erst, wenn du erblindet bist.« Denn er schaut auf jeden Fall! Da mache ich mir keine Illusionen.

»Komm, Babe! Ich sehe, dass du es möchtest«, gibt er noch nicht auf. »Das Wasser ist herrlich, und du könntest eine Abkühlung vertragen.«

Ich fühle mich gar nicht so schwitzig, aber prüfend lege ich die Hände an die Wangen und spüre die Hitze. »Geht schon«, wiegele ich ab.

»Lügnerin!«, ruft er, spritzt erneut mit dem Wasser und trifft dieses Mal meine Hose.

»Hey! Du ruinierst meine Klamotten!«

»Was würdest du tun, wenn ich hier im Becken deine Hilfe bräuchte?«, ändert er seine Strategie und schwimmt zur Mitte des Pools.

»Brauchst du nicht«, sage ich und behalte ihn genau im Auge. »Also werden wir das wohl nie herausfinden.«

»Fuck!«, ruft er da und greift sich an die Wade.

»Netter Versuch, Drake!« Nie im Leben hat er jetzt plötzlich einen Krampf. Und selbst wenn. So tief kann der Pool nicht sein. Drake ist für einen Schauspieler recht groß. Er müsste locker im Becken stehen können. Es sei denn, es gibt ein Sprungbrett, darunter ist der Boden tiefer als üblich.

Mein Blick gleitet den Beckenrand entlang, und alles in mir verkrampft sich, als mir das kleine Podest auffällt. *Verdammt!*

»Lass den Scheiß!«, rufe ich angespannt. »Damit treibt man keine Scherze!«

Ohne aus seiner Rolle zu fallen, geht Drake immer wieder unter. *Ziemlich effektvoll.*

»Nicht lustig!«, schiebe ich hinterher, stehe jedoch auf und sehe mich nach einer Stange um, die ich ihm reichen kann. Aber da ist keine. *Was mache ich denn jetzt?*

Drake schluckt Wasser, hustet und ruft nun sogar nach Hilfe. Sehr laut und verdammt echt.

»So eine Scheiße«, fluche ich, treffe eine Entscheidung, trete mir die Sneaker von den Füßen und springe ins Wasser. Job ist Job.

Mit wenigen Zügen bin ich bei Drake, packe ihn von hinten und ziehe ihn an den Beckenrand.

»Hilfe!«, rufe nun auch ich, denn ich kann ihn nicht allein aus dem Becken hieven.

»Hilfe wobei?«, fragt Drake plötzlich sexy grinsend und presst mich mit seinem quasi nackten Körper an den Beckenrand. Was sich heiß anfühlt. *Heiß und verboten.* »Was fehlt dir? Ich helf gerne!«

»Du!« *Hat er das echt nur gespielt?!* Verärgert boxe ich ihn.

»Entspann dich, Babe. Alles ist in Ordnung«, sagt er, beugt sich vor und haucht mir einen Kuss aufs Ohr.

»Nichts ist in Ordnung. Ich dachte, du ertrinkst! Tust du aber nicht. Also lass mich los!«

»Erst wenn ich mir sicher bin, dass du mir jetzt nicht untergehst.«

»Warum sollte ich denn –?«

Er lässt mich los, und vor Überraschung sinke ich tiefer. Woraufhin ich mich instinktiv an Drake festklammere. *Dämliche Reflexe!*

»Darum«, raunt er mir zu, legt eine Hand an meinen Hintern, drückt mich wieder an den Beckenrand und küsst meinen Hals. *Dem ich ihm auch noch darbiete!* Dann reibt er mit dem Daumen über meine harten Brustwarzen, die sich unter dem nassen gelben Seidenstoff überdeutlich abzeichnen.

O Gott, was passiert hier? Drake will mich, er macht keinen Hehl daraus. Er ist hart und lässt mich das spüren. Und ein

Teil von mir will sich holen, was auch immer dieser Mann zu bieten hat.

»Alles okay?«, unterbricht uns Lucas, der Drakes oder meine Hilferufe gehört haben muss und von der Terrasse hereinstürmt.

Das war knapp! Ich komme zu mir, befreie mich von Drake, stemme mich aus dem Becken und ignoriere Lucas' irritierten Blick.

»Gut, dass du hier bist«, sage ich, nun wieder Herrin meiner Sinne. »Drake übt gerade eine Szene. Tauch du ihn doch bitte für fünf Minuten unter Wasser. Wärst du so lieb? Ich war leider nicht stark genug.«

»Ich soll … Was?!«

Ohne eine weitere Erklärung gehe ich, eine Tropfspur vom Pool im Erdgeschoss bis in die erste Etage hinterlassend – begleitet von Drakes Lachen. *Ha, ha!*

Hannah Clarke, du stehst nicht auf solche Typen.

Oder gut, du stehst vielleicht auf Muskeln. Aber du wirst dich nicht auf Drake einlassen! Du hast deine Lektion gelernt.

Ich pelle mich aus meinen klatschnassen Klamotten und dusche schnell. Danach binde ich mir die nassen Haare zusammen, nehme mir trockene Unterwäsche, eine Designerjogginghose und ein Shirt – und mache mich auf die Suche nach Drake. Schließlich ist es mein Job, ein Auge auf ihn zu haben. *Auch wenn ich ihm seine gerade am liebsten auskratzen will!*

Am Pool treffe ich ihn zu meiner Überraschung nicht mehr. Das war meine erste Vermutung. Dafür begegne ich Lucas, der mir erklärt, dass Drake sich umziehen und dann was essen wollte. Er mustert mich von Kopf bis Fuß, und ich werfe ihm nur einen warnenden Blick zu, bloß nichts zu dem Vorfall eben zu sagen. Das Ganze ist mir unsagbar peinlich. Zum Glück versteht er den Wink.

In der Hoffnung, dass Drake mit dem Duschen fertig ist, suche ich ihn als Nächstes in der Küche. Leider ist er hier noch nicht. *Wäre ja auch zu einfach gewesen!* Ich gehe wieder in die erste Etage, klopfe erst an seine Zimmertür, und, da er nicht antwortet, danach an die Badezimmertür. »Drake?«

»Komm rein, Mauerblümchen! Ich bin nackt und reibe gerade mit dem Handtuch über jeden meiner Muskeln.« Er lacht leise. »Und natürlich über meinen megageilen, ultraharten, supergroßen Schwanz.«

»Und ich werde so feucht, dass ich Pfützen auf deinem Teppich hinterlasse«, gebe ich trocken zurück.

»So bedürftig?«, gurrt Drake.

»Hast du eine Ahnung! Ich bin kurz davor, es mir direkt auf dem Flur selbst zu besorgen. Kann mich nur ganz knapp zurückhalten.«

»Musst du nicht. Tu dir keinen Zwang an!«

Glaubt er, ich lasse mich davon abschrecken? »Ich halte es nicht mehr aus und spiele an meinen Nippeln«, rufe ich durch die Tür und stöhne gespielt sexy. »O ja, das tut sooo gut!«

»Fake«, antwortet Drake.

»Woher willst du das wissen? Das ist mein Stöhnen.«

Die Badezimmertür fliegt auf, und Drake steht plötzlich vor mir, breit grinsend, weil er mich aufgezogen hat, denn er ist kein bisschen hart. »Jemand wie du ist eher leise, und deiner süßen Kehle entschlüpft nur ein bedürftiges Wimmern.«

»Mmh … bist du dir da sicher, Drake?«, hauche ich. Meine Stimme klingt heiß und sexy und sinnlich, aber ich habe die Arme vor der Brust verschränkt und ziehe provokativ die Augenbrauen hoch.

»Bin ich«, sagt er, unbeeindruckt davon, dass ich ihn mit Blicken erdolche. »Wetten?« Er streckt seine Hand nach mir aus, klemmt mir eine vom Duschen feuchte Haarsträhne hinters Ohr und fährt mit seinen Fingerspitzen hauchzart über meine Wange.

Mist! Die Widerworte, die ich gerade auf der Zunge hatte, lösen sich in Nichts auf. Und ich will nicht, aber ich wimmere. *So dämlich!*

»Siehst du, ich hab recht«, sagt er sanft. »Ganz zahm und leise.«

»Und du?«, hauche ich, total unter seinem Bann stehend.

»Ich was?«

»Bist du laut oder leise?«

Er beugt sich an mein Ohr, ist mir viel zu nah, doch ich kann ihn nicht wegstoßen. »Mal so …« Seine Lippen streifen mein Ohrläppchen, und ich ringe nach Luft. »Mal so«, sagt er und beißt mich spielerisch.

Verdammt, ich hätte nicht fragen sollen!

»Lass uns essen!«, sammele ich mich und schiebe Drake zurück.

»Unbedingt.« Er dringt mit *diesem* Blick noch mal ganz tief in mich ein und wirkt zufrieden mit dem Chaos, das er in mir angerichtet hat. Dann erst wendet er sich ab, um in die Küche zu gehen. »Kommst du?«

»Mit dir zusammen? Kann es kaum erwarten!«, antworte ich trocken. Immerhin bin ich endlich wieder in der Lage, diesem Kerl Paroli zu bieten. *Besser spät als nie!*

Drake

Ich verkneife mir ein lautes Lachen. »Was isst du gerne?«, frage ich Hannah, als ich einen Blick in den Kühlschrank werfe.

»Du musst mir nichts machen. Ich such mir selbst was.«

Nimmt sie mir den kleinen Spaß eben noch krumm? Ich drehe mich zu ihr um und sehe, wie sie an der Kücheninsel lehnt und so tut, als wäre alles zwischen uns normal. »Ich koche jetzt was für mich, und es wäre albern, wenn du dir extra was machst. Also sag schon! Was magst du?«

»Du kochst selbst?!«

Glaubt sie, ich habe für jeden Handgriff einen Butler engagiert? »Keine drei Gänge mit Michelin-Stern«, erkläre ich ruhig. »Aber ja, ich bin ein erwachsener Mann und in der Lage, mir Essen zu machen.« *Das ist ja wohl das Mindeste!* »Einen Koch hatte ich nur letztes Jahr für vier Monate, weil ich für einen Film eine spezielle Diät halten musste.«

Sie runzelt die Stirn. Skeptisch. Und neugierig.

»*Held für sieben Tage*«, nenne ich den Titel, doch sie kann damit nichts anfangen. »Ich brauchte massive Muskeln. Dafür muss man richtig trainieren und sich entsprechend ernähren.«

Ihr Blick gleitet über meine Schultern, die längst nicht mehr so kräftig sind wie damals. Aber ich bin immer noch gut in Form. So oberflächlich das auch wirkt: Mein Körper ist schließlich mein Kapital. Ich wäre dumm, nicht auf mich zu achten. Das kann sie mir nicht negativ anrechnen.

»Warum hast du den Koch nicht behalten?«, fragt sie.

»Warum sollte ich? Mich entspannt das.«

Weiterhin skeptisch zieht sie nun sogar die Augenbrauen hoch.

»Und normalerweise beeindruckt es Frauen«, versuche ich, sie aus der Reserve zu locken. Mit Erfolg.

»Und ich dachte, dazu reicht es, wenn du dein Shirt ausziehst«, witzelt sie und schaut nun selbst in den Kühlschrank.

»Nicht immer«, sage ich gespielt bedauernd, als wäre mein Leben echt schwer. »Nur um sicherzugehen, ziehe ich deshalb manchmal mein Shirt *und* meine restlichen Sachen aus und koche dann.«

»Nackt?« Sie wirft mir einen irritierten Blick über die Schulter zu. Und beleckt sich hungriger als noch vor einer Minute die Lippen.

»Nackt, wie Gott mich schuf«, bestätige ich. »Also, was willst du?«

»Du behältst deine Klamotten an?«

»Vorerst.«

»Hab ich ein Glück …«, murmelt sie, rückt jedoch zur Seite und lässt mich wieder an den Kühlschrank. »Ich esse eigentlich alles. Aber weil ich seit heute früh nichts hatte bis auf den Riegel, gerne was Schnelles.«

Das war mir gar nicht klar. »Pasta?«, frage ich daher.

»Klingt gut.«

»Wünsche für die Soße?«

»Mach einfach, Drake!« Ihr Magen knurrt leise.

»Du hast wirklich Hunger?!«

»Hab ich. Und du offensichtlich auch, so oft, wie du ständig an mir knabb–« Sie beißt sich auf die Lippe und räuspert sich. »Du auch«, wiederholt sie noch mal abschließend. Als könnte sie ihren Versprecher ungeschehen machen.

»Stimmt, ich auch«, bestätige ich und lasse den Blick verdammt unanständig über sie gleiten. Nicht nur Hunger auf Essen, sondern auch Hunger auf sie.

Hannahs Wangen färben sich verräterisch rot, und das genügt mir für den Moment. Ich will sie, aber nicht, wenn sie gleich unterzuckert umkippt.

Ich hole Putenbrust, Tomaten und Ricotta aus dem Kühlschrank und setze einen Topf mit Wasser auf. Ich salze es, wasche die Lebensmittel, nehme mir ein Messer und schneide die Zutaten für die Soße klein.

»Kann ich auch was tun?«, fragt Hannah und schaut wie hypnotisiert auf meine arbeitenden Hände.

»Die Nudeln ins Wasser geben«, sage ich, weil es mittlerweile kocht.

»Okay.« Sie löst sich von meinem Anblick und erledigt es. »Fertig, Chef. Und jetzt?«

Ich stelle eine Pfanne auf den Herd, erhitze etwas Öl und schütte die Putenwürfel dazu. »Jetzt kannst du das Fleisch bewachen«, ordne ich an und reiche ihr den Pfannenwender.

»Dir macht das hier wirklich Spaß, oder?«, fragt sie überrascht und widmet sich ihrer Aufgabe. Ihren zögernden Bewegungen nach ist sie im Kochen weit weniger bewandert als ich.

»Das tut es«, bestätige ich, schneide die Tomaten klein und gebe sie mit Zwiebeln und Gewürzen in einen Topf. »Gerade die einfachen Sachen. Du glaubst nicht, wie oft ich schon Hummer zerlegt habe oder Kaviar essen musste. Irgendwann hat man genug davon.«

»Ein hartes Los«, murmelt sie ohne einen Hauch von Mitleid.

»Nur damit das klar ist: Ich brauche keinen Luxus. Er erleichtert das Leben, das stimmt. Doch glücklich machen andere Dinge.«

»Wie selbst zu kochen?«, fragt sie immer noch ungläubig.

»Wie kochen mit dir«, sage ich ernst.

Hannah lässt das unkommentiert. »Ich glaub, das Fleisch ist durch. Schau mal«, wechselt sie geschickt das Thema. *Als wäre das zwischen uns was Schlechtes!*

Ich nehme ihr die Pfanne ab, schwenke die zartbraunen Putenwürfel, nicke und stelle das Gas aus. »Stimmt, fertig.«

»Hast du einen Deckel, damit alles warm bleibt?«

»Brauchen wir nicht«, sage ich. »Der Rest ist auch gleich so weit. Außerdem kommt das Geschirr aus dem Tellerwärmer.«

»Oh, wie konnte ich dieses kleine Detail nur übersehen«, frotzelt sie. »Der Hollywoodstar hat natürlich einen Tellerwärmer.«

»Hey, das ist gemein!« Spielerisch stoße ich ihr den Ellenbogen in die Seite. Sie tut so, als wäre ich total abgehoben. Und das, obwohl ich gerade für sie koche.

»Sorry, Drake, aber das ist Luxus, du angeblich ganz normaler Kerl«, steht sie zu ihren Worten. »Falls dir das bisher niemand gesagt hat, wurde es Zeit.«

Diese Frau macht es mir wirklich schwer … »Also soll ich die Teller in den Kühlschrank stellen? Ist es das, was du möchtest? Kalte Nudeln?«

»Untersteh dich!«, ruft sie. »Das ist Energieverschwendung.«

»Du könntest auch einfach sagen, dass du es total klasse findest, dass ich einen Tellerwärmer habe.«

»Ich finde es total klasse, dass du einen Tellerwärmer hast«, wiederholt sie gespielt lahm. Was sie verrät. Sie mag das hier alles. Mich und den Luxus. Und die Tatsache, dass ich für sie koche.

Ich grinse breit. »Bist du dir ganz sicher, dass du dabei bleiben willst?«

»Worauf willst du hinaus, Drake?«

»Wetten, dass du die Worte gleich wieder zurücknimmst?«

»Du spielst mit mir?!«

»Ein bisschen.«

»Die Wette ist faul. Du weißt mehr als ich. Darauf werde ich mich nicht einlassen.«

»Wichtig ist nur, dass dir der Tellerwärmer gefällt. Richtig?«

»Ja, das schon. Und?«

»Dann hast du was mit meinen bisherigen, in deinen Augen oberflächlichen Freundinnen gemeinsam.«

»Mmpf«, macht sie. Das war zu erwarten. Weil sie auf Luxus aus irgendeinem Grund allergisch reagiert.

»Jetzt doch wieder gegen den Tellerwärmer?«, frage ich.

»Auf keinen Fall«, sagt sie und beäugt, wie ich die Portionen anrichte. »Habe ich halt was mit denen gemein. Das hat nichts zu bedeuten. Wir haben auch alle zwei X-Chromosomen. Das macht uns nicht gleich. Können wir jetzt endlich essen? Je länger wir reden, desto eher verfliegt der Effekt der angewärmten Teller.«

Himmel, kann sie mit ihren Vorträgen entzückend sein! Aus einem Impuls heraus drücke ich ihr einen Kuss auf die Wange, schnappe mir dann unsere Teller und stelle sie auf den Hochtisch. »Lass uns essen!«, sage ich und halte ihr den Barhocker hin, damit sie Platz nimmt.

»Du musst das nicht tun«, kommentiert sie die Geste, aber setzt sich.

»Soll ich mich lieber wie ein Arschloch verhalten?«

Sie seufzt. »Guten Appetit, Drake!«

Punkt für mich. Soll ich natürlich nicht.

Hungrig stürzt sie sich auf ihre Portion, sodass ich mich automatisch ebenfalls beeile. Trotzdem ist sie vor mir fertig.

»Isst du auch hier, wenn du alleine bist?«, fragt sie und saugt die letzte Nudel zwischen ihren Lippen ein, was ein Anblick ist, der verboten gehört.

»Mehr?« Ich zeige auf ihren Teller. Sie nickt, und ich stehe auf, habe aber ihre Frage nicht vergessen. »Ja, ich sitze dann auch meistens hier. Allerdings mit einem Drehbuch neben mir.«

»Oh, hab ich dich vom Arbeiten abgehalten?«

»Kein bisschen.« Ich stelle den aufgefüllten Teller vor ihr ab, nehme mir den Rest und setze mich wieder. »Der Dreh läuft schon eine Weile. Die Woche in Los Angeles war nur eine kurze Unterbrechung. Ich hatte genug Zeit, den Text zu lernen und bin für morgen gut vorbereitet.«

»Das klingt irgendwie einsam. Du hier in diesem riesigen Haus, allein mit einem Teller Pasta und einem Manuskript.«

»Ist es nicht«, sage ich. »Ruhige Tage sind selten, das genieße ich. Und wenn ich mal ganz große Langeweile habe, kann ich immer noch Freunde treffen.«

»Freunde?« *Da ist wieder ihr skeptischer Unterton in der Stimme!*

»Oder sexy Frauen, die mein Bett für mich wärmen«, ziehe ich sie auf.

»Klar«, sagt sie grinsend und geht darauf nicht weiter ein, weil sie heraushört, dass ich übertreibe.

»Was machst du denn abends, wenn du nicht gerade Leute wie mich babysitten musst?«, frage ich sie. »Deine Messer zur Verteidigung schärfen?«

»Knapp daneben«, sagt sie. »Meine persönliche Waffensammlung liebevoll zerlegen, reinigen und wieder zusammensetzen.«

Ich wittere eine Falle und mustere Hannah eindringlich. Sie hebt die Augenbrauen, als wollte sie sagen: *Was ist? Du hast mich gefragt, komm mit meiner Antwort klar.* Eine Sekunde verstreicht, dann noch eine und noch eine. Fast nehme ich sie ernst, da zuckt ihr Mundwinkel. Sie bemerkt, dass ich es bemerkt habe, und bricht in schallendes Gelächter aus, muss sich sogar am Tisch festhalten, um nicht vom Hocker zu kippen.

»Du hättest dein Gesicht sehen sollen, Drake! Reingefallen! Du hattest Angst, oder?«

»Ein bisschen«, gestehe ich. »Was machst du also wirklich?«

»Ich lese«, sagt sie. »Schon vergessen? Ich bin die mit dem total langweiligen Leben.«

»Klingt auch ein bisschen einsam.«

»Ist es nicht«, erwidert sie so wie ich vorhin. »Jedes Buch entführt dich in eine andere Welt. Du schlüpfst in die Haut der Heldin und erlebst die gleichen Abenteuer.«

Ich muss lächeln, weil mir das bekannt vorkommt.

»Hey! Machst du dich über mich lustig?!«

»Nein, überhaupt nicht. Ich stelle nur gerade fest, dass wir eine Gemeinsamkeit haben.«

»Nie im Leben!«, ruft sie empört. »Was soll das sein?«

»Wir lesen gerne und schlüpfen in fremde Rollen.«

»Also … Wir … Ähm …«

Es ist unglaublich niedlich, Hannah zuzusehen, wie sie das abschmettern will. Und wie ihr absolut nichts dagegen einfällt.

Daher setze ich noch einen drauf und nehme sie weiter für mich ein. Jetzt wieder mit unlauteren Methoden. »Hier, Nachtisch!« Ich stelle ihr einen kleinen Ben & Jerry's-Eisbecher vor die Nase, und sofort leuchten ihre Augen. Wie im Schönheitssalon, als ich mein Snickers an sie abgetreten habe. *Zu süß!*

»Du musst damit aufhören«, sagt sie, aber stürzt sich auf den Becher und lässt sich das Eis genüsslich auf der Zunge zergehen.

»Womit?«, murmele ich und esse auch mein Eis.

»Nett zu mir zu sein, Drake. Sonst mag ich dich am Ende noch.«

»Und das wäre schlimm?« Schließlich ist genau das mein Plan.

»Ja«, sagt sie und gleitet zu meinem Bedauern vom Hocker. »Ich muss mit Lucas und Tucker sprechen.«

Als könnte das keine fünf Minuten warten, stellt sie ihren Teller und ihr Geschirr in den Geschirrspüler und verlässt die Küche.

Frustriert sehe ich ihr nach. Dann fallen mir wieder Laineys Worte ein. Je netter ich bin, desto mehr blockt Hannah ab. Also war ihr Ja gerade ein Nein. Es wäre überhaupt nicht schlimm. Ich muss nur weitermachen.

7

Hannah

Was stimmt nicht mit mir, dass dieser Mann mich so durcheinanderbringt? Den Kuss hätte ich melden müssen. Denn er ging nicht nur von Drake aus, sondern auch von mir. Dazu kommen das kleine Rollenspiel während der Fahrt, der Zwischenfall im Pool und der gespielte Orgasmus vor der Badezimmertür. Ich habe es eben in der Küche ernst gemeint: Drake muss aufhören, nett zu mir zu sein. Ich will ihn nicht mögen. Und, vor allem, ich *darf* es nicht. Sonst bin ich den Einzeljob gleich wieder los und erledige für weitere zwei Jahre den Fahrdienst.

Aufgewühlt ziehe ich mich in mein Zimmer zurück und gehe noch mal die verwackelten Aufnahmen durch, die ich beim Verlassen des Beautysalons gemacht habe. Ich erkenne keine Auffälligkeiten und schicke das Material zur Tiefenanalyse an Invisible. Nicht dass ich etwas übersehe. Dann sichte ich die Schlagzeilen zu Drake und mir.

Teure Shoppingtour – Erkauft er sich ihre Liebe?
Labels für den Noname – Wer ist die Neue an Drakes Seite?
Heiße Blicke – Mit diesem Trick hat sie ihn sich geschnappt!

Gott sei Dank! Die Boulevardpresse scheint uns die Scharade abzukaufen. Niemand äußert Zweifel an mir als Model. Mein erst kürzlich angelegter und künstlich gehypter Instagram-Account und die neue Website mit einem falschen Portfolio helfen. Ich bin die Newcomerin und für einige sicherlich auch eine Frau, die von Drake nur profitieren will. Aber das passt zu meiner Rolle.

Eine Sorge weniger.

Nur der Form halber frage ich in der Chatgruppe mit Naomi und Gabe nach, ob ich an meinem Auftritt etwas verändern soll. Doch beide sind zufrieden. Dann plane ich die Route für morgen und schaue mir noch einmal die Gesichter der Leute an, die beim Dreh dabei sein werden. Insgesamt sind es fast hundert Personen. Neben den Schauspielern, dem Regisseur, den Stylisten und den Ton- und Lichttechnikern gibt es zahlreiche Helfer und Assistenten. Ein paar Namen entfallen mir immer wieder, aber ich hoffe, das legt sich, wenn ich vor Ort bin.

»Die Überwachungskameras laufen?«, frage ich Lucas, sobald ich mit dem Papierkram fertig bin.

»Eine liefert wackelige Bilder. Tucker ist dabei, den Defekt zu beheben. Sonst läuft alles, wie es soll.«

»Gute Arbeit!«

Obwohl mir Lucas versichert hat, dass die Kameras einwandfrei funktionieren, überprüfe ich jede einzelne noch mal und drehe kurz vor elf eine letzte Kontrollrunde. Als ich zurückkomme, geht Drake gerade schlafen. Wieder etwas, das mich überrascht. In meinem Kopf machen Hollywoodstars die Nacht zum Tag. Aber morgen müssen wir alle um sechs aufstehen, denn noch am selben Tag muss Drake vor die Kamera. Und dafür möchte er fit sein. Er ist viel disziplinierter, als ich gedacht hätte.

Und du magst ihn nicht, Hannah, ermahne ich mich, als mir klar wird, dass mir das gefällt. *Du magst ihn auf keinen Fall!*

Ich wünsche ihm eine gute Nacht, putze mir die Zähne und dusche – mit einem exklusiven Luxusduschgel. Danach probiere ich mich durch die Cremes, die mir Colleen eingepackt hat. Sie ziehen schnell ein und hinterlassen ein weiches Gefühl auf der Haut. Ich bin verliebt. Obwohl ich das nur ungern zugebe.

Eingewickelt in ein Badehandtuch durchsuche ich meine neuen Sachen nach Nachtwäsche und kann mir ein Augenrollen nicht verkneifen, als ich das Seidennachthemd finde. Normalerweise schlafe ich in übergroßen Football-Shirts. Auch Stars tun das. Doch mir wurde das untersagt. Es muss natürlich Seide sein!

Ich ziehe mich um und erschauere, als der Stoff kühl über meine Haut gleitet. Neugierig mustere ich mich im Spiegel. Ich sehe ganz anders aus als sonst. Eleganter, femininer, gepflegter.

Aber das bin nicht ich, denke ich.

Und doch fühle ich mich verdammt wohl in meiner neuen Haut. *Sexy.*

Mit einem Kopfschütteln über mich selbst verlasse ich das Bad. Ich lege meine Waffe griffbereit neben dem Bett ab und aktiviere auf dem Handy eine App, die mit dem Überwachungssystem des Grundstücks verbunden ist. Sollte irgendetwas nicht stimmen, schlägt sie Alarm. Dann schlüpfe ich unter die dünne Decke, sinke in die weichen Kissen und atme auf.

Was für ein Tag! Ich führe plötzlich das Leben der Superreichen. *Verrückt!* Und ein Zimmer weiter schläft der Mann, dem die halbe Welt an die Wäsche will. Und der mich geküsst hat.

Wärme durchdringt mich, und ich befürchte, nun kein Auge zutun zu können. Doch zu meiner eigenen Überraschung schlafe ich da schon ein.

***

Brrr-brrr-brrr … Das Vibrieren meines Handys reißt mich aus dem Schlaf. *Mist!* Das ist nicht mein Wecker. Das ist der Alarm der App.

Adrenalin schießt durch meinen Körper und lässt mich vergessen, dass ich keine zwei Stunden geschlafen habe. Mit einer geschmeidigen Bewegung greife ich nach meiner Waffe und dem Handy und bin auf den Beinen.

Auf dem Bildschirm wird mir angezeigt, dass eine der Überwachungskameras ausgefallen ist. Es ist die, die gestern Abend schon Macken hatte.

Ich will mich beruhigen, dass es sich hierbei nur um einen technischen Defekt handelt. In dem Moment meldet die App den Ausfall einer zweiten und einer dritten Kamera. *Nicht gut!*

Im Kopf visualisiere ich die Standorte und fluche, als ich ein Muster erkenne. Die gesamte Westseite des Grundstücks ist gerade unbewacht. Die Seite, auf der die Schlafzimmer liegen.

Alles in mir will der Sache sofort nachgehen. Geworfene Steine waren mal, jetzt passiert was Neues. Aber ich halte mich ans Protokoll. Ich sende einen stummen Alarm an Lucas und Tucker, an die Polizei und an Invisible. Danach bewege ich mich lautlos mit der Waffe in der Hand zu Drakes Zimmer. Seine Sicherheit geht vor.

Auf dem Gang tausche ich einen Blick mit Lucas, der nur Shorts trägt und genauso aus dem Schlaf gerissen aussieht wie ich. Er wird draußen nach dem Rechten sehen.

Dann betrete ich Drakes Schlafzimmer. Ich hasse es, ihn zu beunruhigen, aber ich habe keine Zeit zu verlieren. Vorsichtig rüttele ich ihn an der Schulter.

Er knurrt etwas und dreht sich auf die andere Seite.

Ehrlich jetzt?

Ich klettere auf die Matratze und schüttele ihn fester. »Drake?«, flüstere ich leise an sein Ohr. »Werd wach!«

Seine Hände tasten nach mir, finden mich, packen mich und ziehen mich enger. *Nicht sein Ernst!* Ich boxe ihn ungeduldig, und zum Glück öffnet er endlich die Augen.

Desorientiert blinzelt er mich an, will was sagen, doch da lege ich ihm schon den Finger auf den Mund. Für Erklärungen ist später Zeit. Jetzt müssen wir erst mal hier weg. Man braucht nicht lange von der Westseite hierher.

Ich deute mit dem Kopf zur Tür, er soll mitkommen. Er antwortet mit einem Nicken und steht auf.

Nackt.

Es geht nicht anders, ich muss einen Blick riskieren. Erst ist da sein muskulöser Oberkörper. Dann das Sixpack. Danach der V-Muskel und eine feine Haarlinie. Und schließlich ein Penis, der zu Drake passt. In Form und Länge perfekt, wie alles an dem Mann. Mutter Natur hat es wirklich gut mit ihm gemeint.

Unter anderen Umständen würde ich diesen Moment genießen, doch jetzt treibe ich Drake zur Eile an, dass er sich was anzieht. Ich behalte Türen und Fenster im Blick und nehme sein Tablet und sein Handy vom Nachttisch. Sobald er Boxershorts anhat, gebe ich ihm ein Zeichen, mit mir das Zimmer zu verlassen. Richtung Panikraum.

Der Raum befindet sich nicht direkt beim Schlafzimmer, sondern zentral im Gebäude, sodass er von allen Seiten gleich schnell erreicht werden kann.

Ich greife nach Drakes Hand, umschlinge seine Finger mit meinen und ziehe ihn mit mir. Aufmerksam und auf alles gefasst, so wie ich es trainiert habe.

Als wir den Panikraum erreichen, atme ich auf. Ich will nun Lucas und Tucker helfen, aber ich kenne meinen Job. Und der ist, bei Drake zu bleiben.

Wir betreten den in der Notbeleuchtung schemenhaft daliegenden, zehn Quadratmeter kleinen Raum. Sobald wir drinnen sind, schließe ich die Tür und verriegele sie von innen. Daraufhin übernimmt das System, und im gesamten Zimmer geht das Deckenlicht an, und ein Computer, über den man das Geschehen auf den Kameras verfolgen und mit der Außenwelt kommunizieren kann, fährt hoch.

»Alles okay bei dir?«, frage ich und nehme Drakes zerknitterte Gestalt in seiner ganzen Herrlichkeit in mir auf. Seine zerzausten Haare. Seinen freien adonisgleichen Oberkörper. Die auf links gedrehten Boxershorts.

»Was ist passiert?« Drake schirmt seine Augen gegen die plötzliche Festbeleuchtung ab.

»Die Kameras auf der Westseite sind ausgefallen«, sage ich und dimme das Licht herunter.

»Könnte ein Stromausfall sein.«

»Ist es nicht.« Schließlich sind es nur die drei Geräte.

Ich gehe zum Nachrichtensystem und informiere Lucas und Tucker, dass wir in Sicherheit sind. Gleichzeitig überprüfe ich die Aufnahmen der noch laufenden Kameras und entdecke sich bewegende Schatten. Alarmiert gebe ich dem Außenteam die Position durch. *Was geschieht hier?*

»Jemand ist auf meinem Grundstück?«, fragt Drake, der die Bewegungen ebenfalls gesehen hat.

»Keine Sorge«, sage ich sanft. »Wir haben alles unter Kontrolle.« Ich dimme das Licht noch weiter herunter. »Leg dich wieder hin und versuch weiterzuschlafen. Ich kümmere mich um das hier.«

Ich behalte die Bildschirme im Auge und bestätige den Alarm, was bedeutet, dass innerhalb weniger Minuten eine Polizeistreife auftauchen wird. Fast beruhige ich mich. Da erreicht mich eine Nachricht von Lucas: »Sie sind im Haus. Bin dran.«

Wer auch immer gerade einbricht, kommt näher. *Verdammt! Was haben die Leute vor?*

Nachdenklich drehe ich mich zu Drake, erwarte, dass er liegt und versucht zu schlafen, bin aber überrascht, dass er auf dem provisorischen Bett sitzt und mich beobachtet.

»Hast du Schmuck oder Wertgegenstände im Haus?«, frage ich ihn, um zu verstehen, worauf es die Einbrecher abgesehen haben könnten.

»Die wertvollsten Sachen liegen in meinem Safe im Schlafzimmer.«

»Könnte jemand die Kombination kennen?«

»Nein. Keiner.«

»Was gibt es sonst zu holen?«

»Bilder von Edward Hopper.«

»Die sind gesichert, dann wäre ein klassischer Alarm losgegangen«, wiegele ich ab. »Was ist mit dem Drehbuch?« Die Manuskripte sind für manche Leute Gold wert.

»Fuck, das ist auf meinem Tablet«, sagt Drake. »Und das ist –«

Ich zeige auf das Gerät, das ich vorhin eingesteckt habe. »Das ist hier. Keine Sorge. Fällt dir noch was ein?«

»Nein! Vielleicht DNA von mir?«

»Um dich zu klonen? Sooo besonders bist du nun auch wieder nicht.«

»Hey!«, ruft er.

»Selber hey!«, sage ich, zufrieden mit mir, ihm ein Lächeln entlockt zu haben. Er versucht, es zu überspielen, doch der Vorfall nimmt ihn sichtlich mit. *Kein Wunder in so einer Situation.*

Ich muss weiterarbeiten, drehe mich zurück zu den Bildschirmen und lese die letzten Updates vom Außenteam. Sie haben drei Personen durch das Haus gejagt, sie aber nicht erwischt. *Mist!* Dann taucht zum Glück ein Streifenwagen der Polizei auf. Die Unbekannten kriegen das mit. Über die noch funktionierenden Außenkameras kann ich sehen, wie sie türmen.

»Die Einbrecher hauen ab«, sage ich zu Drake.

»Was passiert jetzt?«

»Die Beamten werden zusammen mit Lucas und Tucker das Grundstück absuchen und Spuren sichern. Wenn keine Gefahr mehr droht, geben sie uns Bescheid und wir können hier raus.« Ich setze mich zu ihm und fahre ihm durch die Haare, obwohl ich das eigentlich nicht tun sollte. »Entspann dich! Es ist vorbei.«

»Wirklich?«, fragt er, packt mich und zieht mich auf seinen Schoß.

»Wirklich.«

Ich lasse zu, dass er mich hält, genieße es sogar, nehme seine Wärme wahr und seinen Herzschlag. Erschauere. Völlig unpassend. Fange seinen tiefen Blick auf, spüre plötzlich dieses verräterische Ziehen in meinem Unterleib und ermahne mich zur Vorsicht.

»Du solltest was essen.« Ich will von seinem Schoß rutschen und aus der Minibar ein Snickers holen. Essen beruhigt die Nerven. Aber seine Hände halten mich fest. »Dazu musst du mich aufstehen lassen, Drake.«

»Ich habe keinen Hunger.«

»Es wird dir guttun.«

»Vielleicht, aber was anderes wäre noch besser.« Sein Blick wandert zu meinen Lippen. Mein Körper reagiert und will das hier. Ich sollte immun gegen diesen Mann sein, bin es jedoch nicht.

»Nein!«, sage ich streng.

Er sieht mir fest in die Augen, lässt dabei seine Hand zu meinen Brüsten wandern und spielt durch den Seidenstoff hindurch mit einer meiner verräterisch hart gewordenen Brustwarzen.

»Nein, Drake …«, sage ich wieder, wenn auch schwächer. Die Kreise, die er mit dem Daumen zieht, lullen mich ein. Und schärfen gleichzeitig meine Sinne. Ich mag, was er tut. Mag ihn. Ich kann es noch so harsch abstreiten, er weiß es längst.

Zu meiner Rettung meldet sich in dem Moment ein Polizeibeamter vor dem Panikraum und authentifiziert sich mit einem Sicherheitscode. Ich löse mich von Drake und gehe zur Kommunikationsanlage. »Guten Abend! Hier spricht Hannah Clarke von Invisible. Wie ist die Lage?«

»Ma'am, Sie können jetzt rauskommen. Die Einbrecher sind weg.«

»Wo sind unsere Sicherheitsleute?«, frage ich, weil ich ihnen mehr vertraue als einem x-beliebigen Officer.

»Hier!«, meldet sich Lucas und taucht auf dem kleinen Display des Systems im Hintergrund auf. »Ihr könnt den Raum verlassen.«

»Gut«, sage ich erleichtert und mache mich daran, die Verriegelung zu lösen.

Da umfasst mich Drake von hinten. »Wir bleiben!«

»Sir, Sie sind in Sicherheit«, betont der Beamte.

»Danke, aber spricht was dagegen, hier drinnen zu übernachten?«

Ich drehe mich zu Drake. »Wir können wirklich gehen. Du musst morgen früh raus, schlaf noch etwas.«

»Glaubst du, ich komme da draußen jetzt zur Ruhe? Nein, wir bleiben.«

Ich seufze, weil ich den Rest der Nacht gerne in diesem unglaublich bequemen Luxusbett verbracht hätte. Doch ich kann Drake verstehen. Das eben war nicht einfach. Und letztlich ist er der Boss. Was er will, wird gemacht.

»Officer, danke für Ihren Einsatz«, sage ich. »Aber wir bleiben, okay?«

»Sicher, Ma'am!«, sagt er. »Dann warten wir auf die Spurensicherung.« Er tauscht seinen Platz am Kommunikationssystem mit Lucas.

»Euch beiden geht es gut?«, frage ich.

»Ja, niemandem ist was passiert.«

»Gibt es Hinweise, wer das war oder was sie gesucht haben?«

»Zählen im Haus verstreute …« Er sucht nach Worten. *Wie seltsam.*

Eben habe ich mir nichts dabei gedacht, als der Polizeibeamte die Spurensicherung erwähnt hat. Das ist Routine. Nun mache ich mir Sorgen.

»Was haben die Leute dagelassen?«, frage ich.

»Warte, ich schick dir besser ein Foto.«

»So schlimm?«

»Sieh selbst!«

Ich spüre Drakes Blicke im Rücken, aber muss sie nicht lange aushalten. Keine Minute später empfängt mein Handy ein Bild von Lucas, und mir stockt der Atem. Denn es sind blutige, ovale Fleischklumpen. »Die liegen im ganzen Haus? Was ist das?«

Er windet sich, was mir zeigt, dass er das längst weiß.

»Sag schon«, dränge ich ihn.

»Hoden. Könnten vom Schwein sein, oder auch vom Rind.«

Mir dreht sich der Magen um. »Das ist ja widerlich!«

»Was denn?«, fragt Drake neugierig.

Ich will es ihm nicht sagen, aber ich muss. Er ist niemand, den man im Dunkeln lässt. »Die Einbrecher haben nichts in deinem Haus gesucht, sondern dir was dagelassen.« Ich würge leicht. »Abgeschnittene Hoden. In rauen Mengen.« Ich schlucke erneut. »Weißt du vielleicht jetzt, wer dahintersteckt? Könnte es eine deiner zahlreichen Ex-Freundinnen sein?«

Drake schüttelt sichtlich betroffen den Kopf. »Wir sind immer im Guten auseinandergegangen. Davon mal abgesehen: Alle wissen, wie sie mich erreichen können. Wenn sie mir schaden wollten, könnten sie das viel leichter machen als auf diesem Weg.«

»Okay.« Ich wende mich wieder ab und bespreche mit Lucas, dass er die Spurensicherung beaufsichtigen soll. Sie werden locker eine Stunde brauchen. Und er soll sich von der Polizei den Kontakt eines Tatortreinigers zum Entfernen dieser Sauerei geben lassen.

»Bleibt dann alles bei morgen?«, fragt er, als wir mit allen wichtigen Punkten durch sind.

Ich schaue zu Drake, der mein Gespräch aufmerksam verfolgt hat. Er ahnt, in welche Richtung ich denke. Ich könnte entscheiden, den Dreh zu verschieben. Es würde ihm nicht gefallen. Aber er würde mitspielen. Lieber ein unzuverlässiger Schauspieler als ein verletzter oder gar toter! Doch nur wegen eines Einbruchs? Mit blutigen Mitbringseln? Das ist zwar heftiger als die Vorfälle neulich, aber immer noch nicht heftig genug.

»Hannah?«, hakt er nach, weil ich so lange geschwiegen habe.

»Ja, alles bleibt so wie geplant.« Am Set gibt es ebenfalls Sicherheitsvorkehrungen, der Drehort ist geheim, nur ein sehr begrenzter Personenkreis weiß Bescheid. Und ich habe Lucas und Tucker dabei. »Danke euch«, sage ich zu Lucas. »Wir sprechen uns morgen.«

»Du bleibst da wirklich drin? Bei ihm?«

»Er will das so. Und unter den Umständen ist es vielleicht sogar das Beste.«

»Verstehe. Na dann, viel Spaß euch beiden.« Lachend beendet Lucas das Gespräch. *Als würden wir es im Panikraum miteinander treiben! Männer!*

Ich informiere Invisible über die neuesten Entwicklungen und beruhige mich ganz allmählich. Es ist wirklich spät geworden, und ich brauche meinen Schlaf.

»Los, leg dich hin, Drake. Ich bin auch gleich fertig und mach das Licht aus.«

»Ich bin total wach.«

»Das kommt vom Adrenalin. Dein Körper baut es gerade ab. Sicher, dass du keinen Riegel willst? Die helfen.«

»Also gut, gib mir einen.«

»Braver Junge«, witzele ich, hole einen aus der Minibar und freue mich, als er ihn isst.

»Nimm du dir auch einen!«, sagt er da.

»Ich brauch keinen –«

»Willst du mit mir diskutieren?« Er hält mir ein Snickers hin. »Los, iss!«

Meine Güte, man könnte meinen, dass er hier auf mich aufpasst und nicht umgekehrt ich auf ihn. Und es gefällt mir. *Dämlich, Hannah! Richtig dämlich.*

Kopfschüttelnd esse ich den Riegel. »Zufrieden?«

»Fast.« Er legt sich hin und klopft auf den Platz vor sich. »Jetzt komm her und mach Feierabend!«

Ich starre auf die Stelle vor Drake, als hätte er mich darum gebeten, durch einen Feuerreifen zu springen. »Ich halte das für keine gute Idee.«

»Ich schon«, sagt er. »Außerdem bist du dafür da, dass es mir gut geht.«

»Aber deshalb schlaf ich doch nicht in einem Bett mit dir!« *Halb nackt!*

»Du willst es.«

»Von Wollen kann keine Rede sein. Das Bett ist nur bequemer als der Boden.«

»Soll ich dich bitten?« Sein Blick ruht abwartend auf mir. »Gut. Bitte, Hannah.«

Manipuliert er mich? Drake ist einer dieser Männer, die nie um irgendetwas bitten müssen. Ich will standhaft bleiben. Aber dumme Idee oder nicht, ich kann nicht widerstehen.

»Gut, mach mal Platz«, motze ich und lege mich neben ihn.

Drake

Besser. Erleichtert, dass keinem von uns was passiert ist, ziehe ich Hannah zu mir heran, atme ihren Duft ein, spüre ihre Wärme. Wie sie diesen Stress aushält, ist mir ein Rätsel. Sie ist auch nur ein Mensch. Ja, sie ist für solche Situationen ausgebildet, aber so was geht doch an niemandem spurlos vorbei.

»So hatten wir nicht gewettet«, sagt sie und versteift sich.

»Schlaf einfach!«

Ich ziehe sie noch etwas enger und mag, wie ihr Körper sich perfekt an meinen anschmiegt. Und plötzlich ist das Letzte, woran ich denken kann, Schlaf. Und ich drücke ihr einen Kuss in den Nacken.

»Drake, es reicht«, knurrt sie, legt aber entgegen ihrer schroffen Worte den Kopf zur Seite, damit ich besseren Zugang zu ihr habe.

»Scht!«, mache ich und küsse weiter ihren Hals, länger, intensiver, zärtlicher.

Sie dreht sich auf den Rücken. Ich beuge mich halb über sie, küsse mich ihren Hals entlang und spüre an ihrer Kehle jeden ihrer nervösen Schlucke. Und das plötzliche Verlangen lässt mich nicht mehr klar denken. *Wem macht sie hier was vor? Ich will sie. Sie will mich. Sie muss es gar nicht laut sagen, ihr Körper übernimmt das für sie und windet sich unter mir, statt mich wegzustoßen.*

»Himmel, Drake!«

Das ist kein Nein, und das genügt mir. Ich greife in ihren Nacken, küsse sie richtig und werde hart, als sie zwar ihre Hände wie zum Protest auf meine legt, sich dann aber dem Kuss ergibt.

Noch nie habe ich eine Frau so sehr gewollt wie in diesem Augenblick. Und ich verliere endgültig die Kontrolle, als sie mich zurückküsst und ihre Finger in mein Haar gräbt. Nicht mehr das Mauerblümchen ist, sondern mir den Verstand raubt. Ich küsse sie tiefer, brauche ihre Haut. Ungeduldig ziehe ich ihr das Nachthemd aus und entdecke nicht nur unglaublich hübsche Brüste, sondern zwei Leberflecken. Einen an ihrem Brustansatz und einen weiteren bei ihrer Achselhöhle. Als würde ihr Körper den Männern ihre erogenen Zonen verraten.

Hannah windet sich unter mir, und ich überprüfe meine Theorie. Ich küsse den Punkt unterhalb ihrer Brüste und spiele gleichzeitig mit einem ihrer harten Nippel.

»Gott!«, stöhnt sie.

Volltreffer! Motiviert knabbere ich weiter an der Stelle, will diese Frau für mich ganz schwachmachen und ganz heiß und ganz feucht. Dann streife ich über ihre weiche Haut, bis ich ihren Nippel zwischen meine Lippen saugen kann. Und sie wimmert wieder.

»O Gott, Drake! So was hab ich noch nie gespürt.«

»Dann wurde es Zeit. Und wie fühlt sich das an?« Ich drücke ihr die Arme über dem Kopf in die Matratze und widme mich der zweiten Stelle. Woraufhin sie sich aufbäumt, sich mir entziehen will, es jedoch nicht schafft. Weil ich die einzige Methode gefunden habe, um sie schachmatt zu setzen: indem ich ihr Lust beschere.

Unsere Küsse werden wilder, unsere Berührungen heißer, und ich will mehr, brauche mehr. Hannah hat mir komplett den Verstand geraubt. Sie ist so anders als die Frauen vor ihr. Erst so zurückhaltend und dann gierig, abenteuerlustig, neugierig, hingebungsvoll.

Ich lasse sie meine Erektion spüren, halte die Spannung nicht länger aus, schiebe meine Hand zwischen ihre Beine und prüfe, wie bereit sie für mich ist.

»Gott, Babe!«, hauche ich, als meine Finger ihre Feuchtigkeit ertasten, das deutlichste Zeichen dafür, dass sie das hier wirklich will. Sie ist klatschnass, und ich dringe in sie und mache unmissverständlich klar, womit das hier enden wird. Mit mir in ihr. Hart und tief.

»Verdammt, Drake!«, haucht sie da. Nun verärgert.

Fuck! Ihr Tonfall lässt mich innehalten, doch noch ziehe ich meine Hand nicht weg, sondern reibe weiterhin über ihre Klit. »Was, Babe?« Ich küsse sie zärtlich und merke, wie sie bebt. »Was ist los?«

»Ich will dich so sehr …«

»Das kann ich spüren.«

»Du!« Sie boxt mir gegen die Schulter, fährt mir aber gleich darauf unglaublich sanft durch die Haare, atmet tief durch und schließt die Augen. »Ich hab gerade das Gefühl, dass ich sterbe.«

»Da sind wir schon zu zweit.« Denn meine Erektion pocht wie verrückt, vor allem seit ich weiß, wie bereit sie ist.

»Das hier ist nicht lustig«, murmelt sie.

»Ich meinte das auch nicht lustig«, sage ich und versuche zu verhindern, dass sie sich distanziert. »Ich kann dafür sorgen, dass es besser wird. Für uns beide. Wenn du mich lässt.«

»Nein, Drake.«

Das kleine Wörtchen begräbt all meine Hoffnungen unter sich. Ich könnte sie rumkriegen. Sie will das hier genauso dringend wie ich. Doch so will ich keine Frau erobern. Nein heißt Nein. Ich mag mir vieles herausnehmen, was sich andere nicht erlauben können, aber hier liegt meine Grenze.

»Okay«, sage ich, atme tief durch, ziehe mich zurück und drücke ihr einen Kuss auf die Stirn. »Das ist okay, Babe.«

»Tut mir leid, Drake. Wirklich.« Sie legt eine Hand an meine Wange. »Wenn du …« Sie wird rot, doch sie ist Hannah. Sie scheut sich nicht, unbequeme Wahrheiten auszusprechen. »Wenn du dich um deine Erektion kümmern willst, nur zu!«

Besagter Teil von mir zuckt begeistert. Aber irgendetwas sagt mir, dass, wenn ich das mache, ich genau das Arschloch bin, für das mich Hannah insgeheim hält. Der triebgesteuerte Kerl, der glaubt, dass er dank seinem Geld und seinem guten Aussehen mit allem durchkommt.

»Geht schon«, sage ich daher nur, rolle mich auf die Seite und taste nach der Decke. »Und wenn du willst …«, erlaube ich mir anzudeuten.

»Das hättest du wohl gerne!«, schnaubt sie, sucht ihr Nachthemd und zieht es sich wieder über. »Geht auch.«

»Warum bist du sauer auf mich?« Ich mache ihr neben mir Platz, weil sie gefälligst richtig zu mir kommen soll.

»Du verführst mich«, antwortet sie, schmiegt sich aber dennoch an mich.

»Schuldig«, erwidere ich leise, decke uns zu, lege meinen Arm um sie und streichele zärtlich ihren Oberarm. »Soll ich damit aufhören?«

»Lass uns schlafen, Drake.«

Ich muss lächeln und drücke ihr einen Kuss ins Haar. »Gute Nacht, Babe.« Denn das war dieses Mal kein Nein. Damit kann ich arbeiten.

Hannah schläft beinahe sofort ein. So als wäre sie es bei ihrem Job gewohnt, jede Minute Ruhe, die sie kriegen kann, zu nutzen. Schließlich weiß keiner, wann der nächste Einsatz folgt. Ich merke es daran, wie ein letzter Rest Anspannung aus ihrem Körper weicht. Ihr Atem bläst heiß gegen meinen Hals. Und obwohl ich müde bin, fahre ich mit den Fingern noch eine Weile durch ihre Haare.

Unglaublich, dass wir uns erst so kurz kennen. Jede Minute mit ihr ist intensiv, und ich kann es nicht erwarten, mehr über sie zu erfahren. Gabe würde ausrasten, wenn er wüsste, wie intim diese falsche Beziehung in Wirklichkeit ist. Hannah ist hier, um auf meinen Hintern aufzupassen. Nicht um ihre Finger in besagtes Exemplar zu krallen und nach mehr zu betteln. Aber was Gabe nicht weiß, macht ihn nicht heiß. Von mir wird er es jedenfalls nicht erfahren. Dafür genieße ich meine Fake-Freundin viel zu sehr. Es mag seltsam klingen, aber auf dass es dauert, bis die Polizei denjenigen findet, der hinter all diesen Vorfällen steckt. Denn so lange wird Hannah bei mir bleiben.

Geduld, Bradford! Du kriegst diese Frau …

Meine Erektion wird kleiner, erträglicher. Ich verändere noch mal meine Position und schiebe eine Hand unter Hannahs Nachthemd, weil ich diese Frau einfach brauche.

Auf eine verdammt primitive Art und Weise, die mir ein bisschen Angst macht, weil ich mich so nicht kenne. Dann schlafe auch ich ein.

***

Stimmen aus dem Flur wecken mich. Ich blinzele, kann Hannah nicht entdecken, sehe aber, dass die Tür des Panikraums offen steht.

»Sie sollten auf ihn aufpassen!«, ruft Gabe von draußen.

»Das habe ich«, antwortet Hannah kühn.

»Will ich wissen, wie?«

»Entschuldigung!«, empört sie sich. »Das, was Sie da andeuten, gefällt mir nicht.«

»Drake verkriecht sich nicht im Panikraum.«

»Und das wissen Sie, weil er ständig Einbrecher im Haus hat, oder was?«

Gabe schweigt dazu.

»Dachte ich mir«, sagt Hannah sauer. »Das gestern Nacht war eine Ausnahmesituation. Und zum Glück ist niemandem was passiert. Sie können alles in meinem Bericht nachlesen. Darf ich jetzt gehen und mir was anderes anziehen? Nicht dass es heißt, ich würde auch Sie in meinem Nachthemd verführen wollen. Mit Klamotten übrigens, von denen Sie wollten, dass ich sie trage.«

»Oh, natürlich.«

Klasse! Mein Manager, der offensichtlich nach dem Vorfall letzte Nacht gekommen ist, um nach dem Rechten zu sehen, hat Hannah in diesem sexy Seidenkleid gesehen? Passt mir nicht, passt mir absolut nicht. Und dass er an ihr zweifelt, noch weniger.

»Gabe!«, rufe ich.

Ich hab was klarzustellen. Hannah bleibt bei mir.

8

Hannah

Hat mir Drakes Manager eben echt auf die Brüste gestarrt?

Hastig stöbere ich in meinen bereits gepackten Koffern nach Klamotten, um das Seidennachthemd gegen etwas Züchtigeres einzutauschen. Zum Glück wurde letzte Nacht nichts hiervon in Mitleidenschaft gezogen. Im Rest des Hauses haben die Tatortreiniger auch ganze Arbeit geleistet. Beziehungsweise leisten sie laut Tucker teilweise noch. In der ersten Etage haben sie sämtliche blutigen Spuren beseitigt. Im Erdgeschoss sind sie noch auf der Terrasse zugange. Nicht mehr lange, und alles ist so, als wäre nichts geschehen.

»Alles okay bei dir?«

Drakes Stimme lässt mich zusammenzucken. »Sicher«, sage ich, fahre herum und mustere ihn. Er reibt sich über das Gesicht, eindeutig noch müde von der kurzen, turbulenten Nacht, aber sein Blick schickt neue Hitze durch mich hindurch. Ganz anders als eben bei Gabe. »Bleibt es dabei, dass es um sieben losgeht?«, frage ich und besinne mich auf meinen Job.

»Ja. Schaffst du das?«

Ich runzele irritiert die Stirn.

»Du hast noch dein Nachthemd an«, sagt er und spielt mit einem meiner Träger.

Ich schlage ihm auf die Finger, weil das mit Gabe in der Nähe völlig unangebracht ist. Aber es ist zu spät. Auch ohne hinzusehen, weiß ich, dass sich meine Brustwarzen hart unter der Seide abzeichnen. »Ich brauche nur sieben Minuten, und du?«, sage ich.

»Sieben Minuten?«, wiederholt er überrascht.

»Vielleicht auch elf.« Wenn ich dusche, was ich unbedingt machen sollte, denn das Bad hier im Haus ist ein Traum. Die Einrichtung beim Dreh wird deutlich einfacher sein.

Drake grinst breit. »Also zum einen – und das scheint dir nicht klar zu sein – wirst du in Zukunft mindestens eine halbe Stunde für deine Haare brauchen.«

Ich fasse mir skeptisch in meine Mähne. Bisher dauerte das Föhnen trotz der Länge wenige Minuten. Ich muss nur den Haartrockner auf volle Leistung schalten, die Haare über Kopf durchpusten, mich aufrichten, mich kämmen, und ich bin fertig.

»Die Wellen, die du drin hattest, sind aufwendig«, erklärt er, wickelt sich eine Haarsträhne um den Finger, lässt sie aber schon wieder los, bevor ich nach seiner Hand schlagen kann. »Ich hoffe, du kriegst das alleine hin.«

»Auf jeden Fall«, behaupte ich selbstbewusster als angebracht. *Es sind nur Haare, oder? Keine Raketenforschung.* »Warum brauche ich außerdem länger?«

»Das wüssten alle Männer gerne. Keine meiner Ex-Freundinnen kam unter einer Stunde aus dem Bad.«

»Was?! Ich brauche eine Stunde?!« Das muss ein Scherz sein.

»Um dich einmal komplett fertig zu machen? Ja, mindestens.« Drake lässt seinen Blick über mich gleiten, als würde er erwägen, mir zu helfen. »Ich vermute, das liegt an einer Creme für das Dekolleté, einer fürs Gesicht, einer für die Augen, einer für einen straffen Hintern und so weiter. Dazu kommen noch Haare und Make-up. Das dauert.«

»Ergibt Sinn«, murmele ich, obwohl das für mich bisher keinen Sinn ergeben hat. Creme ist Creme. Im Notfall reicht eine völlig aus. Und nicht umsonst existieren Fünf-Minuten-Schminkanleitungen. »Was ist mit dir?«, frage ich.

»Mit mir?«, tut er nun gespielt irritiert. »Ich brauche eine halbe Stunde, damit ich zum Anbeißen aussehe. Das ist für Hollywood schnell.«

Ungewollt muss ich lächeln, weil er sich selbst veralbert. »Glaubst du das wirklich?«

»Na gut, vielleicht könnte ich schneller sein. Aber ich bin größer als du. Da ist viel mehr Fläche, die hergerichtet werden muss. Allein beim Duschen! Das dauert, bis das Wasser überall hingekommen ist.«

»Ernsthaft? Willst du so argumentieren?«

»Nicht gut?« Er grinst schief. »Es war einen Versuch wert.«

»Und wie geht es dir?« Ich muss das fragen. Natürlich nur aus beruflichen Gründen, rede ich mir ein. Das, was gestern Nacht passiert ist, war kein Hollywood-Actionfilm, sondern die Realität. Der Einbruch hätte auch anders ausgehen können.

»Wie geht es denn dir?«, fragt er leise und zieht mich an sich.

»Drake!« Bis eben ging es mir ganz okay, doch jetzt rast mein Herz.

»Sag schon.« Seine Finger spielen erneut mit meinen Haaren. Und ein wohliger Schauer durchdringt mich. Dabei kann es doch gar nicht sein, dass ich ihm wirklich wichtig bin. Wir kennen uns kaum.

»Gut«, sage ich daher nur, versuche, mich ihm zu entziehen, aber schaffe es nicht. Zumindest nicht, ohne Gewalt anzuwenden.

»Du siehst müde aus.«

»Warum flirtest du dann mit mir?«

»Ich flirte nicht mit dir, ich mach mir Sorgen«, sagt er und fährt mir erneut durch die Haare. Was er echt sein lassen muss. Ich kann so nicht denken.

»Es geht schon«, sage ich hastig. »Wie fühlst du dich denn?«, frage ich noch einmal, weil ich bisher keine Antwort erhalten habe. Dabei kommt es hier auf ihn an. Nicht auf mich.

»Ich habe dich heute Morgen in meinem Bett vermisst.«

»Drake!« Mir wird furchtbar heiß, und instinktiv halte ich ihm die Hand vor den Mund, aus Angst, Gabe könnte ihn hören.

»Du hast gefragt«, sagt er an meiner Hand, die ich daraufhin sofort zurückziehe.

»Du wirst mich nie früh in deinem Bett vorfinden. Gewöhn dich daran. Ich bin schließlich so was wie deine Angestellte und muss vor dir aufstehen. Und sonst?« Ich sehe ihn streng an, dabei schmilzt ein Teil von mir dahin. »Sei ehrlich!«

Er seufzt.

»Hey!« Nun bin ich es, die ihm durchs Haar fährt. Weil er das braucht. Und weil ich das brauche. Was verrückt ist. Dennoch kann ich nichts daran ändern.

»Ich kann immer noch nicht glauben, dass das passiert ist. Dass irgendjemand meinetwegen hätte verletzt werden können«, sagt er leise. »Ich hab eben mit Gabe besprochen, dass er die Ergebnisse der Ermittlungen besorgt.«

»Das ist gut«, sage ich. Und dann weiß ich selbst nicht, was mich reitet, aber ich umarme Drake richtig. Er hält mich fester. Unsere Körper kommen sich wieder ganz nah.

Ich nehme seine Wärme in mich auf. Und er bestimmt auch meine in sich. Es fühlt sich gut an. Auf einer Ebene, auf der es sich nicht gut anfühlen dürfte.

»Genug gekuschelt!«, sage ich gröber als nötig und reiße mich los, bevor das hier ausufert. »Mach dich hübsch, Mister Hollywood. Das Set ruft!«

Drake

Da ist sie wieder, das Mädchen von nebenan. Das eine klare Abneigung gegen oberflächliche Hollywoodstars und ein Leben im Luxus hat.

Aber es stört mich nicht. Denn ich weiß, wer ich bin. Aus Überzeugung spende ich Unmengen von meinem Vermögen für soziale Projekte. *Und* ich habe das Feuer in ihren Augen gesehen. Ich habe ihre Hitze gespürt. Und ihre harten Nippel haben sich verdammt deutlich gegen mich gedrückt. Das genügt mir fürs Erste.

Ich sehe Hannah nach, bis sie im Bad verschwunden ist, und gehe in mein Zimmer, um mich ebenfalls fertig zu machen. Ich mag einen zweifelhaften Ruf unter Frauen genießen, aber als Schauspieler bin ich extrem zuverlässig. Spätestens heute Abend muss ich vor der Kamera stehen, vielleicht auch schon am Nachmittag. Und ich werde das nicht vergeigen.

»Du schläfst wirklich nicht mit ihr?«, fragt mich Gabe, mit dem ich eigentlich schon durch war. Er mustert mich kritisch, als wären irgendwo Zahnabdrücke oder Lippenstift.

»Nein, wir schlafen nicht miteinander«, sage ich nur, gehe ins Bad und stelle mich unter die Dusche.

Gabe folgt mir, ich kann seinen Schatten vor der beschlagenen Glastür der Dusche ausmachen. »Meinst du denn, ich hätte Chancen bei ihr?«

Eifersucht durchdringt mich. Ich drehe das Wasser kälter und stelle mich direkt unter den Strahl.

Gabe öffnet die Tür einen Spalt. »Hey! Ich hab dich was gefragt!«

»Sorry, hab dich nicht gehört«, lüge ich. »Mach die Tür wieder zu, bevor du mein Bad überschwemmst. Was ist denn los?«

»Meinst du, sie hat einen Freund?«, fragt er nun, aber schließt die Tür.

»Woher soll ich das wissen?«, gebe ich zurück. Ja, wir haben uns geküsst, mehr als einmal. Doch im Grunde weiß ich kaum etwas über Hannah.

»Wäre es seltsam, wenn ich es bei ihr probiere?«

»Seit wann ist denn so jemand dein Typ?«, frage ich bemüht beiläufig.

»Du weißt doch: Stille Wasser sind tief. Ich vermute ja, dass in ihr eine kleine sexy Wildkatze lauert. Miau!«

Er hat Fantasien von meiner Hannah als Wildkatze?! »Ja, eine Wildkatze, die dir den Arsch aufreißt«, knurre ich. Und wenn sie es nicht macht, übernehme ich das.

Ich stelle das Wasser ab, trete aus der Dusche und schlinge mir ein Handtuch um die Hüften.

»Ist noch was?«, frage ich Gabe, verteile Rasierschaum auf meinem Gesicht und Hals und führe die Klinge über meine Haut. Ich ziehe zwei Linien, wasche den Schaum ab, fahre mit der Hand prüfend über die Stelle und mache weiter.

»Könntest du total fies zu ihr sein?«

Ich fahre mit der Klinge über mein Kinn. »Und dann?«

»Dann mach ich dich klein, stell mich auf ihre Seite, bin ihr Retter und tadaaa, wir haben heißen Sex!«

Gabes Worte schießen wie ein Blitz durch mich, und ich gleite mit der Klinge ab. »Fuck!«

»Ist es schlimm?«, fragt Gabe.

Ich spüle den Schaum ab und halte ein Papiertuch auf die Blutung. »Nichts, was die Visagisten nicht abdecken können«, winke ich ab.

»Lass mich mal sehen!«

Das ist Gabe. Er hat Kontakte in der ganzen Stadt und nutzt gnadenlos aus, dass er jede haben kann. Tatsächlich ist er genau so, wie Hannah es von mir denkt. Aber dann schaltet er sofort um, stellt seine eigenen Wünsche zurück und ist als Agent für mich da.

»Zum Glück kaum zu erkennen«, meint er erleichtert und sieht mich von der Seite an, während ich meine Rasur fortsetze. »Hilfst du mir nun bei Hannah?«

»Nein«, sage ich, jetzt besser auf die Richtung dieses Gesprächs vorbereitet, und konzentriere mich, damit ich mich nicht erneut schneide.

»Warum nicht?«

Weil ich Hannah für mich will, geht mir durch den Kopf. »Weil sie mich so schon nicht ausstehen kann«, sage ich stattdessen laut. »Kein Grund, das weiter zu fördern. Nicht dass sie am Ende den Typen, die es auf mich abgesehen haben, noch die Tür öffnet.«

»Gut, dann versuch ich es, wenn das hier vorbei ist.«

»Tu, was du nicht lassen kannst«, sage ich locker. Denn das mit Hannah wird nicht vorbeigehen. Nicht wenn ich ein Wörtchen mitzureden habe.

»Mache ich«, sagt Gabe zufrieden und verschwindet endlich. Aber an der Tür zögert er noch mal und grinst breit. »Ich sage nur stille Wasser, Mann! So was lohnt sich!«

»Hau ab, Gabe!«

Lachend geht er.

Sobald ich allein bin, halte ich inne und stütze mich am Beckenrand auf. Das hier wird schwieriger, als ich dachte.

Unwillkürlich stelle ich mir Hannah neben Gabe vor. Stelle mir vor, sie würde ihn so ansehen, wie sie mich angesehen hat. Mit diesem Funkeln in den Augen. Dieser Sehnsucht. Dieser stummen Bitte, flachgelegt zu werden.

Fuck, nein! Das wird nicht passieren!

Ich ziehe mich an, trage meine Tasche zum Eingangsbereich, mache dann Kaffee für alle, frühstücke und warte auf Hannah. *Dass sie so lange braucht, wird sie ärgern. Und wie!* Stattdessen taucht sie nur kurz nach mir auf. In einem ärmellosen, knielangen, hautengen Kleid. Ihr Haar trägt sie straff zusammengebunden, scheint es also aufgegeben zu haben, es so wie die Stylisten zu frisieren. Und ich entdecke einen Hauch Make-up.

Mir bleibt kurz der Mund offen stehen. Dabei habe ich die Frau schon in weit weniger gesehen. Dann überkommt mich das dringende Gefühl, ihr eine Jacke zu geben, damit niemand ihre sexy Kurven sehen kann.

»Nicht gut?«, fragt sie.

»Wo willst du bei dem Outfit deine Waffe tragen?«

»Hier!«, sagt sie und hebt ihren Shopper hoch. »Ein Griff …« Sie macht es vor. »Und ich bin bereit.«

»Dann ist es wohl okay«, murmele ich.

»Du siehst nicht so aus.« Sie zeigt mit dem Daumen hinter ihren Rücken. »Ich kann mich auch umziehen. Kein Problem.«

Ja, denke ich. *Bitte, erlöse alle Männer in deiner Umgebung von möglichen Erektionen.* Aber Gabe kommt mir zuvor.

»Dafür haben wir keine Zeit«, sagt er und zwinkert mir zu, als hätte ich ihm wie verabredet in die Hände gespielt. »Und falls meine Meinung auch gefragt ist: Ich finde, Sie sehen fantastisch aus. Ich bin wirklich froh, Sie hier zu haben.«

»Oh … danke.«

Fällt sie etwa auf Gabes Masche herein? Und sieht sie nicht, dass er von uns beiden der Aufreißer ist?!

Alles in mir will sie jetzt entweder ficken, bis sie meinen Namen stöhnt, oder in einen Kartoffelsack stecken. Keines davon ist eine echte Option.

Klappernd stelle ich mein Geschirr weg. »Wie schön, dass wir alle fertig sind. Dann können wir ja los …« Ohne Gabe, der hier in L. A. Papierkram zu erledigen hat und beim Dreh nicht dabei sein wird. Nie zuvor war ich so dankbar dafür.

9

Hannah

»Ich fahre«, sagt Drake seltsam knurrig, als wir die Garage betreten.

»Von wegen!« Ich verstaue mein Gepäck im Kofferraum eines SUV mit getönten Scheiben und nicke Lucas und Tucker zu, die uns in einem zweiten Wagen begleiten werden. »Ich bin für sicheres Fahren ausgebildet. Ich übernehme das.«

»Dazu müsstest du mich erst mal vom Fahrersitz wegbekommen«, sagt er, nimmt Platz und knallt die Tür zu.

Was hat er bitte schön? Seine Tage? »Raus da!«

Er schüttelt kaum merklich den Kopf, als könnte er nicht glauben, was er sieht, und schnallt sich an. »Ich denke ja nicht im Traum daran.«

Scheiß Hollywoodstar!

Seit ich in diesem Kleid aufgetaucht bin, hat der Mann eine Laune! Dabei habe ich mir richtig Mühe gegeben, sensationell auszusehen und schnell fertig zu werden, damit wir pünktlich aufbrechen können. Nicht mal Frühstück hatte ich. Wie ihm hätte auffallen können! Für mich gab es nur Wasser und einen Proteinriegel.

Wenn hier jemand schlechte Laune haben darf, dann ja wohl ich!

Und trotzdem finde ich Drake Bradford immer noch heiß. Und muss wieder daran denken, wie es war, ihn zu küssen. Und von ihm geküsst zu werden. Etwas, was ich durchaus wiederholen möchte. Nur dass es sich nicht wiederholen darf.

»Fein! Dann sei du eben mein Chauffeur!«, gebe ich nach. »Aber ich muss noch mal alles überprüfen. Darf ich?«

Ohne auf Drakes Zustimmung zu warten, beuge ich mich ins Innere des Wagens, starte die Elektronik und kontrolliere die Einstellungen des Bordcomputers. Die Einbrecher waren nicht hier, aber man kann nie vorsichtig genug sein.

Ich kann nichts Auffälliges entdecken. Als Nächstes prüfe ich daher den Wasser- und Ölstand und wie voll der Tank ist – und schwinge meinen Körper mit Absicht um Aufmerksamkeit heischend vor Drakes Nase herum. Als kleine Strafe für sein mieses Verhalten. Kindisch, aber irgendwie weckt er diese Seite in mir.

»Dauert's noch lange?«, knurrt er.

»Ich hab's gleich«, zögere ich meine Inspektion hinaus.

»Moment, ich helfe etwas nach.«

Unerwartet fährt Drake seinen Sitz zurück, um mir mehr Platz zu geben. Mein nächster Hüftschwung geht daraufhin ins Leere, und ich verliere das Gleichgewicht.

»Gott, Frau!«, flucht Drake, reagiert und plötzlich sind seine Hände an meinen Hüften. Sicher, fest, warm.

Über die Schulter will ich ihn böse anfunkeln. Das eben war nicht meine Schuld. Aber ich sehe die Hitze in seinem Blick. Was wiederum für völlig unangebrachte Hitze bei mir sorgt. Außerdem ist da Wut.

Was auch immer hier los ist, es hat mit mir und doch nichts mit mir zu tun. *Seltsam.*

»Soll ich mich noch mal umziehen?«, frage ich ganz direkt. »Das Outfit von gestern liegt in einer der Taschen oben. Das geht schnell.«

»Ja«, sagt er, ohne zu zögern, lässt mich los und lehnt sich in seinem Sitz zurück, nur um sich gleich darauf zu korrigieren. »Nein. Keine meiner Freundinnen würde zwei Tage hintereinander das Gleiche anziehen.«

»Andere Wünsche?« Ich richte mich eine Spur atemlos auf und streiche das Kleid glatt.

»Hier, nimm die«, sagt er, greift auf den Rücksitz und reicht mir eine Jacke.

»Und dann gibst du Ruhe?«, hake ich nach und nehme das Teil.

»Werden wir gleich sehen. Mach schon!«

»Ja doch …«

Ich ziehe mir die Jacke an, die nach ihm riecht und nach Leder, und erschauere leicht. Was Drake nicht entgeht, denn er grinst.

»Das war nur, weil der Stoff kalt war«, sage ich.

»Aber jetzt ist dir warm?«

Den plötzlich flirtenden Tonfall kann er sich sparen. »Jetzt ist mir nicht nur warm, Mister Hollywood, sondern ich bin glühend heiß«, tue ich gespielt geheimnisvoll.

Drake lacht darüber nur.

Blödmann!

Ich beende meinen Kontrollgang und prüfe mit einem Spiegel die Unterseite des SUV. Sicher ist sicher. Lucas und Tucker sind an ihrem Wagen schon fertig.

»Wie willst du das handhaben, wenn wir beim Dreh sind?«, fragt mich Drake, als ich fertig bin, mich setze und anschnalle. Wir fahren langsam auf den Vorplatz und warten, bis sich das Tor des Grundstücks aufschiebt.

»Was meinst du?«, frage ich, während ich mich in alle Richtungen umschaue.

»Wie soll ich jemandem erklären, dass meine sexy Freundin meinen Wagen untersucht, als hätten Terroristen eine Autobombe platziert?«

Indem ich es nicht mache, sondern den Job an Lucas oder Tucker übergebe. Aber das sage ich Drake nicht. Die Stimmung zwischen uns ist angespannt, und ich will sie lieber auflockern. »Du könntest allen erzählen, ich würde für eine Rolle üben.«

Das Tor zur Straße ist so weit offen, dass wir durchpassen. Drake lächelt über meine Antwort, gibt Gas, steuert den Wagen aus der Einfahrt und nimmt die Route, die ich ins Navi vorprogrammiert habe. Ich werfe einen Blick zurück und sehe, dass uns der andere SUV folgt.

»Hey, ich bin gut!«, kommentiere ich sein Lächeln. »Ich dachte, wir hätten das bereits geklärt. Nicht umsonst hat uns die Presse meinen ersten Auftritt abgekauft.«

»Es ist kein Schauspielern, wenn du mich wirklich magst.«

»Was?! Ich mag dich nicht!«, tue ich entrüstet, aber zupfe instinktiv an seiner Jacke, die ich anhabe.

»Siehst du, was du für eine schlechte Schauspielerin bist?! Ich kauf dir das nicht ab.«

»Nur weil wir die Nacht zusammen verbracht haben.«

»Was dir gefallen hat.«

»Wozu du mich gezwungen hast.«

»Ändert nichts daran, dass du in meinen Armen geschlafen hast wie ein Baby.«

Diese Unterhaltung wird immer lächerlicher, und ich kann sie nie im Leben gewinnen. Trotzdem genieße ich sie. »Fein, was sage ich dann?«

»Ich könnte behaupten, ich hätte was für dich versteckt.«

»Und du lässt deine Freundin dafür das Auto absuchen? Wie gemein!«

»Ich bin eben ein Scheißkerl. Glaubst du, das würde irgendjemanden wundern?«

»Wenn ich das jeden Tag mache? Ja.«

»Ich lass mir einfach immer wieder was Neues einfallen.« Seine Mundwinkel zucken. »Du könntest zum Beispiel einmal pro Woche meinen Wagen waschen, und ich spritze dich dabei ab.«

»Träum weiter!«

»Das würde funktionieren.«

»Ja, würde es«, gebe ich zerknirscht zu. »Aber dann sehen alle meine Brüste, wenn der Stoff nass an meiner Haut klebt. Gefällt mir nicht.«

»Stimmt, gefällt mir auch nicht.«

»Danke dir.« Ich beuge mich zu Drake und drücke ihm einen Kuss auf die Wange, einfach weil mir danach ist. Und er verreißt das Lenkrad. »Hoppla!« Schnell greife ich ein. »Wie gut, dass du einen Bodyguard an Board hast.«

»Ja, wie gut«, murmelt er.

Keine Sekunde später ruft uns Lucas über das System des Wagens an. »Gibt es bei euch ein Problem?«

»Nein«, sage ich.

»Wirklich nicht?«

Ich stoße Drake in die Seite.

»Nein«, sagt auch er.

Ich beende die Verbindung, und wir biegen kurz vor Santa Clarita von der Interstate ab, um Richtung Palmdale weiterzufahren. Von dort ist es nicht mehr weit. Die Straße wird etwas leerer, und fast fühle ich mich wie im Urlaub. Ich spiele an der Klimaanlage herum, lehne mich zurück und verfolge routiniert über die Seitenspiegel den Verkehr.

Da zahlt sich all mein Fahrservice aus.

»Rechnest du mit Problemen?«, fragt Drake.

»Nein«, sage ich. »Bis auf Lucas und Tucker ist uns kein anderer Wagen aus L. A. gefolgt. Das ist nur einfach mein Job.« Ich drehe mich kurz zu ihm, dann konzentriere ich mich wieder auf die Umgebung. »Ich beobachte auch das Wetter, die Landschaft, die Tankanzeige, alles, was ich vorhin schon geprüft habe.« Gefahr kann schließlich aus vielen Richtungen kommen. Auch wenn die trockenen Straßen und die drei Wolken an einem ansonsten klaren blauen Himmel keine verheißen.

»Wie lange machst du das schon?«, fragt Drake.

»Seit wir losgefahren sind.«

»Nein, ich meine, im Personenschutz arbeiten.«

Es ist nicht verboten, privat mit Kunden zu sprechen. Das bleibt nie ganz aus. Je länger man miteinander zu tun hat, desto mehr wird man so was wie ein Vertrauter, ein Freund. Aber Drake lässt mich zögern.

Nicht weil dieser Mann mir nahekommt, sondern weil ich ihm nahekomme.

Näher, als normal ist.

»Du musst mir nicht antworten«, sagt er, als ich mir Zeit lasse.

»Doch, ich will«, sage ich und treffe eine Entscheidung. »Ich arbeite quasi schon immer in dem Bereich.«

»Ungewöhnlich.«

»Nicht wenn dich Jungskram immer mehr interessiert hat als Mädchenkram.«

»Was zum Beispiel?«

»Wasserpistolen, Skateboarden, Baseball …« Ich grinse. »Viel besser, als sich über hundert verschiedene Lippenstifttöne den Kopf zu zerbrechen.«

»Ich nehme mal an, du hattest es nicht so leicht in der Schule.«

»Überhaupt nicht«, gebe ich zu. »Dazu kam noch der Hauch von Mittlerem Westen, der mich umgeben hat. Als wäre ich direkt von einer Schweinefarm in die schillernde Großstadt gestolpert.«

»Wie meinst du das?«

»Ich komme ursprünglich aus Kansas. Merkt man kaum noch, oder?«

Er schmunzelt. »Ja, *kaum*.«

Gespielt verärgert boxe ich ihn in die Seite. »Ha, ha, mach dich ruhig lustig darüber. Du wärst nicht der Erste. Mir hat es dort tatsächlich gefallen. Das Leben ist viel bodenständiger als hier.«

»Warum lebst du dann hier?«

»Wegen meiner Eltern. Sie mussten umziehen, und ich habe das Meer lieben gelernt. Viel schöner, als ständig Tornados vor der Haustür zu haben.« Ich schaue kurz zu ihm, dann wieder auf die Straße. »Du bist doch auch nicht von hier. Fiel es dir denn leicht, deine Heimat hinter dir zu lassen?«

»Du meinst Chicago?«

Ich nicke.

»Was genau hast du recherchiert?«, fragt er vorsichtig nach.

»Nur dass du mit fünf Jahren deine erste Minirolle beim Fernsehen hattest und dass du ein paar Jahre später weggezogen bist.«

»Sagen wir es mal so, ich bin sehr dankbar, nicht mehr in Chicago zu leben.«

»Warum? Willst du … Kannst du darüber reden?«

Er zögert kurz, aber atmet dann tief durch. »Sagt dir die West Lake Street was?«

Ich schüttele den Kopf.

»Das ist eine der Gegenden mit der höchsten Kriminalitätsrate landesweit. Es gab immer Ärger, Lärm, Streitereien, Prügeleien. Manchmal fielen auch Schüsse. Die Schauspielerei hat mich gerettet. Wenn meine Mom und ich dortgeblieben wären, wer weiß, was dann aus mir geworden wäre.«

»Drake Capone«, überspiele ich scherzhaft, wie schockiert ich bin, und benenne Al Capone, den berühmtesten Gangster Amerikas und Boss der Chicagoer Unterwelt mal eben um. Dass Drake so aufgewachsen ist, wusste ich nicht. Überall steht nur, dass er aus Chicago stammt, und wenn ich länger darüber nachdenke, dann wird mir erst jetzt klar, dass er dem Thema in Interviews immer wieder geschickt ausgewichen ist. »Du wärst bestimmt ein ziemlich heißer Gangster geworden«, schiebe ich hinterher.

»Oder längst tot«, sagt Drake keine Spur humorvoll. »Ich bin jeden Tag dankbar, wie mein Leben verlaufen ist und dass ich dort nicht mehr bin.«

»Das verstehe ich.« Und irgendwie ist mir jetzt noch wichtiger, auf ihn aufzupassen. Ihm ist als Kind in Chicago nichts passiert, ihm soll jetzt nichts passieren.

»Und wie kommt man nun von der Schule in die Security-Branche?«, greift Drake seine ursprüngliche Frage wieder auf.

»Ich war erst bei der Polizei.«

»Was? In dir steckt ein Cop!«

»Sei vorsichtig, was du gleich sagst!«, warne ich ihn scherzhaft. »Sonst hole ich meine Kumpels, die dich festnehmen.«

»Wenn die auch so heiß sind wie du, klingt das wie die Erfüllung meiner Träume.«

»Ach so? Du träumst davon, von lauter Kerlen begrapscht zu werden? Meine Ausbildung habe ich nämlich als einzige Frau in einer reinen Männergruppe absolviert.« Ich grinse breit und fächele mir Luft zu. »Aber eigentlich ist es eine ganz nette Fantasie. Mister Hollywood umgeben von zig heißen Typen …«

»Du bist fies«, sagt er.

»Wie? Jetzt bin *ich* fies?! Du hast doch damit angefangen.«

Drake lacht leise, greift nach seiner Wasserflasche, trinkt was, stellt sie zurück in den Halter und muss immer noch lächeln. »Und warum bist du jetzt nicht Cop, sondern arbeitest für Invisible?«

Ich verziehe das Gesicht.

»Wie? Das verrätst du mir nicht? Also ich spiele Angry Birds auf dem Handy. Hilft dir das, um mir dein dunkelstes Geheimnis anzuvertrauen?«

»Das ist nicht annähernd vergleichbar.« Ich grinse. »Angry Birds? Echt?«

»Lenk nicht ab! Sag schon, was war los?«

»Ich bin durch die Prüfung gerasselt.«

»Weil du Streber nicht gelernt hast?«

Doch, ich war topvorbereitet. Nur leider kam das Leben dazwischen. Beziehungsweise Danny Rogers. Ein Mann, der mich mit seinem guten Aussehen und seinem Sex-Appeal um den kleinen Finger gewickelt hat. Genau wie das Drake Bradford ständig schafft. Auch wenn Letzterer deutlich mehr Charakter zu besitzen scheint als Danny.

Enttäuschung, Wut und Scham steigen in mir auf. Ich blende Drake aus und bin in Gedanken ganz weit weg.

»Hi, Hannahoney!«

Die vertraute Anrede lässt mein Herz sofort höher schlagen. Morgen ist die Prüfung in der Akademie. Mein Kopf ist voll mit Regeln und Vorschriften. Ich bin wie immer topvorbereitet. Das ist meine Chance, und ich werde sie nutzen.

Dass Danny plötzlich vor mir steht, vor dem Haus meiner Eltern, als ich den Müll rausbringe, total ungepflegt in Jogginghosen und einem ausgeleierten Shirt, darauf war ich jedoch nicht vorbereitet.

Er sieht gut aus. Das hat er schon auf der Highschool. Er ist Quarterback in der Collegemannschaft. Seine Schultern sind noch breiter, sein Lächeln noch lässiger, und das Funkeln in seinen Augen macht mich so wie in der Schule sofort schwach.

»Hi, das ist ja eine Überraschung!«, rufe ich, verdrehe jedoch innerlich die Augen. Was Besseres fällt dir nicht ein, Hannah? Wie zum Beispiel: ›Verschwinde, du Vollarsch, und such dir eine andere Dumme, der du den Kopf verdrehen kannst!‹ *Aber nein, was Besseres fällt mir nicht ein.*

»Gut siehst du aus, Hannahoney«, sagt er, kommt näher und fährt mir vertraut durch die Haare, als wären sie gerade frisch gewaschen und würden nach Rosen duften. Was sie nicht tun.

»D-d-du auch«, stottere ich und habe das Gefühl, mit jeder Sekunde in seiner Gegenwart Gehirnmasse zu verlieren. Ich will es aufhalten, aber ein Blick in seine blaugrauen Augen mit diesen malerisch dichten Wimpern macht das unmöglich.

»Wir sollten mal wieder was zusammen unternehmen. Nur du und ich. Wie früher.«

»Klingt toll«, sage ich und lächele. Dabei waren unsere gemeinsamen Unternehmungen in der Vergangenheit ungeschicktes Gefummel und schlechte Küsse. Trotzdem kann ich nicht anders. Das ist schließlich Danny, der Schwarm meiner Schulzeit, der unwiderstehlichste Kerl auf Erden, der, mit dem alle rumhängen wollen.

»Also sind wir wieder Freunde, Hannahoney?«

»Haben wir denn je aufgehört, Freunde zu sein?«, höre ich mich sagen, als hätte er mich auf der Highschool nicht vor allen anderen blamiert, indem er meine Unterwäsche feierlich

auf dem Sportplatz verbrannt hat mit den Worten: ›Ich, Danny Rogers, habe das Mauerblümchen bezwungen.‹ Wofür ich *Ärger bekommen habe, weil es meine Unterwäsche war. Nicht Danny, der das Feuer gelegt hat, weil er der Star der Footballmannschaft war und beim nächsten Spiel antreten musste, um die Punkte für unsere Schule zu holen.*

»Ist echt schön, dich wiederzusehen«, sagt Danny.

»Finde ich auch«, redet mein Mund weiter, während mein Verstand mich anfleht, zur Vernunft zu kommen.

»Wenn wir Freunde sind, kann ich dich um einen Gefallen bitten?«

»Klar.« Nein!

»Morgen steht diese krasse Matheklausur an. Kannst du mir dabei helfen? So wie früher.«

»Aber ich kenn doch den Stoff nicht!«, rufe ich. Danny geht aufs College. Ich bin ganz sicher keine Niete, doch mir fehlen etliche Stunden Unterricht.

»Ich auch nicht«, sagt er mit einem Grinsen, wird dann aber schnell ernst. »Komm schon, Hannahoney! Du musst mir helfen. Ich hab von dem Zeug wirklich null Ahnung, das weißt du. Du bist da viel besser. Ich brauche ja keine Eins, ich muss nur durchkommen. Dafür reicht dein Grips.«

Skeptisch sehe ich ihn an. Aber ich bin bereit, ihm zu helfen. Wie immer. Ich Vollidiotin! *Diesem Lächeln und diesem Blick kann ich nicht widerstehen.*

»Du bist ein Schatz!«, ruft Danny, rückt noch näher, legt seinen Arm um mich und lässt mich diesen verdammt männlichen, starken, durchtrainierten Körper spüren.

»Ich hab noch nicht zugesagt.«

»Aber ich kenne dich. Du wirst zusagen.«

Er kennt mich? *Das sorgt für ein aufgeregtes Flattern in meinem Bauch. Vielleicht war in der Highschool alles nur ein Missverständnis? Danny hatte halt allen was zu beweisen. Aber was, wenn ich ihm wirklich wichtig war? Und das ist unsere zweite Chance? Ich kann mein Glück kaum fassen!*

»Okay, ich bin dabei. Was soll ich tun?«

»Sei morgen an der Uni und warte auf der Toilette auf mich. Ich schleich mich während der Prüfung mit den Unterlagen raus, bring sie dir, du löst sie für mich, und kurz vor dem Ende der Zeit hol ich sie wieder ab. Wie früher.«

»Morgen?«, bringe ich nur zustande.

»Ist das ein Problem?«

Ich denke an meine Prüfung und spüre dabei Dannys sexy Blick auf mir. »Ich hab selbst einen Termin um elf. Das könnte knapp werden.«

»Kein Ding, ich fahr dich einfach rum. Wie klingt das? Hilfst du mir? Und danach haben wir dann etwas Spaß.«

Sag Nein, Hannah!*, bekniet mich mein Verstand. Stattdessen nicke ich. »Gut, machen wir so.«*

Wir tauschen unsere aktuellen Telefonnummern aus, und mit einem Kuss auf meine Wange verschwindet Danny wieder. Und was mache ich? Statt meinen Prüfungsstoff noch mal durchzugehen, ziehe ich mir die ganze Nacht den Mathestoff des dritten Collegesemesters rein. So gut ich eben kann. Für Danny.

Ich kann es echt nicht fassen, dass das mit uns doch noch mal was wird. Ich und Danny! Danny und ich! Megagut!

Am nächsten Tag stört es mich gar nicht, mich auf dem Männerklo für Stunden einzusperren. Das Ganze hier ist für Danny. Für uns. Für unsere zweite Chance.

Wie besprochen reicht er mir die Aufgaben. Sie sind schwer, teilweise zu schwer, aber er muss nur durchkommen, nicht Kursbester werden. Das kriege ich hin.

Voller Elan löse ich die Gleichungen, reiche ihm die Papiere zurück und warte dann das Ende der Prüfungen vor dem Prüfungssaal ab.

»Hey, Champion«, begrüße ich ihn freudestrahlend, als er aus dem Raum kommt – aber auch etwas nervös, weil meine eigene Prüfung bald beginnt. »Kannst du mich jetzt zur Akademie fahren? Auf dem Weg können wir ja überlegen, was wir heute Abend zusammen machen.«

»Immer noch die Alte«, murmelt er, geht überhaupt nicht auf mich ein, legt den Arm um eine schlanke Blondine, küsst sie und steuert den Ausgang des Gebäudes an.

»Aber –«, setze ich an. Ich bin nicht mehr das Schulmädchen von damals, und mir gehen zig Griffe durch den Kopf, die ich auf der Akademie gelernt habe, um einen Verdächtigen zu stellen. Ich will sie alle einsetzen. Doch ich lasse es. Danny ist Danny. Er hat mich wieder ausgenutzt. Und ich habe mich ausnutzen lassen. Nicht er hat eine Abreibung verdient, sondern ich, weil ich auf ihn hereingefallen bin.

Los, rette, was zu retten ist, Hannah! *Ich gebe mir einen Ruck, verlasse den Campus und rufe mir ein Taxi, das mich zu meiner Prüfung bringen wird. Auf dass ich nicht zu spät komme!*

Ich erinnere mich an den Ausgang der Geschichte, an die ruinierte Prüfung und wie ich mir geschworen habe, nie wieder auf ein hübsches Lächeln hereinzufallen. Mein Ärger verraucht. Ich komme wieder ins Hier und Jetzt zurück und kriege mit, wie Drake mich mit einem Berg von neckenden Koseworten überhäuft.

»Los, red mit mir, Honey Bunny … Bücherwurm … heißeste Sexbombe auf Erden … Politesse … verruchtes Playmate … Pin-up-Girl …«

Moment mal! »Hast du mich gerade Pin-up-Girl genannt?«

Drake

Da ist sie wieder! Die Hannah Clarke, die ich kenne. Mit vor Empörung leicht geröteten Wangen. Voller Energie. Und mit diesen Blitzen in den Augen, die meinen Herzschlag kurz aussetzen lassen.

»Hab ich«, gebe ich zu. Um sie aus der Reserve zu locken. »Ich hab dich Pin-up-Girl genannt. Tu nicht so, als wäre das eine Beleidigung.«

»Entschuldigung, aber Pin-ups sind quasi Wichsvorlagen!«

»Und eine Kunstform, wie Boudoir oder Poledance.«

»Also war das ein Kompliment?«

»War es.«

Sie zieht einen Schmollmund und verschränkt die Arme vor der Brust.

»Du kannst mir doch nicht ernsthaft deshalb böse sein?«

»Würde es dir gefallen, Poolboy genannt zu werden?!«

»Wenn ich *dein* Poolboy wäre …«, säusele ich mit gespielt verführerischer Stimme.

»Blödmann!«, rutscht Hannah raus, wieder mit einem Lächeln.

»War das eben zu privat?«, frage ich vorsichtig. »Ich wusste nicht, dass es ein heikles Thema ist. Ich wollte wirklich nur wissen, wie du zu alldem gekommen bist. Schließlich gibt es über dich keine Million Einträge bei Google. Falls es zu privat ist, hättest du es einfach sagen können. Ich verstehe das.« Was nicht heißt, dass ich nicht trotzdem wissen will, was gerade los war. Aber für den Moment lasse ich es gut sein.

Nachdenklich blickt mich Hannah an. »Ich dachte, ich könnte darüber sprechen«, meint sie schließlich. »Sorry, es ist nicht deine Schuld. Und mehr will ich erst mal …«

»... nicht dazu sagen, schon klar. Das ist in Ordnung«, führe ich ihren Satz zu Ende. »Darf ich dir trotzdem noch Fragen stellen? Die in eine andere Richtung gehen?«

»Immer noch neugierig?!«, ruft sie überrascht.

»Auf dich? Und wie!«

»Okay, frag. Aber lass mich vorher kurz mit Lucas und Tucker sprechen. Routine.«

»Weichst du mir aus?« Das würde zu ihr passen.

»Ich erledige nur meinen Job.«

Ohne meine Antwort abzuwarten, ruft sie die beiden im zweiten Wagen an. Sie klärt, wo sie sich gerade befinden – zwei Meilen hinter uns –, fragt nach Auffälligkeiten und beendet das Gespräch, als sie keine melden.

»Darf ich dich jetzt weiter löchern?«, frage ich.

»Okay.«

Ich werde sie nicht mehr zu ihrer verpatzten Polizeiprüfung befragen, aber ich will wissen, wie es danach weitergegangen ist. »Es war bestimmt nicht so leicht, ohne Abschluss zu überleben. Oder hast du noch eine andere Ausbildung gemacht?«

»Erst mal nicht«, sagt sie. »Das kam später, berufsbegleitend, um im Fall der Fälle nicht mit leeren Händen dazustehen. Ich hab einen Bachelor in Wirtschaft und Psychologie.«

»Mein sexy Mauerblümchen ist eine Streberin«, murmele ich und würde sie jetzt zu gerne mit Brille statt mit den Kontaktlinsen sehen. Das wäre heiß.

»Wenn Mister Hollywood das sagt ...«

»Falls du mich damit ärgern willst, dann zieht das nicht.« Denn sie sagt das jedes Mal mit diesem neckenden Unterton in der Stimme. Echte Beleidigungen klingen anders. »Wie bist du zur Agentur gekommen?«

»Nach der vermasselten Prüfung stand ich mit leeren Händen da. Es war alles nicht so leicht.« Sie schluckt, sammelt sich jedoch. »Ich hab mich als Türsteherin für verschiedene Klubs über Wasser gehalten.«

»Kenne ich einen davon?«

»Vielleicht das *Star Garden*?« Ihre Wangen färben sich verräterisch rot.

Noch nie gehört. »Oder?«, hake ich nach, gespannt darauf, was Hannah gerade so peinlich ist.

»Oder das *Gentlemen* … dieser … Stripclub«, sagt sie, fast übertönt von einem Husten. »Kennst du wahrscheinlich nicht. Und dort hat mich Naomi –«

»Kenne ich, ich war mal dort«, sage ich, ohne nachzudenken, dabei sollte das nie ans Licht kommen. Aber das zeigt, wie sehr ich Hannah vertraue.

»Nur ein Mal?«, fragt sie prompt.

»Nur ein Mal, vor Jahren«, bestätige ich. »Gabe hat mich danach zusammengestaucht. Es hat ihn Wochen gekostet, die Schlagzeilen aus der Presse herauszuhalten.« Plus mich eine fette Bonuszahlung für besondere Leistungen an meinen Manager.

»Gut zu wissen, dass du nicht nur mich zur Verzweiflung treibst«, sagt sie kichernd.

»Wie ging es dann weiter?«, frage ich, weil ich lieber wieder über sie statt über mich reden möchte. Das ist meine Chance, mehr über sie zu erfahren.

»Es gab einen Vorfall im *Gentlemen Club*, und ich habe eingegriffen, so wie es mein Job war. Professionell, diskret, aber auch resolut. Dabei war ein Kunde von Naomi involviert. Sie hat gesehen, wie ich alles gehandhabt habe, wir haben drei Worte gewechselt, und sie hat mir den Job angeboten. So jemanden wie mich könnte sie gebrauchen.«

»Einfach so? Ohne Prüfung?«

Sie grinst. »Natürlich mit Prüfung. Wer für Naomi arbeitet, muss einen psychologischen Test bestehen und einen Fitnessnachweis erbringen. Das polizeiliche Führungszeugnis muss makellos sein, und man muss einen Geheimhaltungsvertrag unterschreiben. Schließlich erhalten wir Einblicke in das Privatleben der Kunden. Und die, also auch du, müssen sicher sein, dass nichts nach außen dringt.«

»Und dieses Mal hast du alle Tests bestanden?«

»Wäre ich sonst hier, Mister Hollywood?«

»Stichelst du?«, flirte ich.

»Ein bisschen. Du hast mich Pin-up genannt. Das vergesse ich nicht so schnell.«

»Also wenn du mich wirklich mal ärgern willst: Nenn mich Richie.«

Sie runzelt die Stirn.

»Das war meine zweite Hauptrolle als Kinderstar«, erkläre ich. Es liegt schon sehr lange zurück, sodass sie das vielleicht für diesen Job gar nicht recherchiert hat. »Mein Wachstumsschub kam ziemlich spät. Und ich musste als Vierzehnjähriger so tun, als würde ich Wasserpistolen toll finden.« Nicht meine Glanzzeit.

»Warum erzählst du mir das?«

»Erschien mir nur fair«, behaupte ich.

»Außerdem möchtest du mich weiter ausfragen, richtig?«

»Möglich.«

»Na, dann los, Richie.«

»Gerne, Pin-up. Jetzt will ich alle schmutzigen Details. Erster Freund. Erste Liebe. Erster Sex.«

»Das ist mächtig intim, Drake«, versucht sie abzublocken.

»Aber du kennst all die Dinge von mir, stimmt's?«

Sie wird rot.

Yepp. Tut sie. Dank der Boulevardpresse, die das von meinen Ex-Freundinnen erfahren hat und auflagenstark abgedruckt und online geteilt hat. Erster Sex mit sechzehn, nachdem ich endlich ein Meter vierundachtzig groß war. Erste Freundin mit siebzehn, erste Liebe mit achtzehn.

»Also los, sexy Pin-up.«

»Du wirst enttäuscht sein, Richie«, sagt sie und erzählt mir von Danny, ihrem ersten Freund auf der Highschool. Dem Mädchenschwarm aus einer Klasse über ihrer, in den sie verknallt war. Für ihn war sie aber nur eine Nummer, weil er den Schulrekord an Beziehungen knacken wollte.

Kein Wunder, dass sie Männern mit gutem Aussehen misstraut!

Sie atmet tief durch.

»Da ist mehr?«

Sie windet sich. »Danny war auch der Grund, warum ich bei der Akademie durch die Prüfung gefallen bin.«

»Wie? Das war doch nicht mehr auf der Highschool.«

»Das ist richtig, er hatte schon längst seinen Abschluss, hat Football auf dem College gespielt, mit einem Stipendium. Und er brauchte mich, damit er bei einer Prüfung nicht durchfällt.«

»Du hast ihm hoffentlich nicht geholfen?!« Solche Typen hasse ich.

Hannah verzieht das Gesicht.

»Echt? Hast du?«

»Es war Danny Rogers. Jedes Mädchen hätte ihm geholfen, aber er wollte mich! Ich musste einfach. Und ich dachte … vielleicht … Ich war so, so, so dämlich!«

Am liebsten würde ich ihr noch mal die Leviten lesen. Aber Hannah ist Hannah. Sie ärgert sich selbst genug darüber.

»Wie bist du dann durchgefallen?«

»Weil ich ihm geholfen habe, bin ich zu meiner Prüfung zu spät gekommen. Ich hab die Aufgaben nicht in der angesetzten Zeit geschafft.«

»Hat man keinen zweiten Versuch?«

»Das war der zweite Versuch. Den ersten musste ich abbrechen, weil ich an dem Tag die Magengrippe bekommen hatte. Ich dachte erst noch, ich könnte es durchhalten, aber es ging nicht.«

»Das ist eine gerechte Strafe für Dummheit.«

»Hey, das kommt von dem Mann, für den die Frauen scharenweise Dummheiten begehen.«

»Dafür kann ich nichts, das machen sie freiwillig.«

Sie seufzt nur. Aber ich kann ihre Abneigung gegen gut aussehende Typen, die glauben, sich alles erlauben zu können, immer besser verstehen.

»Ist er durchgekommen? Hat er sich danach wenigstens noch mal bei dir gemeldet? Sich bedankt?«

Sie lacht bitter. »Diese Prüfung hat er bestanden, gemeldet hat er sich, als es um eine weitere Klausur ging. Erst da hab ich ihn endgültig zum Teufel geschickt.«

»Besser spät als nie.«

»Glaub mir, auf diese Erfahrung hätte ich gerne verzichtet.«

»Sie hat dich aber letztlich zu mir gebracht«, sage ich sanft und versuche, es positiv zu sehen. »Denn du glaubst doch nicht, dass wir uns jemals getroffen hätten, wenn du Cop geworden wärst?«

»Kassierst du nie Knöllchen?«

»Ich bin ein unbescholtener Bürger.«

»Okay, dann hatte es was Gutes. Schön war es trotzdem nicht.«

Ich könnte jetzt aufhören, sie auszufragen, aber ich will noch besser verstehen, wie Hannah tickt und was sie zu der Frau gemacht hat, die sie heute ist.

»Und der Rest?«, frage ich.

»Welcher Rest?«

»Du schuldest mir noch eine Antwort.« Der erste Sex war offensichtlich mit Danny Rogers. Aber die erste große Liebe? Für mich klang das nicht so, als hätte sie die mit diesem Kerl erlebt.

»Du lässt nicht locker, was?«, sagt sie, lächelt nun jedoch wieder eher amüsiert als verärgert.

»Auf keinen Fall.«

»Also gut, Drake. Aber nur, weil ich es auch von dir weiß. Der erste Sex war, wie du dir vielleicht schon gedacht hast, mit Danny«, sagt sie. »Und so richtig verliebt war ich noch nie.«

»Was? Nicht mal Schmetterlinge im Bauch?«

»Nein, nie.« Sie dreht sich ganz zu mir. »Woher stammt dieser Ausdruck überhaupt? Weil es kribbelt? Ich finde die Vorstellung von einem flatternden Schwarm Insekten in mir irgendwie eklig.«

Ich verkneife mir ein Lachen, dabei hat sie recht. »Dann wie Brausepulver«, schlage ich vor.

»Damit könnte ich leben. Aber nein, ich hatte auch noch nie Brausepulver im Bauch.« Sie hält inne, sieht mich an, vielleicht eine Sekunde zu lange, und grinst dann. »Und jeden Tag wäre das bestimmt ungesund. Dann lieber richtige Liebe. Was Großes, Tiefes, Schönes.«

»Wie in den Frauenromanen, die du liest?«

»Oder wie in Hollywoodfilmen. Warum nicht?«

Ich will Einspruch erheben. Niemand sollte sich an Hollywood orientieren. Das ist nicht das echte Leben. Keiner weiß das so gut wie ich. Aber Hannah redet schon weiter.

»Weißt du, ich will einfach niemanden, dem ich nur an die Wäsche will. Oder der mir nur an die Wäsche will.« Sie mustert mich intensiv. »Aussehen ist vergänglich, innere Werte nicht.«

»Stimmt, der Körper verändert sich ständig. Im Durchschnitt sind wir alle sieben bis zehn Jahre ein neuer Mensch«, werfe ich ein, eine Tatsache, die ich ziemlich beachtlich finde. In der Zeit hat sich jede Zelle spätestens einmal erneuert.

»Sieh an! Mister Hollywood hat ja richtig Grips«, ruft Hannah gespielt überrascht, dabei müsste sie mittlerweile wissen, dass ich nicht auf den Kopf gefallen bin.

»Es beeindruckt die Frauen«, spiele ich mein Wissen herunter und gebe ganz das Klischee, für das mich Hannah hält. Der oberflächliche Kerl, der nur an Sex denkt. Aber ich will nicht vom Thema abkommen. »Also suchst du richtige Liebe?«

»Auf jeden Fall.«

Niedlich, das so überzeugt von jemandem zu hören, der eben noch meinte, er stünde nicht auf Mädchenkram. *Drehen sich darum nicht all die Frauenromane? Während Männer eher Krimis, Thriller oder Science-Fiction lesen?*

»Woher weißt du, wann du die große Liebe gefunden hast?«, frage ich.

»Wenn sich alles besser anfühlt. Das Schöne schöner. Das weniger Schöne leichter.«

Das geht mir schon jetzt so. Aber das ist absurd, wir kennen uns erst seit ein paar Tagen! Ich liebe Hannah nicht. Und doch ...

Wenn wir reden, vergesse ich die Zeit. Auch ohne sie genieße ich die Fahrten zum Dreh. Niemand will was von mir. Es gibt keine Paparazzi. Gabe nervt mich nicht. Ich bin einfach nur ein Kerl in einem Wagen. Damit komme ich dem, was man als normales Leben bezeichnet, am nächsten. Aber mit ihr ist der Moment noch schöner.

Ich sage nichts dazu, und auch sie schweigt. Und irgendwie unterstreicht das Schweigen ihre Aussage.

Bis sich Lucas für den Routinecheck meldet. Hannah nimmt den Anruf entgegen. Sie wechseln drei Worte. Die beiden haben uns überholt und sind nun vor uns. Auch dort ist alles ruhig. Hannah beendet die Verbindung, und wir schweigen weiter.

Ich bin verrückt nach ihr. Aber ich liebe sie nicht. Oder?

***

»Dragster! Dragster! Da bist du ja endlich!« Caitlins Stimme hallt über den Platz, nachdem wir die Sicherheitskontrolle an der Zufahrt zum Drehort passiert haben.

Ich parke den Wagen im Kies, wirbele Staub auf, der sich gleich wieder legt, stelle den Motor ab und steige aus. Und meine Schauspielkollegin fällt mir halb nackt vom Dreh um den Hals.

Hannah, die ebenfalls ausgestiegen ist, gibt Lucas und Tucker ein Zeichen, Caitlin zu überprüfen.

Echt? Wo soll denn bitte schön bei dem knappen Outfit eine Waffe versteckt sein? Ich sehe beide warnend an und schüttele den Kopf, damit sie das lassen.

»Caitlin, das ist Hannah, meine neue Freundin«, stelle ich die Frauen einander vor. »Hannah, das ist Caitlin, meine Filmpartnerin.«

»Oh, deine Freundin?«, trällert Caitlin und reicht Hannah breit lächelnd die Hand, nach wie vor mit dem Arm um mich geschlungen. »Wie nett! Die wievielte Nummer bist du? Fünfundzwanzig? Sechsundzwanzig?« Sie schaut fragend zu mir, als würde sie darauf ernsthaft eine Antwort erwarten.

»Ha, ha«, mache ich und sehe das als Scherz. Caitlin hat manchmal einen echt schrägen Humor, aber im Grunde ist sie in Ordnung.

»Ja, wie nett«, murmelt Hannah. Irgendwie nicht ganz so entspannt, wie ich gedacht hätte.

Seltsam. Sieht sie nicht, dass Caitlin harmlos ist?

10

Hannah

Wie nett?! Habe ich diese Worte gerade echt über meine Lippen gebracht?

Was ich natürlich zu Caitlin meinte, ist: *Finger weg von meinem Freund!*

Immerhin stellt die kurvige Blondine mit den hohen Wangenknochen keine Gefahr für Drakes Leben dar. Ihr Outfit ist so knapp, dass sie darin keine Waffe versteckt haben kann. Und ich halte es für sehr unwahrscheinlich, dass sie irgendetwas gegen Drake plant. Beide kennen sich schon länger. Sie hat ihm in der Vergangenheit nichts getan. Warum sollte sie das jetzt tun?

Statt mich nun zu entspannen, mit Drake die Sachen aus dem Auto zu laden und anzukommen, fühle ich mich jedoch seltsam fehl am Platz. Nicht nur, weil ich in meinen Klamotten für die Wüste zu schick angezogen bin – und in Drakes Jacke brutal schwitze. Sondern auch, weil ich keine Ahnung von den Gepflogenheiten am Set habe.

»Ich bin echt froh, dass du wieder da bist, Dragster«, plaudert Caitlin. »Die anderen sind total langweilig. Ich muss dir so viel erzählen.«

Sie schlendern gemeinsam los.

Als wäre er mit ihr hier und nicht mit mir! Unglaublich!

Mit einem knappen Nicken signalisiere ich Lucas und Tucker, dass sie mitkommen sollen, und wir folgen ihnen. Innerlich brodele ich dabei.

»Ich bin doch nicht der einzige unterhaltsame Typ hier. Tom ist lustig«, sagt Drake zu Caitlin.

»Klar, aber du bist besser«, meint sie. »Mach noch mal Larry Jim, diesen Late-Night-Comedian, nach!«

Die Frau spinnt! Drake ist doch nicht zu ihrer persönlichen Unterhaltung hier.

Ich rechne fest damit, dass er ihre Bitte abschmettert. Aber falsch gedacht! Er spielt mit und bringt ein paar Witze. Witze, die wirklich lustig sind, doch mir bleibt vor Wut das Lachen im Hals stecken. Während Caitlin kichert wie verrückt. Ja, richtig gehört: Sie lacht nicht, sie kichert, in einem Ton, der Brechreiz in mir auslöst.

»Du bist sooo gut, Dragster.« Sie schlägt ihm kumpelhaft auf den Arm. »Echt, keiner kann das wie du!«

»Sooo gut«, äffe ich sie entgegen meiner Art leise nach.

Drake kriegt es nicht mit, aber Caitlin wirft mir ein Stirnrunzeln zu. *Klasse!* Ich kann es mir nicht leisten, diese Frau zur Feindin zu haben. Nicht wenn sie mit Drake so dicke ist.

Ich schenke ihr mein breitestes Lächeln und entblöße beide Zahnreihen.

Sobald sie wegschaut, wechsele ich wieder zu meinem grimmigen Gesichtsausdruck.

Was soll das hier? Ich würde Drake am liebsten einen Tritt in den Hintern geben, weil ich plötzlich Luft für ihn bin. Eben habe ich ihm mein halbes Leben erzählt. Das mache ich sonst nie! Jetzt fange ich an, das zu bereuen.

Drake Bradford ist ein Frauenheld.

Wahrscheinlich hat er nur mit mir geflirtet, weil niemand Besseres in der Nähe war. Nun ist Caitlin da, und ich bin ihm zu viel. Er ist ein oberflächliches Arschloch. Er ist genau die Sorte Mann, für die ich ihn gehalten habe. Und von der ich mich seit diesem einen Fehltritt namens Danny Rogers mit Erfolg ferngehalten habe.

Gott, Hannah, du hast dir geschworen, nie wieder auf solche Vollpfosten reinzufallen. Wie konntest du nur so blöd sein?!

Frustriert trotte ich hinter den beiden her.

Nur für den Dreh wurde mitten in der Wüste eine kleine Stadt errichtet. Wir steuern eine Wohnwagensiedlung an, unser Zuhause für die nächsten Wochen. Wirklich erstaunlich, was für ein Aufwand für den Film betrieben wird.

Auf dem Weg über das Gelände begrüßt Drake Kollegen, vergisst allerdings, mich vorzustellen. Ich bin Luft für ihn. Unsichtbar. Nicht mehr wichtig. Seine Kollegen nehmen mich dagegen sehr wohl wahr. Ich kriege neugierige, skeptische oder wissende Blicke zugeworfen. Und ein Mal ist sogar Mitleid dabei. *Vielen Dank!*

Wenn ich die gesamte Crew nicht aus meinen Recherchen zur Vorbereitung kennen würde, wäre ich verloren. Ich würde weder wissen, wer zum Cast gehört, noch, wer Regie führt, geschweige denn wer die vielen anderen Aufgaben am Set übernimmt. *Wie gut, dass ich meine Hausaufgaben gemacht habe und brav seine Freundin spiele. Wäre schön, wenn sich Drake ebenfalls an sein Skript halten würde! Ich denke, er ist so ein toller Schauspieler?*

Mein Unmut steigt. Vielleicht braucht er einen Wink mit dem Zaunpfahl. Oder eher ein ganzes Bretterlager.

»O Drake, das ist ja alles so aufregend!«, finde ich endlich meine Stimme wieder und rufe ihm in Erinnerung, dass es mich auch noch gibt. »Ich war noch nie an einem Set. Kannst du mich herumführen?! Bitte, bitte, bitte.«

Obwohl es mir widerstrebt, schließe ich an der linken Seite zu Drake auf, schiebe einen Arm unter seinen hindurch und halte ihn fest. Voll die klammernde Freundin. Was ihn jedoch nicht dazu bringt, sich von Caitlin zu befreien.

»Sie sind keine Schauspielerin?«, fragt die eine Spur herablassend. Als wären Schauspieler die großartigsten Menschen der Welt.

»Nein«, sage ich. »Sonst würde ich doch nicht fragen.«

»Was sind Sie dann? Fotografin?«

»Habe ich nicht den Blick für.«

»Künstlerin?«

»Zwei linke Hände.« Ich wünschte, ich hätte ein Talent, mit dem ich punkten kann. Aber Karate ist nicht unbedingt das, was eine Frau wie Caitlin beeindrucken könnte.

Sie bleibt stehen und mustert erst mich, dann Drake. »Bitte, Dragster, sag mir, das ist ein Scherz?!«

»Was denn?«, meint er ahnungslos.

»Hast du allen Ernstes eine Nutte ans Set geschleppt?!«

Wie unverschämt! Noch nie hat mich jemand so beleidigt. Das muss er doch merken! Lucas und Tucker tun es jedenfalls. Denn ich spüre ihre mitfühlenden Blicke.

»Sie ist natürlich keine Nutte!«, sagt Drake immerhin, wenn auch für meinen Geschmack viel zu entspannt. Als hätte Caitlin sich nur einen Spaß erlaubt. »Ich habe sie bei einer After-Show-Party auf der Fashion Week in Paris kennengelernt. Sie ist Model.«

»Model?!«, wiederholt Caitlin ungläubig und verschießt noch mehr von ihrem Gift. »Seit wann?«

»Hannah steht noch ganz am Anfang ihrer Karriere. Ein echter Rohdiamant.« Das sagt er jetzt endlich so, als wäre ich was Besonderes.

Caitlin schnaubt. »O bitte, Dragster, bist du blind? Wach auf! Sie nutzt dich nur aus.«

Ich warte darauf, dass er es abstreitet. Für mich eintritt. *Mein* Freund ist, nicht ihrer. Tut er aber nicht. Er verdreht nur die Augen. Als würde er solche Vorwürfe nicht zum ersten Mal hören.

»Führst du mich nun herum?«, frage ich, als hätte es die Unterhaltung eben nicht gegeben. »Ich würde wirklich gerne alles sehen.« *Deine beschissene Filmpartnerin kenne ich ja jetzt.*

»Das kann Javier machen«, übernimmt Caitlin das Wort. Sie greift sich einen mexikanisch aussehenden Typen, der bei der Hitze nur Shorts und ein Achselhemd trägt, und hält ihn auf. »Ich muss mit dir was besprechen, Dragster. Unter vier Augen.«

Ich verstärke meinen Griff. *Das muss er doch spüren! Oder sind die Muskeln nicht echt, sondern Silikonimplantate?!* Er soll mich hier um Gottes willen nicht alleine lassen. Und schon gar nicht mit dieser dämlichen Kuh verschwinden.

»Kann das nicht kurz warten?«, fragt er Caitlin.

»Die Vorbereitungen für meinen Dreh laufen bereits. Kann es nicht.«

Er wendet sich mir zu. »Das ist okay, oder, Babe? Du kommst klar?«

Mir fehlen die Worte. *Was soll ich bitte schön darauf antworten?* Mein Job besteht darin, auf ihn aufzupassen. Wenn überhaupt, dann machen wir die Tour gemeinsam.

Aber was passiert?

Drake sieht mein Schweigen als Zustimmung!

»Du bist die Beste«, sagt er und drückt mir einen Kuss auf die Wange. »Wir sehen uns später.« Er löst sich von mir und schlendert mit Caitlin davon.

Kneif mich bitte einer! Das geschieht nicht wirklich!

Ich warte, dass er sich wenigstens noch mal nach mir umdreht.

Komm schon, Drake, du bist doch ein anständiger Kerl!

Und das tut er und macht eine entschuldigende Geste. *Immerhin.*

Wer sich jedoch ebenfalls umdreht, ist Caitlin, die Schlange. Und das triumphierende Blitzen ihrer Augen kann ich selbst aus zehn Metern Entfernung noch erkennen. *Miststück!*

»Lucas? Tucker?«, sage ich nur, und sie verstehen den Wink und folgen Drake. Ich kann ihn unmöglich alleine loslaufen lassen. Nicht nach dem, was letzte Nacht passiert ist. Das ist viel zu gefährlich. Mir wird ganz schlecht bei der Vorstellung, jemand könnte ihm hier auflauern.

Beide Männer gehen mit dem neuen Traumpaar. Ich wühle in meiner Tasche nach der Sonnenbrille, nicht nur weil das Licht mich blendet, sondern weil ich so die Umgebung unauffälliger beobachten kann. Ich finde sie zwischen meiner Waffe, meinem Handy und der Kosmetiktasche, setze sie auf und wende mich an Javier. »Sind die beiden immer so vertraut miteinander?«

»Keine Ahnung, das ist mein erster Film mit ihnen.«

»Und?«

»Nach allem, was ich bisher gehört habe, solltest du nicht dein Herz an Drake Bradford verschenken. Du bist die Freundin des Monats März. Dir bleiben also maximal vier Wochen, um ihn dazu zu bringen, deine Karriere anzukurbeln. Das ist dir klar, oder?«

»Sah ich auf dem Foto in der Presse aus wie die Freundin des Monats März?«, murmele ich. Die Reporter sind durchgedreht. Da ist was zwischen Drake und mir, was Tiefes – oder zumindest war da was, ehe uns Caitlin über den Weg gelaufen ist.

»So ist Hollywood«, sagt Javier jedoch nur und zuckt mit den Schultern. »Wenn Beziehungen woanders Jahre halten, tun sie das hier Wochen.« Er wartet, ob ich dazu was sage, aber ich lasse das unkommentiert. »Immer noch interessiert an der Tour?«

Ich sehe Drake und Caitlin nach, für die ich vollkommen vergessen bin. »Ja, führ mich herum. Ich kenne aus der Stadt nur Straßensperrungen für Drehs. Das ist mein erstes großes Set.«

»Dann komm mit! Es ist mir eine Ehre.«

Anders als Drake bemüht sich Javier richtig um mich. Er führt mich zu den verschiedenen Drehorten und zeigt mir die Büros der Regie und die Wohnwagen für die Crew. Am Ende habe ich einen guten Überblick über das gesamte Gelände. Drake ist erst mal in Sicherheit. *Zumindest vor dem Angreifer, nicht vor Caitlins klebrigen Fingern …*

Die Sonne brennt, und ich ziehe Drakes Jacke aus. Da Frühling ist, wird es nachts bisweilen recht kühl. Aber jetzt am Tag, ohne Schatten, fühlen sich die Temperaturen wie im Hochsommer an. Ich bin völlig unpraktisch angezogen – etwas, das ich schnellstmöglich ändern werde.

Unsere Tour endet bei den Zelten mit dem Catering. Das Essen ist als Selbstbedienungsbüfett aufgebaut. Leute sitzen entspannt in Gruppen und unterhalten sich.

»Kann ich mir hier einfach was nehmen?«, frage ich.

»Klar, das ist für alle da. Bedien dich! Wenn du Sonderwünsche hast, gib den Köchen Bescheid. Sie machen es dir dann. Kann ich dich jetzt allein lassen?«

Von den Tischen werden mir neugierige Blicke zugeworfen, und ich will, dass Javier bleibt. Es hat sich garantiert herumgesprochen, dass ich Drakes neue Freundin bin. Das unpassende hautenge Kleid macht meinen Auftritt nicht weniger auffällig. Aber ich will den Mann nicht länger als nötig in Beschlag nehmen. Er wird Wichtigeres zu tun haben, als für meine Unterhaltung zu sorgen.

»Klar, geh ruhig, danke«, sage ich daher.

Keine Minute später stehe ich alleine da.

Großartig!

Und jetzt?

Unschlüssig sehe ich mich um. Da ich wirklich Hunger habe und was essen muss, bleiben mir nicht so viele Optionen. Ich blende die neugierigen Blicke aus und gehe zum Büfett. Ich bin halt die Neue. Natürlich stehe ich da unter Beobachtung. Noch dazu in diesem Fummel! Morgen legt sich das hoffentlich.

Ich folge meinem Hunger und schaufele mir von jedem Gericht etwas auf den Teller. Schließlich hatte ich kein Frühstück. Dabei entgeht mir nicht, was über mich geredet wird.

»Meinst du, er hat sie geschwängert?«

»Oder sie verbrennen zusammen richtig viel Energie …«

»Sie sollte aufpassen, dass es ihr nicht ergeht wie dieser einen Freundin von ihm. Sie hat vor Kummer zu viel gegessen und ist seitdem nur noch als Miss Speckie in den Medien bekannt.«

Danke, Drake, für deinen guten Ruf!

Ich ignoriere die Kommentare und setze mich möglichst elegant auf einen Platz am Rand, als würde mich das alles nichts angehen. Als würde ich über allem stehen. Genau so benimmt man sich bestimmt als Drakes Freundin. Und hungrig stürze ich mich auf mein Essen. *Endlich! Die Welt sieht sofort besser aus, wenn man was im Magen hat.*

»Wo steckst du?«, schreibt mir Drake auf dem Handy.

Nach zwei Stunden falle ich ihm wieder ein? Sauer schaue ich auf das Display und lese die Zeilen erneut. Ich sollte zu ihm eilen, ich bin sein Bodyguard, aber gerade jetzt kann er mich mal.

»Bist du in Gefahr?«, schreibe ich nur zurück.

»Ähm, nein.«

»Dann bis später …« … *Arschloch! Und lass dich weiter von Caitliiin bezirzen!*

Ich kann nicht glauben, dass ich erst letzte Nacht mit diesem Kerl in einem Bett geschlafen habe. Dass sich das gut angefühlt hat. Und dass mein Herz Luftsprünge und Saltos wie ein Artist im Zirkus vollführt hat. Drake Bradford ist Schauspieler. Nichts hiervon ist echt. Ich wusste es von Anfang an. Noch mal werde ich es nicht vergessen.

Mit dem Getuschel im Rücken esse ich weiter. Ich fühle mich ein bisschen wie in der Highschool. Da wurde auch viel über mich geredet. Und einmal wurde sogar Kaugummi nach mir geworfen. Kommt schließlich nicht jede mit dem Skateboard zur Schule, trägt weite Klamotten und macht sich nichts aus ihrem Aussehen. Und nicht zu vergessen: glaubt, Danny Rogers, der heißeste Kerl der Schule, steht auf sie, das Landei aus Kansas. Dagegen ist das hier ein Kinderspiel.

»Was machst du hier?«, reißt mich die Stimme von Drake aus meinen Gedanken.

Ich zwinge mich zu einem zuckersüßen Lächeln, weil uns alle interessiert beobachten. Und ich ignoriere meinen ungewollt schnelleren Herzschlag. »Essen«, sage ich schlicht und nehme mir das Dessert vor. Mein Kleid spannt mittlerweile am Bauch, doch das ist mir egal. Ich bin kein Model, ich bin Bodyguard. Ich brauche die Energie. Und den Zucker, um meine Nerven zu beruhigen.

»Die Essenszelte für die Schauspieler sind weiter hinten«, meint Drake, setzt sich jedoch zu mir.

»Und woher soll ich das wissen?«, fauche ich, aber lächele zur Show weiter. Ich drehe mich und suche nach der leicht bekleideten, kurvigen Blondine. Ich kann mir nicht vorstellen, dass sie weit entfernt ist. »Wo ist Caitlin?«

»Sie steht gerade vor der Kamera.«

»Ach, und da hast du dich wieder an mich erinnert?«

»Sag mal, bist du eifersüchtig?« Seine Lippen kräuseln sich, als fände er das niedlich. *Ha, ha!*

Sprachlos schiebe ich mir den Rest vom Schokoladenkuchen rein, bevor ich Dinge sage, die ich nicht sagen sollte.

»Du bist eifersüchtig!«, ruft Drake zufrieden grinsend.

Mir schießt eine Antwort nach der anderen durch den Kopf. *Findest du das hier etwa lustig? Bin ich nicht! Was geht es dich an?!* Doch ich behalte sie für mich. Das hier sind der falsche Ort, der falsche Zeitpunkt und die falsche Gesellschaft für so eine Unterhaltung. Ich wusste, wie Drake ist. Ich hätte nicht auf seinen Charme hereinfallen dürfen! Bin ich aber, und mit den Konsequenzen muss ich jetzt klarkommen.

Kommentarlos esse ich mein Dessert auf. Als ich fertig bin, will ich mein Geschirr zur Abgabe bringen, doch Drake überrascht mich, als er das – nach einem Stirnrunzeln in meine Richtung – übernimmt.

»Komm, lass uns gehen«, sagt er und will seinen Arm um meine Hüfte schlingen.

Ich sträube mich, weil er mich nicht anfassen soll. Nicht nachdem er seine Finger an dieser anderen Frau hatte. Sehr wahrscheinlich, ohne sie seitdem gewaschen zu haben.

»Also wenn du von Drake genug hast, dann komm zu mir. Ich weiß, wie man eine Lady behandelt!«, wirft uns jemand im Vorbeigehen zu.

»Ich auch, Peter, wetten!«, knurrt Drake, zieht mich plötzlich an sich und küsst mich filmreif, legt seine Hände auf meinen Hintern, drückt mich an sich und hat seinen Mund gefühlt auf meinem halben Gesicht.

Als müsste er etwas beweisen!

Wegdrücken kann ich ihn nicht, das würde unsere falsche Beziehung auffliegen lassen, aber ihn beißen. Fest. Woraufhin er mich loslässt und mich irritiert anschaut.

Begreift er es echt nicht?

»In unseren Wohnwagen«, flüstere ich ihm finster zu. »Sofort, Darling!«

Drake

Sie ist sauer? *Sie?!*

Ich habe jeden Grund dazu. *Ich!*

Hannah kriegt ihre Besichtigungstour und taucht danach unter. Sie blockt meine Nachricht ab und zieht dann vor meinen Kollegen in diesem Nichts von Kleid diese Show ab. Als wäre sie auch für andere Kerle verfügbar!

Ja, wir verschwinden mal eben in unseren Wohnwagen.

Verdammt gerne!

An der Hand ziehe ich sie mit mir und verfrachte sie nach drinnen in den kleinen Wohnraum, der mit ihrem Gepäck vollgestellt ist, das ich mit meinen Bodyguards geholt habe. Ich will ihr eine Standpauke halten. Doch sie ist schneller und klebt mir eine. So kräftig, dass meine Wange brennt.

»Sag mal, spinnst du?«, rufe ich aufgebracht, aber verhalten, weil der Wohnwagen nicht die dicksten Wände hat und das hier keinen da draußen was angeht.

»Genau das Gleiche wollte ich dich fragen. Du hast mich geküsst, als gelte es, was zu beweisen.«

»Ja, dass du meine Freundin bist. Damit dich die anderen Kerle nicht angraben.« Ich dachte, das wäre klar.

Den Kopf schüttelnd läuft sie auf und ab, immer dicht an mir vorbei, weil der Platz so eng ist. Als wüsste sie gar nicht, wo sie anfangen soll, darauf zu antworten.

»Na was, Hannah? Erklär es mir!« Auf die Story bin ich echt gespannt.

Sie hält abrupt inne und funkelt mich wütend an. »Also, dass ich deine Freundin bin, war dir, seit wir *Caitliiin* über den Weg gelaufen sind, ziemlich egal.«

»Das stimmt doch gar nicht. Ich hab dich vorgestellt.«

»Nur ihr, nicht dem Rest der Leute am Set.«

Mist, das war blöd von mir. »Ich wusste halt, dass du sie kennst«, bringe ich zu meiner Verteidigung hervor. »Du hast doch vorab eine Liste mit allen Personen bekommen.«

»Wäre nur schön gewesen, wenn die anderen auch gewusst hätten, wer ich bin.« Sie fuchtelt wild mit ihren Händen herum. »Aber nein, stattdessen hast du mit deiner wahnsinnig tollen Kollegin geplaudert, als hättet ihr euch Monate nicht gesehen.«

Ich traue meinen Ohren nicht. »Also bist du eifersüchtig! Ich hatte recht. Es geht darum.«

Sie tigert weiter auf und ab und murmelt Sätze, die ich nicht verstehe. Dem Tonfall nach komme ich dabei allerdings nicht gut weg.

»Rede mit mir«, sage ich.

»Dazu bin ich gerade zu wütend!« Das ist sie wirklich. Und verletzt, denn im Vorbeistampfen sehe ich, dass ihre Augen feucht glitzern und sie Tränen wegblinzelt.

»Caitliiin, wie du sie nennst, ist meine Kollegin«, erkläre ich ruhiger. »Wir haben uns gegenseitig auf den neuesten Stand gebracht. Mehr läuft da nicht.«

Sie schnaubt empört. Und irgendwie auch bezaubernd.

»Was, Hannah?«, hake ich nach.

»Also für jemanden, der normalerweise sehr aufmerksam ist, bist du gerade unglaublich blind. Als wärst du derjenige mit dem Sehfehler, nicht ich.«

»Wovon redest du?«

Sie kommt zu mir, mit schwingenden Hüften, sexy und hochexplosiv. »Also das!« Sie legt ihren Arm um meinen Hals. »Und das!« Sie drückt sich an mich und kichert. »Das macht jede Frau bei dir?«

Beinahe werde ich hart, was jetzt echt dämliches Timing wäre. »Caitlin ist wie meine Schwester«, erkläre ich.

Hannah lässt ihre Hand zu meinem Hintern gleiten. »Ach, und eine Schwester darf das bei ihrem Bruder? Im Leben nicht, Drake!« Sie reißt sich wieder von mir los und setzt ihren Lauf fort. Und langsam kriege ich eine Vorstellung davon, was hier los ist.

»Da läuft nichts, das schwöre ich.«

»Dann erklär das bitte Caitlin, denn die Frau macht sich Hoffnungen. Und wenn ich dein Verhalten so betrachte, nicht zu Unrecht.«

»Ich bin umgekehrt auch für sie wie ein Bruder.«

Hannah schüttelt den Kopf, und ich verliere allmählich die Geduld. Okay, das eben ist dumm gelaufen, aber mehr als es erklären kann ich nicht. Ja, Caitlin und ich sind vertraut miteinander. Was die Arbeit vor der Kamera erleichtert. Das ist alles. Sie bringt mich zum Lachen, ich sie. Ende der Geschichte.

»Weißt du, mir ist ziemlich egal, wie du das siehst«, sage ich kühl. »Dein Job ist es, meine Freundin zu spielen. Und halb nackt in diesem Kleid vor der Crew herumzutanzen ist dabei nicht in Ordnung.«

»Du meinst *dieses* Kleid?!« Hysterisch lachend zupft sie an dem hauchdünnen Stoff. »Nur zur Erinnerung, das ist die

Garderobe, die ihr mir alle ausgesucht habt. Also wirf mir nicht vor, dass ich jetzt sexy aussehe.« Wieder hält sie inne und sieht mich an. Verletzt, verdammt verletzt. »Sie hat mich eine Nutte genannt, Drake. Und du hast nichts unternommen.«

»Das war doch nur ein Scherz«, werde ich sanfter und fahre ihr durchs Haar. Aber sie schüttelt meine Hand ab. Angeekelt.

»Und dass Caitlin mal eben jemanden ranpfeift, um mich herumzuführen? Auf meinem *ersten* Set!« Sie wartet ab, wie ich reagiere, aber ich weiß nicht, worauf sie hinauswill. Ich fand das nett. »Verdammt, Drake, ich wollte die Tour von dir bekommen. Das ist deine Welt, und ich wollte sie durch deine Augen kennenlernen.« Sie schluckt. »Hättest du mir alles gezeigt, dann wäre ich auch nicht am Ende im falschen Zelt gelandet.«

Ihr verletzter Ausdruck trifft mich. *Doch sie muss auch mich verstehen!* »Ich kenne hier halt alles schon«, erkläre ich. »Und ich musste mit Caitlin die Szene für heute Abend durchgehen.« Alles harmlos und nicht so, wie sie denkt.

Ich mache erneut einen Schritt auf sie zu. Sie weicht zurück, bis sie gegen die Minibar stößt. Sie sitzt in der Falle und gibt mir zu verstehen, dass ich besser nicht näher komme. Sonst kann ich was erleben.

»Du hast mich komplett ignoriert«, sagt sie noch mal. »Ich war Luft für dich. Ich geb mir hier wirklich Mühe, deine Freundin zu spielen. Aber das ist nicht so leicht, wenn ich für alle nur Miss März bin.«

»Miss wer?«, frage ich irritiert nach, weil ich das zum ersten Mal höre.

»Miss März. Du wechselst deine Freundinnen im Vier-Wochen-Takt, daher kriegen sie Monatsnamen. Wusstest du das nicht?«

»Ich … also …« Ich dachte immer, das wäre nur Gerede der Presse. Nicht von meinen Freunden und Kollegen. »Scheiße!« Ich fahre ihr wieder über die Arme, entschuldigend, tröstend. Aber sie reagiert nicht, lässt es über sich ergehen. Wie ein schmerzhaftes Waxing. »Es tut mir leid, Hannah. Du bist natürlich nicht Miss März.«

»Das weiß ich selbst. Ich bin hier, um auf dich aufzupassen. Ich spiele nur deine Freundin, du …« Sie schluckt. »Du spielst nur meinen Freund. Richtig? Also lass uns vergessen, was letzte Nacht war.« Sie atmet tief durch. »Und nimm deine Hände weg von mir! Hier ist niemand, dem wir was beweisen müssen.«

»Es tut mir wirklich leid«, sage ich. Hannah war für mich so überzeugend, dass mir gar nicht in den Sinn gekommen ist, wie neu diese Welt für sie ist.

Verlangen durchdringt mich. Es liegt an ihrer Nähe. Die stellt irgendetwas mit mir an. Ich fahre weiter mit den Fingern über ihren Arm und beobachte, wie sich ihr Brustkorb hektisch hebt und senkt. Ich versuche zu ergründen, ob sie mir wieder eine kleben oder sich mir entziehen will.

»Vielleicht sollten wir das mit dem Kuss noch mal üben, Babe?«

»Wozu soll das gut sein?«, schmettert sie schroff zurück, dabei huscht ihr Blick hungrig zu meinen Lippen. So schnell, dass ich es fast verpasse.

Sanft ziehe ich sie zu mir heran. Sie könnte sich wehren. Aber sie tut es nicht.

»Ich halte das für keine gute Idee, Drake.«

»Man soll uns doch abkaufen, dass wir ein Paar sind, oder?«

»Dazu reicht schon, wenn du mich nicht einfach mit fremden Männern losziehen lässt.« Sie schluckt und legt ihre Hände an meine Hüfte, eine Berührung, die mich wie ein Blitz durchdringt. »Dazu müssen wir uns nicht küssen.«

»Müssen? Was, wenn ich dich gerade küssen *will*?«

»Verdammt, lass das Drake!« Sie stößt mich sanft zurück und geht zu ihren Sachen. »Dreh dich um, ich muss mir was anderes anziehen.«

Jede meiner Beziehungen war mir bisher ernst. Aber Hannah ist die erste Frau, die mir wirklich wichtig ist. Sie soll nicht schlecht von mir denken, sondern mir wieder ihr echtes Lächeln schenken. Mir vertrauen. Mir gehören.

»Warte, ich helfe dir mit dem Kleid«, sage ich daher.

11

Hannah

Gut gemacht, Hannah! Ich bin wahnsinnig stolz darauf, Drake eine Abfuhr erteilt zu haben. *Wir spielen nur dieses tolle Paar. Er kann Caitlin vögeln, sobald das hier vorbei ist. Er kann das gesamte Set vögeln, wenn er das will.* Auch wenn mir die Vorstellung nicht gefällt.

All das sage ich mir im Brustton der Überzeugung. Aber dann sind seine Hände plötzlich am Reißverschluss meines Kleides, und ich brenne.

»Du machst es schon wieder«, knurre ich. »Du tust einfach, was du willst, ohne mich zu fragen, ob das für mich okay ist.«

Er haucht mir einen Kuss in den Nacken, und ich zittere. »Ach ja?«, sagt er und zieht den Reißverschluss auf, woraufhin ich blitzschnell nach dem Vorderteil des Kleides greife, damit es nicht zu Boden fällt. »Du könntest dich doch wehren.« Er öffnet den Reißverschluss weiter. »Niemand da draußen würde es erfahren.« Seine Finger gleiten dabei über meine Wirbelsäule, kräftig und warm. Wie ich es noch nie gespürt habe. *Lernt man das als Schauspieler?* »Sag mir, dass du mich *nicht* willst, Hannah!«

Das kann ich nicht. Nicht bei ihm. Und das weiß er.

»Ich warte auf deinen Widerspruch.« Er schiebt die Hände unter den Stoff, umfasst meine Taille und zieht mich enger, bis ich seinen heißen Atem an meinem Hals spüre.

Stocksteif stehe ich da, müsste ihn wegstoßen, kann es jedoch nicht. Ihm nicht nachzugeben verbraucht meine gesamte Kraft.

»Ich warte sonst nie«, warnt er mich.

Was mache ich jetzt nur? Ich müsste das hier unterbinden, aber gleichzeitig will ich es viel zu sehr. Ich will diesen Mann. Nicht den Schauspieler, sondern denjenigen, der mich letzte Nacht gehalten hat. Denjenigen, mit dem ich im Auto so offen reden konnte. Denjenigen, der mich allein mit seinen Blicken durcheinanderbringt. Den echten Mann. Nicht das, was Hollywood aus ihm gemacht hat.

»Ich zähle bis drei, und wenn du dann immer noch nicht protestierst …«

»Was passiert dann, Drake?«

»Eins«, sagt er nur.

Stopp ihn, durchfährt es mich. *Na los, Hannah!*

»Zwei, Babe.«

Ich zittere. Vor Angst. Und vor Vorfreude.

»Drei.«

Jegliche Zurückhaltung löst sich in Luft auf. Seine Lippen wandern gierig über meinen Hals und jagen Schauer über meinen Körper. Ich will einen richtigen Kuss, einen echten, höre auf zu denken, drehe mich zu ihm um und hole ihn mir.

Scheiß drauf, was das für Konsequenzen hat! Diese total leidenschaftliche Frau – das bin ich. Das, was hier passiert, will ich. Das, was mir dieser Mann gibt, brauche ich.

Unsere Münder krachen aufeinander, fast wie eben, nur dass ich jetzt mitmache. Wir taumeln zum Bett, und Drake stößt mich zurück. An dieser Stelle waren wir schon einmal. Nur dass ich dieses Mal nicht zurückschrecken werde.

Genau das begreift auch Drake. Er packt meine Hände und drückt sie neben mir in die Matratze, macht klar, wer hier das Kommando hat. Und ich liebe es.

Nur zum Spaß wehre ich mich ein wenig. Denn ich bin keine leichte Beute. Mich muss man erst erobern.

Drake zwingt mich mit seinem Gewicht, liegen zu bleiben, und ein kaum auszuhaltendes Ziehen durchdringt mich. Einladend öffne ich ihm die Beine. Er fasst an meine Mitte und spürt, wie nass ich bin.

»Du willst mich.« Es ist keine Frage, sondern eine Feststellung.

»Ja, ich will dich.«

»Wir brauchen mehr Unterwäsche für dich. Ein Höschen am Tag reicht nicht.« Er grinst. »Oder du verzichtest darauf.«

Wie pervers! Ich sollte protestieren, stattdessen keuche ich erregt.

Ohne mich aus den Augen zu lassen, schiebt er seine Finger unter den Stoff. Als wollte ich ihn aufhalten. Als *könnte* ich ihn aufhalten! Bedürftig bewege ich mein Becken. Bin bereit, mit diesem Mann weiter zu gehen, als gut für mich ist.

»Mehr?«, fragt er, reibt über meine intimste Stelle, verteilt die Feuchtigkeit, bringt mich mit nichts an den Rand des Unerträglichen.

»Mehr«, sage ich und winde mich unter seinem Griff. »Mehr, Drake!«

»Das hier ist doch schon gut!«

»Stimmt. Aber du bringst mich um, wenn du nicht bald einen Gang hochschaltest. Und wer passt dann auf dich auf?«

»Wenn das so ist, sollte ich mich wohl schnell um dich kümmern, damit du dich um mich kümmern kannst …«

Ja, ja, ja.

Endlich dringt er mit seinen Fingern in mich ein. Ich hatte lange keinen Sex, doch ich bin so nass, dass er mich problemlos erobern kann. Er stößt tief in mich, drückt mit dem Handballen auf meine Klit und macht irgendwas, was kleine Schockwellen durch meinen Körper jagt.

»O Gott!« Überwältigt kneife ich die Augen zusammen. So was hab ich noch nie erlebt.

»Nein, schau mich an!«, fordert Drake da, küsst meinen Hals, beißt mich sanft, und ich sehe wieder zu ihm. »So ist es gut, Babe! Bleib bei mir!«

Ich bin bei ihm. Er hat mich, voll und ganz.

Ein letztes Mal wehre ich mich dagegen, diesem Mann zu verfallen. Aus so vielen guten Gründen. Er ist ein Star, das hier ist nicht meine Welt, und vielleicht spielt er nur mit mir. Aber verdammt, es ist das erste Mal, dass ich mich jemandem so nah fühle. Und das gibt den Ausschlag. Jetzt oder nie. Ich will ihn. Ich will alles.

»Drake, du musst in die Maske!«, unterbricht uns da eine Stimme von draußen.

Wir halten augenblicklich inne, sehen uns an, unsere Gesichter sind sich ganz nah. Sein heißer Atem trifft mich. Meiner ihn. Und ich spüre zu deutlich, wo sich seine Finger befinden. Hart und tief in mir.

»Geh«, presse ich hervor und streiche ihm durch die Haare.

Er grinst breit.

»Was ist, Drake? Geh schon!« Das ist sein Job, und davon darf ich ihn nicht abhalten. Egal wie dringend ich ihn brauche.

»Drake, hast du mich gehört?«, kommt nun von draußen.

»Gib mir fünf Minuten, Joe!«, antwortet Drake.

»Super! Bis gleich.«

Joe geht, und Drake und ich sind wieder unter uns. Ich will mich losmachen. Das hier, das wird nicht gut enden. Doch zu meiner Überraschung hält Drake mich fest. Nicht so, dass ich nicht freikäme. Aber definitiv so, als hätte er noch was mit mir vor.

»Wo willst du hin?«, fragt er und bewegt seine Finger in mir, erneut auf diese Art, die mich ganz atemlos macht. »Wir waren noch nicht fertig, Babe!«

Das nimmt mein Unterleib begeistert auf und drängt sich an Drake. Seine Bewegungen sind der Wahnsinn. Er ist unglaublich aufmerksam, folgt dem, was mein Körper ihm verrät. Seine Hitze benebelt mich, das ist ein völlig neues Gefühl. Und sobald er auch nur kurz in dem, was er macht, nachlässt, ziehe ich ihn mit meinen Beinen wieder an mich. Denn ich will mehr.

»So willig«, murmelt er zufrieden, drückt mich auf die Matratze und vögelt mir mit seinen Fingern das Hirn weg.

Hilfe! Ja! Total willig!

Mein Unterleib zieht sich vor Lust zusammen. Ein Zittern durchfährt mich, und es fehlt nicht mehr viel, bis ich komme.

»Bitte, Drake!« So forsch kenne ich mich nicht, aber bisher hat mich auch noch nie ein Mann so verrückt gemacht, mich solch eine Leidenschaft erleben lassen. Es ist, als hätte ich Jahrzehnte geschlafen und nun weckt Drake mich auf. Mit seiner Hitze, seinem dunklen Blick und seinen fordernden Berührungen. »Mehr!«

»Bist du sicher?« Er streichelt mich plötzlich so sanft, dass ich wimmere, zögert meinen Höhepunkt hinaus.

»Ja«, stöhne ich. »Bin ich. Bitte. Mach weiter!«

»Dann geben wir dir mal, was du so dringend brauchst«, murmelt er. Langsam umkreist er meine Klit und löst ein erstes schwaches Beben in mir aus. Keine Ahnung, ob das schon als Orgasmus zählt, aber es fühlt sich gut an.

»Mehr«, wimmere ich.

Drake erhört mich. Er dringt richtig mit seinen Fingern in mich, krümmt sie, übt Druck auf meine empfindlichste Stelle aus und bringt mich mit seinen Küssen um den Verstand. Seine Lippen saugen, knabbern, streicheln mich, jagen mich von einem süßen Extrem ins andere. Mal ist mir das, was er tut, zu wenig. Dann wieder zu viel.

»Ja!« Plötzlich ist es um mich geschehen. All das aufgestaute Verlangen entlädt sich. Ich komme. So heftig wie noch nie. Mein ganzer Körper zittert. Mir wird heiß und kalt, jede Zelle wird wachgerüttelt. Ich presse mich an Drake, um zu begreifen, dass das hier echt ist. Danach sinke ich zurück auf die Matratze. Ich schnappe nach Luft und schaue in die Augen desjenigen, der mich soeben für alle anderen Männer verdorben hat. Mit keinem werde ich je wieder so etwas erleben. Es sei denn, Drake bietet jemals Kurse an, wie man einer Frau den Atem raubt.

»Dir geht es gut?«, fragt er zufrieden mit meinem aufgelösten Zustand, streift mit seinen Lippen noch mal meine und löst sich dann von mir.

Ich nicke. »Besser als gut.«

»Dann bis gleich am Set, Babe.«

Er wäscht sich die Hände und verlässt den Wohnwagen.

Es gibt auch irgendwas, was du jetzt tun musst, schießt es mir durch den Kopf.

Ach ja! Bei Drake bleiben. Aber das wird nichts. Ich brauche einen Moment, um von dem eben runterzukommen.

Immer noch total fertig rufe ich daher Lucas an und sage, dass er kurz für mich übernehmen soll.

»Bei dir alles in Ordnung?«, fragt er.

»Ja. Natürlich. Warum sollte nicht alles in Ordnung sein?«

Ich beende das Gespräch, bevor Lucas mich löchern kann. Der Drang, mich jemandem anzuvertrauen, ist groß. Aber er wäre dafür der Falsche.

Mir wird kalt. Ich greife nach der Decke und atme schwer, als der Stoff meine immer noch harten Brustwarzen trifft. Und bebe wieder leicht. *Gott, was hat dieser Mann mit meinem Körper angestellt, dass ein Orgasmus nicht reicht?*

»Kannst du sprechen?«, rufe ich Lainey an, die mir hoffentlich helfen kann.

»Du bist meine Rettung!«, stöhnt sie. »Ich sitze seit mehr als zwei Stunden in diesem Wagen und warte auf meinen Einsatz. Wie hast du das ausgehalten? Bitte lenk mich mit heißen Promi-Geschichten ab!«

»Ich habe Hörbücher gehört«, erkläre ich.

»Hörbücher machen mich schläfrig.« Sie lächelt, was ich ihrer Stimme anhöre. »Ich will Details von meiner Hollywood-Reporterin.«

»Ich darf keine Einzelheiten erzählen. Das weißt du doch.«

»Ach komm schon, rette eine Frau davor, an Langeweile zu sterben.«

Ich muss lachen und zähle auf, wen ich bisher getroffen habe und wie luxuriös der Wohnwagen ist, in dem Drake und ich untergebracht sind. Er hat fließend Wasser und Strom, eine Minibar mit Getränken und Snacks und eine Kaffeeecke, einen gemütlichen Wohn- und großzügigen Schlafbereich. Und Platz für all unsere Klamotten. Was erstaunlich ist, weil ich mit vier Koffern angereist bin. *Vier!*

»Wie sind die Leute?«, fragt Lainey.

»Ganz normal. Ich bin eher diejenige, die hier völlig overdressed aufgetaucht ist. In einem hautengen Minikleid. Was für ein Auftritt!«

Lainey lacht. »Da wäre ich ja gerne dabei gewesen.«

»Warum? Um so wie alle anderen hinter meinem Rücken zu tuscheln, dass ich Miss März bin?«

»Das haben sie nicht!«

»Glaub mir, das haben sie«, beteuere ich und erinnere mich an diese Blamage.

»Und wie hat Drake darauf reagiert?«

»Er war nicht dabei, sondern mit Caitlin Campbell unterwegs.«

»Mit dieser superheißen Newcomerin?! Nein!«

»Doch! Genau mit dieser Frau! Mit der er angeblich nur befreundet ist. Und die –« Ich bremse mich, bevor ich mich zu sehr hineinsteigere. »Ich nehme wohl meine Rolle zu ernst. Er ist eben ein Arschloch. Glaubt, nur weil er ein Star ist, kann er sich alles erlauben.«

»Wie?! Aber er ist doch hoffentlich trotzdem für dich eingetreten?«

»Ein wenig«, sage ich. »Später.«

In Gedanken durchlebe ich die letzten Minuten erneut.

Ich war verletzt von seiner Missachtung und diesem übertriebenen Kuss vor den Augen des Teams. Diese Show war echt das Letzte! Ich wollte Drake Bradford in die hinterste Ecke meiner geheimsten Wünsche verbannen, mir das enge Kleid aus- und etwas Unauffälliges anziehen. Und dann weitermachen. Doch er hat mich berührt, und das bisschen hat genügt, damit mein gesamter Körper nach mehr geschrien hat.

Theoretisch hätte ich ihn wegstoßen müssen. Ich kann das. Das weiß er seit unserer ersten Begegnung. Stattdessen habe ich zugelassen, dass er weitermacht. Ich habe ihn geküsst, und alles ist aus dem Ruder gelaufen.

»Es ist noch was passiert, oder?«, fragt Lainey vorsichtig nach.

»Ja«, sage ich einfach nur.

»Was?«

Ich wollte mit ihr darüber reden, aber jetzt kann ich es doch nicht. Sie müsste es Naomi melden. Die würde mich vom Job abziehen. Ich würde Drake nie wiedersehen. Genau wie diese mir bisher unbekannte Glamourwelt, an der ich langsam Gefallen finde.

»Es geht schon«, sage ich.

»Du klingst nicht so, Süße. Ich mach mir Sorgen.«

»Das musst du nicht. Es ist nichts. Ich muss jetzt Schluss machen und Lucas ablösen. Ich wollte nur mal kurz deine Stimme hören. Danke dir fürs Zuhören.«

»Immer gerne, Süße, das weißt du. Pass auf dich auf.«

»Mach ich, und du auch auf dich!«

Wir verabschieden uns, und ich bleibe auf dem Bett liegen. Ich nehme Drakes Geruch wahr, spiele noch mal durch, wie er mich verführt hat. Hitze steigt wieder in mir auf. Begleitet von neuem Verlangen. Und hastig vertreibe ich die Erinnerungen mit der Hand wie Rauch in der Luft.

Genug, Hannah!

Ich stehe auf, ziehe mir frische Unterwäsche an und entscheide mich für einen wadenlangen Plisseerock und ein bequemes Shirt. Als ich fertig bin, schultere ich meine Handtasche mit der Waffe, verlasse den Wohnwagen und suche das Gelände noch mal ab.

Nichts von alldem eben wird sich wiederholen. Ich habe hier einen Job zu erledigen. Dafür werde ich bezahlt. Nicht für welterschütternde Orgasmen.

Drake

Es fällt mir leicht, so wie immer zu tun. Ich spiele die Rolle des charmanten, oberflächlichen Hollywoodstars schon verdammt lange. Alle wollen, dass man authentisch ist, aber wenn du den Leuten wirklich zeigst, wer du bist, interessiert sich kein Mensch für dich. *Dann verdienst du kein Geld. Du verlierst die Villa. Und schlimmstenfalls musst du zurück in das Leben, das du hinter dir gelassen hast.* Zugegeben, das ist weit hergeholt. Bis ich wieder in Chicago lande, muss noch einiges mehr schieflaufen. Das ändert aber nichts an meiner Gedankenspirale. Da bin ich lieber der Strahlemann.

Doch dann taucht diese Frau auf, und mir ist verdammt egal, was die gesamte Welt von mir hält. Ich will sie. Mehr als gut für mich ist. Und sie will mich. Und ich gebe sie nicht auf. Nicht wenn sie so süß für mich gekommen ist.

»Willst du den Ablauf noch mal proben?«, fragt mich Dante, mein Freund aus der Kindheit, der in dieser Produktion Chef-Stunttrainer ist, bevor ich in der Maske verschwinde.

Ich gehe im Kopf die Bewegungen und den Text durch, die ich einstudiert habe. »Nein, ich bin vorbereitet.«

»Wirklich?«, fragt er mit einem Grinsen, weil er natürlich mitbekommt, was Hannah mit mir anstellt.

»Soll ich es dir beweisen?« Ich führe ein paar Schläge aus, die Dante mühelos pariert.

»Und wenn sie hier wäre?«

»Ist sie aber nicht.« Noch nicht.

Lucas stößt zu mir. Unauffällig gekleidet, mit einer Sonnenbrille. Wir nicken uns kurz zu, und ich frage mich, was Hannah ihm erzählt hat, damit er für sie übernimmt. Aber vielleicht hat sie ihm auch gar nichts gesagt.

In der Maske grüße ich Alison. Sie gibt mir mein knappes Outlaw-Outfit. Ich ziehe mich um und lasse sie mich schmutziger schminken und die für die Figur so charakteristische Narbe an der Wange anbringen.

Ich werde zu Jay.

»Hot, Dragster«, flötet Caitlin, die für den Dreh bereits umgezogen ist und hautenge Lederhosen, schwarze Boots und ein bauchfreies Top trägt.

»Sag bloß, du stehst auf böse Jungs.«

»Wer nicht?«, antwortet sie mit einem breiten Grinsen. »Aber du wohl eher auf brave Mädchen?«

»Wie meinst du das?«

»Du und Miss März?« Ihr missbilligender Blick trifft mich.

»Was ist mit mir und Miss März?«, gebe ich entspannt zurück und will noch nicht wahrhaben, dass meine langjährige Filmfreundin wirklich die Frau ist, für die Hannah sie hält. Ein Biest.

»Ein paar Leute von der Tontechnik meinten, du bist quasi über sie hergefallen.«

»Ich kann küssen, wen ich will«, entgegne ich beherrscht und schließe die Augen, damit Alison mich abpudern kann.

»Kannst du«, sagt sie. »Aber ehrlich, Dragster? Das ist selbst für dich ein neuer Tiefpunkt.«

Mit geschlossenen Augen bemerke ich endlich die negativen Schwingungen, von denen Hannah gesprochen hat. »Bist du jetzt meine Anstandsdame?«, versuche ich, es mit Humor zu nehmen.

»Ich bin eher deine besorgte Freundin, die nicht mit ansehen kann, wie du dich zum Vollidioten machst.« Sie legt mir die Arme von hinten um die Schultern und fährt mit den Fingern zärtlich in meinen Nacken, was mich null anmacht. Nicht bei ihr.

»Du unterschätzt Hannah«, verteidige ich die Frau, die mir den Kopf verdreht hat, endlich so, wie sie es von Anfang an verdient hatte.

»Oder du überschätzt sie, Dragster.«

Was fällt Caitlin eigentlich ein?

Da ich sehr genau weiß, wer Hannah ist und was sie kann, schweige ich dazu.

Alison bittet Caitlin, auf Abstand zu gehen, um weiterarbeiten zu können. Sie kommt der Bitte nach, ich mache die Augen wieder auf, und unsere Blicke treffen sich.

»Alles gut zwischen uns?«, fragt sie.

»Alles gut«, sage ich. Ich bin kein Fan von Streit. Ich habe klargemacht, dass ich mit Hannah zusammen bin. Das muss vorerst reichen.

»Dann bis gleich beim Dreh«, flötet sie, drückt mir einen Kuss auf die Wange und schwirrt ab zum Set. Doch unsere Unterhaltung wirkt nach.

»Redet wirklich jeder über diesen Kuss?«, frage ich Alison.

»Ja«, sagt sie und arbeitet ruhig weiter. »Das war echt mies von dir.« Sie lächelt. »Aber ich vermute, das hat sie dir selbst … mmh … gesagt.«

Fragend drehe ich mich zu ihr um. Sie kann unmöglich mitbekommen haben, was im Wohnwagen passiert ist. Wir waren leise.

»Ich kann einen frischen Handabdruck erkennen«, erklärt Alison, dreht meinen Kopf wieder zurück und trägt Make-up auf meine Wange auf. »Ich vermute, das ist ihrer.«

Oh! »Wenn du das irgendjemandem erzählst …«

»Weil es dir peinlich ist?«

»Weil schon genug über sie geredet wird«, zische ich. Mir ist echt egal, was man über mich sagt. Bin ich halt der Typ, der Frauen im Vier-Wochen-Takt verschleißt. Aber Hannah ist mir nicht egal. Die Filmwelt kann einen verdammt heftig verurteilen. Und das hat sie nicht verdient.

»Du magst sie wirklich, oder?«, fragt Alison.

»Ich …« Ich zögere, denn wenn ich eines über Hollywood weiß, dann, dass man bestimmte Dinge lieber für sich behält. »Wie lange brauchst du noch?«, frage ich und wechsele das Thema.

»Fertig.« Sie reicht mir einen Spiegel. »Zufrieden?«

Kritisch begutachte ich mich. »Klasse Job, danke dir.«

»Immer gerne.«

Ich stehe auf und suche mit Lucas an meiner Seite das Set auf. Die Sonne geht demnächst unter, das Licht steht tief und ist perfekt für die epische Kampfszene, die geplant ist. Jay gegen Rose, die Frau der Rebellen, für die er sich dem Untergrund angeschlossen hat und die er endlich für sich erobern will.

»Bereit für den ersten Durchlauf?«, fragt Jeff Copperfield, der Regisseur, ein drahtiger Typ mit ledriger Haut und vor Begeisterung sprühenden Augen. »Caitlin ist schon auf ihrer Position.«

Im Stillen spiele ich die Szene durch und nicke. »Bereit.«

Ich gehe zu meiner Markierung auf dem sandigen Boden. Die Stuntmen, gegen die ich antreten muss, sind ebenfalls startklar. Wir sprechen noch einmal die gesamte Sequenz durch. Jeff gibt das Startsignal, ich werde zu Jay, und der Kampf beginnt, so wie wir ihn einstudiert haben.

Schlag links, rechts, ducken! Dann kurz vorwärts, wieder zurückweichen, bei der Drehung aufpassen und seitlich einen Schwinger ausführen.

Es tut gut zu spielen. Ich mag die Herausforderung, nur mit der Bewegung und meiner Mimik eine Geschichte zu erzählen. Ich denke an Rose, die Frau, die ich unbedingt will, und dass ich alles dafür tun würde, um sie zu bekommen. Und plötzlich wird aus Rose Hannah, und mein Instinkt, sie zu besitzen, nimmt überhand.

»Cut«, unterbricht uns Jeff.

Schwer atmend halte ich inne und sehe zu Caitlin, zu der ich noch nicht mal vorgedrungen bin. »Hab ich was falsch gemacht?« Ich war im Flow. Aber Rose mit Hannah zu vermischen war unprofessionell.

»Nein, im Gegenteil«, wiegelt Jeff zu meiner Erleichterung ab. »Das war großartig. Ich will deshalb noch eine Kamera an deiner Seite haben, die deine Bewegung begleitet.«

»Ach so. Gut.«

Ich nutze die kurze Pause, in der Jeff einen weiteren Kameramann brieft, und trinke was. Die Temperaturen sind erträglich, doch Kampfszenen bringen einen immer zum Schwitzen.

Mein Blick gleitet über das Set, das wie mein zweites Zuhause ist. Ich liebe es, wie mitten in der Wüste ein Camp entstanden ist, als würden hier die Gesetzlosen hausen und nach ihren eigenen Regeln leben. Ich liebe es, dass alle Beteiligten Profis sind. Und dass am Ende die Szenen echt aussehen werden.

Am Rande der Dreharbeiten entdecke ich Lucas, der hinter seiner Sonnenbrille die Umgebung beobachtet. Ich fühle mich sicher, frage mich jedoch, ob Hannah noch zu uns stoßen wird. Ich hätte sie gerne dabei. Ich möchte ihr zeigen, was meine Arbeit ausmacht. Dass ich mehr kann, als gut auszusehen. Leider bleibt es bei Lucas.

»Alle auf die Plätze!«, ruft Jeff, als die zusätzliche Kamera steht.

Ich höre auf, mich nach Hannah umzusehen, nehme meine Position ein und spiele die Kampfszene zum zweiten Mal.

Doch als ich mir meinen Weg freikämpfe, um zu Rose zu kommen, sprich Caitlin, habe ich erneut Hannah vor Augen.

Diese Frau geht mir wirklich unter die Haut!

Einen Schlag führe ich zu heftig aus. Der Stuntman ist ernsthaft getroffen. Dante wird mir dafür nachher eine Predigt halten, wir üben die Abläufe schließlich nicht umsonst. Doch ich mache weiter. Nicht ich breche den Dreh ab, sondern Jeff. So lautet die oberste Regel. Und er bremst mich nicht.

Ich nehme Hannah ins Visier, das heißt Caitlin.

Wir kämpfen, wechseln drei Worte und rangeln miteinander. Bis ich Caitlin an einer alten Mauer stelle und eine Hand an ihre Kehle, eine um ihre Hände lege. Unsere Gesichter sind nur Millimeter voneinander entfernt. Ich rieche ihren Kaffeeatem. Und ich will sie küssen, wie es die Rolle verlangt. Will Rose küssen. Will Hannah wieder küssen. Will diese Frau. Und wie!

»Cut!«, ruft Jeff. »Großartig!«

Meine Konzentration lässt nach. Nur der Drang, Hannah zu küssen, bleibt. Da greift Caitlin nach mir und drückt ihre Lippen auf meine.

Überrumpelt stoße ich sie zurück. »Verdammt, was soll das?«

»Proben für die nächste Szene.«

Von wegen! Caitlin will mich tatsächlich für sich. *Wie konnte mir das bisher entgehen?* Ich wische mir über den Mund, wende mich kopfschüttelnd ab und trete zu Kyle, den Stuntman, den ich im Kampf voll erwischt habe.

»Alles in Ordnung?«, frage ich ihn.

»Seit wann haben Hollywood-Muskeln so viel Kraft?«, witzelt er und reibt sich den Oberarm, auf dem sich ein blauer Fleck abzeichnet.

»Seit ich mit euch trainiert habe. Sorry, Mann.«

»Geht schon«, versichert er mir und klopft mir auf die Schulter. »Das war ein toller Job, noch besser als bei den Proben. Der Blick, den du beim Kampf hattest … Heftig! Ich möchte nicht erleben, wie du wirklich bist, wenn jemand zwischen dich und das kommt, was du willst.«

Ich auch nicht. Denn aktuell gibt es nur eine Sache, auf die das zutrifft. Genauer gesagt eine Person. Hannah. Die immer noch nicht am Set ist.

»Wo ist Tucker?«, frage ich Lucas, während die nächste Szene vorbereitet wird.

»Schaut sich um.«

»Und Hannah?«

»Ich bin hier!« Die Frau meiner Träume kommt winkend und lächelnd näher. Dabei gleitet ihr Blick über mich, intensiv und heiß. Und kein bisschen so locker, wie sie tut.

Sie trägt nicht mehr das enge Kleid, sondern einen weiten Rock und ein Shirt. Doch das ändert nichts daran, dass sie für mich die attraktivste Frau am Set ist. Am liebsten wäre ich jetzt mit ihr allein. Aber das geht nicht.

»Und, wie gefalle ich dir?«, frage ich daher und pose völlig überzogen.

»Was für ein sexy Lendenschurz!« Sie fächelt sich gespielt angetan Luft zu, haucht mir einen Kuss auf die Wange und schießt dann Fotos mit mir. »Danke, dass ich beim Dreh dabei sein darf.«

»Keine Ursache.«

Wir ziehen für die anderen eine Show ab. Unsere Blicke sagen jedoch etwas völlig anderes.

›Ich will dich, Babe.‹

›Das wird sich nicht wiederholen, Drake.‹

›Das werden wir sehen. Heute Abend, Babe, wenn wir allein sind.‹

›Wehe!‹

›Keine Sorge, ich werde dich nicht bedrängen. Du wirst betteln.‹

Wir müssten unseren oberflächlichen Dialog weiterführen, stattdessen mustert mich Hannah nach diesem letzten Blickwechsel intensiv. Und erregt. Und ein bisschen wütend. Auf sich und auf mich.

»Na was?«, frage ich sie neugierig.

»Drake! Die Pause ist vorbei«, ruft mich da Joe vor die Kamera.

»Ich muss«, sage ich bedauernd.

»Sicher! Hau sie um!«, flötet Hannah und strahlt mich breit an. Während ihr Blick sagt: ›Ja, ich will, dass es sich wiederholt. Ich will mehr. Ich will das. Aber das wird nicht passieren. Nie wieder, Darling.‹

12

Hannah

Wie kann irgendein Mensch hier arbeiten, wenn dieser Mann praktisch nackt vor allen herumläuft? Ich dachte, ich wäre gegen diese Anziehungskraft gewappnet, wenn ich mich normal kleide. Aber das bin ich nicht. Es genügt ein wissender Blick von Drake, und ich brenne erneut. Lichterloh.

»Besondere Vorkommnisse?«, frage ich Lucas leise, sodass niemand den Inhalt unserer Unterhaltung mitkriegt.

»Keine, nur …« Er nickt zum Set, wo Caitlin und Drake dicht an dicht stehen. »Dein angeblicher Freund knutscht mit dieser Frau in Dauerschleife.«

»Das ist nur Show.«

»Mag sein, aber würde seine echte Freundin das gut finden?«

Die Frage ist rhetorisch. Würde sie natürlich nicht.

Ich beobachte, wie Drake Caitlin an die Wand drückt und küsst. Caitlin erwidert den Kuss. Und Eifersucht und Sehnsucht schaukeln sich in mir hoch, bis ich das Gefühl habe, nicht mehr atmen zu können. *Wie unangenehm!*

»Cut! Caitlin, was ist los?! Dein Text!«, unterbricht Jeff den Dreh.

Drake weicht von ihr. Sie tauschen drei Sätze, und er wirkt sauer.

»Noch mal!«, befiehlt Jeff.

Auf sein Zeichen startet die Szene erneut. Caitlin schmeißt sich an Drake, die Kamera fängt seinen Blick ein, und ich erschauere, weil darin so viel Leidenschaft liegt. Gott, die Zuschauer werden feuchte Höschen bekommen. Ich bekomme definitiv schon wieder eines. Obwohl ich das nicht will.

»Super, nächste Einstellung!«, ruft Jeff.

Der Umbau geht rasch. Nur die Kameras müssen neu positioniert werden. Das Set bleibt identisch. Dann werden die Aufnahmen fortgesetzt. Drake ringt mit Caitlin, und er macht mit ihr, was er mit mir gemacht hat. *Verdammt!* Ich sollte professioneller sein und das Geschehen an mir abprallen lassen. Aber obwohl die Nähe nur gespielt ist, verletzt sie mich.

»Wow, er ist heute wirklich gut«, murmelt eine Frau neben mir.

»Caitlin legt es aber auch echt auf einen Zungenkuss an«, antwortet ein Mann.

»Kann man es ihr verdenken? ... Oh!«

Beide bemerken meine Anwesenheit, und die Unterhaltung bricht ab. Was nur heißt, dass sie das Gespräch außerhalb meiner Reichweite fortsetzen werden. Als wäre das besser!

Ich gebe Lucas unauffällig Bescheid, dass ich Tucker bei seiner Patrouille unterstützen werde, und bitte ihn, für mich ein Auge auf Drake zu haben. Mir reicht es hier.

Tief durchatmend steige ich über Kabel und lasse das Set hinter mir. Ich tue so, als würde ich auf meinem Handy herumtappen, damit meine Tarnung als Freundin bestehen bleibt. In Wahrheit schaue ich nach links und rechts und beobachte jeden, der nicht beim Dreh ist. Alle Beteiligten an der Produktion müssen Ausweise mit Namen und Foto mit sich führen, und ich gleiche immer wieder Bild und Gesicht der Träger miteinander ab. Eine Routineaufgabe, die meine Nerven beruhigt.

Tucker ist gerade auf der Südseite unterwegs. Ich folge den letzten Sonnenstrahlen im Westen und betrachte die wunderschöne karge, von Wind und Sonne geformte Landschaft. Es gibt hier keine Sanddünen, wie man sie von der Sahara kennt, sondern eine Mischung aus Felsen und Kies. Dazwischen wachsen kleinblättrige Büsche, Kakteen, Yuccapalmen und einige verloren wirkende Joshuabäume, für die der Joshua-Tree-Nationalpark bekannt ist. Bald werden die Pflanzen blühen und die Wüste mit Farbtupfern übersäen. Bis dahin dauert es aber noch ein paar Wochen.

Ich erfreue mich an dem Kontrast zwischen glühend rotorangefarbenem Himmel und dunkler werdender Erde und laufe die Grenze des Camps ab. Zwischen zwei Lastwagen fällt mir dabei plötzlich ein Schatten auf.

Alarmiert klettert mein Puls in die Höhe. Etwas stimmt nicht. Schon wieder. *Mist!*

Auf meinem Handy aktiviere ich einen stummen Alarm, der bei Tucker und Lucas aufpoppt und ihnen meinen Standort schickt. Außerdem erbitte ich mir Verstärkung von Tucker.

Die Aktionen gegen Drake häufen sich. Der Einbruch in seine Villa wird nicht der letzte Versuch gewesen sein, ihm zu schaden. Ich verstehe zwar nicht, wie man uns hier finden konnte. Der Drehort ist geheim. Aber natürlich ist das nicht unmöglich. Die Sicherheitsleute kontrollieren den Zutritt zum Camp nur über die Zufahrtsstraßen. Es ist nicht allzu schwierig, sich querbeet reinzuschleichen.

Im Schutz eines Lasters nähere ich mich dem Ort, wo ich den Schatten zuletzt gesehen habe. Ich wage einen Blick und sehe ihn erneut. *Da versteckt sich jemand.*

Tucker taucht auf, und mit Handzeichen gebe ich ihm zu verstehen, dass er von der anderen Seite zugreifen soll. Wir kesseln den Eindringling ein, bevor er oder sie das Ziel erreicht.

Zugriff, befehle ich per Nicken.

Wir sprinten beide aus unserer Deckung auf einen Mann zu. Ich bete, dass ich das Lanyard entdecke, das ihn als Teil der Crew ausweist. Fehlanzeige. Der Unbekannte sieht uns und ergreift die Flucht.

Nicht gut!

Der Rock flattert mir um die Beine und erschwert das Rennen, doch ich lasse mich davon nicht aufhalten. Wenn das derjenige ist, der Reißnägel nach Drake geworfen hat oder hinter dem Einbruch in seine Villa steckt, dann ziehe ich ihn aus dem Verkehr. *Wetten?*

Ich komme näher, und als Tucker dem Mann den Fluchtweg abschneidet und der kurz zögert, stürze ich mich auf ihn und reiße ihn zu Boden. Wir ringen miteinander. Immer wieder fliegt mir Sand ins Gesicht, in den Mund und in die Augen. Aber das hält mich nicht auf. Schließlich liegt der Mann auf dem Bauch und leistet keinen weiteren Widerstand mehr.

»Was willst du hier?«, frage ich schroff.

»N-n-nichts«, antwortet der Typ ängstlich. Viel zu ängstlich dafür, um einer der Einbrecher von letzter Nacht zu sein. Das waren Profis. Doch noch lockere ich meinen Griff nicht.

»Falsche Antwort«, sage ich und wende mich an Tucker. »Übernimmst du die Befragung?« Ich würde das gerne selbst machen, aber der Job passt leider überhaupt nicht zu meiner Rolle als Drakes Freundin.

»Klar«, sagt er und reißt den Typ hoch.

»Hilfe!«, ruft der da plötzlich. »Hilfe!«

Nicht unbedingt die typische Reaktion eines Angreifers. Instinktiv werfe ich den Mann zurück auf den Boden und halte ihm den Mund zu.

»Jetzt hör mir mal zu«, zische ich. »Entweder du erklärst uns, wer du bist und was du hier zu suchen hast, oder der Kumpel neben mir wird dir wehtun.« Eine hohle Drohung, denn wir haben keinerlei Befugnisse. Das Protokoll verlangt, dass wir die Polizei dazuholen. Aber meist wirksam.

»Hil–«

Ich presse die Hand fester auf seinen Mund. »Du befindest dich auf Privatgelände. Das ist ein abgeriegelter Drehort. Du willst keinen Ärger? Dann rede!« Stück für Stück nehme ich meine Hand weg, und als er nicht wieder schreit, schließlich ganz. »Also?!«

»I-i-ich bin ein Fan«, stammelt er.

Ich sehe ihn aus großen Augen an.

»Von Caitlin Campbell.«

»Aha.«

»Die dreht hier doch, oder?«

Alles in mir entspannt sich. *Falscher Alarm! So was von falscher Alarm. Wie wahrscheinlich war es auch, dass nicht mal einen Tag nach dem Einbruch bei Drake neue Gefahr droht?*

»Mein Freund wird das überprüfen«, sage ich. »Ich hoffe, du betreibst einen Fanblog, hast ein Zimmer voller Poster und besitzt lauter anderen Fankram von Caitlin.« Auch wenn mir unbegreiflich ist, wie man die Frau vergöttern kann. Aber Geschmäcker sind ja bekanntlich verschieden.

»Klar, ich –« Er greift an seine Seite.

»Stopp!«, ruft Tucker und hält seine Hände fest.

»Au!«, jault der Typ. »Ich wollte ein Tattoo zeigen.«

»Darf ich?« Ich deute auf den Saum seines Shirts.

»Ja.«

Ich hebe das Oberteil und entdecke auf seiner Hüfte in der Dämmerung schemenhaft ein Herz mit Caitlins Namen in der Mitte eintätowiert. *Wie krass ist das denn?!*

»Tucker, kannst du dich weiter um ihn kümmern?«

Drakes Bodyguard nickt. Er weiß, was zu tun ist. Personalien aufnehmen, Platzverbot erteilen, die Sicherheitsleute am Eingang des Camps benachrichtigen und dann Caitlin informieren und ein Fantreffen organisieren oder den Mann unverrichteter Dinge wegschicken. Das liegt an Caitlin.

Ich klopfe mir den Sand von der Kleidung, beende meine Tour und hole mir einen kleinen Snack. Noch mal esse ich nicht ohne Drake, aber ich habe trotzdem Hunger.

Als ich fertig bin, geht es mir besser.

Entfernt dringen immer wieder Geräusche vom Dreh zu mir, und ich frage mich, wie lange Drake noch arbeiten muss. Die Sonne ist mittlerweile untergegangen, und die letzten Spuren ihres Lichts färben die wenigen Wolken am Himmel lila ein. Bald wird es richtig dunkel. Man kann schon Sirius, den hellsten Stern am Firmament, sehen.

Ich fröstele in meinem Shirt, weil wir März haben und die Nächte in der Wüste kühl sind. Doch bevor ich mir was zum Überziehen holen kann, ertönt laut Applaus. Der Dreh ist beendet. Also gehe ich zurück zum Set und stoße genau dann zu den anderen, als Caitlin sich mit einem Kuss auf Drakes Wange verabschiedet. *Tolles Timing!* Er verschwindet in die Maske. Ich folge ihm und erreiche ihn, als Alison ihm die künstliche Narbe abnimmt. Er bemerkt mich, sein Blick brennt und gleitet heiß über mich hinweg, aber keiner von uns sagt ein Wort.

Sobald Alison ihn abgeschminkt hat, legt Drake hinter einem Sichtschutz seine verstaubten Sachen vom Dreh ab. Als er wieder auftaucht, hat er nur ein Handtuch um die Hüften geschlungen. Und ich schieße weitere Fotos, ganz die ihn vergötternde Miss März.

»Wie fandest du mich, Babe?«

»Megatoll.«

»Hast du es dir so vorgestellt?«

»Sicher.«

»Welche Szene hat dir am besten gefallen?«

»Kann mich nicht entscheiden.«

Zum ersten Mal fühle ich mich wie eine schlechte Schauspielerin, denn unser Wortwechsel ist platt, ganz anders als die Blicke, die wir austauschen. Da war von Anfang an etwas zwischen uns. Aber ab dem Moment, als ich ihn angebettelt habe weiterzumachen und er mir diesen Orgasmus geschenkt hat, hat sich endgültig was verändert.

Das ist der wahre Drake. Ich weiß es. Ich habe ihn irgendwie geweckt. So wie er in mir diese sinnliche Frau geweckt hat. Aber was wir begonnen haben, hat keine Zukunft.

»Ich muss noch duschen, Babe, dann bin ich ganz für dich da«, sagt Drake mit einem anzüglichen Grinsen.

Suchend drehe ich mich nach Lucas um, kann ihn aber nirgends entdecken. *Wo steckt er?* »Gut, ich komme«, sage ich notgedrungen.

Drakes Mundwinkel zucken.

»Ich komme *mit*«, verbessere ich mich und ermahne mich zur Vorsicht. *Nicht flirten, Hannah!*

Drake

Hannah wehrt sich gegen das zwischen uns. Ohne dass sie schreit, sich windet oder um sich schlägt. Sie glaubt, wir könnten wieder zurück. Aber das werde ich nicht zulassen. Dafür will ich sie zu sehr. Nicht nur ihren Körper. Sondern alles.

»Nach dir«, sage ich ruhig, mache das Licht im Wohnwagen an und halte ihr die Tür auf. Sie steigt die Stufen hoch, und ich starre ihr auf den Hintern, der vor meiner Nase hin- und herschwingt. *Himmel!*

»Alles sicher«, ruft sie von drinnen.

Wie man es nimmt …

Ich folge ihr und schließe die Tür hinter mir ab.

Schwer atmend sieht sie mich an. Meine Augen, meine Lippen, meinen muskulösen Oberkörper und das Handtuch, das meinen Schwanz nur knapp bedeckt. Wie jemand kurz vor dem Hungertod. Und ich bin das Essen.

»Wie feucht bist du für mich, Babe?«

»Was ist denn das für eine Frage?«, empört sie sich, während ihre Wangen flammend rot anlaufen.

»So feucht, dass ich dich mit einem Stoß nehmen könnte? Oder so, dass ich noch ein bisschen mit deiner Klit spielen muss?«

Sie atmet hörbar schwerer. Dann geht ein Ruck durch sie, sie strafft die Schultern, ist wieder die Kämpferin, die ich noch lieber erobere. »Geh duschen, Drake!«

»Du kriegst Ärger, wenn du mir nicht antwortest«, weite ich mein Spiel aus und achte sehr genau auf ihre Reaktionen. »Will da jemand Ärger?«

Wie auf mein Kommando zeichnen sich ihre Nippel unter ihrem Shirt ab. Als würden sie ›Ja, hier! Ich!‹ rufen. Aber Hannah ignoriert es. »Geh verdammt noch mal duschen!«

»Wie du willst, Babe.«

Ich dusche und befreie mich von den Make-up-Resten. Dann verlasse ich wieder nur mit einem Handtuch um die Hüften das Bad. Um sie noch ein bisschen aus dem Gleichgewicht zu bringen.

Hannah sitzt auf dem Sofa und sieht zu mir hoch. Erneut trotzig. Und eine Spur aufgeregt. Sie versucht, es zu verbergen, aber mir macht sie nichts vor.

»Wie sieht es aus?«, nehme ich unsere Unterhaltung von eben wieder auf. »Jetzt Lust auf Ärger?«

Meine Worte wirken. Sie presst die Schenkel zusammen. Und kaut auf ihrer Unterlippe herum.

»Scheint so«, beantworte ich mir selbst die Frage.

»Drake, lass die Spielchen! Zieh dich an.«

»Oh, aber gerne doch!«

Ich drehe ihr den Rücken zu, lasse das Handtuch fallen und muss lächeln, als sie etwas murmelt, das so klingt wie: »Unfair! So, so unfair!« Während ich gleichzeitig die Hitze ihres Blicks auf meinem nackten Hintern spüre.

Ob sie sich das so vorgestellt hat?

Ich hole mir frische Klamotten zum Anziehen, packe meine alten Sachen weg und muss grinsen, als ich im Wäschekorb einen von Hannahs Slips finde. Immer noch klatschnass. Den muss sie gewechselt haben, als ich im Bad war. Sie war bereit für mich. Und wie!

»Da hab ich ja meine Antwort von vorhin«, sage ich triumphierend, schwinge ihr benutztes Höschen demonstrativ und stecke es dann in meine Hosentasche. »Und du weißt, was das jetzt bedeutet?«

»Na, was denn, Drake? Ärger?«, tut sie gelangweilt.

»Wenn du willst …«

Ihr Blick schickt mir Giftpfeile. Ein klares Nein. Aber ihre Wangen werden noch röter.

Ich muss grinsen. Lange wird sie ihren Widerstand nicht mehr aufrechterhalten können. Das wissen wir beide.

13

Hannah

Bleib cool und mach deinen Job!, ermahne ich mich.

Das Abendessen verläuft zum Glück ohne Zwischenfälle. Die Crew redet über den Film oder über Sportergebnisse. Caitlin bleibt auf Abstand. Alles ist, wie es sein soll.

Danach will ich nur noch in den Wohnwagen und schlafen. Die letzte Nacht war zu kurz für mich. Ich bin wahnsinnig müde, kann kaum die Augen offen halten. Leider wird Drake auf ein Bier ans Lagerfeuer eingeladen.

Klasse!

Ich spiele mit dem Gedanken, mich vorzeitig zu verabschieden. *Aber wie sähe das aus, wenn ich als seine Freundin mich verdrücke? Und würde nicht Caitlin sofort wieder die Chance ergreifen und sich an meinen Freund ranmachen?* Notgedrungen setze ich ein Lächeln auf.

»Komm her«, meint Drake, setzt sich und zieht mich vor sich zwischen die Beine.

»Das gefällt mir nicht«, flüstere ich ihm zu, raffe jedoch meinen Rock, nehme Platz und lehne mich an ihn.

»Keine Sorge, ich fummele auch nicht an dir herum«, haucht er mir ins Ohr. »Versprochen.«

Das klingt irgendwie nach dem Gegenteil. Hitze steigt in mir auf, weil mein Körper sofort genau das will. Berührungen von Drake und einen weiteren Orgasmus. »Das meinte ich nicht«, sage ich ernst. »Bei dem schwachen Licht wäre es ein Leichtes, sich unbemerkt an dich heranzuschleichen.«

»Ich hab doch dich, um auf mich aufzupassen.«

»Und ich bin müde.« Meine Aufmerksamkeit lässt minütlich nach.

»Lucas und Tucker sind auch noch da.«

»Und was denken sie, wenn ich hier einschlafe?«

»Dass du deine Rolle als meine Freundin gut spielst.«

»Bitte, Drake. Lass uns gehen.«

»Ein Kompromiss.« Er fährt mir durchs Haar, mustert mich und sieht, dass ich wirklich fertig bin. So wie ich leider sehe, dass ihm die Zeit mit seinen Kollegen wichtig ist. »Wir bleiben zehn Minuten?«

»Okay«, sage ich. »Zehn Minuten halte ich durch.«

Ich nehme seinen Geruch und den des Feuers wahr, genieße seine Wärme im Rücken und entspanne mich. Das hier ist schön. Romantisch. Die Flammen knistern, über uns funkeln die Sterne.

Nur kurz schließe ich die Augen, mache es mir in seinen Armen gemütlich und schlafe ein. Wie seine echte Freundin. Weil ich mich bei ihm sicher fühle. Dabei sollte er sich doch eigentlich bei mir sicher fühlen.

***

»Au!« Etwas Hartes knallt gegen meinen Kopf. Oder ich knalle mit dem Kopf gegen etwas Hartes. Sofort hellwach befreie ich mich von demjenigen, der mich trägt, einem Mann, drehe ihm den Arm auf den Rücken und zwinge ihn zu Boden.

»Aha, wieder wach«, sagt Drake amüsiert mit schmerzerfülltem Gesicht. »Ich bin es, Babe. Sorry, ich wollte dich nicht wecken.«

Langsam taucht die Umgebung um mich herum auf. Ich begreife, dass wir im Wohnwagen sind. Drake muss mit mir an einen der Schränke gestoßen sein.

»Entschuldige«, keuche ich, weiche zurück und helfe ihm auf. Nur um dann festzustellen, dass mein Körper wie verrückt brennt. Für diesen Mann. Als hätte ich ein stundenlanges Vorspiel hinter mir. »Was hast du mit mir angestellt?« Ich gehe ins Bad und mustere mich kritisch. Mir ist unglaublich heiß, aber ich sehe aus wie immer.

Kopfschüttelnd drehe ich das kalte Wasser auf und wasche mir das Gesicht. Danach putze ich mir die Zähne.

»Du bist am Feuer eingeschlafen«, erklärt Drake, taucht neben mir auf und nimmt sich seine Zahnbürste.

»Das meinte ich nicht«, sage ich.

»Dann musst du dich klarer ausdrücken«, sagt er, beugt sich vor, streift mich mit seinem Oberkörper und jagt eine heißkalte Welle durch mich hindurch.

»Das!«, rufe ich. *Das muss er doch auch spüren!*

»Dass ich mal ans Waschbecken will?«

Merkt er es wirklich nicht?

Mit einem Schnauben spucke ich aus, spüle mir den Mund und dränge mich an Drake vorbei nach draußen. Ich bereite mir das Sofa für die Nacht vor, kontrolliere noch mal die Tür und lege mir meine Waffe griffbereit zur Seite.

»Du kannst jetzt duschen«, informiert mich Drake, als er im Bad fertig ist. »Brauchst du dabei Hilfe?«

»Wirke ich so?«

Darauf antwortet er nichts, aber ich kann spüren, dass er mich ansieht. Irritiert drehe ich mich zu ihm und bereue es sofort. Er selbst hat geduscht und trägt mal wieder nur ein Handtuch um die Hüften geschlungen. Und sein Blick durchdringt mich verheißungsvoll. Ein weiterer Schauer erschüttert mich. Als würde mein Körper auf das Versprechen in seinen Augen reagieren.

»Du bist unmöglich«, rufe ich. »Lass das!«

»Was? Solche eingebauten Duschen sind nicht ohne.«

Geht es ihm wirklich nur darum? Das wäre eigentlich ganz nett. Ich ignoriere das Pochen an meiner Mitte, gehe ins Bad und will die Tür schließen, doch er schiebt einen Fuß in den Spalt. »Was ist denn jetzt noch, Drake?«

»Ich sehe zu.«

»Warum?«

»Falls du doch Hilfe brauchst.« Er grinst. »Oder mehr.«

Ha! Natürlich geht es ihm nicht nur darum, dass ich die Dusche richtig bediene. »Perversling!« Er mag gute Absichten gehabt haben, mich vom Lagerfeuer in den Wohnwagen zu tragen, aber jetzt flirtet er mit mir. Schamlos.

Und leider mit Erfolg.

Bei der Aussicht darauf, mit diesem Mann gemeinsam unter der Dusche zu stehen, brennt mein Körper noch heftiger. Und das zufriedene Lächeln auf seinen Lippen zeigt mir, dass er das bemerkt.

Muss er so aufmerksam sein? Fast wünschte ich, er hätte wieder nur Augen für Caitlin. Das war für mein rasendes Herz gesünder.

Wütend binde ich mir die Haare hoch, ziehe mir so schnell wie möglich meine Klamotten aus und springe unter die Dusche. Ich drehe das Wasser auf und quieke leise, als mich der anfangs kalte Strahl trifft. Dann wird er wärmer, und ich spüle mir den Staub und Sand von der Haut, den die Wüste auf mir hinterlassen hat.

»Geht es dir gut?«, fragt er.

»Total gut«, knurre ich.

Da ich nicht weiß, wie viel Drake durch die Duschwand sehen kann, wende ich ihm den Rücken zu. Ich lasse mir Zeit. Vielleicht damit er das Interesse verliert. Vielleicht aber auch, um ihn etwas zu quälen. *Warum soll nur ich brennen?*

Als ich das warme Wasser weggeduscht habe, stelle ich den Hahn ab, drehe mich und erkenne seinen Schatten durch die nasse, beschlagene Kabinentür. Weil er immer noch im Bad vor der Dusche steht. Und obwohl sich meine Nerven eben beruhigt haben, flattern sie sofort erneut.

»Kommst du raus oder muss ich dich holen?«, fragt er.

Mein Körper erschauert. *Klasse.*

»Gib mir ein Handtuch!«, rufe ich.

Die verschwommene Gestalt bewegt sich. Drake nimmt eines der flauschigen Tücher vom Stapel und hält es mir hin. Ich zögere, aber ich weiß, ich kann mich diesem Mann nicht entziehen. Das lässt er nicht zu. Ich öffne die Tür und kriege Gänsehaut, als die normal warme Luft über meine glühende Haut streicht. Kurz darauf wickelt Drake mich in das Handtuch. Sofort will ich mehr von ihm, doch er knotet es nur fest und verlässt danach das Bad.

Himmel! Was für ein Spiel spielt er?

Ich trockne mich ab, nehme meine Kontaktlinsen zum Reinigen raus und trete dann mit dem Handtuch nach draußen, um mein Nachthemd zu suchen.

»Kein Nachthemd für dich«, sagt Drake da.

»Das kann nicht dein Ernst sein!« Krampfhaft halte ich mein Handtuch fest. Als hinge mein Leben davon ab.

»Und wie das mein Ernst ist.« Er löst sein Handtuch und lässt mich für Sekundenbruchteile alles von sich sehen. Einen sexy Körper. Und einen wirklich wohlproportionierten Penis. Der noch nicht hart ist.

Der Anblick macht mich trotzdem schwach, und ich presse die Schenkel zusammen, um die rohe Lust zurückzudrängen, die mich durchfährt.

»Komm!«, sagt er da und hebt einladend die Bettdecke.

Was denkt er sich, wie das endet? »Ich werde nicht nackt mit dir in einem Bett schlafen.« Auch wenn mir die Aussicht gefällt.

»Du bist meine Freundin, und ob du das wirst.«

»Ich bin deine Fake-Freundin. Keiner wird es je erfahren, wenn ich auf dem Sofa übernachte.«

»Das ist unbequem.«

»Damit komme ich schon klar.«

»Willst du wirklich, dass ich dich zwinge?«

Verlockend! Die Vorstellung, dass ein splitterfasernackter Drake Bradford vor mir auftaucht, lässt das Feuer in mir höher lodern.

»Das würde dir nicht gelingen«, hauche ich.

»Ich habe meine Tricks«, sagt er butterweich und grinst. »Und die sind bei dir verdammt effektiv.«

Ich muss ihn nicht fragen, was er meint. Er verführt mich. Mit Blicken, mit dem Klang seiner Stimme, mit seinem Geruch. Selbst wenn ich ihm körperlich überlegen bin. Gegen das hier bin ich machtlos. *Außerdem … Was ist schon dabei? Wir schlafen nebeneinander, nicht miteinander. Ich spiele seine Freundin. Das gehört dazu, richtig?*

Und du willst es, Hannah.

Du willst es mehr, als gut für dich ist.

»Nur mit Nachthemd«, verhandele ich.

Er hebt die Augenbrauen und verspricht mir stumm, dass er das Teil verbrennt, sollte ich nicht endlich nachgeben und zu ihm unter die Decke schlüpfen. Dann hätte ich natürlich noch Shirts oder Kleider zum Tragen. Doch irgendwie befürchte ich, dass Drake auch die verschwinden lassen könnte. Denn ihn stört es kein bisschen, wenn ich am Ende ohne Klamotten dastehe. Er liebt mich nackt.

»Fein!«, rufe ich nur und schaue mich suchend nach meiner Waffe um.

»Die hab ich schon hierhingelegt.«

»Wie umsichtig.« Ich hole meine Brille. »Aber die hast du vergessen.« Während die Linsen in der Reinigungslösung schwimmen, brauche ich die, um was zu sehen, falls ich nachts aufstehen muss.

»Noch was?«, fragt er nur. »Wenn nicht: Komm her!«

Nervös trete ich näher.

Das liegt nicht nur an Drake. Ich bin noch nie nackt ins Bett gegangen. Das tun anständige Mädchen nicht, richtig? Wir tragen Nachthemden, manchmal sogar Socken. Und wir werden nicht feucht dabei.

Augen zu und durch, Hannah!

Ich setze mich hin, lösche das Licht, lasse das Handtuch los und schlüpfe unter die Bettdecke. Der Stoff streicht kühl über meine erhitzte Haut, und die Nähe zu Drake lässt mich erneut brennen.

»Du versuchst hier nichts?«, frage ich und achte darauf, dass wir uns nicht berühren.

»Was soll ich denn versuchen?«

»Sex mit mir zu haben.« *Ist das nicht offensichtlich?*

»Willst du denn welchen?«

»Natürlich nicht!«

»Gut, ich auch nicht.«

»Echt nicht?« Ich kann das kaum glauben. Verblüfft drehe ich mich zu ihm, kann ihn aber ohne Licht nur schemenhaft erkennen, was es mir verdammt schwer macht zu entscheiden, ob er mich anlügt oder nicht.

»Babe, du bist mir wichtig. Ich will dich. Aber du bist am Lagerfeuer binnen Sekunden eingeschlafen. Da ist mein erster Gedanke nicht, Sex mit dir zu haben, sondern dich ins Bett zu bringen. Und hier sind wir jetzt.«

»Mehr steckt nicht hinter alldem?«

»Doch, tut es. Ich will, dass du mich genauso heftig willst. Und ich glaube, das gelingt mir auch. Aber ich bin ein geduldiger Mann und kann warten.«

Er rückt kurz zu mir und küsst mich, doch bevor ich den Kuss ganz genießen kann, weicht Drake schon wieder zurück.

»Reicht dir die Decke?«, fragt er.

»Ja«, sage ich und klammere mich an meinen Deckenzipfel.

»Dann gute Nacht, Babe. Schlaf gut!«

Wie stellt er sich das vor?

Total durcheinander raffe ich mehr Decke um mich und rücke an den Rand der Matratze. Mein Körper brennt, reagiert in der Dunkelheit auf Drakes Nähe. Ich will ihn auf mir spüren, in mir. Aber das darf nicht passieren.

Drake Bradford, ich hasse dich! Und dass du mich all das empfinden lässt. Dass ich etwas will, was ich nicht wollen sollte.

Angespannt warte ich, bis seine Atemzüge ruhig und flach werden, dann schlüpfe ich aus dem Bett, ziehe halb blind doch wieder mein Nachthemd an und wechsele zum Sofa.

Glaubt er wirklich, wir teilen uns nackt ein Bett? Nur weil er das so will?

Aber ich schlafe nicht. Obwohl ich müde bin. Meine Gedanken kreisen weiter um den Mann, der immer mehr Seiten von sich zeigt, die ganz anders sind, als ich es erwartet hätte. Und der die pure Versuchung ist. Alles in mir hat sich eben an ihn schmiegen wollen. Seine Wärme spüren wollen. Seinen Geruch einatmen wollen.

Aber das muss aufhören, Hannah!

Ich beschwöre mich, nicht mehr auf diesen Mann einzugehen. Egal was mein Körper will. *Nie wieder.*

Drake

Als ich um fünf Uhr früh für den Morgendreh aufstehe und Hannahs rote müde Augen sehe, fühle ich mich mies. Sie hat, wenn überhaupt, nur wenig geschlafen. *Auf dem Sofa.* Dabei war sie gestern Abend echt fertig. Sie zu mir ins Bett zu holen war eine blöde Idee gewesen. Ich wollte, dass sie weiter bei mir schwach wird und gleichzeitig ihren Schlaf kriegt. Beides hat nicht geklappt. Nur ich bin ausgeruht. Und damit bestätige ich nur wieder, was sie von Typen wie mir hält. *Wir denken nur an uns selbst. Fuck!*

»Guten Morgen, Babe.« Sanft hauche ich ihr einen Kuss auf die Lippen, den sie nur über sich ergehen lässt. Und nicht erwidert. Was mir mehr als deutlich sagt, dass ich es letzte Nacht trotz guter Absichten vermasselt habe.

»Du musst zum Set?«, fragt sie gähnend.

Ich nicke.

»Wie wunderbar.« Seufzend schwingt sie die Beine aus dem Bett, setzt ihre Brille auf und steht auf, ohne sich zu bedecken. Als wäre ihr jetzt egal, dass ich sie nackt sehe. Sie erhitzt Wasser an der Minibar für löslichen Kaffee und sucht sich Klamotten zurecht, während das Gerät arbeitet.

Bewundernd lasse ich meinen Blick über sie gleiten, mag ihre vollen Brüste, die harten Nippel, ihre gerötete Haut … die verlockende Feuchtigkeit zwischen ihren Schenkeln.

»Ich kann dir fünf Minuten geben«, sage ich.

»Zum Schlafen?«, fragt sie irritiert und steigt in ihre sexy Dessous.

»Für einen Orgasmus.«

»Fick dich, Drake!«

Ich muss grinsen.

»Ach, das findest du lustig?« Sie zieht ein rotes Designerkleid an und schlüpft in einen dicken Sweater mit Strasssteinen, weil es draußen noch kalt ist. Dann nimmt sie die Brille ab und setzt sich wieder die Kontaktlinsen ein.

»Du bist wacher. Das ist alles, was ich wollte.«

»Was für eine großartige Methode«, erwidert sie schroff. Sie schüttet Kaffeepulver in einen Pappbecher, gießt heißes Wasser dazu, rührt alles um und wartet an der Tür, mit dem Kaffee in der Hand. »Stehst du auch auf?«

Ich mache mich frisch und ziehe mich ebenfalls an. Sobald ich fertig bin, verlässt Hannah den Wohnwagen.

Draußen ist es kühl. Die Sonne ist noch nicht aufgegangen, aber der Himmel wird allmählich grau.

Ich folge Hannah, umfasse sie von hinten und drücke ihr einen Kuss auf die Wange, atme ihren Duft ein und will mehr.

Aber sie löst sich von mir und kontaktiert meine Bodyguards. »Lucas, Tucker, wach werden! Wir sind unterwegs.«

Das letzte Nacht war wohl doch zu heftig. Sie zeigt mir verdammt deutlich die kalte Schulter. *Fuck! Aber ich kann die Zeit nicht zurückdrehen.*

Ohne Frühstück geht es direkt ans heutige Set, ein in Felsen eingelassenes Gerüst, der Unterschlupf der Rebellen. Dort findet mein nächster Kampf statt, einer, der zeitlich vor der Szene spielt, die wir gestern abgedreht haben. Ich stürme als Jay das Rebellencamp, um die Führung von Sharky zu übernehmen.

Ein Technikteam kontrolliert den Drehort. Letzte Nacht war es windig, und sie prüfen, ob alles sicher steht. Lucas und Tucker begleiten sie dabei, so wie sie es die kommenden Wochen immer machen werden, während Hannah bei mir bleibt.

Ich gehe zur Maske, wo Alison bereits auf mich wartet. Sie reicht mir mein Outfit, ich ziehe mich an und lasse mich dann schminken.

Obwohl Hannah sauer auf mich ist, wirft sie mir immer wieder ein süßes Lächeln zu. Zur Show, damit niemand Verdacht schöpft, dass der Haussegen schief hängt. Unauffällig kontrolliert sie nebenbei die Personen am Set und verständigt sich mit meinen Bodyguards.

Offenbar ist alles in Ordnung.

Fertig angezogen nehme ich meine Position auf dem Gerüst ein und spreche mit Brian O'Leary, der Sharky spielt, die Handgriffe durch. Dann warten wir auf das Zeichen von Jeff, der noch letzte Einstellungen an der Kamera vornimmt.

»Ist es dieses Mal was Ernstes?«, fragt mich Brian.

»Was Ernstes womit?«

»Mit deiner Freundin.« Er nickt nach unten zu Hannah. Ich drehe mich auf dem Podest und entdecke sie an der Seite von Lucas. Gähnend. Aber aufmerksam.

»Es ist immer was Ernstes«, sage ich. Entgegen meinem schlechten Ruf hatte ich keine meiner Beziehungen nur so zum Spaß.

»Okay.« Brian lacht. »Gib mir Bescheid, wenn du mit ihr Schluss machst. Ich würde es gerne bei ihr probieren.«

Wieso will sich hier ständig jeder an Hannah heranmachen? Erst Gabe und jetzt der Kerl? »Hatte ich nicht gerade gesagt, es ist was Ernstes?«

»Hattest du, was bedeutet, dass das hier einen Monat dauern wird. Danach würde ich übernehmen.«

Ich hole schneller aus, als ich denken kann, und verpasse Brian einen Kinnhaken. Nicht mit voller Wucht, aber so, dass ich vor Schmerzen meine Hand schüttele.

»Hey! Was ist los bei euch?«, ruft Jeff.

Die gesamte Crew schaut plötzlich zu uns. Auch Hannah. Als wäre ich in Gefahr! Dabei ist das der Kerl, der mir gerade erzählt hat, dass er meine Freundin flachlegen will. Diese Frau gehört mir.

Nur mir!

»Alles gut«, ruft Brian zurück. »Wir haben nur noch mal den Ablauf geübt. Ich war unaufmerksam.« Dann sieht er zu mir. »Wann sagst du ihr, dass du mehr für sie empfindest als für die Damen vor ihr?«

Stumm starre ich meinen Filmpartner an.

»Sie wirkt nicht so, als würde sie das wissen.«

»Sie ist nur müde.«

»Weil du sie wach gehalten hast?«

»Halt die Klappe!« Ich werde mit niemandem diskutieren, was ich nachts mit Hannah getrieben oder nicht getrieben habe. »Können wir endlich anfangen?«, frage ich Jeff.

»Ja, alle auf Position!«

Brian und ich starten zur Erwärmung mit einem einfachen Kampf. Die Kamera filmt bereits. Und sobald wir fit sind, gehen wir nahtlos in die richtige Szene über.

Ich eröffne und dränge Brian zurück. Er wehrt sich und treibt mich in die Enge.

Die Bretter wippen unter unseren Schritten, aber ich mache mir keine Sorgen, dass mir was passieren kann. Ich bin gesichert. Das Set ist safe. Da hatte ich schon weit gewagtere Dreharbeiten.

Wir spielen Standard-Kampfszenen, das heißt, nahezu unentschieden bewegen wir uns innerhalb unserer Markierungen vor und zurück. Danach folgt der Teil, bei dem erst ich über dem Abgrund hänge, dann Brian, was recht schnell abgedreht ist.

»Viertelstunde Pause«, ruft Jeff, bevor wir mit der Verfolgungsjagd starten.

Brian und ich klettern vom Gerüst herunter. Ich begrüße die Leute, die bereits an den nächsten Szenen arbeiten. Auch Caitlin sehe ich. Ich nicke ihr zu, ignoriere jedoch ihre anzüglichen Blicke.

»Alles okay bei dir, Babe?«, frage ich Hannah und schlinge die Arme um sie. »Du kannst dich auch hinlegen und Lucas das hier überlassen.« Sie sieht wirklich, wirklich müde aus, und obwohl sie einen neuen Kaffee in der Hand hält, macht der sie offensichtlich nicht wacher.

»Ich hab schon Schlimmeres erlebt.« Sie ist immer noch wütend, aber fährt mir ganz im Zeichen ihrer Rolle als meine mich liebende Freundin durch die Haare. »Was war vorhin los mit Brian? Das passt gar nicht zu dir, so die Kontrolle zu verlieren.«

»Nichts«, sage ich, schiebe jedoch die Hände besitzergreifend unter ihren Sweater. Ich werde nicht zulassen, dass das irgendjemand anderes als ich bei ihr macht.

»Um was ging es?«, fragt Hannah nüchtern nach, aber seufzt leise, weil ihr gefällt, was ich mache. Auch wenn sie das nie laut zugeben würde.

»Um wen«, korrigiere ich sie. Fragend sieht sie zu mir auf, und ich streife mit meinen Lippen ihre, woraufhin sich ihr Gesicht aufhellt und ein Teil der Müdigkeit verschwindet. »Um dich, Babe.«

»Ich wette, bei Brian hätte ich tief und fest geschlafen.«

»Aber würdest du bei Brian auch das hier spüren?« Im Schutz ihres Sweaters ziehe ich den Ausschnitt ihres Kleides tiefer und den BH zur Seite. Gleich darauf umkreise ich fest einen ihrer Nippel, der hart wird.

»Verdammt, Drake«, presst sie heraus.

»Fühlt sich das gut an?« Ich drücke die empfindliche Knospe, zupfe daran und streichele sanft die Haut drum herum.

»Nein«, protestiert sie schwach.

»Lügnerin!« Ich knabbere an ihrem Hals und lege meine Lippen an ihr Ohr, bringe ihren Puls noch weiter durcheinander. »Ganz schlechte Lügnerin. Aber du hast Glück …« Ein letztes Mal umspiele ich ihren Nippel, bevor ich das Kleid zurückziehe. »Ich muss leider zurück ans Set und kann nicht zu Ende führen, was ich begonnen habe.« Sie keucht erstickt. »Bis später!«

14

Hannah

Drake ist wirksamer als drei Tassen Kaffee. Jede Nervenzelle in meinem Körper ist wach von seiner sexy Berührung.

Außer Atem sehe ich ihm nach, als er wieder ans Set geht. Darf meinen Blick als Bodyguard nicht von ihm lösen. Kann meinen Blick als Freundin nicht von ihm lösen. Oder was auch immer ich in echt für ihn bin.

Lucas gesellt sich zu mir. »Ihr spielt das gut.«

»Halt die Klappe!«, entgegne ich. Denn ich höre genau heraus, dass er was anderes meint. Dass wir eben nicht spielen. Was Konsequenzen haben wird, über die ich jetzt nicht nachdenken kann.

Ich nutze die Gelegenheit, dass Lucas nun ein Auge auf Drake hat, und hole mir einen weiteren Kaffee und einen Muffin, damit ich wach bleibe, sobald mein Drake-High nachlässt.

Aus einiger Entfernung verfolge ich den Dreh. Drake hat eine wahnsinnig gute Körperbeherrschung und führt jede Bewegung sauber und geschmeidig aus. Ohne dabei außer Atem zu kommen. Der Anblick ist selbst von Weitem beeindruckend. Und die sportliche Leistung flößt mir Respekt ein.

Drake hat gestern schon diese komplexe Kampfszene gedreht, heute die nächste. Das ist körperlich anspruchsvoll. Denn auch wenn der Kampf am Ende auf der Leinwand nur ein paar Minuten dauern wird, der Dreh aus verschiedenen Winkeln dauert Stunden.

Zusammen mit Brian O'Leary geht Drake auf dem Gerüst die Markierungen für die nächste Szene ab. Dann erfolgt das Startzeichen, und beide Männer legen los und hechten über den Schauplatz, eine Etage hoch, eine runter. Der Kampf sieht echt aus. Fast wie bei den Vorführungen, die Touristen in den Filmstudios zu sehen bekommen.

Plötzlich kriegt Drake eine Kurve nicht, schlittert fluchend über den Boden und bleibt liegen.

»Cut«, ruft Jeff. »Alles okay bei euch?«

Ich trete wieder näher, bin jetzt ganz auf Drake konzentriert. Seine Sicherheit ist mein Job, und wenn er Hilfe braucht, bin ich für ihn da.

»Ja, alles okay«, ruft Drake zu meiner Erleichterung, steht auf und klopft sich Staub von den Sachen. »Nur mein Stolz ist verletzt.«

Er verlässt das Gerüst, damit die Maske sein Make-up ausbessern kann. Unsere Blicke treffen sich, und er lächelt wie ein kleiner Junge, der gerade raufen war.

Alles in mir will zu ihm gehen und ihm sagen, er soll vorsichtiger sein. Aber würde er auf mich hören? Vermutlich nicht. Er spielt mit vollem Körpereinsatz, mit Leib und Seele. Für das bestmögliche Ergebnis.

Nach einer kurzen Pause startet der Dreh für die Sequenz erneut. Drake hat Spaß bei der Arbeit und ist zugleich konzentriert. Schließlich muss er auf seine Bewegungen achten und parallel auf seinen Text. Das hier ist weit anspruchsvoller, als ich gedacht habe.

Drake nimmt eine Treppe und springt dann wieder eine Ebene tiefer, sodass die Balken wippen. Brian folgt ihm, und sie ringen. Drake weicht aus, greift nach einem Metallstab des Gerüsts, um sich herumzuschwingen – und kriegt die Wende nicht hin. So als würde er den Halt verlieren, fliegt er nach hinten und gibt einen Schmerzensschrei von sich. Einen sehr echten, der mich wie Feuer durchdringt.

Ich lasse meinen Kaffeebecher fallen und laufe los. Zu Drake. Es wird verdammt schwer zu erklären sein, warum Drakes Modelfreundin wie ein Ninja das Set stürmt. Doch darüber kann ich mir später Gedanken machen. Jetzt zählt er.

»Cut, Cut!«, ruft Jeff, als ich schon längst im Bild bin.

Drake liegt am Boden. Meine ersten Handgriffe sind Routine. Puls fühlen, Atmung checken, den Körper nach Verletzungen absuchen. Er scheint in Ordnung, doch ich bleibe angespannt.

Mein Blick wandert zu der Stange, die Drake benutzt hat und die weggebrochen ist. Es könnte ein Materialfehler sein. Es könnte sich aber auch um Sabotage handeln. Und wir sitzen hier wie auf dem Präsentierteller, das behagt mir nicht. Wir sollten runter von diesem Gerüst.

»Kannst du aufstehen?«, frage ich ihn.

»Ja, kann ich. Ich bin okay.«

Skeptisch mustere ich ihn. »Du hast geschrien.«

»Ich bin mit Schwung gegen eine Querstange geknallt. Das hat wehgetan.«

»Also bist du nicht okay.«

»Atme, Hannah!« Er lächelt, kümmert sich um mich, obwohl ich mich doch eigentlich um ihn kümmern sollte. »Ich hab mir wehgetan. Aber das wird schon.«

Unsicher taste ich erneut seinen Körper ab und mustere jeden Quadratzentimeter von ihm.

»Ich bin wirklich in Ordnung«, sagt Drake, beugt sich kurz vor und streift mit seinen Lippen meine. Die zittern.

»Du musst nicht den harten Kerl spielen, der seine hysterische Freundin beruhigt«, flüstere ich ihm leise zu.

»Was, wenn ich das aber will?«, antwortet er, legt einen Arm um mich und streicht über meinen Rücken. »Und was, wenn ich das nicht spiele?«

Dieser Mann! Ich zittere stärker. Nun nicht mehr aus Angst, sondern weil ich mit ihm und den Gefühlen, die er in mir auslöst, überfordert bin. *Der arrogante Drake?* Mit dem komme ich klar. Genau wie mit dem interessierten, aufmerksamen, charmanten Drake. Und natürlich mit dem sexy Drake. *Aber der besorgte Drake? Gegen den bin ich machtlos.*

»Ich muss nachprüfen, dass du okay bist«, sage ich.

»Ach ja?« Er grinst breit, als hätte ich eine schmutzige Inspektion seines Körpers vorgeschlagen.

»Ich muss das wirklich. So lautet das Protokoll.« *Klient checken, in Sicherheit bringen, Umgebung sichern, nächste Schritte planen. Und dabei nicht selbst zittern.* »Los, komm, Drake!«

Vorsichtig klettert er vom Gerüst. Ich folge ihm. Wie ich es hier jedoch hoch geschafft habe, ohne mich zu verletzen, ist mir ein Rätsel. Meine Knie sind wackelig und meine Beine weich wie Gummi.

Auf der letzten Sprosse rutsche ich ab. Doch sofort umschließen mich Arme und fangen mich auf. »Hab dich, Babe. Tu dir nicht auch noch weh!«

Die Wärme seiner Berührung durchdringt mich, genau wie die Tiefe seiner Worte. Aber gerade jetzt muss ich bei der Sache bleiben, zeigen, was ich draufhabe. Meinen Job erledigen. Alles andere kommt später.

»Wo ist der Arzt?«, frage ich daher Jeff. »Er soll Drake durchchecken.«

»Wieso? Was ist los?«

»Nichts. Sie übertreibt«, sagt Drake ruhig.

»Das wissen wir gleich«, meint Vic, der mit einem Arztkoffer auftaucht. »Darf ich mal sehen?«

»Nicht hier«, sage ich. »Untersuchen Sie ihn im Wohnwagen.«

Ich führe mich auf wie eine Diva. Um uns herum tuscheln die Leute. Aber ich blende es aus. Ich muss meinen Job machen, und ich will nichts übersehen.

»Alles in Ordnung?«, fragt Drake nun diskret mich, als wir das Set verlassen.

»Keine Sorge, du bist in Sicherheit.« Mein Blick wandert von links nach rechts und wieder zurück. »Ich lasse gleich die anderen klären, was da eben passiert ist.«

»Ich meinte, ob du in Ordnung bist.«

»Klar, natürlich, auf jeden Fall.« *Nein!* Aber das kann ich jetzt nicht mit ihm besprechen.

Wir erreichen den Wohnwagen, und ich gehe vor mit der Entschuldigung, ich müsste drinnen noch schnell aufräumen. Dabei überprüfe ich, ob alles sicher ist. Und ich atme mehrmals tief durch. Mit einem Nervenzusammenbruch helfe ich niemandem.

»Bitte«, sage ich schließlich und lasse Drake und den Arzt rein.

Sie nehmen auf dem Sofa Platz. Ich möchte am liebsten hierbleiben, aber ich habe zu tun.

Unter dem Vorwand, die Untersuchung nicht zu ertragen, trete ich wieder nach draußen und setze mich vor dem Wohnwagen neben Lucas hin. Für alle Umstehenden sieht es so aus, als würde er mich beruhigen. Dabei stimmen wir uns kurz ab.

»Ich will die Aufnahmen von Jeff«, sage ich. »Und dass einer von euch die Stange fotografiert.«

»Tucker ist schon dran.«

»Gut, checkt außerdem noch mal jede Person, die hier rumläuft.«

»Verstanden«, sagt er. »Soll ich noch mehr Sicherheitsleute anfordern?«

Ich male mir das aus. Kontrollen an den Zufahrtswegen, vielleicht sogar Security, die im Camp patrouilliert.

»Nein, die, die wir haben, reichen erst mal«, beschließe ich. »Machen wir die Sache nicht größer, als sie ist, bevor wir nicht alle Details kennen. Kannst du rauskriegen, wer das Gerüst gebaut hat?«

»Glaubst du, es könnte nur ein Unfall gewesen sein?«

»Möglich ist alles, aber ich will kein Risiko eingehen.«

»Sicher, wird erledigt. Was übernimmst du?«

Ich reibe mir übers Gesicht. Jetzt, da die unmittelbare Gefahr gebannt ist, kehrt die Müdigkeit zurück. Aber ich muss wach bleiben. Das heute wird ein langer Tag. »Ich informiere Naomi und Gabe.« Sie erhalten jeden Tag einen Bericht, doch von dem Vorfall müssen sie schnellstmöglich erfahren. Vielleicht muss Drake die Dreharbeiten bis auf Weiteres absagen. Oder sie können die Suche nach demjenigen, der hinter alldem steckt, beschleunigen. Auch wenn das meinen Job vorzeitig beenden würde, so hoffe ich, sie finden denjenigen schnell. Dann wäre Drake in Sicherheit.

Wir trennen uns, und es tut mir gut, die nächste Stunde beschäftigt zu sein. Als der Arzt den Wohnwagen verlässt, rast mein Herz jedoch erneut. »Und?«, frage ich besorgt.

»Die Schulter und der Oberarm sind geprellt«, erklärt Vic.

»Ist es schlimm?« Schließlich handelt es sich um einen Bluterguss, und je nach Größe des Hämatoms muss das behandelt werden.

»Nein, gar nicht. Drake soll die Stellen nur kühlen.« Er mustert mich nachdenklich. »Brauchen Sie auch etwas?«

»Ich? Nein! Wieso?«

Ohne seine Antwort abzuwarten, betrete ich den Wohnwagen und schließe die Tür hinter mir. Drake steht an der Minibar und nimmt sich gerade ein Snickers. Er trägt immer noch sein Drehoutfit, zumindest von der Hüfte abwärts. Sein Oberkörper ist frei. An der Schulter klebt Tape zur Stabilisierung, und neben ihm liegt der Gelpack, den er sich eigentlich drauflegen soll. *Warum macht er das nicht? Glaubt er, nur weil er Geld hat, heilt sein Körper schneller als der anderer Menschen?*

»Wie geht es dir?«, frage ich, greife nach dem Gelpack und halte ihn an die schlimmste Stelle.

»Gut«, sagt er.

»Sei ehrlich!« Skeptisch lasse ich meinen Blick über die Prellungen wandern.

»Bin ich.« Er legt sein Snickers halb angebissen zur Seite und zieht mich an sich. »Aber dir geht es nicht gut, Babe.«

»Stimmt, mir geht es nicht gut«, gestehe ich nun.

»Was brauchst du?« Er sieht mich mit diesem klugen Blick an, der mir sagt, dass er die Antwort längst kennt.

Seine Fingerspitzen tanzen über meine Haut und beseitigen den letzten Rest Zweifel, diese eine Grenze zu überschreiten. Und dann ist es zu spät.

»Die Frage ist nicht, was ich brauche, sondern wen«, sage ich und gebe meinen Bedürfnissen nach.

»Wen?«, fragt er, nimmt meine Hand mit dem Gelpack weg und schiebt mich zum Bett. »Wer kann dir helfen, Babe?«

Wir beide kennen die Antwort. Mir fallen zig Gründe ein, warum ich das hier abbrechen sollte. Ich bin Drake schon viel zu nah gekommen. Es gibt Grenzen. Für jede Minute, die ich mit ihm verbringe, werde ich bezahlt. Und überhaupt, wie kann es sein, dass ausgerechnet ich, die total normale Hannah Clarke, diesen tollen Mann dazu bringe, mich anzuschauen, als wäre ich das Zentrum seines Universums? Das ist wie in einer verkehrten Welt. Aber weiß Gott, mit jeder Sekunde, die sich mein Blick in seinem versenkt, ist mir all das mehr als egal.

Meine Waden stoßen an die Bettkante, ich lasse mich fallen und ziehe ihn mit mir. »Du kannst mir helfen«, sage ich. »Du musst mir helfen.« Ich atme schwer. »Hilf mir, Drake!«

Drake

Endlich! Hannah ergibt sich mir.

Das hier wird kein bisschen raffiniert. Sie sagt, sie braucht mich, und ich fasse zwischen ihre Beine, ertaste ihren Slip und reiße ihn ihr förmlich vom Leib. Allein das Wissen, dass sie für mich bereit ist, macht mich unglaublich an. Und ihr Blick bringt mich um.

»Ich will dich gar nicht wollen«, sagt sie, ohne mich aus den Augen zu lassen. Und ohne mich aufzuhalten. »Du hattest schon mit wie vielen Frauen Sex? Mit zwanzig? Dreißig?«

»Fast fünfzig«, sage ich weder stolz noch um sie zu ärgern. Es ist ein Fakt. Und sie wird die Letzte sein. Denn keine andere wird je sein wie Hannah. Stark und schwach. Verrucht und unschuldig. Frech und lieb. *Keine!*

Ich pelle mich aus meinem Outfit und schiebe ungeduldig meine Unterhose runter, weil ich in ihr sein muss, sofort. Und weil sie mich braucht. Ebenfalls sofort.

»Spreiz die Beine, Babe! Na los!«

»Hat dir keine meiner Vorgängerinnen erklärt, was ein Vorspiel ist?«, keucht sie, tut jedoch, was ich verlange.

»Scheint dich nicht zu stören.« Denn ihre Pussy glänzt feucht und braucht vieles, aber kein Vorspiel.

»Ich kann nicht glauben, dass ich das mache«, sagt sie mit vor Verlangen zitternder Stimme. »Mit Mister Hollywood.«

»Nur zu deiner Information: Du bist auch nicht gerade die Frau, von der ich nachts geträumt habe. Die langweilige kleine Personenschützerin mit den naturbraunen Haaren! Ich meine: *natur*-braun! Das ist echt eine Zumutung!«

Obwohl meine Worte grob sind, grinst Hannah, denn mein steifer Schwanz zeigt verdammt deutlich, dass ich auf Naturbraun stehe und verrückt nach ihr bin.

»Letzte Chance«, warne ich sie und streife mir hastig ein Kondom über.

»Kann es gar nicht erwarten zu haben, was alle hatten«, reizt sie mich.

Wie frech! Ich fackele nicht länger und ziehe Hannah zu mir heran. Ich präge mir genau ein, wie sie aussieht, bevor wir eins sind. Dann gleite ich mit meinem harten Schwanz über ihre feuchte Pussy und dringe mit einem Stoß in sie.

Endlich!

Ein überraschter Laut entweicht ihrer Kehle. Ein Laut, der mir verdammt gut gefällt. »Beweg dich!«, fordert sie leise.

»Noch nicht.«

»Verdammt, Drake, beweg dich!« Sie spannt ihre Muskeln um meinen Schwanz an, und ich werde noch härter.

»Fuck, Babe!« *Sie gewinnt!*

Ich halte sie genau da, wo ich sie haben will, und vergrabe mich wieder und wieder in ihr. Hart, wild, rücksichtslos. Sie ist wie für mich gemacht, ich bin wie für sie gemacht.

Dann krampft ihre Pussy, ihr erster Orgasmus rauscht durch sie hindurch, der erste, den ich direkt an meinem Schwanz spüre. Und wie angefeuert nehme ich sie weiter.

Ich verliere mich in ihrem Anblick. Wie sie sich unter mir windet! Sich auf die Lippen beißt! Ihre Hände sich in meine Schultern krallen! Wie sie Halt sucht, weil ich ihr den Boden unter den Füßen wegziehe.

Stolz erfasst mich, weil ich das mit ihr angestellt habe. Und Gier, weil ich das noch mal erleben will. Weil ich dieser Frau den Verstand rausvögeln will. Weil ihre Lust mir gehört. Nur mir.

Unter Küssen nehme ich sie ruhiger und muss grinsen, als der zweite Orgasmus folgt. Und wieder gröber bringe ich sie zum dritten, der nicht lange auf sich warten lässt. Ich werde sie für alle Männer verderben. Nie wieder soll sie bei einem anderen so kommen wie bei mir. Nie wieder einem anderen gehören, denn sie gehört zu mir.

»Drake, o Gott, ich kann nicht mehr«, stöhnt sie, und ihre Pussy krampft zum vierten Mal.

»Von wegen! Du kannst, vertrau mir.« Ich dringe wieder sanfter in sie ein, mag, wie eng und feucht sie sich anfühlt. Schon so von mir durchgenommen und doch bereit, sich weiter treiben zu lassen.

Die Beine hat sie um meine Hüfte gelegt, als wollte sie mich nie mehr loslassen. Ihre Arme umschlingen meinen Oberkörper, halten mich ganz nah. Ihr Gesicht ist an meinem Hals, und ihr heißer, stoßweiser Atem treibt mich in den Wahnsinn. So etwas hab ich noch nicht erlebt!

Sie kommt erneut, und es ist zu viel für mich. Sie ist zu viel. Ich sehe Sterne, erlebe den heftigsten Orgasmus, den ich je hatte, mit der Frau, von der ich es am wenigsten erwartet hätte. *Fuck, fuck, fuck!*

Sämtliche Kraft entweicht mir, und ich breche förmlich auf ihr zusammen, als hätte ich eine mehrstündige Stuntsession hinter mir.

Was auch immer jetzt passiert, ich bin restlos verloren. Ich werde diese Frau nicht mehr loslassen. Ihr wird meine oberflächliche Welt nicht passen. Aber ich weiß, dass ich nicht ohne sie darin leben will. Ich brauche diese sonst so korrekte, ruhige, ausgeglichene Frau, die nur bei mir ihr Temperament zeigt. Und ich will nie wieder anderen Sex als den hier.

Na gut, ich will schon anderen Sex als den gerade. Welchen, der länger dauert. Aber ich will ihn nur noch mit ihr.

»Alles okay bei dir?«, frage ich sie, als ich etwas zu mir gekommen bin.

»Du erdrückst mich.«

Zufrieden küsse ich ihre Schulter, atme ihren Duft ein und liebe ihre weiche Haut. »Ich denke, du bist stärker als ich. Wehr dich doch!«

Sie versucht es, ohne Erfolg. »Was zum Henker?!«

Die Erkenntnis, dass sie mir gerade wirklich unterlegen ist, als wäre ich ihre Schwachstelle, kickt uns beide. Immer noch in ihr werde ich erneut hart und bewege mich neckend.

»Sieh an! Dann hab ich jetzt wohl die Oberhand!«

»Träum weiter«, schmollt sie.

»Halt mich auf!«, sage ich und nehme sie härter, tiefer, schneller.

»Werde ich!«, ruft sie, krallt sich in meinen Rücken, aber hält mich nicht auf, sondern fordert mehr ein.

»Du machst das ganz toll«, hauche ich ihr zu.

»Halt die Klappe, Drake!«

Wir rangeln, und das macht den Sex noch schöner. Hannah holt erstickt Luft, und ich weiß, dass ihr nächster Orgasmus kurz bevorsteht. Zärtlich küsse ich ihren Hals. Reize sie, schmecke sie, zeige ihr, wie viel sie mir bedeutet.

»O Gott!«, ruft sie, kommt erneut und reißt mich mit sich.

Was für eine Frau!

Total fertig ziehe ich mich aus ihr zurück und entferne endlich das Gummi, das zum Glück gehalten hat. Ich lege mich auf den Rücken und drücke Hannah an mich.

»Hatte ich wirklich gerade mit *dem* Hollywoodstar Sex?«, murmelt sie schelmisch grinsend, liegt halb auf mir und rührt keinen Finger. Was mir verdammt gut gefällt. Weil ich es bin, der sie in diesen Zustand gebracht hat.

»Wie? Ist dir das unangenehm?«, tue ich empört.

»Ein bisschen«, sagt sie und hat die Augen schon zu.

»Dabei war ich so gut!«

»Das waren keine zehn Minuten.«

»Egal ob Kurz- oder Spielfilm, beides hat seine Reize. Die Qualität ist ausschlaggebend. Soll ich also mal nachrechnen, wie viele Orgasmen du hattest?«

Sie lacht leise und ich mit ihr, weil das nur Spaß ist. Wir sind beide auf unsere Kosten gekommen.

»Ich hatte wirklich Sex mit einem Hollywoodstar«, murmelt sie noch mal, dann ist sie eingeschlafen.

»Und es hat dir gefallen«, füge ich leise hinzu, fahre ihr durch die Haare und muss grinsen. Sie ist der erste Mensch, der das ausspricht, was so viele vor ihr gedacht haben müssen, wenn sie mit mir im Bett waren. Und dabei ist sie diejenige, der es egal ist.

Dann schlafe ich ebenfalls ein.

***

Nach einer Stunde werde ich wach, Hannah schläft jedoch immer noch. Eine Weile sehe ich ihr dabei zu. Ihre Gesichtszüge sind entspannt, ihre Lippen halb geöffnet, die perfekte sexy Unschuld.

Mein Schwanz zuckt und meldet schon wieder Wünsche an. Ich fahre über ihren nackten Rücken und grinse, als meine

Berührung Gänsehaut hinterlässt. Doch ich wecke sie nicht. Ich kann endlich den Fehler, den ich letzte Nacht begangen habe, wiedergutmachen. Sie braucht die Auszeit.

Leise stehe ich auf, rolle mit den Schultern, spüre die Prellung und verziehe das Gesicht. Den mittlerweile warmen Gelpack lege ich in die Minibar. Dann ziehe ich mich an und verlasse den Wohnwagen, um meine Sachen zur Maske zu bringen. Dabei trete ich fast auf Lucas, der auf der Treppe sitzt und nun aufsteht.

Klasse, ich hätte damit rechnen müssen, dass einer meiner regulären Bodyguards hier draußen wartet. Es wäre naiv zu denken, dass er nicht mitbekommen hat, was Hannah und ich getrieben haben. Aber ich will nicht darüber reden.

»Wisst ihr schon, was am Gerüst los war?«, bemühe ich mich um ein unverfängliches Thema. »War es ein Materialfehler?«

»Das würde ich lieber mit Hannah besprechen.« Er macht Anstalten, in den Wohnwagen zu gehen, doch ich versperre ihm den Weg.

»Sie schläft noch. Bin ich denn gerade in Gefahr?«

»Genau jetzt? Nein.«

»Dann gibt es keinen Grund, sie zu wecken.«

»Aber –«

»Ich bin hier der Boss«, schneide ich ihm das Wort ab und spiele meine Position aus. Etwas, das ich normalerweise vermeide. »Lass sie noch ein wenig schlafen.«

Mit meinem Outfit gehe ich zum Set. Es wird nicht gedreht, trotzdem herrscht reger Betrieb. Kulissen werden überprüft, genauso wie Equipment.

Ich treffe Alison in der Maske beim Aufräumen und reiche ihr meine Sachen, damit sie und ihr Team sie reinigen können.

»Finde ich da Flecken drauf, die ich nicht sehen will?«, fragt sie scherzhaft und inspiziert die Kleidung.

Ich werfe ihr meinen genervtesten Blick zu.

»Also normalerweise würdest du jetzt Witze reißen«, sagt sie unbeeindruckt. »Oder so was sagen wie: gern geschehen, süße Tagträume.«

Sie hat recht, das wären meine Worte. Ich habe mich in der Vergangenheit nie mit Kommentaren zu meinem Sexleben zurückgehalten. Weil es bedeutungslos war, was zwischen meinem Schwanz und den anderen Frauen passiert ist. Aber das eben mit Hannah war nicht bedeutungslos. Auch wenn die paar Minuten, die wir den Wohnwagen zum Wackeln gebracht haben, so gewirkt haben müssen.

»Bitte dazu keine süßen Tagträume«, sage ich nur.

Alison grinst breit. Nicht die Reaktion, die ich erwartet habe.

»Hast du mich nicht gehört?«

»Hab ich. Keine süßen Tagträume«, bestätigt sie und verkneift sich nun ein Lachen.

»Was ist dann so lustig?«

Völlig unerwartet fällt sie mir um den Hals. Ich weiß gar nicht, wie ich reagieren soll. Ich denke sofort an Hannah und dass sie es hassen würde, wenn ich andere Frauen antatsche. Hilflos halte ich die Hände in die Luft, um keine falschen Signale zu senden.

»Sie tut dir verdammt gut!«, meint Alison zufrieden.

Wie irritierend! Ja, es stimmt, aber das werde ich mit niemandem diskutieren.

Mit einem knappen Kopfnicken gehe ich und suche nach Jeff. Es sieht nicht so aus, als würden wir heute noch drehen. Die Frage ist nur: wann dann?

Ich finde ihn beim Sichten des Materials.

Mit Caitlin an seiner Seite.

»Wie geht es dir?«, fragt sie, stürmt zu mir und fährt mir durch die Haare.

Caitlin war schon immer anhänglich, aber das jetzt ist selbst mir zu viel. »Übst du gerade die nächste Szene mit mir?«, sage ich scherzhaft. »Wenn nicht, lass das!«

Ihre Hand verharrt mitten in der Bewegung, löst sich dann aus meinen Haaren und dockt an meinem Oberarm an. Etwas besser.

»Das vorhin war heftig«, sagt sie. »Ich hab mir schreckliche Sorgen gemacht. Wir alle haben das.«

»Es ist nur eine Prellung. Vic müsste euch Bescheid gegeben haben.«

»Hat er. Er meinte, du sollst dich schonen«, sagt Jeff.

»Das hab ich«, sage ich. »Ich wollte nur nachfragen, ob –«

»Das hast du?«, faucht Caitlin. »Du hast geklungen, als würde sie dich umbringen!«

Klasse! Offensichtlich hat das gesamte Set mitbekommen, was Hannah und ich getrieben haben. Aber das heißt noch lange nicht, dass sich jeder dazu ein Urteil erlauben darf. Alisons Reaktion war okay. Aber Caitlin geht entschieden zu weit. Hannah würde nie etwas tun, was mir schadet. Dass Caitlin ihr so was unterstellt, finde ich echt frech. Davon abgesehen: Ich habe meine Kollegin nie auf ihre Affären angesprochen. Ich dachte, umgekehrt gilt das genauso.

»Vorsicht«, warne ich sie.

»O bitte, Dragster, seit diese Frau hier ist, benimmst du dich total anders. Jedem fällt das auf.«

»Seit sie da ist, bist du auch anders«, gebe ich ihr eine zweite Warnung.

»Weil wir Freunde sind und dir ja einer die Augen öffnen muss, wer sie wirklich ist.«

»Das musst du nicht.« Schließlich weiß ich das ganz genau.

»Doch, Dragster.« Ihr Griff an meinem Arm verstärkt sich, beinahe schmerzhaft. Was sie zum Glück selbst merkt und ihn lockert. »Bist du denn so blind? Sie benutzt dich nur, damit sie ihre Karriere vorantreiben kann.«

»Da wäre sie nicht die Erste«, sage ich kühl, wobei das auf Hannah definitiv nicht zutrifft. Sie ist schließlich kein Model. Davon mal abgesehen, dass mich diese Frau verdammt gerne ausnutzen darf.

Caitlin schnaubt frustriert. »Du klingst ja, als wärst du in sie verliebt. Mach die Augen auf, Dragster! Sie ist weg, sobald sie hat, was sie will.«

»Genug!« Alles in mir versteift sich. Caitlin hat unrecht, Hannah verschwindet nicht einfach so. Aber es stimmt, wenn ihr Job erledigt ist, ist sie wieder weg. Ich habe keine Ahnung, wie sie in meinem Leben bleiben soll. So weit habe ich noch nicht gedacht. Aber sie muss bleiben. »Was ist mit dem Drehplan?«, frage ich Jeff. Deshalb bin ich ja eigentlich gekommen und schaue mir nun die Aufnahmen an, die heute entstanden sind.

»Deine Schulter ist okay?«, fragt er.

Ich lasse sie kreisen, spüre den Schmerz, nicke jedoch. »Die Verletzungen sind nur oberflächlich, und bei meinem Outfit sieht man nichts. Kann für mich also weitergehen.«

»Sehr gut«, sagt er erleichtert und blättert in seinen Unterlagen. »Ich hab mit der Produktionsfirma gesprochen. Die wollen eine Untersuchung durch die örtliche Polizei. Ich hab gesehen, dass Tucker die Unfallstelle begutachtet hat. Wäre toll, wenn er sein Material mit den Behörden teilt.«

»Sicher, das ist kein Problem. Ich geb ihm Bescheid. Und der Dreh?«

»Der auf dem Gerüst ist abgesagt. Die Autoren schreiben den Part gerade um. Wir machen daher morgen mit den Szenen im Rebellencamp weiter.«

Ich öffne das Drehbuch auf meinem Tablet und wische über den Bildschirm. »Also die Seiten 40 bis 50?« Das wären mehr Einstellungen mit Caitlin. Ausgerechnet jetzt. Das passt mir gar nicht.

Leider bestätigt Jeff meine Befürchtung. Und ich bin Profi genug, mir meinen Ärger darüber nicht anmerken zu lassen.

»Gut, ich bereite mich drauf vor«, sage ich und will gehen, Essen holen und dann zurück zu Hannah.

»Ich kann dir dabei helfen«, bietet Caitlin an. »Wir können uns gemeinsam vorbereiten. Bei mir. In meinem Wohnwagen.«

Kann sie ihre Avancen endlich einstellen? »Schon vergessen? Ich soll mich noch ausruhen«, blocke ich ab.

»Ich kann dir auch dabei helfen.«

Das Angebot ist so was von zweideutig! Unter anderen Umständen wäre das lustig, jetzt jedoch lästig. »Nicht nötig, Caitlin, ich hab schon jemanden, der mir dabei hilft«, lehne ich ab und mache, dass ich hier wegkomme.

Auf dem Rückweg gebe ich Tucker Bescheid, dass die Polizei kommt und er ihnen seine Aufnahmen bereitstellen soll. Ich werde sicherlich auch mit ihnen sprechen müssen, aber noch ist Zeit. Sie müssen ja erst mal herkommen.

Als ich mit dem Essen zurück bei Hannah bin, schläft sie immer noch. Und wieder gönne ich mir einen Moment, sie dabei einfach nur anzuschauen.

Es fällt mir wirklich schwer, sie schlafen zu lassen. Ich kühle meine Schulter weiter, richte mich auf dem Sofa ein und bereite mich auf die Szenen für morgen vor. Zum Glück kenne ich den Text, denn meine Gedanken wandern ständig zu der Frau im Bett, die mit jeder Bewegung die Decke zum Rascheln bringt und meine schmutzige Fantasie anfeuert … *Verdammt!*

Eine Stunde halte ich diese Verlockung durch, dann lege ich das Drehbuch beiseite und gehe zu ihr.

Ich muss einfach.

Seit dem letzten Mal hat sie sich halb auf den Bauch gedreht und hält das Kissen unter sich umklammert. Ich setze mich, fahre mit der Hand die Linie ihrer Wirbelsäule entlang und mag den Schauer, den meine Berührung auslöst. Mag, dass sie so sensibel auf mich reagiert. Seit unserer allerersten Begegnung. Diesem ersten Blickwechsel. Bei Invisible.

Träge gehe ich auf Entdeckungstour, streichele ihre Taille, fahre zu ihrem Hintern, gleite zwischen ihre geschlossenen Schenkel und ziehe meine Hand langsam hoch, bis ich an ihre Mitte komme, wo sie noch oder wieder feucht und heiß ist.

»Mmh!«, macht sie und windet sich, wölbt ihren Rücken, dreht sich ganz auf den Bauch, winkelt ein Bein an und gewährt mir direkten Zugang. Eine Einladung, die ich nicht ausschlagen kann.

»Hey, Babe«, flüstere ich ihr ins Ohr, küsse ihren Nacken und ihre Schultern und streichele sie weiter. Das könnte ich ewig tun. Mit ihr spielen.

Sie stöhnt wacher, aber noch nicht ganz wach.

»Sag bloß, das gefällt dir?« Ich hauche ihr einen weiteren Kuss in den Nacken und schiebe zwei Finger bis zum ersten Gelenk in sie. »Träumen Mauerblümchen davon?«

»Hast du eine Ahnung …«, murmelt sie mit einer sexy verschlafenen Stimme, blinzelt mich aus halb geschlossenen Augen an und lächelt.

»Wach?« Ich ziehe meine Finger weg, streichele ihren Hintern und grinse, als sie ihn bewegt, weil sie möchte, dass ich die Hand wieder zurückschiebe.

»Ich bin mir nicht sicher.« Sie stützt sich auf einem Arm auf, streckt sich zu mir und küsst mich tief und langsam und absolut süchtig machend.

»Soll ich nachhelfen?«

»Ja, bitte!«

Ich packe sie am Hintern und ziehe sie ganz zu mir. Wir küssen uns träge und sinnlich und so, als würde die Zeit stillstehen.

Dann blinzelt sie, zuckt zusammen und weicht definitiv hellwach und erschrocken und wütend zurück. Und erregt.

»Verdammt, Drake, s-s-so hatte ich das eben gar nicht gemeint!«

»Also, das klang für mich wie eine Einladung zu Sex.«

»Ja, weil ich noch im Halbschlaf war. Aber jetzt bin ich wach. Und wir werden nicht miteinander schlafen.« Sie räuspert sich. »Zumindest nicht noch mal.«

15

Hannah

Blitzschnell weiche ich von Drake zurück und wickele mich in das Laken. Ein großer Fehler! Denn nun sitzt er splitterfasernackt mit einer um Aufmerksamkeit bettelnden Erektion vor mir. Und er grinst.

Hastig gebe ich ihm einen Teil der Decke zurück, doch er ignoriert das.

»Würdest du die bitte nehmen?« Ich will weiter von ihm weichen, aber das lässt die Decke nicht zu.

»Mich stört nicht, dass du siehst, wie sehr ich dich will.«

Mein Körper reagiert auf seine Worte, wird heiß und feucht und sagt quasi: ›Hier bin ich.‹ *Wie unpassend!*

»Die Decke. Sofort!«, zische ich nur.

Drake macht keinerlei Anstalten mitzuspielen. Warum auch? Also beuge ich mich vor, platziere sie selbst über seiner Erektion und baue ein kleines Zelt. Lustig. *Und peinlich!*

»Erzähl mir nicht, dass du es bereust, Babe.«

Woher nimmt er diese Ruhe? Gab es mal ein Filmskript für genau solche Momente? Frustriert schaue ich ihn an.

»Wenn es dir hilft: Millionen Frauen weltweit sind gerade neidisch auf dich, weil du den sexy Filmstar im Bett hattest. Während ich das Mauerblümchen hatte. Du glaubst gar nicht, wie schwer es wird, *das* der Welt zu erklären.«

»Bist du blind?«, knurre ich, kein bisschen beeindruckt von seiner kleinen Rede. »Die werden das schon verstehen. Ich hatte eine Generalüberholung. Ich bin nicht mehr das Mauerblümchen.«

»Keine Sorge, das habe ich nicht vergessen, sondern sehr genossen.« Er streckt die Hand aus und fährt über mein vom Waxing enthaartes Bein mit meiner nun seidig weichen Haut. Dabei spricht er nicht von meinem Bein, sondern von anderen neuerdings haarlosen Stellen, an denen ich plötzlich empfindsamer und empfänglicher bin als sonst.

Heiß schießt mir das Blut in die Wangen. Und zu der Körperstelle, die Drake spüren möchte. Ganz tief, ganz nah.

»Aha, dir hat es also auch gefallen«, stellt er ruhig fest. »Hatte ich es doch richtig mitgekriegt.«

»Ich war übermüdet.« Anders kann ich mir nicht erklären, warum ich nachgegeben habe.

»Du warst eine Wildkatze«, sagt er und kommt näher, woraufhin ich instinktiv zurückweiche und den Sicherheitsabstand wahre.

»Ich war eine übermüdete Wildkatze«, räume ich ein. »Mit der Betonung auf *übermüdet*. Du hattest deinen Spaß. Und jetzt such dir ein anderes Spielzeug. Das hier steht nicht mehr zur Verfügung.«

»Ich will aber das hier.« Er packt mich am Knöchel, zieht mich zu sich heran und thront plötzlich über mir. In seiner ganzen sexy Herrlichkeit.

Ich werde nicht feucht.

Ich werde nicht feucht.

Ich werde …

Verdammt!

»Wir werden nicht noch mal Sex haben, Drake.« Ich klinge nicht selbstsicher, sondern eher so, als würde ich ihn anbetteln, mich vom Gegenteil zu überzeugen.

»Wie geht es dir?«, überrascht er mich da. Denn während er seine Hand langsam mein Bein hinaufgleiten lässt und mich ganz verrückt macht, zeigt mir seine Frage, dass ich ihm wichtig bin. Dass das hier mehr ist als nur Sex. Ob ich es nun wahrhaben will oder nicht.

»Wie geht es dir denn?«, gebe ich zurück.

»Gut genug.«

Wofür?, liegt mir auf den Lippen, aber ich verkneife mir die Frage, denn die Antwort ist klar. Für Sex. »Mir geht es auch gut«, sage ich daher nur.

»Dann könntest du dich doch spielend leicht wehren.« Er wartet ab, wie ich reagiere. Ich kann ihn nur ansehen. Und langsam, so als könnte mich eine hektische Bewegung aufschrecken, schiebt er daraufhin seine Hand immer näher meiner warmen Mitte entgegen. »Die Frage ist also: Warum wehrst du dich nicht?« Er wartet wieder, doch ich halte weiter still. »Es könnte sein, dass du Angst hast. Aber du und Angst? Was ist wahrscheinlicher?«

»Dass ich es will«, höre ich mich wie hypnotisiert sagen.

»Stimmt. Also? Willst du es, Babe?« Sein Blick durchdringt mich intensiv. Die Welt könnte um uns herum untergehen, und Drake würde sich nicht rühren, bis er eine Antwort hat.

»Ich muss was essen und noch mal mit Lucas und Tucker sprechen«, weiche ich aus. »Und vorher muss ich duschen.« Und die Kontaktlinsen reinigen, die mir in den Augen brennen. Ich warte, dass er zur Seite rückt und mich aufstehen lässt, doch das tut er nicht. »Darf ich?«

»Erst wenn du es sagst.«

»Wenn ich was sage? Dass du wahnsinnig gut im Bett warst?«

»Nein, dass du es auch wolltest.«

»Fick dich, Drake!«

Ich rechne mit einem weiteren Kampf, aber Drake überrascht mich, indem er mir Platz macht. Hastig stehe ich auf, lasse das Laken vor dem Bad zu Boden fallen, schließe die Tür hinter mir und stelle mich unter die Dusche. Erst als das lauwarme Wasser kühlend über meine viel zu heiße Haut strömt, atme ich auf.

Der Punkt ist der: Ich habe den Sex gewollt. Ich habe Drake gewollt. Und ich will ihn wieder. Dieser Mann sollte mir egal sein. Er ist dieser superreiche, unverschämt attraktive, oberflächliche Hollywoodstar. Nicht meine Liga. So wie damals Danny Rogers. Doch Drake hat mehr Facetten. Erinnert mich an Danny und ist doch in so vielen Punkten ganz anders. Und er ist mir nicht egal.

Was stimmt nicht mit mir? Ist es, weil er aus irgendeinem Grund beschlossen hat, ausgerechnet mich zu wollen? Hannah Clarke aus Kansas. Fühle ich mich davon so geschmeichelt, dass ich einfach nachgebe? Und wenn es das nicht ist, was dann?

Ich bin ganz in Gedanken versunken und schenke dem plötzlichen Luftzug an den Knöcheln keine Beachtung. Sekunden später rächt sich meine Nachlässigkeit. Vertraute sexy Männerhände schlingen sich zärtlich von hinten um meine Hüfte. Und meine erste Reaktion ist, verdammt zufrieden zu stöhnen. *Ganz falsch!*

»Ich warte auf eine Antwort«, flüstert mir Drake über das Rauschen des Wassers hinweg ins Ohr. »Und ich muss dich vorwarnen: Ich bin ein von mir selbst überzeugter, eingebildeter Star und gebe nicht eher nach, bis ich sie bekommen habe.«

Er gibt Duschgel in seine Handflächen und verteilt es auf meinem Rücken, und ich habe nur einen Gedanken: Er spielt unfair. Und ich kann ihn nicht aufhalten. Jede Berührung fühlt sich zu richtig an.

»Leg die Hände an die Fliesenwand!«, raunt er mir zu.

»Hätte ich nur nie Ja gesagt«, murmele ich.

Er beißt mich in den Nacken. Ein sehr klares: ›Halt die Klappe und mach, was ich sage!‹

»Du weißt, dass ich dich mit drei Handgriffen überwältigen könnte?« Ich muss es einfach noch mal erwähnen.

»Das macht das hier umso heißer«, sagt er, fährt mit seinen schaumigen Händen über meine Brüste und umkreist meine Brustwarzen. »Viel, viel heißer. Außerdem …«

Er massiert mich, und ich verliere fast den Faden. »Außerdem was?«

»Ich lerne schnell.« Unerwartet wird sein Griff fester, er dreht mir einen Arm auf den Rücken, macht mich bewegungsunfähig, und ich verstehe, welches Spiel er spielt. Er hat mich so gepackt, wie ich es bei unserer ersten Begegnung bei ihm gemacht habe, hat meine Taktik kopiert. *Himmel!* Aber deshalb sollte er sich nicht in falscher Sicherheit wiegen.

»Dir ist hoffentlich klar, dass ich mich aus diesem Griff befreien kann?«, sage ich, will stark und selbstbewusst klingen, stöhne die Worte allerdings.

»Mach, Babe, und beim nächsten Mal wird es nicht mehr funktionieren.«

Weil er schnell lernt … Verstanden.

Er drückt sich mit seiner Erektion an mich, und mein Körper bettelt mich an, gewisse Bedürfnisse zu erfüllen.

Schmutzige Bedürfnisse. Wilde Bedürfnisse. Gierige Bedürfnisse. Bedürfnisse, die ich vor Drake nicht kannte.

Oder gut, ich kannte sie, aber ich hätte sie niemals laut ausgesprochen, geschweige denn ihnen nachgegeben. Und jetzt?

»Sag es!«, fordert er mich wieder auf, gröber, dringlicher. »Tu uns beiden den Gefallen, Babe.«

Ich lasse den Kopf nach hinten an Drakes Schulter fallen, aber kann noch nicht nachgeben. »Ich bin dein Bodyguard«, erinnere ich ihn leise.

»Ich weiß«, sagt er, küsst meinen Hals und jagt mir mit seinen kratzigen Bartstoppeln neue Schauer über den Rücken. »Und du glaubst ja nicht, wie heiß ich das finde, dass du auf meinen Körper aufpassen musst.« Weitere Küsse. »Auf jeden Teil von mir. Also sag es!«

»Ich will es nicht sagen«, wispere ich.

»Gut, dann sag ich dir was: Ich könnte jede haben. Verstehst du das? Jede. Aber seit du da bist, will ich nur noch dich.«

Wie um seine Worte zu unterstreichen, spielt er wieder mit meinen Brustwarzen, macht mich schwächer und schwächer.

»Babe, schon bei unserer allerersten Begegnung hast du mich verrückt gemacht und für einen verdammt schmerzhaften Ständer gesorgt. Ich will dich nicht wollen, weil ich genau weiß, dass du nicht in meine Welt gehörst. Aber ich kann es nicht ändern.«

Sein heißer Atem streift meinen Hals, und er lässt mich wieder seine Erektion spüren. Ich vergesse richtig und falsch.

»Du bist hier und spielst meine Freundin, und ich habe überhaupt nichts dagegen, wenn aus dem Spiel Ernst wird. Also sag es!«

»Ja, ich hab es gewollt«, gestehe ich.

»Und?«

»Und ich will es gerade wieder. Aber ich will es nicht wollen.«

»Da sind wir schon zu zweit«, sagt Drake, dreht mich zu sich herum, drückt mich an die Wand und dringt in mich ein.

»Kondom?«, murmele ich.

»Hab ich dran gedacht, Babe.« Er zieht sich zurück und dringt wieder in mich, tiefer. »Hab ich *natürlich* dran gedacht.«

Ich bin verloren, erkenne die gleichen Gefühle in Drakes Augen und gebe meinen Widerstand endgültig auf. Ich will ihn. Zu sehr, um abzubrechen.

Drake hält mich sicher in der Luft, ich umschlinge ihn mit den Beinen. Und wir sehen uns an, atmen im Rhythmus seiner Stöße und genießen uns.

Fantasien von Sex unter der Dusche steigen in mir auf, aber das hier ist besser. Dieser Mann ist heißer, intensiver.

Ein Blick genügt, und er beugt sich zu mir und küsst mich, beißt mich, verschlingt mich. Mit jedem Stoß bringt er uns weiter Richtung Höhepunkt. Ich muss ihm nicht sagen, was ich brauche, er sieht es und gibt es mir. Er ist überhaupt kein arroganter Star, sondern großzügig. Unendlich großzügig.

»Noch ein bisschen!«, keuche ich, kralle mich in seine Haare und spüre den sich in mir aufbauenden Orgasmus.

»Sag es mir noch mal«, raunt er mir zu, nimmt mich tiefer und sieht mir dabei fordernd in die Augen. »Sag es, Babe!«

»Ich will dich.«

»Noch mal«, knurrt er.

»Ich will dich, Drake! Ich –« Mein Innerstes gibt nach, zieht sich plötzlich eng zusammen, pulsiert wild und heiß. Mein Körper wird ganz weich und wackelig. Aber es macht nichts, denn Drake hält mich sicher. Er vergräbt sich weiter in mir und folgt mir.

»Fuck, Hannah!« Schnelle Stöße. »Fuck, fuck, fuck!« Langsamere Stöße. »Fuck, Babe …« Tief in mir vergraben hält er inne, lehnt die Stirn an meine, während das Wasser weiter auf uns einprasselt. Mittlerweile kalt. Was keinen von uns stört.

Ein weiterer tiefer Blick folgt. Ich sehe etwas in seinen Augen, er vielleicht auch in meinen, doch anstatt etwas zu sagen, küssen wir uns. Dann zieht er sich zurück und setzt mich sicher auf dem Boden der Duschkabine ab.

»Das wird sich nicht wiederholen, Drake«, sage ich, nicht zum ersten Mal, dafür überzeugter denn je. Obwohl ich nach wie vor die Arme um seinen Hals geschlungen habe und mich nicht lösen kann.

Drake stellt das Wasser ab, aber hält mich weiter. Gänsehaut bildet sich auf meinem ganzen Körper. Er muss lächeln und spielt mit meinen noch mal härteren Brustwarzen. Woraufhin ich ihm auf die Hand schlage.

»Nein!«, zische ich. *Nein, zu allem.*

»O doch, Babe! Egal wie sehr du dich dagegen wehrst.«

***

Drake könnte recht behalten …

Am frühen Nachmittag machen wir beide unsere Aussage bei der Polizei. Zwei Beamte sehen sich das Gerüst an, machen Fotos, stellen Fragen. So weit, so gut.

Danach gesellen wir uns zum Essen zu den Filmleuten. Die Stimmung ist locker, und ich habe das Gefühl, dass ich plötzlich bei den anderen akzeptierter bin. Auch sie scheinen mich, so wie ich anfangs Drake, aufgrund meiner Erscheinung zunächst falsch eingeordnet zu haben. Allmählich erkennen sie jedoch, dass ich ein unkomplizierter, humorvoller Mensch bin. Keine Jetset-Tussi.

Nach dem Essen nutzt Drake die Drehpause, um Videos und Bilder für seine Social-Media-Kanäle aufzunehmen und seinen Fans ein kleines Update vom Set zu geben – bei dem auch ich dabei bin. Er stimmt sich per Telefon mit Gabe zu neuen Projekten ab, und am Nachmittag geht er trainieren. Damit der Body, für den er bewundert wird, weiter in Schuss bleibt. Ein Superstar zu sein ist tatsächlich harte Arbeit. Wenn Drake lächelt, vergisst man die Mühe nur schnell.

Die ganze Zeit bin ich dabei an seiner Seite. So wie es mein Job verlangt. Ich steige für eine halbe Stunde neben Drake aufs Laufband. Danach absolviere ich mein Bodenprogramm mit Planks, Squats und Crunches, während er Gewichte stemmt. Dabei beobachte ich Drake genauer als zuvor, berühre ihn öfter, flirte viel mehr. Und warte nicht darauf, dass er mich ab und zu küsst – was er tut –, sondern stehle mir selbst Küsse.

Nach Kaffee schmeckende Küsse.

Flüchtige Küsse im Vorbeigehen.

Verschwitzte Küsse nach dem Sport.

Ich kann gar nicht damit aufhören. Je mehr Drake mir gibt, desto mehr will ich haben. Er ist wie eine Droge.

Mit Yoga schließe ich meine Sporteinheit ab. Doch die zwischen uns aufgeladene Atmosphäre bleibt.

Am Abend bröckelt meine Beherrschung dann endgültig.

Drake sitzt im Wohnwagen auf dem Bett und wiederholt die Szenen für den nächsten Tag. Er trägt Jeans und ein Shirt, das seine Muskeln betont, und sieht zum Anbeißen aus.

Ja, ich bin anscheinend auch oberflächlich, aber mittlerweile kann ich das zugeben.

Das allein sorgt jedoch nicht für einen erhöhten Pulsschlag. Es sind seine Lippen, die sich lautlos bewegen, während er den Text liest. Es ist die vor Konzentration leicht gerunzelte Stirn, die ihn, der ohnehin ziemlich klug ist, noch klüger erscheinen lässt. Und Intelligenz ist nun mal sexy. Und es ist dieser Tablet-Stift für Notizen, mit dem er mal zwischen den Fingern spielt und mit dem er sich mal an seine Lippen tippt. *Frustrierend sinnlich!*

»Starrst du mich an, Babe?«, fragt er, ohne aufzuschauen, mit dieser dunklen Stimme, die sofort mein Verlangen steigert.

»Muss ich, ist mein Job«, behaupte ich.

»Auch das Sabbern? Dafür bezahle ich dich nämlich nicht«, sagt er, will cool bleiben, muss aber grinsen.

»Angst, dass ich dich feucht mache?«

Drake sieht auf und wirft mir diesen hitzigen Blick zu, der sofort ein kleines Feuer in mir auslöst.

Habe ich das wirklich laut gesagt? Ich, die stinknormale, alles andere als besonders verführerische Hannah Clarke? Entsetzt über mich selbst schlage ich mir die Hand vor den Mund, kann ihm nicht in die Augen sehen und wende mich ab.

»Du kannst mich so feucht machen, wie du willst«, höre ich ihn rau sagen, viel souveräner, als ich es bin. »Immer gerne.«

Okay, mir ist *ein* schmutziger Kommentar herausgerutscht. Aber wie kann er so schmutzig antworten?

Ich warte, dass er mehr sagt. Als das nicht passiert, drehe ich mich wieder zu ihm und schnappe nach Luft. Sein Blick durchdringt mich nach wie vor hitzig. Und aus dem kleinen Feuer in mir wird ein größeres.

»Mach ich dich denn gerade feucht?«, fragt er.

Ich müsste darüber lachen. *Als würden zwei Worte ausreichen, um einen zu erregen!* Aber ich lasse es, denn mein Körper reagiert. »Ja, ein bisschen«, gestehe ich. »Doch das hat nichts zu bedeuten.«

Interesse flackert in seinem Blick, allerdings nicht genug, damit er Tablet und Stift beiseitelegt. »Was würde passieren, wenn ich dich jetzt nicht nur ansehen, sondern berühren würde? Meine Finger über deinen Arm streichen lasse? Dir damit durch die Haare fahre, in deinen Nacken greife …?«

Meine Nippel richten sich auf. Ich werde nicht nur feucht, sondern richtig bedürftig. Alles in mir schreit nach Sex. Aber ich muss anständig bleiben. Wenigstens ein Mal. *Es sei denn, er ist genauso erregt …*

Mein Blick gleitet neugierig zu Drakes Schritt. Leider versperrt mir sein Tablet die Sicht. Für drei Sekunden. Dann nimmt er es beiseite.

Er ist ebenfalls erregt.

»Drake!«, entfährt es mir nur.

»Tu nicht so überrascht. Du bist hier der schlechte Einfluss, nicht ich.«

»Wie bitte?« Empörung breitet sich in mir aus, selbst als das Lächeln auf seinen Lippen mir sagt, dass er mich nur neckt. »Wie meinst du das?«

»Ich muss das bis morgen durcharbeiten. Aber du machst mir das verdammt schwer.« Seine Lippen zucken erneut. »Dein Job dagegen besteht einfach nur darin, auf der Bettkante zu sitzen und Böses von mir fernzuhalten.«

Ich schnaube. Während er die Szenen studiert hat, habe ich mich darum gekümmert, weiterhin fabelhaft auszusehen. Was ein Fulltime-Job ist. Sprich: Ich habe mir die Brauen gezupft, meine Augenringe mit Spezialcreme bearbeitet, meine Nägel nachgefeilt, meine Haare geglättet und mir Outfits für die nächsten Gelegenheiten überlegt. Um ja nicht zweimal das Gleiche zu tragen. Das scheint die Todsünde unter

Stars zu sein. *Na gut, und ich habe Drake mit Blicken verschlungen. Was soll's?*

»Wenn du es so dringend brauchst, darfst du es dir gerne selbst besorgen«, sagt er da.

»Träum weiter!«, quieke ich, bekämpfe den Lustnebel in meinem Kopf und besinne mich auf meine nächste Aufgabe. »Ich muss mir die Aufnahmen von Tucker anschauen und mich endlich mit Naomi absprechen. Jeder Vorfall muss gemeldet werden.«

»Jeder?«, fragt er nach, starrt sein Skript an, aber grinst sehr, sehr breit.

»Fast jeder.« Damit weiche ich die Regeln auf, an die ich mich normalerweise sklavisch halte, und beende unsere Unterhaltung. Wir haben beide zu arbeiten.

Ich setze mich an meinen Laptop und klicke mich durch die Bilder von Tucker. Die Bruchstelle am Gerüst ist so sauber, dass es definitiv mutwillig beschädigt worden ist. *Verdammt!*

Lucas und Tucker sind draußen unterwegs, und ich bitte sie, die Vorbereitungen für den morgigen Dreh zu überwachen. Danach schreibe ich meinen Bericht und stimme mich mit Naomi ab. Sie folgt meiner Einschätzung. Wir bleiben wachsam, belassen die Sicherheitsmaßnahmen jedoch fürs Erste, wie sie sind. Wenn sich etwas ändert, überlegen wir noch mal neu, ob wir die Dreharbeiten abbrechen und unseren Kunden an einen sicheren Ort bringen.

»Wie weit bist du?«, frage ich Drake, als ich mit allem fertig bin.

»Sag bloß, du willst –«, beginnt er flirtend, ehe er aufsieht. »Oh, müde, Babe?«

Und mit dem bisschen hat er mich. *Ja, der Mann ist eine sexy Naturgewalt. Aber dass er so genau erkennt, wie es mir geht? Das haut mich um.*

»Müde«, sage ich und versuche, mir ein Gähnen zu verkneifen. »Und du siehst auch kaputt aus. Es war ein langer Tag.«

»Ich bin auf der vorletzten Seite«, sagt er. »Hast du noch Hunger?«

»Ein Snack aus der Minibar reicht mir. Und dir?« Ich will auf keinen Fall noch mal raus essen gehen. Meine Aufmerksamkeit lässt jetzt schon nach.

»Ich mixe mir einen Proteinshake. Das Abendessen können wir gerne ausfallen lassen«, sagt Drake. »Mach dich ruhig fertig, ich bin auch gleich so weit.«

Erleichtert setze ich mich in Bewegung, bleibe jedoch im Türrahmen zum Bad noch mal stehen und sehe zum Bett und zu Drake. Dieses Mal werde ich nicht feucht. Na gut, vielleicht ein bisschen. Er sieht nicht nur aus wie ein Sexgott, er ist im Bett auch einer. Aber das ist es nicht, was mich gerade so durcheinanderbringt. Es ist mein Herz, das wild schlägt. Für ihn.

Er bemerkt meinen Blick. »Das war eben nicht sexy gemeint, Babe. Ab ins Bad mit dir, ich komme gleich nach.«

»Weiß ich«, antworte ich plötzlich schüchtern, gehe noch mal zu ihm und drücke ihm einen Kuss auf die Lippen. Erst dann verschwinde ich ins Bad. *Das war Liebe.*

Aber das kann nicht sein, oder? Ich finde es schon schwer zu glauben, dass Drake Bradford mich heiß findet. *Aber dass er mich liebt? Das muss Einbildung sein …*

Drake

Diese Frau verdreht mir echt den Kopf! Es fällt mir schon die ganze Zeit schwer, mich auf das Skript zu konzentrieren. Zum Glück kann ich den Text längst auswendig und überlege nur noch, wie ich die Szenen spielen werde. Ich müsste sauer darüber sein. Bei Hannahs Vorgängerinnen war ich es, wenn sie mich von der Arbeit abgehalten haben. Stattdessen bin ich glücklich.

Hannah duscht, huscht danach in ihrem hauchdünnen Seidennachthemd aus dem Bad, prüft die Tür und die Fenster des Wohnwagens, legt sich die Waffe und ihr Handy neben das Bett und schlüpft dann unter die Decke, auf der ich halb liege.

Ich will noch die Szene zu Ende lesen, beobachte Hannah jedoch unauffällig und lege schließlich den Text beiseite, um ins Bad zu gehen. Meine Selbstbeherrschung ist dahin. Ich will diese Frau berühren, will bei ihr sein. Ich stehe total unter ihrem Bann, und auch wenn ich das nie offiziell zugeben würde: Es gefällt mir richtig gut.

Ich beeile mich im Bad, verzichte erneut auf Kleidung und lösche danach nackt, wie Gott mich schuf, überall das Licht. So schlafe ich eben. Vor allem, weil mir sonst zu warm ist. Jetzt aber auch, weil ich Hannahs verstohlene Blicke und später ihre Haut an meiner mag.

Damit ich auf meine Bettseite komme, zieht sie die Beine an. Ich steige über sie hinweg. Sie hebt den Bettzipfel für mich an, lädt mich zu sich ein, und ich schlüpfe unter das Laken und ziehe sie zu mir. Und ich halte inne.

»Das hier kommt wieder weg, Babe.« Ich zupfe an ihrem Nachthemd.

»Sicher?«, neckt sie mich, aber windet sich bereits unter der Decke.

»Sicher«, sage ich und helfe ihr.

»Na, auf dass dir dann nichts passiert.« Sie wirft das Nachthemd auf den Boden und schmiegt sich an mich. »Sonst muss ich dem Angreifer barbusig hinterherrennen.«

Ich streichele ihren Rücken. »Das wäre ein sexy Anblick!«

»Ach ja? Ich hätte gedacht, du bist so ein Kerl, der nicht erträgt, dass Fremde seine Freundin nackt sehen.« Ich höre das Lächeln in ihrer Stimme. Gleich darauf drückt sie mir einen weiteren dieser kurzen Küsse auf die Wange, die ich normalerweise nicht sexy finde, aber auf die ich mich bei ihr freue. »Wobei … Alle haben deine Freundinnen schon in Bikinis gesehen, die so knapp waren, als würde weltweit Stoffnotstand herrschen. Es scheint dir also wirklich nichts auszumachen. Dann renne ich einfach den bösen Jungs, die dir was antun wollen, im Evakostüm hinterher.«

Dieses Biest hat mich an den Eiern!

Ich packe sie, und wir drehen uns. Danach liege ich mit dem Rücken zum Gang und sie eingeklemmt zwischen mir und der Wand. *Besser!*

»So kann ich dich nicht beschützen, wenn was ist«, protestiert sie, aber schmiegt sich an mich, kämpft nicht.

Ich küsse ihren Nacken. »So hast du drei Sekunden, dir was anzuziehen, während ich den Angreifer in Schach halte. Dann darfst du übernehmen.«

Sie lacht leise, mein neuer Lieblingslaut. »Auf dass das nicht meine Chefin erfährt!«

»Meine Lippen sind versiegelt.«

»Sehr schön. Dann gute Nacht, Drake.«

»Nacht, Babe.«

Ich hätte nie gedacht, dass wir nur zusammen schlafen können. Aber das tun wir, und es fühlt sich noch besser an, als Sex zu haben. Ich kann diese Frau nie wieder loslassen. Und das meine ich nicht sinnbildlich, sondern wortwörtlich. Meine Hände auf ihr fühlen sich absolut richtig an, ihr Hintern an meiner Hüfte ebenfalls.

Ich werde hart.

»Ernsthaft?!«, murmelt sie, schreckt jedoch nicht zurück, sondern kuschelt sich, wenn das überhaupt geht, enger an mich. »Du hattest für heute genug Sex.«

Ich hatte genug Sonne, aber genug Sex? Im Dunkeln grinse ich breit. Ich könnte Hannah locker für eine weitere Runde rumkriegen. Das wissen wir beide. Aber mein Ständer ist nicht schmerzhaft hart und wird sich wieder beruhigen. Außerdem braucht sie den Schlaf. Ich werde mich nicht auf sie stürzen.

»Das ist mein erster Ständer seit Jahren, der missachtet wird«, kann ich mir jedoch nicht verkneifen. Soll sie ruhig wissen, was ich für Opfer bringe.

»Gewöhn dich dran!« Sie greift nach meiner Hand, und unsere Finger umschlingen sich. »Immerhin missachte ich ja nicht dich.«

»Dein Glück«, murmele ich.

***

»Du bist ja schon wach«, rufe ich verwundert, als der Wecker brummt. Ich taste nach Hannah, aber sie ist bereits aufgestanden.

»Es dauert wirklich ewig, um wie ein Model auszusehen«, sagt sie und zieht ihre Haare durch ein Glätteisen.

»Und du magst es«, stelle ich fest. Ich stehe auf, gehe ins Bad, sehe ihr jedoch durch die offene Tür dabei zu, wie sie sich zurechtmacht.

»Ich will dich nur nicht blamieren.«

»Und es gefällt dir.« Das Funkeln in ihren Augen verrät sie.

Sie setzt das Glätteisen ab. »Ein bisschen vielleicht«, gibt sie zu und fährt sich verliebt durch die seidig schimmernden Haare.

Ich lache polternd, weil sie zwar ›ein bisschen‹ sagt, ich ihr aber ansehe, dass sie ›total‹ meint.

»Also wirst du jetzt ein Fan von Schönheitsritualen?«, necke ich sie und finde das so lustig, dass ich ihr Handy nehme und Fotos schieße.

»Hey! Lass das!«, ruft sie. »Von einigen Maßnahmen bestimmt. Sie sind nicht so überflüssig, wie ich immer gedacht habe. Vielleicht habe ich ja in Zukunft Zeit, ihnen zu frönen. Ein Mädchen darf ja wohl träumen.«

»Und wie ein Mädchen träumen darf!«, sage ich, glücklich darüber, dass sich Hannah allmählich von ihrer merkwürdigen Vorstellung löst, dass alles, was schön ist und funkelt, automatisch schlecht ist. Es ist okay, das Leben zu genießen. Das macht einen nicht zu einem oberflächlichen Menschen.

Ich dusche, und als ich das Bad wieder verlasse, pudert sich Hannah gerade Rouge auf die Wangen. Aus einem Impuls heraus umfasse ich sie von hinten, knabbere an ihr und wuschele ihr durch die Haare, weil ich ganz primitiv Spuren auf ihr hinterlassen will.

»Drake!«, quiekt sie. »Meine Frisur.«

Glättend kämme ich mit den Fingern durch ihre Haare und liebe das seidige Gefühl. »Keine Sorge, die passt zu dir.«

»Mir? Dem Model? Wohl kaum.«

»Dir, Hannah, sexy Mauerblümchen und Personenschützerin«, sage ich, meine es aber nicht böse, sondern liebevoll, küsse sie und weiß, dass zwischen uns alles gut ist.

Ich ziehe mir Boxershorts, Jeans und ein Shirt an – nichts Besonderes, weil ich mich am Set eh gleich wieder umziehen muss. Als ich fertig bin, steht Hannah noch unentschlossen vor ihrer Garderobe und schwankt zwischen zwei Outfits, die sie sich gestern zurechtgelegt hat. Ein knallrotes schulterfreies Kleid und ein Rock mit Seidenbluse. Beides unpraktisch.

»Nimm das«, entscheide ich für sie und reiche ihr Designershorts und ein Shirt.

»Sicher? Das ist gar nicht glamourös.«

»Sicher«, sage ich. »Außerdem hast du ja die hier.« Ich schiebe ihr ihre Sonnenbrille ins Haar, und obwohl Hannah nun relativ normale Sachen trägt, versprüht sie dieses gewisse Extra. So als würden sich unter dieser glatten Oberfläche tausend Geheimnisse verbergen, die nur ich entdecken kann.

»Okay, wenn du meinst …« Sie bindet sich das Shirt vor der Brust zusammen und verlässt vor mir den Wohnwagen. Draußen setzt sie sich die Sonnenbrille richtig auf, um hinter den dunklen Gläsern unauffällig die Umgebung zu beobachten.

»Gibt es bereits ein erstes Gutachten zum Gerüst?«, fragt sie Lucas und Tucker, die beide auf uns gewartet haben, bereit, jederzeit für Hannah zu übernehmen.

»Gibt es, die Polizei hat gerade eine Mail geschickt«, sagt Lucas, sieht jedoch unbehaglich zu mir.

»Du kannst offen sprechen. Drake erfährt es eh«, meint Hannah.

»Ja, das Metall wurde manipuliert und die Bruchstelle dann übermalt«, sagt er. »Es wurden an noch zwei weiteren Stäben ähnliche Mängel festgestellt. Nur wenn man gezielt danach sucht, findet man sie. Deshalb sind sie bei der Kontrolle des Sets nicht aufgefallen.«

»Scheiße!«, entfährt es mir. Ja, jemand hat es auf mich abgesehen, aber dass die Maßnahmen immer ausgeklügelter werden und in dem Fall sogar Dritte gefährden, erschüttert mich. Ich habe niemandem was getan. Ich drehe Filme. Mehr nicht.

Hannah müsste das nicht tun, aber sie rückt näher an mich ran und drückt kurz meine Hand.

»Mach dir keine Sorgen, Drake.«

Leichter gesagt als getan! Ich habe sie, damit mir nichts passiert. Ich will aber auch nicht, dass sie bei alldem hier verletzt wird.

Wir haben schon fast die Zelte mit dem Frühstück erreicht, doch ich brauche sie noch mal und ziehe sie kurz an mich. Ich schiebe ihr die Sonnenbrille zurück ins Haar, damit ich ihr in die Augen sehen kann. In dieses atemberaubende Grün. Leider sucht sie die Umgebung um mich herum ab, und ihr Blick huscht überallhin, nur nicht zu mir.

»Du bist gut, oder?«, frage ich sie.

»Ich bin wirklich gut«, sagt sie, und ihr Blick trifft endlich meinen. »Und ich habe ein persönliches Interesse daran, dass deinem wunderhübschen Hintern nichts passiert.« Sie packt besagtes Exemplar mit einem Grinsen. »Entspann dich! Ich pass auf dich auf.«

16

Hannah

Am liebsten würde ich an Drake kleben. Nicht nur, weil ich ihn so am besten beschützen kann, sondern auch, weil es sich richtig anfühlt. Aber nach dem Frühstück muss er zum Dreh. Und ich kann schlecht neben ihm vor der Kamera herumtanzen.

Ich begleite ihn zur Maske, sehe mich aufmerksam um, befinde alles für ruhig und gebe Tucker ein Zeichen, bei Drake zu bleiben. Mit Lucas inspiziere ich unauffällig das heutige Set, einen Mix aus Bretterbuden und Zelten versteckt zwischen einer Felsenformation. Er hat sich mit den Sicherheitsleuten der Produktionsfirma schon alles angeschaut. Aber ich überprüfe selbst noch mal die Kulisse und spiele dabei das Model, das so etwas noch nie gesehen hat und deshalb überall ihr Näschen reinsteckt.

Jeder der Anwesenden trägt sein Lanyard mit Foto und Namen. Niemand wirkt beunruhigt. Alle sind vielmehr in Eile, um die verlorene Drehzeit aufzuholen. Schließlich verschlingt jeder Produktionstag Geld.

»Was wird heute gedreht?«, frage ich Jason Cross, den Regieassistenten, der gerade die Kamerawinkel überprüft.

»Wird dir nicht gefallen.«

In meinem Magen bildet sich ein schwer zu ignorierender Knoten. »Weitere Stunts?« Die kann ich kaum verfolgen. Jede Bewegung ist nur angedeutet, erfolgt aber so schnell, dass sie täuschend echt wirkt. Jedes Mal befürchte ich, dass Drake wirklich verletzt wird.

»Nein, heiße Begegnungen mit Caitlin«, sagt er lachend.

Der Knoten in meinem Magen verschwindet sofort, dafür klettert mein Puls in die Höhe. Jason hat recht, das gefällt mir nicht. Aus Gründen, die allerdings weniger mit meinem Job und mehr mit meinem Herzen zu tun haben.

»Darf ich mal ins Skript sehen?«, frage ich ruhig, weil ich mir nicht anmerken lassen will, wie eifersüchtig ich auf Caitlin bin.

»Klar, hier.«

Er reicht mir ein Heft mit zig Markierungen, und ich überfliege den Drehplan. Caitlin alias Rose ziert sich weiterhin, Drakes beziehungsweise Jays Avancen nachzugeben. Obwohl er mittlerweile der Kopf der Rebellenorganisation ist. Er zwingt sie zu ihrem Glück, halb nackt und sehr erotisch. Nein, keine Szene, bei der ich unbedingt zuschauen muss.

»Danke«, sage ich und reiche Jason das Manuskript zurück. »Damit komme ich klar. Es ist ja nur gespielt«, beruhige ich eher mich als ihn.

Ich schlendere weiter über das Set, befinde die Kulissen für sicher, kehre um und erstarre, als ich Drake aus der Maske kommen sehe. Mit Caitlin an seinem Arm. Und sie lachen. Ich schiebe meine Sonnenbrille ins Haar und blinzle, als würde sich dann das Bild ändern. *Sie lachen schon wieder!*

Der Anblick ist mir von meiner Ankunft am Set noch zu vertraut. Und ich verspüre erneut diesen Stich. Heftiger als neulich. *Verdammt!*

Natürlich erwarte ich nicht, dass mein Freund sich ständig um mich kümmert. Er darf sich frei bewegen, sein Leben eigenständig führen. Aber nicht mit dieser Frau an seiner Seite. Und schon gar nicht so glücklich!

Drake scheint mich erneut völlig vergessen zu haben. Ganz anders Caitlin, die mich bemerkt und glatt näher an Drake heranrückt. *Diese Schlange!*

Ich kann ja verstehen, dass sie auf Drake steht. Wie die halbe Welt. *Nur wie dreist ist das, ihm vor meinen Augen Avancen zu machen?*

Angespannt warte ich, wie er reagiert. Ungebundene Frauen, die sich an gebundene Männer heranmachen, sind mies. Aber wenn gebundene Männer sich auch noch darauf einlassen, dann haben wir ein Problem.

Zu meiner Erleichterung schüttelt Drake sie ab – obwohl er mich noch nicht entdeckt hat.

»Alles okay?«, höre ich Caitlin scheinheilig fragen, als sie nah genug sind, dass ich ihre Unterhaltung mitbekomme.

»Klar, ich freu mich auf den Dreh«, meint Drake.

»Und ich erst«, säuselt sie und klebt wieder an ihm.

Er lächelt, doch es erreicht nicht seine Augen. »Wir müssen jetzt noch nicht spielen, Caitlin.« Er geht erneut auf Abstand, greift nach einer Wasserflasche, dann nach noch einer, und ich befürchte schon, er will sie ihr anbieten. Zu meiner Überraschung dreht er sich jedoch suchend um.

Keine Ahnung, nach wem er Ausschau hält. Vielleicht nach Lucas? Tucker? Jeff?

Oder nach mir!

Ich mag mich irren, aber mein Herz schlägt aufgeregt. Zaghaft winke ich und mache auf mich aufmerksam.

Sobald sein Blick meinen trifft, wird sein Lächeln breiter. Und es erreicht seine Augen, erhellt sein Gesicht, ist echt.

Er wimmelt Caitlin ab, ist mit wenigen Schritten bei mir und zieht mich an sich – mit Tucker als Aufpasser auf Abstand.

»Du machst das nicht, damit Caitlin vor Eifersucht in Flammen aufgeht?«

»Nein, das würde ich nie, wir brauchen sie als Schauspielerin.« Er grinst. »Ich mache das, weil ich dich vermisst habe.«

Seine Worte lösen das reinste Gefühlschaos in mir aus. »Was genau hast du denn vermisst? Meine naturbraune Haarmähne?«, verfalle ich in mein altes Muster. Tiefstapeln. Witze über meine Schwächen reißen. Mich selbst kleinmachen, damit mich mein Gegenüber nicht kleinmachen kann.

»Nein, die hab ich nicht so sehr vermisst, sondern dass du total scharf auf mich bist«, sagt er lässig und reicht mir eine der Wasserflaschen. »Schau mal, ich hab dir was mitgebracht. Das Wasser am Set ist schon warm. Das hier aus der Maske ist noch eiskalt. Siehst du!« Er hält mir eine Flasche an den Hals.

»Du bist unmöglich!«, quieke ich vor Schreck und weiche zurück.

Er lacht leise. »Dann willst du sie nicht?«

»Doch! Gib her!« Ich nehme sie und will mich rächen. Aber Drake ahnt, was ich vorhabe, und kann das verhindern. »Du hast Glück, dass wir Publikum haben, sonst hättest du keine Chance«, zische ich.

»Natürlich«, sagt er nur.

»Sei nett, oder ich gieß dir den eiskalten Inhalt in dein knappes Höschen.«

»Na, dann bin ich wohl lieber nett!«, meint er, zieht mich an sich und küsst mich, als hätten wir alle Zeit der Welt. »Findest du nicht auch?«

Wow! Drake Bradford küsst mich, weil er mich küssen will. Nicht um jemand anderem etwas zu beweisen.

Ich schmelze dahin. Bis er mich sanft beißt. »Was?!«

»Ich warte auf eine Antwort, Babe.«

Frech beiße ich zurück. »Ja, du bist nett, genauso nett wie ich.«

Ein Räuspern neben uns beendet den Moment.

»Wenn ihr weiter so macht, musst du wieder in die Maske.«

Es ist Caitlin, und sie erdolcht mich mit ihren Blicken.

Kritisch mustere ich Drake. Da ich keinen Lippenstift trage, habe ich keinerlei Make-up-Spuren auf seinem Gesicht hinterlassen. Das Einzige, das ich bewirkt habe, sind funkelnde Augen und etwas gerötete Wangen. Und – ich lehne mich gegen Drake – eine mittlerweile enger sitzende Hose, was mich zufrieden grinsen lässt.

»Ich bin gleich so weit«, sagt Drake zu Caitlin. »Keine Sorge.«

Caitlin bleibt abwartend stehen.

»Geh doch schon mal vor, wir kommen nach.«

»Kommen?«, flüstere ich Drake provokant ins Ohr und kassiere dafür einen leichten Klaps auf den Hintern.

»Sonst noch was?«, fragt er Caitlin ruhig.

»Nein, bis gleich«, meint sie nur.

Ich rechne damit, dass sich Drake jetzt von mir verabschiedet. Stattdessen hält er mich weiter.

»Bist du dir sicher, dass dir das hier hilft, dich zu beruhigen?«, frage ich. »Solltest du nicht eher deine Hände von mir nehmen?« Sex ist schließlich gerade nicht drin. Wir sind erwachsen und können nicht ständig übereinander herfallen.

»Ich brauch nur ein paar tiefe Atemzüge«, sagt er und küsst mich wieder. »Hast du was Auffälliges entdeckt?«

Der Themenwechsel kühlt mein Blut sofort ab. Ich scanne wie schon die ganze Zeit die Umgebung. Wir sind hier sicher, und ich lehne mich noch mal an Drake. Dieses Mal nicht, weil ich ihn küssen will, sondern weil ich noch mal seinen Geruch inhalieren möchte. Diese Mischung aus Mann und Parfüm.

»Du bist sicher«, sage ich. »Dir droht keine Gefahr. Zumindest nicht von dem großen Unbekannten. Allerdings von Caitlin.«

Er lacht leise, nimmt mir den Seitenhieb aber nicht übel. »So schlimm ist sie nicht.«

Skeptisch sehe ich ihn an.

»Okay, sie hat sich Hoffnungen gemacht. Aber kannst du es ihr verdenken? Ich bin ein guter Fang.«

»Ui, steigt dir gerade der Ruhm zu Kopf, Mister Hollywood?«

»Du steigst mir zu Kopf, Babe.«

Dieser Mann macht mich echt schwach! Lachend gebe ich ihm einen Klaps auf den Hintern. »Los, verdien ein paar Millionen!«

»Aye, aye, Ma'am!«

Nach einem Kuss auf meine Wange geht er ans Set.

Ich schiebe mir die Sonnenbrille zurück auf die Nase und stelle mich an den Rand der Dreharbeiten, bleibe in der Nähe.

Kurz befürchte ich, dass meine persönliche Beziehung zu Drake mich davon ablenkt, meinen eigentlichen Job zu erledigen. Aber das Gegenteil ist der Fall. Ich bin aufmerksamer als sonst, weil ich um jeden Preis verhindern will, dass ihm etwas passiert. Ich kann es selbst noch nicht ganz begreifen, doch dieser Mann ist mir wichtig geworden. Der echte Mann, nicht der Posterboy, den die Welt kennt.

»Kamera läuft, und Action!«, gibt Jeff das Zeichen, und der Dreh startet.

Drake ist nun komplett auf Caitlin konzentriert. »Jetzt steht niemand mehr zwischen uns, Sweetie«, raunt er seiner Filmpartnerin zu.

»Und deshalb soll ich die Beine für dich breit machen?«

»Richtig erkannt!«, knurrt er, drückt sie auf eine Matratze und sieht sie voller Hitze an. »Na los! Ich warte.«

»Runter von mir, du Rüpel!«, faucht Caitlin.

»Sei netter zu mir«, antwortet Drake und knabbert an ihrem Hals. Mit seinen echten Lippen auf ihrer echten Haut.

Alles in mir rebelliert. Drake spielt so gut, dass ich ihm abkaufe, dass er auf Caitlin steht. *Kein schöner Anblick!*

Zwischen den einzelnen Takes gibt es kurze Drehpausen. Ich warte, dass er zu mir schaut und mich wissen lässt, dass ich die wichtigste Person in seinem Leben bin. Doch das tut er nicht. Er ist voll auf seinen Job konzentriert.

Das ist gut, beruhige ich mich. *Genau so soll es sein. Er geht seiner Arbeit nach, du deiner, Hannah. Zusammen sind wir besser.* Wäre da nicht Caitlin … Sie wirft mir ständig siegessichere Blicke zu, die in etwa sagen: ›Ich sitze am längeren Hebel. Tu, was du nicht lassen kannst, aber am Ende kriege ich diesen Mann. Nicht du!‹ *Frustrierend!*

Nach drei Stunden brauche ich eine Pause und lasse Lucas für mich übernehmen. Ich tue zunächst so, als würde ich Fotos vom Set machen. Dann entferne ich mich jedoch immer weiter und starte einen als Spaziergang getarnten Kontrollgang durchs Camp. Und dabei kommen mir wieder die alten Zweifel.

Drake behandelt mich, als wäre ich jemand Besonderes. Aber ich bin immer noch Hannah Clarke, das Mauerblümchen aus Kansas. Ich bin kein Model, ich gehöre nicht hierher. *Was will dieser Mann mit mir?* Gewaxte Beine machen keinen neuen Menschen aus einem. *Ist das hier nicht alles ein riesengroßer Fehler?*

Ich beende meinen Rundgang und setze mich auf einen sandigen Hügel, mit dem Camp im Rücken und der bizarren

Wüstenlandschaft vor mir. Auf den ersten Blick tot und doch voller Leben.

Natürlich habe ich auch was zu bieten. Ich habe eine anspruchsvolle Ausbildung hinter mir und bin klug. Ich habe Humor, mag Sport, bin eine starke Frau. *Aber reicht das? Und was passiert, wenn der Auftrag hier vorbei ist? Wo stehen Drake und ich dann?* Ich habe meinen Job und so hart dafür gearbeitet, endlich eigene Kunden zu haben. Aber das müsste ich aufgeben. Wer bucht schon einen Bodyguard, den die ganze Welt als Freundin von Drake Bradford kennt? Ich könnte nie wieder Undercover-Aufträge übernehmen, wäre nie wieder unauffällig in meinem Job. Das kann ich doch nicht einfach aufgeben! Und wofür? Für ein Leben in Hollywood? Bei einem Star, den alle nur für sein Lächeln und sein Sixpack lieben? Ich gebe es ja zu, ich mag diese Glitzerwelt mehr, als ich gedacht hätte. Aber sie ist ein Traum. Nicht das wirkliche Leben. Und irgendwann kommt immer das große Erwachen.

»Hey, hier steckst du!«

Ich schrecke aus meinen Gedanken auf und will Kampfhaltung annehmen. Da sehe ich, dass es nur Drake ist. In Begleitung von Lucas.

»Was ist los?«, frage ich alarmiert.

»Ich hab dich vermisst.« Er setzt sich neben mich, und Lucas lässt uns allein. »Alles okay bei dir, Babe?«

Gute Frage.

Drake

Ich schiebe Hannah die Sonnenbrille ins Haar, weil ich in ihre grünen Augen sehen muss, und lege einen Arm um sie. Auf ihrem Rücken lasse ich eine Hand unter ihr Shirt gleiten und spüre ihre Wärme und die leichte Gänsehaut, die meine Berührung auslöst. Ich habe sie vermisst, und offensichtlich kann ich nicht mehr ohne sie leben. Keine Sekunde.

Während des Drehs war ich auf Caitlin konzentriert. Ich gebe immer alles, egal wie niveaulos das Skript ist, und das macht die Zusammenarbeit mit mir leicht und sichert mir neue Jobs. Ja, ich bin ein Star und kann mir jede Menge Freiheiten herausnehmen, aber ich bevorzuge das eher hinter der Kamera, nicht davor. Dort will ich meine Rolle bestmöglich verkörpern.

Dass Hannah das Set verlassen und Lucas zu meinem Schutz abgestellt hat, habe ich deshalb zunächst nicht mitbekommen. Erst als Jeff eine halbe Stunde Pause anberaumt hat, habe ich mir erlaubt, wieder aus der Rolle aufzutauchen. Ich habe Lucas gefragt, wo sie steckt, und weil er es nicht wusste, bin ich sie gemeinsam mit ihm suchen gegangen.

»Ist der Dreh schon vorbei?«, fragt sie und lehnt sich an mich.

»Nein, wir haben nur Pause«, erkläre ich und empfinde bei Hannah all die Gefühle, die ich eben vor der Kamera bei Caitlin nur gespielt habe.

»Solltest du dann nicht was essen?«

»Willst du mich vertreiben?«

Sie lehnt sich an mich. »Ich will, dass du bei Kräften bleibst.«

»Keine Sorge, tue ich, ich hab doch gut gefrühstückt. Warum bist du gegangen?«

»Caitlin«, sagt sie nur.

Echt jetzt? Ich habe Hannah bereits erklärt, dass da nichts zwischen meiner Kollegin und mir läuft. »Es gibt keinen Grund, eifersüchtig zu sein«, sage ich.

»Ich glaub dir das. Ist es schlimm, wenn ich es trotzdem bin?« Sie dreht sich kurz zu mir, schaut mir in die Augen und lehnt sich dann wieder an mich. »Ich will das ja gar nicht sein. Aber wenn ich euch beim Dreh sehe …«

»Es sieht echt aus?«

»Sehr«, gibt sie zögernd zu.

Völlig unpassend fühle ich mich geschmeichelt.

Sie merkt es und boxt mir spielerisch in die Seite. Das habe ich wohl verdient.

»Ist es fies von mir, wenn ich mir wünsche, du wärst nicht so gut?«, fragt sie leise.

»Ein bisschen«, sage ich, aber halte sie fester und atme wieder ihren Duft ein. Ihre Haut riecht nach Sonne und ihr Haar nach Magnolien. Eine unglaublich sinnliche Mischung.

»Ist noch viel mit Caitlin zu drehen?«

»Ja, dann allerdings hauptsächlich Kampfszenen.«

»Du gemeinsam mit ihr gegen die Bösen? Oder du gegen sie?«

»Ich mit ihr gegen die Bösen.«

»Schade.«

»Weil du gerne gesehen hättest, wie ich ihr den Arsch aufreiße?«

»Muss ich darauf antworten?«

Ich lache, weil das alles sagt. Natürlich hätte sie lieber, wenn ich Caitlin fertigmache.

»Steht schon fest, welcher Film danach kommt?«, fragt sie weiter. »Oder hast du dann erst mal Pause?«

»Weder noch. Sobald der Dreh vorbei ist, beginnt die Pressearbeit. Es finden Fotoshootings statt, ich gebe erste Interviews. Das alles ist wichtig für die Vermarktung des Films.«

»Ich dachte, die verkaufen sich von allein, wenn dein Gesicht auf dem Filmplakat prangt.« Sie grinst frech. »Oder deine mit Staub, Schrammen und Schweiß übersäten, angespannten Bauchmuskeln.«

»Sooo sexy bin ich doch gar nicht!«

Sie wirft mir einen skeptischen Blick zu.

»Bin ich nicht.«

Ihr Blick wird intensiver.

»Na gut, vielleicht ein bisschen. Aber so ist das eben in meinem Vertrag festgehalten.«

»Und wie kommst du dann zu einer neuen Rolle? Die Studios fragen dich für den nächsten Schmachtfetzen einfach an, und du sagst zu?«

»So ähnlich. Gabe sammelt die Angebote, sortiert sie vor, und ich spreche daraufhin bei Castings vor.«

»Ehrlich? Du kriegst die Rolle nicht einfach so?«

Süß, dass sie das denkt! Als wäre ich kein Mensch, sondern könnte über Wasser laufen. »Leider nein. Da steckt echte Arbeit drin.«

»Und hast du nie Lust, auch mal andere Rollen zu spielen?«

Sie muss nicht sagen, was sie damit meint. Sie redet von den ernsthaften Rollen, für die man Auszeichnungen gewinnt und sich den Respekt der Screen Actors Guild, der Schauspielergewerkschaft, verdient. »Gabe fragt auch solche Projekte an«, sage ich. »Es ist nur viel schwieriger für mich, da ein Angebot zu bekommen.«

»Wieso? Bist du nicht gut genug?«

»Hey!« Ich streue ihr etwas Sand über die Beine. Mittlerweile müsste sie doch wissen, dass ich mehr kann, als meine angespannten Bauchmuskeln in die Kamera zu halten.

»Selber hey!«, ruft sie und revanchiert sich grinsend.

Da erst merke ich, dass sie mich nur aufgezogen hat. Weil sie längst verstanden hat, dass mehr in mir steckt und es nicht an mir liegt, dass ich das nicht zeigen kann. *Diese Frau!*

»Wenn ich irgendwo mitspiele, kriegt der Film außerdem viel Aufmerksamkeit«, erkläre ich weiter, damit sie die Hintergründe besser versteht.

»Und das ist schlecht?«

»Manchmal ja. Denn die Medien drehen durch, weil ich dabei bin. Aber das Skript, die anderen Darsteller, die Regie, das alles rückt an die zweite Stelle. Also halten sich die Angebote in Grenzen.«

»Davon mal abgesehen, dass deine Fans von anspruchsvollen Filmen eher abgeschreckt werden, richtig?«

»Genau! Der Stoff ist ungewohnt, einige beschweren sich und geben schlechte Kritiken ab, auch wenn Kenner gute hinterlassen.« Ich drücke ihr einen Kuss ins Haar. »Ich mag solche Rollen, aber sie lohnen sich nicht für mich, also nehme ich weiter welche wie die hier an.«

»Du heulst jetzt nicht und brauchst ein Taschentuch, oder?«, veralbert sie mich.

»Na warte!«, sage ich nur, weil ich meinen Job mag, egal ob das Drehbuch anspruchsvoll oder seicht ist, sonst könnte ich ihn nicht ausüben.

Hannah will sich von mir losmachen, aber ich bin schneller und drücke sie in den Sand. Wir kabbeln uns und lachen wie verrückt, bis wir beide atemlos liegen bleiben, ich über ihr, sie unter mir, mich anlächelnd. Und blinzelnd, als einzelne Sandkörner von mir auf ihr Gesicht rieseln.

»Ich finde, du machst das richtig«, sagt sie. »An den Rollen dranzubleiben, die dich weiterbringen. Und wer weiß …« Sie kämmt mir mit sandigen Fingern durch die Haare. »Wenn du mal total alt und verbraucht aussiehst und du die Leute nicht mehr mit deiner Sexyness ablenkst, dann könnte es doch was mit den ernsthaften Rollen werden.«

»Du!«, sage ich nur und muss laut lachen, weil es noch nie so gut geklungen hat, körperlich zu verfallen, etwas, das wir in Hollywood alle verhindern wollen. »Was ist mit dir, Hannah? Weißt du schon, was nach dem hier kommt?«

Die lockere Stimmung verfliegt plötzlich. Mit einem Räuspern steht sie auf, zieht mich hoch und klopft mir und sich den Sand von den Sachen. »Komm, lass uns zurückgehen. Dann kannst du doch noch was essen, bevor die Drehpause rum ist.«

»Du weichst mir aus, Babe.«

»Ich weiche dir aus«, bestätigt sie.

Das gefällt mir nicht. Sie soll gefälligst mit mir planen. Also ziehe ich sie noch mal in meine Arme. »Nur weil das hier irgendwann anders wird, heißt das nicht, dass es vorbeigeht.«

»Was macht dich da so sicher?«

Ich packe sie noch mal fester und küsse ihren Nacken, und sie erschauert. »Dieses Gefühl, Babe. Genau dieses Gefühl.«

17

Hannah

Ich hoffe sehr, dass es noch lange dauert, bis die Polizei denjenigen findet, der Drake bedroht. Ich will mehr Zeit mit diesem Mann, und nur so bekomme ich sie. Die unbekannte Personenschützerin und der gefeierte Hollywoodstar? Das ist eine dieser Lovestorys, die es nur in Büchern oder Filmen gibt, nicht im echten Leben.

Obwohl es mir schwerfällt, Drake beim Dreh zuzuschauen, rücke ich ihm die nächsten Stunden, verschanzt hinter den dunklen Gläsern meiner Sonnenbrille, nicht von der Seite. Dieser Mann ist wie eine Sucht. Ich brauche ihn.

Als Jeff die nächste längere Pause anberaumt, bin ich immer noch da. Drake kommt zu mir, küsst mich, wir turteln herum und machen Selfies. Ich habe meine Hände ständig bei ihm, er seine bei mir. Und da ist wieder dieses Gefühl, das ihn so sicher macht, dass das mit uns hält. *Verbundenheit.* Ich spüre es, genau wie er. Aber es genügt nicht, um meine Zweifel auszuräumen und meine Ängste zu vertreiben.

»Dauert der Dreh noch lange?«, frage ich.

»Noch ein paar Stunden, wieso? Sehnsucht nach mir?«

Ein kleiner Blitz durchdringt mich. »Ein bisschen.«

Er schiebt die Hände unter mein Shirt. »Nur ein bisschen?«

»Ein doppeltes bisschen«, korrigiere ich mich.

»Gefällt mir.«

»Ach ja? Also mir nicht. Vielleicht kümmere ich mich selbst um meine Bedürfnisse, während du arbeitest …«

»Das wirst du schön bleiben lassen.«

»Du würdest die Wahrheit nie erfahren.«

»Glaub mir, ich weiß, wie sich deine Pussy nach einem Orgasmus anfühlt.«

Besagtes Teil von mir zieht sich prompt zusammen.

»Und ich weiß, wie du mich davor und danach anschaust«, sagt er mit einem Grinsen, als hätte er das eben mitbekommen.

Um Haltung bemüht, rücke ich meine Sonnenbrille zurecht.

»Die hilft dir nicht. Ich kenne dich, Hannah Clarke«, haucht er mir ins Ohr und bringt mich mit seinem warmen Atem ganz durcheinander. »Sei eine liebe Freundin, mach dir schmutzige Gedanken, werd richtig heiß und warte in unserem Wohnwagen auf mich.«

»Nackt?«, kann ich mir nicht verkneifen.

Seine Augen leuchten begeistert. »Unbedingt!«

Es ist nur ein Spiel, aber wir beide genießen es. Ich liebe es, Drake ganz verrückt nach mir zu machen. Das erscheint mir nur fair, weil er mich ebenfalls ganz verrückt macht. Dafür bin ich sogar bereit, mich kurz von diesem Mann zu trennen.

Sobald Drake wieder vor die Kamera muss, bitte ich Lucas, für mich zu übernehmen. Ich gehe zurück zum Wohnwagen. So wie ich es Drake versprochen habe.

Statt mich allerdings auf dem Bett zu rekeln, übe ich, in meinen High Heels zu laufen. Ich muss besser darin werden, schließlich bleiben wir nicht ewig in der Wüste, spätestens in L. A. sind die Dinger Pflicht für mich.

Ich drehe ein paar Runden, bis ich sicherer bin, dann setze ich mich aufs Sofa, nutze die Auszeit und arbeite am Laptop. Ich hole mir von Naomi die neuesten Updates zum Stand der Ermittlungen, überprüfe die Analysen und schreibe dann meinen Bericht. Der dieses Mal recht knapp ausfällt. Ich schlüssele auf, wann welcher Kontrollgang stattgefunden hat, halte fest, was am Set zu den Vorfällen geredet wird, und schließe damit, dass es ruhig ist. Nicht besonders spannend. Und auch nicht hilfreich für die laufenden Ermittlungen.

Ich schicke den Report an Invisible, informiere Naomi und gehe mit ihr keine zehn Minuten später sämtliche Punkte noch mal persönlich durch. Sobald wir fertig sind, ruft mich Lainey an.

»Alles okay?«, frage ich besorgt, weil es ungewöhnlich ist, dass sie sich während eines Auftrags meldet.

»Das wollte ich dich fragen«, sagt sie. »Du warst neulich so … anders. Kommst du zurecht?«

Sofort denke ich an Drakes Küsse. Etwas, womit ich verdammt gut zurechtkomme. Daran, wie dieser Mann mich im Wohnwagen nach unserer kleinen Auseinandersetzung zum Höhepunkt gebracht hat. Wie gut er und ich sich zusammen anfühlen. Und daran, dass ich darüber nicht mit Lainey reden sollte.

»Der Kerl ist schrecklich«, stöhne ich gespielt genervt und setze zu meiner üblichen Litanei an. »Immer muss er seinen Willen kriegen. Ständig hat er was an mir auszusetzen. Und er küsst scheußlich!«

»Wie? Ihr habt euch geküsst?! Schon wieder?!«

Ich zucke zusammen, als hätte man mich beim Lügen erwischt. Dann beruhige ich mich. *Du spielst seine Freundin,*

Hannah. Du musst ihn küssen. Daran ist nichts verkehrt. Jammere einfach weiter!

»Ich hab doch gleich gesagt, der Job ist furchtbar«, antworte ich.

»Also ich würde liebend gerne für dich übernehmen.«

»Auch wenn er mies küsst?«

»Was weißt du denn davon?«

Glaubt Lainey, nur weil ich seit einer ganzen Weile keine feste Beziehung mehr hatte, bin ich völlig ahnungslos? »Seine Zunge schnellt vor und zurück wie ein zappelnder Fisch auf dem Trockenen.«

»Igitt, du bist voll eklig, Hannah!«

»Nur die Wahrheit.« *Von wegen!* »Das Händchenhalten, das ist okay«, rede ich weiter und arbeite an meiner Story der Personenschützerin, die von Drake Bradford kein bisschen angetan ist. »Aber ich finde, für die Küsse sollte ich eine Zulage kriegen.«

»Immerhin hattest du berühmte Vorgängerinnen. Zuletzt diese Schönheit, Sophia Dumont.«

»Erinnere mich nicht daran!«, stöhne ich. »Das erhöht nur den Druck auf mich, genauso fabelhaft zu sein.«

»Ist er also wirklich der Aufreißer, für den ihn alle halten?«

»Total! Denkt nur an sich. Als wäre ich freiwillig hier! Dabei geht es um seinen Hintern.«

»Aber der ist knackig?«

Sofort habe ich besagtes Exemplar vor Augen. Ebenso die Erinnerung, wie meine Hände sich daran festgekrallt haben. Beim Sex mit Drake. *Fokus, Hannah!* »Ja, der ist nett anzuschauen. Immerhin«, ringe ich mir ab.

»Dieser Hintern wird von den Filmleuten also nicht nachträglich bearbeitet?«

»Nein, den hat der liebe Gott wirklich so perfekt erschaffen.« Manche Fakten kann man nicht verdrehen.

»Und die anderen Muskeln?«

»Lainey! Muss das sein?« Sowohl die alte als auch die neue Hannah wollen das Thema wechseln. Die alte will das, weil Gespräche über Männermuskeln absolut oberflächlich sind. Ja, ich mag nette Verpackungen, aber letztlich zählt der Inhalt. Die neue will das, weil sie es hasst, dass sich andere Frauen so intensiv mit ihrem Kerl beschäftigen. Nicht nur Caitlin scheint diese Gefühle in mir auszulösen.

»Komm schon«, quengelt Lainey. »Gib einem Single Material zum Träumen!«

Ich atme tief durch, schaue die Decke des Wohnwagens an und versuche, mich zu beruhigen. Ich kann Lainey ja schlecht eine Lektion darüber erteilen, dass Drake mir gehört. Mir allein.

»Bist du noch dran?«, fragt sie, als ich nichts sage.

»Ich denke nach.«

»Was genau du mir enthüllen kannst?«

»Ja, beziehungsweise ob ich überhaupt was enthülle.«

In Gedanken gehe ich die vergangenen Tage durch, und die Sehnsucht nach Drake trifft mich plötzlich wieder mit voller Wucht. Der Dreh dauert mittlerweile zwei Stunden, und es fühlt sich wie eine Ewigkeit an, seit ich Drake zuletzt gesehen habe.

»Verdammt!«, fluche ich.

»Hannah, was ist wirklich los? Du warst neulich schon so seltsam …«

Ich will Lainey erzählen, was passiert ist. Ich muss mit jemandem darüber reden. Ich will alle Details teilen. Mein Herzflattern, das Pulsrasen, das Brausepulver im Bauch. Aber Drake ist ein Kunde. Und Beziehungen zu Kunden sind untersagt.

»Süße, red mit mir!«

»Ich kann nicht«, seufze ich frustriert und mache damit zumindest deutlich, dass es einiges mehr zu sagen gäbe.

»Hat er dich angefasst, obwohl du das nicht wolltest?«

Die Erinnerung an seine Berührungen durchdringt mich, und ich muss leise lachen, weil ich jetzt doch das tue, wozu er mich in den Wohnwagen geschickt hat: heiß für ihn werden.

»Wenn er sich unangebracht benommen hat, solltest du das melden«, redet Lainey weiter. »Nur weil Drake Bradford berühmt ist, kommt er nicht mit allem davon. Naomi wird das genauso sehen.«

Mist! Lainey versteht das völlig falsch. Kein Wunder, wenn ich ständig so herumdruckse.

Ich reibe mir die Stirn. »Nein, Drake hat sich nicht falsch benommen.« Ich zögere und atme tief durch. »Ich habe mich falsch benommen. Und es fühlt sich richtig an.«

»Wie meinst du das, Süße?«

Ausgerechnet ich, die vehement gegen Drake Bradford protestiert hat, bekomme nun ständig feuchte Höschen in seiner Nähe, das meine ich. Dieser Mann macht mich auf eine Art schwach, wie es bisher keiner konnte. Und er fehlt mir, wenn er nicht bei mir ist. Aber wie soll ich das Lainey erklären?

»Du kannst mir vertrauen«, sagt sie vorsichtig. »Was ist da noch gelaufen, Süße?«

»Ich …«

»Ja?«

»Ich kann es dir nicht sagen«, rudere ich zurück. »Ich hab schon viel zu viel verraten. Ihm geht es gut. Mir geht es gut. Das ist die Hauptsache.«

»Von wegen! Dir geht es nicht gut, das kann ich hören.«

»Muss an der Leitung liegen«, winde ich mich. »Gibt es denn bei dir was Neues?«

Erleichtert atme ich auf, als Lainey mir von zwei neuen Kunden in der Agentur erzählt, einem Unternehmer und einem Musiker. Davon, dass sie den Fahrdienst genauso langweilig findet wie ich. Und dass das Wetter in Los Angeles gerade ungewöhnlich drückend ist. *Da habe ich ja noch mal knapp die Kurve gekriegt!*

Ich lege auf, werfe mich aufs Bett und schließe kurz die Augen. Ein Geräusch an der Tür reißt mich jedoch wieder hoch. Ich stehe auf, greife nach meiner Waffe und gehe nachschauen, wer da ist. *Drake!* Sofort lasse ich sie wieder sinken.

»Was ist los?« Der Dreh kann doch nicht schon vorbei sein.

»Wir sind eher fertig geworden.«

Skeptisch runzele ich die Stirn.

»Ich bin eher fertig geworden«, korrigiert er sich, kommt zu mir, beugt sich über mich und küsst mich atemlos.

»Hey, wirklich alles okay?«, hake ich besorgt nach, als er zurückweicht, damit wir beide nach Luft schnappen können. Dieser Mann hat schon öfter die Initiative ergriffen. Aber dass er sich wie ausgehungert auf mich stürzt, ist neu.

»Ich brauche dich«, sagt er, als würde das meine Frage beantworten. Und statt weitere Erklärungen abzugeben, hebt er mich hoch und trägt mich zum Bett.

»Hey, langsam!«

»Von wegen!«, knurrt er, setzt mich ab und beißt mir in die Unterlippe. »Alle waren verdammt zufrieden mit mir …«

»Aber?«, keuche ich, als Drake mich aus meinen Sachen pellt. Widerstand leiste ich keinen. Im Gegenteil. Ich reiße an der Knopfleiste seiner Jeans. »Was ist passiert, Drake?«

»Du bist passiert!«, sagt er brodelnd vor Energie, als hätte ich irgendetwas angestellt und müsste jetzt die Konsequenzen tragen.

»Was hab ich getan?«, frage ich und zerre seine Hose zusammen mit seinen Boxershorts tiefer.

»Bei jeder Szene mit Caitlin musste ich an dich denken. Ich kämpfe mit ihr, aber in Gedanken spiele ich mit dir. Ich berühre sie, aber bin bei dir.«

»Gefällt mir«, sage ich grinsend, greife als Nächstes sein Shirt, ziehe es ihm über den Kopf und wimmere vor Lust auf diesen Mann.

»Also mich hat es wahnsinnig gemacht.« Er schiebt mein Oberteil nach oben und leckt über meine Brustwarzen. »Und ich hoffe, du hast auch an mich gedacht.«

»Natürlich. Hab ich.«

»Wie gut!« Er zieht sich ein Kondom über, berührt prüfend meine Mitte, spürt, dass ich bereit für ihn bin, und nimmt mich ohne weiteres Vorspiel. »Himmel, ja, das ist gut«, stöhnt er. »Denn das hier, das wollte ich die ganze Zeit mit dir treiben.« Er verharrt tief in mir und sieht mich mit einer beinahe komischen Erleichterung an. »Hier wollte ich sein, genau hier, Babe.«

Drake küsst mich, und ich lasse mich ganz auf ihn ein. Anders als eben bewegt er sich nun langsamer, sinnlicher, genussvoller. Unsere Körper finden sich, erobern sich gegenseitig, geben und nehmen. Ich liebe jede Berührung, liebe, wie Drake mit mir spielt. Wie er mich ausnutzt, will, dass es nie endet.

»Warte!«, knurrt er, als er merkt, wie kurz ich davor bin zu kommen.

Warte? Ernsthaft? Alles in mir summt.

Ich atme tief durch, kralle mich in seine Schultern, schaue ihm in die Augen, aber bezweifle, dass das den Höhepunkt hinauszögern kann.

»Drake!«, rufe ich ergriffen.

»Nur noch ein wenig«, haucht er mir zu, verteilt mit seinen Bartstoppeln kratzige Küsse auf meinem Hals und bewegt sich quälend langsam in mir. »Ich weiß, du kannst das.«

»Nein«, widerspreche ich, weil das Pochen in mir immer heftiger wird. »O Gott, Drake!«

Ich kann den Orgasmus nicht aufhalten. Die Welle türmt sich höher und höher auf, und dann bricht sie und reißt jeglichen Widerstand mit sich fort.

»Genau so!«, sagt Drake da, nimmt mich wieder härter, lässt mich meinen Höhepunkt noch intensiver erleben und folgt mir vor Lust stöhnend.

Himmel! Ich bin eindeutig süchtig nach dem Mann.

Drake

»Komm, sexy Bodyguard, wir müssen was essen«, sage ich, sobald ich wieder klar denken kann.

»Müssen wir?« Hannah legt den Kopf in den Nacken, um zu mir aufzuschauen, sieht das anscheinend anders und schmiegt sich träge an mich.

Dieses warme Gefühl, das ich in ihrer Nähe empfinde, wird intensiver. Ich lasse meinen Blick über sie gleiten, mag sie nackt und von mir geliebt am liebsten. Zufrieden fahre ich mit der Hand über ihre Kurven. Neues Verlangen erwacht. Aber mein Magen knurrt.

»Du bist doch für mich verantwortlich«, sage ich. »Dieser Luxuskörper braucht Nahrung, damit er fit und gesund bleibt.«

»Und die nächste Runde schafft?«, reizt sie mich.

Ich beiße sie sanft in die Schulter. »Ganz genau.«

»Okay, okay, essen wir was«, murmelt sie, macht sich von mir frei und greift nach einem Kleid mit freizügigem Ausschnitt. Unter das sie keinen BH anzieht. Und keinen Slip. *Will die Frau mich umbringen?*

»So willst du herumlaufen?«, frage ich missbilligend, während mein Schwanz begeistert zuckt.

»Dann isst du schneller«, meint sie grinsend. Sie ist überhaupt nicht mehr das Mauerblümchen vom Anfang und irgendwie, mit ihren roten Wangen, doch.

»Ich fürchte, wenn ich dich darin sehe, vergesse ich zu essen.«

»Das lasse ich auf einen Versuch ankommen.« Sie kämmt sich die Haare, bessert ihr Make-up aus, schnappt sich ihre Tasche und öffnet die Tür des Wohnwagens. »Ich warte draußen auf dich.«

Ernsthaft? Mein Hirn raunt pausenlos: *Sie trägt keine Unterwäsche. Nimm sie sofort!* »Du kannst ganz schön gemein sein«, appelliere ich an ihr Mitgefühl.

»Oder genauso hungrig wie du.« Sie zwinkert mir zu. »Nach richtigem Essen.«

Damit kriegt sie mich. Denn sosehr ich sie wieder in meinem Bett haben will. Noch mehr will ich, dass es ihr gut geht. Natürlich um sie dann erneut durch die Laken zu jagen.

Sie verlässt den Wohnwagen und schließt die Tür hinter sich. Ich ziehe mich an, ordne mir die Haare, folge ihr und lege ihr draußen einen Arm um die Schultern. »Ist dir das Kleid ohne Jacke nicht zu kalt?« Um die Jahreszeit sinken die Temperaturen in der Wüste am Abend empfindlich.

»Ich rechne damit, dass du mich warm hältst. Sollte ich das nicht?«

»Babe! Könntest du dich mit den Andeutungen etwas zurückhalten?« Mein Schwanz meldet sich mit einem Zucken zur Stelle, um nicht nur dafür zu sorgen, dass sie warm bleibt, sondern sie richtig ins Schwitzen zu bringen. *Merkt sie das nicht?*

»Nein, kann ich nicht«, flötet sie. »Ich spiele schließlich deine sexy Freundin.«

»Also gerade spielst du die Rolle von jemandem, der mich nur mit Worten entmannen möchte.« Meine Erektion drückt in der Jeans wie verrückt und verlangt nach mehr Platz.

»Gut so!«, sagt sie frech. »Dann beeilst du dich beim Essen. Denn was glaubst du, was zwischen meinen Beinen los ist?!«

»Himmel!«, stöhne ich gequält. *Sie ist feucht, sie ist sehr sicher feucht, nass, bereit.*

Da wir aber wirklich was essen müssen, reiße ich mich zusammen. Auch wenn das ein Nachspiel haben wird. Ich weiß nur noch nicht, welches.

Hand in Hand schlendern wir zum Catering und schaufeln uns am Büfett die Teller voll. Wir setzen uns zu Kollegen von mir, essen, und es ist mir ein Rätsel, wie es mir gelingt, Small Talk zu betreiben. Hannahs nackter Körper ist nur durch dieses hauchdünne Kleid von mir getrennt. Ganz zu schweigen von ihrem Duft, der mir die Sinne benebelt. *Meine Leistung ist oscarverdächtig!*

Ich kann es gar nicht erwarten, fertig zu werden, um sie erneut zu nehmen. Umso frustrierter bin ich, als mein Filmkollege Brian O'Leary mich bittet, am Lagerfeuer noch etwas auf der Gitarre zu spielen. Ich will ablehnen. Nicht heute, nicht jetzt. Aber ausgerechnet Hannah ist begeistert.

»Babe!«, knurre ich warnend.

»Angst, dich zu blamieren?«, kontert sie.

»Nein.« Ich ziehe sie zu mir und lasse sie mein großes Problem spüren. »Ich hatte andere Pläne.«

»Tu deinen Kollegen den Gefallen.« Sie beugt sich an mein Ohr. »Und ich bin nachher auch ganz besonders nett zu dir.«

Ich starre auf ihre Lippen und fantasiere plötzlich von einem Blowjob. Keine Ahnung, ob sie so was macht. Bei Hannah weiß man es nicht. Aber nicht ihr Angebot lässt mich nachgeben. Sondern ihre Begeisterung.

Wir setzen uns ans knisternde Lagerfeuer. Ich nehme Hannah zwischen die Beine, beuge mich vor, stimme die Gitarre, spiele bekannte Countrysongs und singe dazu.

»Du kannst das wirklich!«, sagt Hannah nach ein paar Liedern überrascht und schmiegt sich enger an mich, weil die Temperaturen sinken.

»Seit ich neunzehn bin, spiele ich«, erkläre ich. »Ich musste das für eine Rolle lernen.«

»Ich dachte immer, man übt nur ein bisschen, damit es echt aussieht.«

»Manchmal. Aber es hat mir so viel Spaß gemacht, dass ich es richtig können wollte. Beeindruckt?«

»Sehr! Kannst du mir auch was beibringen?«

Das war nicht mein Plan. Ich wollte drei Lieder zum Besten geben und dann mit ihr verschwinden. Doch neben dem Verlangen nach dieser Frau genieße ich genauso ihre Nähe.

Ich spiele weitere Songs. Es wird Nacht. Wir rücken noch enger zusammen. Ich will Hannah, und zu wissen, dass ich sie später noch kriege, sorgt für ein angenehmes Prickeln in meinem Schritt. Aber für den Moment kann das warten. Als sich unsere Runde verkleinert, zeige ich ihr ein paar Griffe – und atme dabei tief den Duft ihrer Haare ein.

»Jetzt du«, sage ich und überlasse ihr die Gitarre.

Sie versucht es und produziert einen dröhnenden Sound.

»Ist mit dem Instrument alles in Ordnung? Bei dir sieht das so einfach aus!«, schnaubt sie frustriert.

»Weil *ich* musikalisch bin«, antworte ich und drücke ihr einen Kuss ans Ohr.

»Hey! Das bin ich auch. Warte!« Sie probiert es erneut, es wird jedoch nicht besser, was sie ärgert. »Ich bin es wirklich.«

»Kannst du denn singen?« Ich nehme ihr die Gitarre wieder ab, stimme ein Lied an und animiere sie mitzumachen. Typisch Mauerblümchen ziert sie sich erst, aber dann traut sie sich, und ich bin wie verzaubert von ihr. Sie hat eine wunderschöne zarte, klare Stimme, sexy und unschuldig. Doch das allein ist es nicht. Sondern dass sie sich überwunden hat und wie viel Freude sie daran hat.

»Ha, ich bin musikalisch!«, triumphiert sie, als sie fertig ist.

»Etwas«, behaupte ich und drücke ihr einen Kuss auf die Wange.

»Hey! Total«, beharrt sie, unterstützt vom kleinen Applaus der anderen am Feuer.

»Ich bleibe bei ›etwas‹. Oder soll ich dir noch mal die Gitarre überlassen?«

»O Gott, bitte nicht! Mit dem Gejaule locke ich bloß Kojoten an.«

Ich lache, genau wie ein paar Kollegen, die das ebenfalls gehört haben. Was Hannah aber keinem übel nimmt. Dann reiche ich die Gitarre an Jason weiter. Er stimmt einen Song an, und endlich stehen wir nicht mehr im Mittelpunkt.

Über uns leuchten die Sterne. Die Nacht ist kühl, doch das Feuer spendet genug Wärme, sodass man es gut draußen aushält. Ich bedeute Hannah, sich zu drehen und sich breitbeinig auf mich zu setzen, damit wir uns anschauen können. Sie verändert ihre Position, ich winkele die Beine an, damit sie sich anlehnen kann, und küsse sie endlich richtig und lang und sexy. Wonach mir seit Ewigkeiten ist.

»Was kannst du noch?«, fragt sie leise und etwas atemlos.

»Wenn ich dir all meine Vorzüge aufzähle, dauert das die ganze Nacht.«

»Ha!«, macht sie nur, nicht bereit, es bei meinem Scherz zu belassen. »Ich meine, was hast du außerdem durch den Job gelernt?«

»Schießen«, sage ich, streichele ihre nackten Schienbeine und liebe ihren überraschten Gesichtsausdruck. *Als wäre sie die Einzige, die mit einer Waffe umgehen kann!* »Und ich kann jonglieren.«

»Sehr praktisch auf Kindergeburtstagen.« Sie räuspert sich. »Also das Jonglieren, nicht das Schießen.«

»Dachte ich mir schon«, sage ich und lache leise.

»Was noch?«, will sie wissen.

»Boxen … Reiten … Skateboarden … Walzer … Und du?«, frage ich.

»Ich fürchte, bei der Liste kann ich nicht mithalten.«

»Hey, mach dich nicht kleiner, als du bist. Sag schon!«

»Ich hab Ahnung von Börsengeschäften«, gibt sie zu. »Ein Kunde hat mir die Grundlagen erklärt.«

»Das ist doch praktisch.« Jeder sollte ein bisschen Wirtschaftswissen haben. »Was noch?«

»Autos. Ich hab zu viel Zeit mit dem Fuhrpark der Agentur verbracht.«

»Also könntest du einen Reifen wechseln?«

»Auf jeden Fall«, sagt sie lachend, wird dann jedoch ernst. »Wie werde ich eine noch bessere Schauspielerin? Kannst du mir Tipps geben?«

»Nein! Du bist gut genug. Bleib lieber authentisch.«

»Aber das könnte mal nützlich sein.«

Sie schmollt und wirft mir einen perfekten Hundeblick zu, und alles in mir will mit ihr spielen. Das muss an der Dunkelheit liegen. Am Feuer. An den Sternen über uns.

Unauffällig führe ich die Hand zwischen ihre Beine und grinse, als sie nach Luft schnappt. »Gut, erste Lektion, Babe … Und benimm dich dabei total normal.«

»Das sind erschwerte Bedingungen«, keucht sie, hält aber still.

»Das ist völlig fair. Damit hatte ich heute am Set auch zu kämpfen, als ich mit Caitlin gedreht habe und an dich denken musste. Also, fangen wir an.« Ich schiebe meine Finger in sie. Sie ist feucht, heiß, eng, und ich liebe, dass ich mich für ihre reizvolle Aufmüpfigkeit rächen kann. »Wenn man Gefühle spielt, ist es am einfachsten, Erinnerungen an ähnliche Situationen abzurufen«, erkläre ich.

»Was soll ich probieren?«

Ich ziehe mit dem Daumen Kreise auf ihrer Klit, und sie zieht scharf die Luft ein. »Stell dir vor, ich hab dir Geld geklaut, und du drohst mir, mir was abzuschneiden, sollte ich es dir nicht wiedergeben.«

»Ich will dir aber nichts abschneiden.«

»Deshalb heißt es Schauspiel«, sage ich und reize sie weiter.

»Also gut!« Sie atmet tief durch und versucht, sich zusammenzureißen. »Luigi, ich kenne zehn Wege, dich zu foltern. Entweder ich hab mein Geld bis Sonnenaufgang, oder es setzt was!«

»Luigi?« Lachend bewege ich die Finger in ihr vor und zurück. »Ich krieg ja richtig Angst, Babe!«

»So schlecht war ich nicht!«

»Ich würde dir dein Geld nicht zurückgeben.«

»Dann mach es doch besser!«, motzt sie.

»Gerne!«

Ich liebe Herausforderungen. Auch wenn diese hier eher klein ist. Und um überzeugend zu sein, muss ich nicht mal die Finger aus ihr herausziehen. Ich greife mit der freien

Hand an ihren Hals und kontrolliere meine gesamte Mimik, bis ich extrem finster schaue. »Glaubst du, du kannst mich verarschen? Ich will mein Geld! Sofort!«

Bingo! Hannahs Körper reagiert auf meinen verbalen Angriff, ihr Puls rast, ihr Atem geht flacher. Diese Challenge habe ich eindeutig gewonnen.

Oder doch nicht? Denn ich kann an meinen Fingern spüren, wie sie sich lustvoll enger um mich zusammenzieht. Als würde sie dieser schroffe Tonfall anmachen.

»Babe?«, sage ich nur. *Stehst du auf harte Kerle? Denn dann bin ich einer für dich. Ab und zu.*

Sie errötet und weicht meiner stumm gestellten Frage aus. »Lass es mich noch mal probieren!«

Ich löse die Hand von ihrem Hals und fahre ihr über die Lippen, spüre ihren heißen Atem auf meiner Haut. »Okay, neue Rolle: Du musst mich für dich einnehmen, obwohl ich null Interesse an dir habe.«

»Ha, das kriege ich hin, Mister Hollywood!«, ruft sie, als wäre das ihre leichteste Übung.

Hannah lässt ihre Hüften an meiner Erektion kreisen, grinst siegesgewiss, legt die Arme um meinen Hals und presst sich sexy an mich.

Flachlegen, flachlegen, flachlegen!, dröhnt es in mir. Aber meine Rolle ist, nicht an ihr interessiert zu sein. Daher drücke ich ihr, damit sie gleich über ihre Niederlage nicht allzu frustriert ist, einen Kuss auf die Lippen, schnappe mir ein Bier und wende mich an Brian. Als gäbe es sie nicht.

Hannah bemüht sich. Ihre Hitze macht mich echt fertig. Ihre Lippen an meinem Ohr sind die süßeste Hölle, die ich je erlebt habe. Und ihre Pussy, die sie um meine Finger anspannt, ist die reinste Folter. Doch ich bin ziemlich gut in dem, was ich tue. Damit kriegt sie mich nicht klein. Ich ignoriere sie. Zumindest jeder Teil von mir, außer meiner Erektion, die kurz davor ist, die Jeans zu sprengen.

»Verdammt, Drake!«, knurrt Hannah frustriert.

Ich nehme sie weiter nicht zur Kenntnis, reagiere nicht.

»Na warte!«, ruft sie da, greift sich in den Nacken und löst die Träger ihres Kleides. *Und das wirkt!* Sie trägt keinen BH, und die Vorstellung, dass jemand ihre Brüste sieht, lässt mich handeln.

Blitzschnell greife ich ein, stelle das Bier ab, drücke sie in den Sand und schirme sie mit meinem Körper vor den anderen ab.

»Gewonnen«, haucht sie.

»Geschummelt!«, knurre ich und küsse sie.

»Du bist ein schlechter Verlierer«, sagt sie und küsst mich zurück. »Ich wollte deine Aufmerksamkeit, ich hab sie bekommen. Wie hättest du es denn gemacht?«

»Ich hätte an deiner Stelle mit einer anderen Frau herumgeknutscht.«

»*Das* zieht?«, fragt sie amüsiert.

»Das zieht«, sage ich, und ein paar Typen um uns herum lachen zustimmend. »Komm!« Obwohl schon Kollegen gegangen sind, haben wir hier plötzlich zu viel Publikum. Ich will Hannah für mich allein.

»Gewonnen! Oder, Leute?«, jubelt sie noch mal, aber lässt sich von mir aufhelfen – und schnappt erstickt nach Luft, als ich die Hand von ihr wegziehe.

»Ja, gewonnen«, gibt ihr Jason lachend recht.

»Gut, gewonnen«, knurre ich gespielt beleidigt. »Dann geht es jetzt wohl zur Siegerehrung!«

»Wie bitte? Was?!«, kreischt Hannah, doch da hebe ich sie bereits hoch.

In Rekordzeit trage ich sie zum Wohnwagen.

Drinnen werfe ich sie aufs Bett. Ich ziehe mir die Hose aus und ein Kondom über, schiebe ihr Kleid hoch und bin schon in ihr, während sie noch mit meinem Shirt kämpft.

»Gewonnen«, keucht sie wieder und grinst breit.

»Definitiv gewonnen«, sage ich und stöhne, als sie nach all dem Vorspiel binnen Sekunden kommt, auch wenn es mich umbringt, ihr noch nicht zu folgen. Wir beide haben gewonnen. Sie reizt mich, ich sie, und ich genieße jede Minute davon. Sie ist die Frau, von der ich nie dachte, dass ich sie brauche. Aber sie ist genau diejenige, die mir gefehlt hat. Ein Blick genügt, und ich weiß, ich habe alles, was ich will. Na gut, fast alles … »Komm!«, befehle ich dunkel.

»Noch nicht«, stöhnt sie.

»Leg dich nicht mit mir an! Komm!« Oder ich sterbe.

»Nein!«, protestiert sie, dreht sich mit mir, bis sie oben ist, und überrascht mich heute erneut, weil sie nun die Kontrolle übernimmt. Was sie kann, wenn sie es wirklich will.

»Du musst auf mich aufpassen!«, erinnere ich sie, greife an ihre Hüfte, um sie dazu zu bringen, langsamer zu machen, dann wieder, um schneller zu sein. Und Sterne tanzen vor meinen Augen.

»Ich pass ja auf dich auf. Ich bin dir ganz nah, merkst du doch!« Mit einem Grinsen spannt sie ihre inneren Muskeln an, und die Enge ist kaum auszuhalten.

»Fuck!«

Ich gehe jede mir bekannte Technik durch, um nicht zu kommen. Aber es ist zu spät. Sie fühlt sich zu gut an, ist zu verführerisch, mit ihren vor meiner Nase wippenden Brüsten, den vollen Lippen, ihren die Schultern umspielenden Haaren. Ich explodiere, halte sie an der Hüfte fest und stoße härter und tiefer in sie, als sie es mir bisher bei ihrem Ritt gegönnt hat. Mache das hier perfekt.

Hannah lacht zufrieden, bis ihr Lachen in Stöhnen übergeht und sie mir folgt. »Gott, ja, Drake!« Ihr Körper erbebt, ihre Hüften bewegen sich erst gierig schneller, dann genussvoll immer langsamer. Bis sie auf mir sitzen bleibt, den Kopf in den Nacken legt, tief durchatmet und wieder breit grinst. »Gewonnen«, haucht sie noch mal, mehr für sich als an mich gewandt.

Ich stütze mich auf die Ellenbogen und lecke über ihre sexy Nippel. »Und was willst du dieses Mal haben?«

»Mach dir keine Mühe«, sagt sie und fährt mir durch die verschwitzten Haare. »Ich hab meinen Gewinn schon!«

Mich.

Sie küsst mich, ich reagiere, überlasse ihr die Führung, aber das hier wird nicht wieder Sex. Nicht heute. Dafür war das eben für uns beide zu gut.

Ich gleite aus ihr heraus und entsorge das Gummi. Sie macht im Bett für mich Platz. Ich lege mich zu ihr, ziehe sie an mich und döse vor mich hin, bin kurz vorm Einschlafen.

»Deinen Text für morgen kannst du?«, fragt sie da und überrascht mich wieder, weil ich ihr wichtig bin.

»Mmh«, mache ich.

»Soll ich dich abfragen?«

»Nein.«

»Nein?«

Ich zwinge meine Lider nach oben, streichele ihren Rücken, halte sie. »Ich kann den Text, wirklich. Lass uns jetzt schlafen, Babe. Dafür stelle ich den Wecker für morgen eine halbe Stunde früher, damit wir Zeit für uns haben.« *Für Sex.* »Wie klingt das?«

»So, als hätte ich schon wieder gewonnen.«

»Willkommen in meinem Leben«, sage ich. Ab sofort gewinnen wir beide nur noch. Dafür werde ich sorgen.

18

Hannah

Die nächsten vier Wochen sind die besten meines Lebens. Keine Ahnung, ob ich als Model durchgehe. Sobald ich High Heels trage, stakse ich immer noch ziemlich ungeschickt durch die Gegend. Aber jeder am Set kauft Drake und mir ab, dass ich seine Freundin bin. Weil wir nicht spielen, dass wir verrückt nacheinander sind. Es ist echt. Wir können nicht die Finger voneinander lassen. Und die Boulevardpresse berichtet atemlos darüber. Wie auch immer sie an die Infos gekommen sind!

Drakes Work-Love-Balance!
Diese Frau hat ihn sich geschnappt!
Miss März! Miss April! Miss Bradford?

Das hier sollte nur ein Job sein, aber es ist keiner mehr.

Anders als befürchtet leidet meine Arbeit darunter jedoch nicht. Im Gegenteil. Ich bin in Kontakt mit Behörden und Sachverständigen und mache Tempo bei den Sabotage-Ermittlungen. Und ich nehme Drakes Sicherheit noch ernster. Entsprechend schwer fällt es mir, ihm bei den Dreharbeiten zuzusehen. Da sind zum einen die Liebesszenen mit Caitlin Campbell, die mich rasend vor Eifersucht machen. Und zum anderen die Actionszenen. Die Bewegungsabläufe sehen so echt aus, dass ich instinktiv eingreifen will. Zum Glück bleibe ich ruhig.

Eine Woche vor Drehschluss erhalte ich schließlich eine Mail von Gabe und erfahre, wie es weitergeht. Drake muss Anfang Mai zur Met Gala nach New York, einem der bekanntesten Social Events weltweit. Zahlreiche kleinere Auftritte hat er wegen der Dreharbeiten abgesagt, aber zu dieser Veranstaltung muss er erscheinen. Mit mir.

Aufregung packt mich.

Ich lasse Lucas und Tucker ein Auge auf Drake haben, ziehe mich zurück, lerne den Ablauf des Events und überprüfe das Sicherheitskonzept des Veranstalters. In Absprache mit Gabe und Naomi organisiere ich, dass die Sicherheitskräfte verstärkt werden und dass eine doppelte Absperrung errichtet wird. Und ich versuche, die Frau zu sein, die Drake mit gutem Recht zu diesem Event begleitet. Ich werde ihn nicht auf dem roten Teppich blamieren, sondern die Schultern durchdrücken, lächeln und dankbar sein, diesen Moment mit diesem Mann erleben zu dürfen.

***

»Bereit für die wirkliche Welt?«, fragt Drake, als die Dreharbeiten für ihn beendet sind und wir unsere Zelte abbrechen.

Als hätte ich eine Wahl! »Die wirkliche Welt?«, sage ich daher nur amüsiert. Weil nichts an Drakes Welt – Glamour, teure Autos, Partys – mit der Realität normaler Menschen zu tun hat.

»Die falsche Filmwelt«, korrigiert er sich grinsend.

»Wird sich denn zwischen uns was ändern?«, frage ich eine Spur ängstlich und inspiziere unauffällig den Wagen, obwohl Lucas und Tucker den schon untersucht haben. Damit meine ich nicht meinen Job. Natürlich passe ich weiter auf ihn auf. Sondern das, was sich zwischen uns hier in der Wüste entwickelt hat. Diese Nähe. Vertrautheit. Wärme.

Drake lädt unsere Koffer und Taschen in den Wagen, zieht mich in seine Arme und küsst mich. Ich schmiege mich an ihn und sauge dieses Gefühl zwischen uns auf. Als müsste ich lange davon zehren.

»Nein, ich glaube nicht, dass sich was ändert«, sagt Drake und schaut verdammt zufrieden auf meine von seinen Küssen geschwollenen Lippen.

»Muss ich noch mal zum Waxing?«, frage ich weiter und habe die Schreckensprozedur vom Anfang wieder vor Augen. Das Ergebnis hat mir gefallen, die Schmerzen weniger.

»Für mich.« Er drückt mich gegen das Auto, nutzt aus, dass ich ein Kleid trage, greift mir zwischen die Beine und lässt seine Hand höher gleiten. Bis er sie unter meinen Slip schiebt.

»Du manipulierst mich«, seufze ich.

»Weil du manipuliert werden willst, Babe.«

»Also muss ich zum Waxing?«

Seine Finger streicheln meine brennende Mitte. »Sag du es mir!«

»Ja, das muss ich wohl«, hauche ich. Weil sich das, was er gerade macht, dann noch intensiver anfühlt. Und ich das nicht mehr missen möchte. Genau wie ich Drake und diesen Sturm an Gefühlen, den er regelmäßig in mir auslöst, nicht missen möchte. »Darf ich denn fahren?«, frage ich, presse mich an ihn und grinse breit.

»Jetzt manipulierst du mich.«

»Und? Wirkt es?« Bei Drake kann ich das nie sagen.

Er rückt zur Seite und gibt die Fahrertür frei. »In Kalifornien ja. In New York –«

»Werden wir gefahren, ich weiß.« Von Lainey, wie mir die Agentur gestern mitgeteilt hat.

Bevor Drake es sich anders überlegen kann, mache ich es mir hinter dem Lenkrad bequem und stelle mir den Sitz und die Spiegel ein. Dann überprüfe ich auch im Wagen routiniert die Anzeigen. Sie sind wie immer. Außer diesem einen Vorfall vor einigen Wochen beim Dreh gab es keine weiteren Zwischenfälle. Deshalb bin ich genau wie die Behörden zu dem Schluss gekommen, dass das Gerüst bereits vor dem Aufbau mutwillig beschädigt worden sein muss und dann defekt aufgestellt wurde, ohne dass die manipulierten Stellen aufgefallen sind. Derjenige, der Drake bedrängt, war nicht vor Ort. Vermutlich weil er die Location nicht kannte.

Drake steigt ebenfalls in den Wagen, schnallt sich an, und wir verlassen die Wüste. Lucas und Tucker begleiten uns wieder im zweiten SUV. Und ich weiß: Jetzt wird alles anders.

In L. A. wird mein Job anspruchsvoller. Drake wird auf der Straße von fremden Leuten erkannt und angesprochen werden. Dazu kommen die Paparazzi. Und New York wird noch mal eine ganz andere Hausnummer. Seit Wochen steht fest, dass der große Drake Bradford bei der Gala anwesend sein wird. Ja, das Sicherheitskonzept des Veranstalters ist gut durchdacht. Dennoch muss ich wachsam sein.

Angespannt greife ich während der Fahrt nach Drakes Hand. »Woran liegt das eigentlich, dass du bei Promi-Events so selten mit einer Freundin auftauchst?«, frage ich, um mich abzulenken.

»Wenn ich alleine hingehe, werden mir mehr Schlüpfer zugeworfen.«

»Sehr witzig! Ernsthaft, Drake?! Verrat mir den Grund!«

»Das ist der Grund. Mein Rekord liegt bei siebenundfünfzig Höschen pro Veranstaltung.«

»Du hebst sie auf?« Dieser Mann verblüfft mich immer wieder.

»Nein, das macht Gabe. Wenn ich das machen würde, wäre das doch seltsam.«

Nicht seltsamer, als geworfene Schlüpfer zu zählen. »Und was passiert damit? Hast du perverse Vorlieben, von denen ich nichts weiß?«

»Hab ich bestimmt, aber keine mit Slips«, sagt er sexy grinsend, und mir wird ganz heiß. Obwohl ich nicht unterscheiden kann, ob er nur mit mir spielt oder das ernst meint. Vermutlich von beidem ein wenig. »Gabe lässt die Unterwäsche waschen, danach wird sie gespendet.«

»Nicht dein Ernst!«

»Ich hab eben eine karitative Seite. Überrascht?«

»Und dafür setzt du ausgerechnet Damenunterwäsche ein?« Ich schnaube ungläubig.

»Genau! Unterwäsche und ein bisschen von meinem Geld, damit sich die Spenden auch lohnen.« Er lacht und drückt meine freie Hand, weil er mich überrascht hat. Erst mit der Unterwäsche, dann, dass er damit Gutes tut. Meine Recherche am Anfang war richtig. Er macht wirklich das Beste aus seinen Möglichkeiten. Und das ganz ohne daraus Profit für sich zu schlagen, so spärlich wie die Informationen dazu sind. »Haben dir schon mal Kunden Visitenkarten zugesteckt?«, wechselt er das Thema und fragt nun mich aus.

»Klar«, sage ich locker. »Aber nicht so, wie du denkst, sondern damit wir in Kontakt bleiben.«

»Und da ist es wieder, mein Mauerblümchen«, murmelt er liebevoll.

»Was soll das denn heißen?«, fauche ich.

Drake merkt, dass ich mich angegriffen fühle, und will es mit einem Kuss auf meine Wange wiedergutmachen. »Die Karten waren nur von Männern, richtig?«

Ich gehe ein paar Fälle durch. »Ja, ich glaube schon. Und?«

»Und diese Männer haben betont, dass sie sich freuen würden, mit dir in Kontakt zu bleiben?« Seine Lippen kräuseln sich amüsiert, aber ich verstehe nicht, warum.

»Wenn ich was brauche, darf ich mich jederzeit melden«, gebe ich die Worte meines letzten Kunden wieder. »Was ist daran so besonders? Ich hab eben einen guten Job gemacht.« Auch wenn ich nur Fahrerin war. *Was glaubt er denn, warum er mich als Bodyguard bekommen hat?*

Grinsend streicht mir Drake Haare hinters Ohr, was mich mit Wärme erfüllt. »Wie viele Karten hast du, Babe? Weißt du das?«

»Ein gutes Dutzend.«

»Was?! So viele! Gefällt mir nicht«, murmelt er plötzlich ernst. »Verbrenn sie.«

»Spinnst du? Das werde ich nicht tun. Dafür sind die Kontakte viel zu wertvoll.«

»Mmh«, macht er nur und wirkt dabei sauer und amüsiert zugleich.

»Was hast du denn?« Irgendetwas ist mir gerade entgangen.

»Kannst du bitte mal rechts ranfahren?«

Jetzt mache ich mir ernsthaft Sorgen. »Alles in Ordnung, Drake?«

»Fahr ran!«

»Okay, okay.« Ich halte, gespannt, womit mich dieser Mann gleich wieder überraschen wird. Denn das wird er. Das scheint sein größtes Talent zu sein.

Drake

Hannah lenkt den Wagen an die Seite, und ich drücke die Warnleuchte, beuge mich zu ihr und erobere ihren Mund. Der Kuss ist heftig, ich kann nicht anders. Zu wissen, dass ein Dutzend Männer diese Frau wollten und sie keiner von ihnen hatte, macht mich tierisch an. Dann weiche ich zurück. Ja, ich will sie. Aber nicht hier.

»Wow, wo kam das denn her?!«, ruft sie atemlos, beugt sich noch mal zu mir und haucht mir einen weiteren Kuss auf die Lippen.

»Babe, diese Visitenkarten sind meine Schlüpfer.«

Sie runzelt die Stirn, und ihre Wangen röten sich bezaubernd. Offenbar versteht sie es nicht.

»Die Kerle wollten dich abschleppen«, erkläre ich ihr.

»Nie im Leben. Das waren anständige Leute.«

»Du hast ihre Privatnummern.«

»Weil ich gut war.«

»Ruf einen von ihnen an, irgendeinen, dann wirst du sehen, dass ich recht habe.«

»Weil sie mich immer noch abschleppen wollen?«

»Ganz genau.«

»Das ist doch Blödsinn, Drake!«

Wie herrlich naiv sie sein kann! »Nur einen«, sage ich.

»Egal wen?«

Ich nicke. So sicher bin ich mir.

»Wenn du dann Ruhe gibst. Moment …«

Sie nimmt ihr Handy und wischt durch ihre Kontakte. »Hier! Was hältst du von Nick Hammond von Hammond Enterprises? Klingt der gut?«

»Das milliardenschwere Technikgenie? Mit dem unglaublich hohen IQ! Den du nicht scharf fandest?«

»Ich fand ihn scharf. Aber mit ihm war es nicht wie mit dir. Willst du das weiter diskutieren oder soll ich ihn jetzt anrufen?«

»Nur zu!« Dass sie solche Leute kennt und daraus kein großes Gewese macht, finde ich unglaublich. Jeder andere hätte längst damit geprahlt. Aber nicht sie, weil ihr Geld, Status oder Aussehen nichts bedeuten. Für sie zählt das Innere, und irgendwie ist es mir gelungen, sie für mich einzunehmen. Keine Ahnung wie, aber ich bin dankbar dafür.

Sie wählt die Nummer, und beinahe sofort wird der Anruf entgegengenommen.

»Hannah! Wurde aber auch Zeit«, ruft eine Männerstimme.

»Oh, hi, Nick …« Hannah klingt atemlos und überhaupt nicht in ihrem Element. Ganz anders als bei unserer ersten Begegnung, als sie mich kaltgestellt hat. *Wie niedlich!*

»Hi, hier ist Drake Bradford«, übernehme ich für sie.

»Ich mach keine Geschäfte unter der Nummer«, antwortet der Typ augenblicklich eine Spur kühler. »Hannah, bist du noch dran? Rede mit mir! Was ist los? Belästigt dich dieser Schauspieler etwa? Wenn du was brauchst, bin ich sofort für dich da.«

Hannah läuft knallrot an und macht eine hilflose Geste, weil sie will, dass ich weiterspreche, doch ich dränge sie zu antworten. Der Kerl will sie hören. Nicht mich. »Er belästigt mich nicht«, sagt sie.

»Also, was ist dann los?«

»Es tut mir leid. Er meinte nur … Ich wollte es nicht glauben … Das ist mir alles furchtbar unangenehm … Ich hoffe, ich störe dich nicht …«

»Ein Call ist gerade on hold. Aber nein, du störst nie.« Seine Stimme wird wieder weicher. »Ist wirklich alles okay bei dir? Was hast du mit diesem Hollywood-Schönling zu tun?«

Autsch! »Glaubt eigentlich jeder, ich bin dämlich?«, murmele ich. Dann sollte ich mal mit Gabe sprechen. Niemand muss mich für Einstein halten. Aber bitte auch nicht für das komplette Gegenteil.

»Er ist …«, beginnt Hannah, tastet nach meiner Hand, verschränkt ihre Finger mit meinen und drückt sie. »Er ist mein Freund. Und er ist nicht so, wie alle denken«, erklärt sie, ohne mich aus den Augen zu lassen. »Überhaupt nicht so. Er meinte, du hättest mir die Nummer gegeben, weil du mit mir ausgehen wolltest. Und ich wollte es nicht glauben. Aber er hat recht, oder?«

»Verstehe«, sagt Nick Hammond. »Cleverer Mann. Genau das war der Plan. Aber daraus wird wohl nun nichts mehr, richtig?«

»Nein«, sage ich.

»Schade.«

»Wie läuft es sonst bei dir, Nick?«

»Ich bin immer auf der Suche nach dem nächsten großen Hype.«

»Und es geht dir gut?«

»Tut es.«

»Das freut mich«, sage ich. »Soll ich die Nummer dann löschen?«

Nick zögert, was er garantiert selten macht, so schnell, wie sein Geniegehirn Sachverhalte analysieren kann. »Nein, behalt sie! Wenn was ist, meld dich. Vor allem, wenn der Kerl neben dir Mist baut.«

»Danke, Nick. War schön, von dir zu hören.«

»Fand ich auch, Hannah.«

Sie legt auf und sieht verblüfft zu mir. »Er hat wirklich gedacht, ich würde mich mit ihm verabreden. Das ist verrückt!«

Ich drücke Hannah einen Kuss auf die Wange. »Warum so überrascht? *Ich* kann den Kerl verstehen.«

»Du warst anfangs nicht unbedingt begeistert davon, mich als Bodyguard zu bekommen.«

»Weil du scharf warst. Ein bisschen verlottert, aber irgendwie auch heiß. Und dann dieser Karategriff …«

Sie boxt mich. »Mach dich ruhig weiter lustig über mich. Dann darfst du der Presse erklären, warum du deine Freundin der Monate März und April nicht bei der Gala dabeihast.«

Ich lache, küsse sie noch mal und stelle die Warnblinkanlage wieder aus. »Wird nicht passieren, Babe. Fahr weiter! Wir wollen doch nicht zu spät kommen.«

Wir. Nicht mehr nur ich.

19

Hannah

Ich dachte immer, ich wäre niemand Besonderes. Aber die Zeit mit Drake und zuletzt das Gespräch mit Nick haben mir die Augen geöffnet. Das bin ich, natürlich. So wie jeder Mensch. Ich habe nur meinen Platz finden müssen. Und der ist nicht als Fahrerin oder Bodyguard für Invisible, sondern an der Seite von Drake. So wie sein Platz an meiner Seite ist.

»Den Wagen können wir am Hangar parken?«, frage ich irritiert, nachdem mich Drake auf dem Flughafengelände zu den Privatmaschinen gelotst hat.

»Gabe schickt jemanden, der ihn wegfährt.«

»Ich denke, er ist schon in New York und wir treffen ihn dort?«

»Es gibt Telefone«, meint er amüsiert.

»Natürlich«, murmele ich. In Drakes Welt spielt man nach anderen Regeln. Mich an die Feinheiten zu gewöhnen wird noch etwas dauern.

Lucas und Tucker sind vor uns angekommen und warten bereits am Eingang des Fliegers. Ich parke neben ihrem Wagen, wir steigen aus, greifen den Teil des Gepäcks, den wir für New York brauchen, und steuern die Gangway an.

Angespannt sehe ich mich um, mustere prüfend das Bodenpersonal des Flughafens und die Techniker, die den Flieger durchchecken. Und dann das Flugzeug.

Da mir nichts auffällt, gebe ich Drakes normalen Bodyguards zu verstehen, bei ihm zu bleiben, und betrete die Privatmaschine. Dort treffe ich auf Lainey, die uns begleiten wird. Eine Vorsichtsmaßnahme, auf die Gabe bestanden hat. Ich freue mich darüber, weil es gefühlt eine Ewigkeit her ist, seit ich sie gesehen habe.

»Alles gesichert?« Ich lasse den Blick über die luxuriöse Innenausstattung im Eingangsbereich schweifen, mit Küche, Bad und Plätzen für die Crew.

»Die Piloten sind überprüft, der Flieger ist sicher. Es kann losgehen.«

»Wunderbar.«

Ich wende mich nach draußen und gebe den Männern mit einem Nicken Bescheid, dass sie an Board kommen können. Dabei haftet mein Blick an Drake, und auch er hat nur Augen für mich. Und plötzlich werde ich nervös, weil ich nicht weiß, wie ich mich vor Lainey benehmen soll. Ihr letzter Stand ist, dass ich diesen Mann für einen oberflächlichen Vollidioten halte.

»Bin ich sicher, liebste Personenschützerin?«, fragt Drake unbekümmert und streicht mir eine Haarsträhne hinters Ohr.

»Bist du«, sage ich und berühre ihn kurz am Oberarm.

»Dann komm, machen wir es uns gemütlich!«

Er legt die Hand auf meinen Rücken und führt mich in die Hauptkabine. Der Bereich ist mit bequemen cremefarbenen Ledersesseln ausgestattet. Durch eine Tür erhasche ich einen Blick in einen zweiten Raum mit einem Ledersofa und einem riesigen Plasmabildschirm. Eine weitere Tür deutet auf noch ein Zimmer hin.

Wow! Das ist nicht der erste Privatjet, in dem ich mitfliege, aber der mit Abstand geräumigste.

Tucker und Lucas folgen uns und nehmen im Fernsehraum Platz. Drake, Lainey und ich bleiben im Hauptbereich. Wir setzen uns, schnallen uns an, und ganz natürlich suchen meine Hände die von Drake. Unsere Finger verhaken sich, sein Daumen streicht über meinen Handrücken, und völlig unpassend durchfährt mich heiße Lust. *Ausgerechnet jetzt!*

Laineys Blick sorgt jedoch für Abkühlung. Ich reiße mich zusammen.

»Ist das dein Flieger?«, frage ich Drake beeindruckt.

»Meine kitschigen Filme haben sich gut verkauft.«

»Angeber! Ein Ja hätte genügt.«

»Ich geb gerne an. Was glaubst du, warum du dabei bist? Ich zeig der ganzen Welt meinen sexy Bodyguard. Hast du was anderes erwartet?« Er zieht mich nur auf, und wie um sicherzugehen, dass ich das merke, beugt er sich zu mir und küsst mich. Richtig.

Die Funken in mir entzünden sich. Unser letzter Kuss ist zu lange her. Hungrig küsse ich ihn zurück. Als könnte ihm nichts passieren, wenn ich uns spüre. Drake will viel zu früh zurückweichen, und ich packe sein Shirt, damit er weitermacht. Mit einem Knurren legt er eine Hand in meinen Nacken und gibt mir, was ich brauche. Die Versicherung, dass zwischen uns alles in Ordnung ist.

Als wir auseinanderweichen, haucht er mir ins Ohr: »Sagst du deiner Kollegin, was hier los ist, oder soll ich?«

Guter Punkt! Ich sehe zu Lainey und fange ihren irritierten Blick auf.

»Tja …«, schinde ich Zeit.

Ich habe Glück, denn in dem Moment stellt sich das Kabinenpersonal für unsere Reise vor. Die Sicherheitshinweise folgen, und der Kapitän sagt durch, dass wir gleich starten. Aber aufgeschoben ist nicht aufgehoben …

Das Flugzeug rollt aufs Startfeld. Wir halten kurz. Dann plötzlich drehen alle Maschinen auf, wir beschleunigen, und mit einem leichten Ruck erheben wir uns gen Himmel. Binnen Minuten wird L. A. unter uns kleiner, wir fliegen über Mount San Antonio und nehmen direkten Kurs auf New York. Etwa fünf Stunden Flug liegen vor uns, Zeit, die meine Kollegin nutzen wird.

»Er küsst wie ein zappelnder Fisch auf dem Trockenen?«, ist Laineys erster Kommentar, sobald die Anschnallzeichen erloschen sind.

»Ich … Was?«, ruft Drake, lacht schallend und ärgert mich, indem er diese Bewegung an meinem Ohr nachmacht, was furchtbar kitzelt.

»Lass das!«, quieke ich.

»Ich will nur deine Erwartungen erfüllen.«

»Du bist unmöglich!«

»Und genau das liebst du an mir.«

»Pah!«

Ich reibe mir das Ohr trocken, sehe zu Lainey und hebe entschuldigend die Schultern. Es ist offensichtlich, wie sehr ich in diesen Mann vernarrt bin und er in mich.

»Meldest du es Naomi?« Ich muss nicht sagen, was ich meine. Dass Drake und ich miteinander schlafen. Gefühle füreinander empfinden. Zusammen sind.

Ängstlich drücke ich seine Hand, ziemlich fest, weil ich nicht bereit bin, ihn gehen zu lassen. Aber er beschwert sich nicht. Er drückt mich einfach nur zurück.

Leider lässt Laineys Absolution auf sich warten.

»Du bist, was deinen Job angeht, bei der Sache?«, fragt sie kritisch.

»Ist sie«, antwortet Drake, ohne zu zögern, und mein Herz beginnt zu flattern. In meinem Bauch sprudelt jede Menge Brausepulver.

»Ich kenne die Pläne für die Gala. Die Absprachen mit den Sicherheitsleuten und dem Veranstalter laufen. Ich lasse garantiert nicht zu, dass diesem Mann was passiert.« *Niemals.*

Ich streife nur kurz seine Lippen, will mehr, weiche jedoch zurück, um Lainey zu zeigen, dass ich mich im Griff habe.

»Okay, ich melde es nicht«, sagt sie zu meiner Erleichterung. »Aber ich habe sooo viele Fragen!« Sie wendet sich an Drake. »Sie wissen, dass –?«

»Du«, unterbricht er sie, als wären wir alle Freunde.

»Okay, danke … Du weißt, dass Hannah dagegen war, den Job zu übernehmen? Männer wie du sind in ihren Augen das Letzte. Ein Riesenego, dafür null Gehirn.« Anschaulich breitet sie die Arme aus und hält danach Daumen und Zeigefinger so dicht zusammen, dass gerade so eine Erbse dazwischen passt.

»Weiß ich«, sagt er amüsiert. »Aber nur damit ich hier nichts verpasse, red gerne weiter. Ich kann es gar nicht abwarten zu erfahren, was Hannah über mich denkt.«

Ich bin noch verliebter in Drake. Manch einer wäre längst beleidigt, aber nicht er. Er kennt mich bereits zu gut, und alles, was ihm Lainey erzählt, entlockt ihm ein Lächeln. *Wie perfekt ist das denn?*

Umgekehrt erzählt er ihr auch Dinge über mich. Dass ich mir mittlerweile gerne die Haare glätte, meine gewaxte Haut liebe und dass ich von verdammt vielen Invisible-Kunden die Privatnummern besitze. Was bei Lainey für Empörung sorgt. Schließlich wusste sie das nicht. Keiner wusste das. Für mich war das nie eine große Sache.

»Du hast die Nummer von Nick Hammond und hast nichts gesagt, als mein Computer im Arsch war?«, ruft sie empört.

»Was hätte ich denn tun sollen?«

»Na, du hättest ihn anrufen und ihm vorjammern können, dass dein Rechner hinüber ist. Dann hätte mir ein Genie mein Betriebssystem hochmodern in null Komma nichts neu aufgesetzt. So hab ich eine Woche herumtelefonieren müssen, bis ich überhaupt jemanden gefunden habe, der davon Ahnung hat. Von den Kosten ganz zu schweigen!«

»Sorry«, murmele ich.

Kopfschüttelnd betrachtet sie mich.

»Was ist? Es tut mir wirklich leid.« Ich wäre nie auf die Idee gekommen, Nick wegen dieser Sache anzurufen. Der Mann hat Besseres zu tun, als kaputte Laptops zu reparieren.

»Es geht mir doch nicht um den Laptop. Ich kann nicht fassen, dass du nicht mitgekriegt hast, dass dich all diese Kerle haben kennenlernen wollen! Und Nick Hammond ist sooo heiß.«

»Heißer als ich?«, fragt Drake amüsiert.

»Anders heiß«, sagt sie und fächelt sich Luft zu.

»Tja, ich musste wohl erst jemanden mit einem Ego von der Größe eines Elefanten begegnen, damit ich es bemerke«, sage ich.

Drake lacht wieder laut, und neue Wärme durchdringt mich. Es ist einfach toll, dass er es mit Humor nimmt und dass er sich mit Lainey gut versteht.

Weniger gut finde ich, wie er sie plötzlich zu mir ausfragt. Und dass sie mitmacht. Als kleine Rache dafür, dass ich ihr das hier mit diesem Mann verschwiegen habe.

»Wie wohnt sie?«, frage ich Lainey und nutze die Gunst der Stunde. »Ich tippe auf ein Apartment mit funktionaler Einrichtung. Bloß nichts haben, was Spaß macht. Liege ich richtig?«

»Volltreffer!«

»Und in ihrem Kühlschrank ist alles vorbildlich in Dosen verpackt?«

»Woher weißt du das?!«

»Lainey!«, empört sich Hannah, kann uns jedoch nicht aufhalten.

»Und sie trennt den Müll?«, frage ich weiter.

»Selbstverständlich!«

Ich muss lachen, weil sich Hannah so niedlich über diese Kleinigkeiten aufregt. Als würde sie dadurch in meinen Augen an Attraktivität verlieren.

»Das Bild, das ihr hier von mir entwerft, gefällt mir nicht«, knurrt sie. »Als wäre meine Wohnung eine Kaserne! Nur zu eurer Information: Ich besitze auch Deko! Zum Beispiel diese sündhaft teure Porzellanvase aus Italien.«

Das passt zu Hannah. Luxus lautstark verteufeln, ihn aber im Grunde lieben. *Durchschaut, Babe!* So mag sie auch die bequemen Ledersessel im Flieger. Das macht sie noch lange nicht zu einem oberflächlichen Menschen, sondern einfach nur zu einem Menschen.

»Wie war ihr letzter Freund?«, frage ich interessiert. Können ja nicht alle wie dieser Vollidiot gewesen sein, der sie so verarscht hat.

»Wehe, Lainey!«, knurrt Hannah, als ihre Freundin für die Antwort bereits Luft holt.

»Sie hat mir schon verraten, dass du auf Schokolade stehst, da macht das doch keinen Unterschied mehr«, behaupte ich.

»Was hast du?! Wann?«, ruft Hannah empört und bekommt sexy rote Wangen.

»Stimmt«, gibt Lainey zu. »Als ich euch an eurem ersten Tag zu Drakes Villa gefahren habe und du drinnen alles gesichert hast.«

»Ich war nur eine Viertelstunde weg«, sagt Hannah.

»Und?«

»Was hast du ihm noch erzählt?« Sie dreht sich zu mir, da ihre Freundin und Kollegin schweigt. »Was, Drake?«

Bevor Hannah böse wird, schnalle ich sie ab und ziehe sie auf meinen Schoß, was sie, wenn auch schmollend, mit sich machen lässt.

»Je bissiger deine Kommentare ausfallen, desto sicherer kann ich mir sein, dass dir die Sache, über die wir streiten, gefällt.«

»Pah, so einfach bin ich nun wirklich nicht gestrickt!«

Lainey und ich grinsen uns wissend an.

»Bin ich nicht!«, ruft Hannah und sieht abwechselnd Lainey und mich an. Bis sie es begreift. »Verdammt!«

»Keine Sorge, das ist niedlich«, sage ich, spiele mit ihren Haaren und wende mich wieder an Lainey. »Also: zu ihren Ex-Freunden.«

»Da gibt es nicht viel zu erzählen. Sie hat einen lausigen Geschmack in puncto Männer. Bisher zumindest.«

Echt? Ich hätte gedacht, nur der erste war ein Fehltritt. »Sie haben sie nicht schlecht behandelt?«

»Gott, nein! Der letzte war ein Meister der Vorhersehbarkeit. Pete kam immer Punkt achtzehn Uhr drei bei Invisible vorbei, um sie zum Feierabend abzuholen.« Lainey rollt die Augen. »Wie schafft man das in L. A.? Bei diesem Verkehr?«

»Das ist doch nicht schlimm. Er war verlässlich«, verteidigt Hannah ihn, was mir wider Erwarten gefällt. Sie ist kein

Mensch, der schlecht über andere redet. Das finde ich sehr erwachsen und ist eine Eigenschaft, die man in dieser so nach Gossip süchtigen Stadt nicht oft findet.

»Seine Küsse haben exakt vierzehn Sekunden gedauert«, wirft Lainey nun ein. »Das hast du mal gestoppt.«

»Wie peinlich«, windet sich Hannah. »Hätte ich dir das bloß nicht erzählt!«

Ich finde das eher kurios. »Hast du das auch bei mir gemacht?«

Ich rechne mit einem klaren Nein, stattdessen läuft sie noch röter an.

»Hast du! Und? Zu welchem Ergebnis bist du gekommen?«

»Uneindeutig«, gibt sie zu. »Bis jetzt kann ich kein Muster erkennen.«

Ich beuge mich zu ihr und knabbere an ihrer Lippe. »Das haben wir also noch nie gemacht?«

»Nicht so«, sagt sie, aber geht darauf ein, küsst mich tiefer, drückt sich an mich, lässt mich hart werden. *Fuck, diese Frau ist das reinste Potenzmittel!*

Laineys Räuspern unterbricht uns. Ich weiche zurück und muss lächeln, als ich den Ärger darüber in Hannahs Blick bemerke.

»Dann ist unser Muster, dass wir kein Muster haben«, sage ich. »Gefällt mir. Woran ist es mit Pete gescheitert?«

»Ich war ihm zu flatterhaft«, sagt Hannah mit einem Augenrollen. Woraufhin nicht nur ich, sondern auch Lainey lachen muss.

»Du und flatterhaft?«, wiederhole ich. Hannah ist so einiges, aber bestimmt nicht flatterhaft. Auf sie ist immer Verlass. »Mehr Männergeschichten?«

Lainey erzählt mir von drei weiteren Kerlen. *Ein Hoch auf Klatsch und Tratsch in der Kaffeepause.*

Ein Mann hat bei seiner Mutter gewohnt, was Hannah anfangs nicht wusste. Einer hat sich schließlich als homosexuell geoutet. Ein anderer kam mit ihrem Job nicht klar.

»Nur weil ich angeschossen wurde, als ich einem Kunden in den Wagen geholfen habe«, sagt sie mit einem Augenrollen, als wäre das keine große Sache.

»Wie bitte, du wurdest angeschossen?!«

Von Hannahs Ex-Männern zu hören hat mich kein bisschen aufgeregt. Nicht so wie als ich von ihrem ersten Freund erfahren habe. Sie hat sehr respektvoll von ihnen geredet, doch das Leuchten in ihren Augen, das ich so oft zu sehen bekomme, hat gefehlt. Aber das jetzt, das macht mich fertig.

»Wo?« Ich lasse den Blick über jeden Quadratzentimeter ihrer nackten Haut streifen. *Wie konnte mir diese Verletzung entgehen?*

»Es war gar nichts, nur ein Streifschuss.«

»Sie hatte Glück«, meint Lainey.

»Wo?«, frage ich noch mal.

»Hier, an der Schulter.« Sie schiebt den Stoff ihres Shirts beiseite.

Die Narbe ist mir vorher nicht aufgefallen, weil Hannah so helle Haut hat. Aber jetzt blinkt sie mich förmlich an. Vorsichtig fahre ich mit dem Zeigefinger darüber, als könnte sie eine Täuschung sein, ein Fake von Alison aus der Maske. Doch sie ist echt.

»Hey, das ist wirklich nichts«, sagt sie. »Leute verletzen sich schlimmer beim Snowboarden.« Sie sieht mich ernst an. »Oder bei Stunts.«

Sie hat natürlich recht. Trotzdem kann ich sie für eine ganze Weile nicht loslassen. Ich vergrabe das Gesicht an ihrem Hals, spüre ihre weiche Haut und atme ihren mir so vertraut gewordenen Duft ein. Weil ich den Gedanken nicht ertragen kann, dass sie verletzt werden könnte.

»Meinst du, ich bin heute Abend in Gefahr?«, frage ich leise und denke an die Gala.

»Nein«, sagt sie überzeugt. »Das Sicherheitskonzept ist sehr gut, die Veranstalter haben die Security aufgestockt, und die Polizei ist miteinbezogen. Ja, derjenige, der es auf dich abgesehen hat, wird wieder irgendwas probieren. Aber er wäre verrückt, es an dem Abend zu versuchen. Mach dir keine Sorgen, Drake.«

Doch ich mache mir Sorgen. Nicht um mich, sondern um sie. Das mit uns hat als Spiel begonnen, aber ist Ernst geworden. Ich will sie nicht verlieren.

20

Hannah

Selbst als uns mitten über dem Kontinent Mittagessen serviert wird, rückt Drake nicht von meiner Seite. Seit er von dem Streifschuss erfahren hat, wirkt er besorgt. Er versucht, es zu überspielen. Er ist ein guter Schauspieler und schafft es, Lainey zu überzeugen. Aber wenn ich meine Hände in seinen Nacken lege, ihn küsse oder mich an ihn schmiege, spüre ich seine Anspannung. Selbst eine weitere lustige Selfie-Session hilft nicht. *Mist!*

Ich wünschte, ich könnte ihm was von meinem Selbstvertrauen abgeben. Ja, mein Job besteht im Notfall darin, selbst in die Schusslinie zu geraten, um meinen Kunden zu beschützen. Aber ich bin darauf trainiert, bei Gefahr blitzschnell zu reagieren, sodass idealerweise niemandem etwas passiert. Schließlich bin ich nicht lebensmüde und möchte noch viel Zeit mit Drake verbringen.

Obwohl ich den Plan für den Abend längst kenne, gehe ich ihn noch mal mit Drake durch. Um ihn etwas abzulenken.

»Und wenn dir irgendwas seltsam vorkommt, dann drückst du zweimal kurz meine Hand«, sage ich und mache es vor. Meine Notlösung, denn ich kann bei einem bloßen

Verdacht auf dem roten Teppich nicht herumschreien, dass sich alle in Sicherheit bringen sollen. Das könnte eine Panik auslösen. »Das Gleiche mache ich bei dir. Verstanden?«

»Verstanden.«

»Keine Sorge, es wird alles gut gehen.«

»Ich weiß«, sagt er sanft. »Ich hab ja dich, Babe.«

Aber er macht sich weiter Sorgen …

***

Selbst nach der Landung wirkt die Unterhaltung im Flieger nach. Am Flughafen steht bereits ein Wagen für uns bereit. Lainey übernimmt dieses Mal den Sicherheitscheck. Wir steigen zusammen mit Lucas und Tucker ein, und sie fährt uns im üblichen Verkehrschaos zu Drakes Penthouse in Midtown. Eine Fahrt, die ewig dauert, die ich aber genieße, weil ich New York liebe und mich an dieser Stadt und der Skyline nie sattsehen kann.

In Drakes Wohnung angekommen begrüßt uns Gabe, schaut kurz von seinem Handy auf, ist dann aber wieder auf den Anrufer konzentriert. Soweit ich es mitbekomme, geht es um letzte Vereinbarungen für Interviewtermine auf dem roten Teppich. Je mehr Leute Drakes Gesicht sehen, desto besser. Das ist quasi Gratis-PR und wird den Hype um ihn weiter anheizen.

»Die Spende an die Krebshilfe ist nicht durchgegangen«, unterbricht Drake Gabes Gespräch. Unerwartet unhöflich. Doch ich kenne ihn mittlerweile gut genug, um zu wissen, dass er nur so ist, weil ihm das wichtig ist.

Gabe schaut auf und runzelt die Stirn. »Wie viel wolltest du geben?«

»Hundert…, zweihunderttausend?«

»Ja, was denn nun?«

»Zweihunderttausend.«

»Gut, ich klär das.«

»Danke dir.«

Wieder schäumt Brausepulver in meinem Bauch, und aus einem Impuls heraus muss ich Drake erneut küssen.

»Hoppla, wofür war das denn?«, fragt er.

»Weil du ein guter Kerl bist.«

»Ich weiß.« Er grinst und gibt den Kuss zurück. »Und du weißt das doch auch. Ich sag dir das seit Wochen.«

»Etwas gesagt zu bekommen und es zu sehen sind zwei Paar Schuhe. Das, was du da tust, ist wirklich großzügig.«

Nun wird sein Grinsen schmutzig. »Bin ich das nicht immer?«

Das Brausepulver in meinem Bauch weicht ziehender Hitze. Das Blut schießt mir in die Wangen. »Kannst du das Kompliment nicht einfach annehmen?«

Er wird ernst, ist es offensichtlich nicht gewohnt, für sein Engagement gelobt zu werden. »Danke, Babe.«

»Gerne.« *Einer muss ihm das ja mal sagen!*

Ich unterziehe mich wieder dem kompletten Beautyprogramm. Ein Team aus Kosmetikern, Make-up-Artists und Modeberatern bearbeitet mich über Stunden, während sich Drake entscheiden darf zwischen einem dunklen Anzug, einem dunklen Anzug und noch einem dunklen Anzug. *Männer haben es echt zu leicht!*

Aber gut, was beschwere ich mich? Dieses Mal genieße ich es, herausgeputzt zu werden. Ich vertraue auf die Fachleute, und ich verdrücke nur eine kleine Träne beim Waxing der Bikinizone. Keine Ahnung, ob ich mich je daran gewöhnen werde. Vielleicht bin ich schmerzempfindlicher als andere Menschen.

»Nimmst du mich so mit?«, frage ich Drake am Abend.

Ich erscheine in einem märchenhaft schönen, mit blauschwarzen Pailletten besetzten bodenlangen Kleid und vollführe auf den immer noch ungewohnten High Heels eine einigermaßen sichere Drehung.

»Wow!« Drake drängt den Assistenten, der ihm die Krawatte gebunden hat, zur Seite, und sein bewundernder Blick gleitet endlos lange über mich hinweg. Als wollte er jedes Detail von mir in sich aufnehmen!

Noch nie hat mich ein Mann *so* angesehen. Sein Stolz treibt meinen Puls in die Höhe. Und sein Verlangen macht mich ganz feucht. Dazu kommt, dass Drake selbst verdammt gut aussieht. Sein Anzug sitzt perfekt, die Manschettenknöpfe funkeln, und die Krawatte betont sein markantes Gesicht und das sexy Lächeln auf seinen Lippen.

»Bin ich nicht mehr das Mauerblümchen für dich?«, frage ich ergriffen.

»Definitiv nicht. Ich trau mich gar nicht, dich anzufassen«, sagt er, immer noch überwältigt.

»Sicher?« Ich beuge mich an sein Ohr und halte gerade genug Abstand, damit mein roter Lippenstift ihn nicht berührt. »Ich hab kein Höschen an.«

»Gemein, Babe«, knurrt er, langt nach mir und drückt mir einen Kuss auf den Hals, was sofort für einen heißen Schauer und Gänsehaut sorgt. »Das nutze ich später aus, versprochen.«

»Und wie findest du mich?«, frage ich Lainey.

Sie hält sich die Hand ans Dekolleté und blinzelt Tränen weg.

»So schlimm?!«, witzele ich.

»Dumme Nuss. Du siehst atemberaubend aus. Nur die hier fehlt noch.« Sie fängt sich und legt mir eine Kette mit einem Edelstein um, der eine kleine Kamera enthält. Sie wird das Geschehen um mich herum filmen. Lucas und Tucker werden mit dem Sicherheitsteam des Veranstalters die Daten auswerten.

Zum Test laufe ich mit dem Schmuck auf und ab. Lainey überprüft die Verbindung von der Kamera zu ihrem Laptop und gibt mir ein Zeichen, dass die Übertragung klappt. Ich hätte auf den hohen Schuhen mehr üben sollen, aber es geht.

»Sind wir dann so weit?«, frage ich aufgeregt.

»Nur noch eine Sache«, sagt Lainey zu meiner Überraschung, trällert »Mädchenkram!« und zieht mich von Drake weg.

»Was ist los? Ich werde ihm nicht vor laufenden Kameras an den Hintern fassen, wenn es das ist, was dir Sorgen bereitet. Und ich weiß bereits, dass ihm immer Schlüpfer zugeworfen werden. Ich werde sie einfach ignorieren und selbstbewusst darüber lächeln.«

Lainey grinst, schüttelt dann aber ernst den Kopf. Weil der Mädchenkram nur ein Vorwand war, um mich unter vier Augen zu sprechen. »Gabe hat mir gerade erzählt, dass neue Drohbriefe aufgetaucht sind.«

Ich versteife mich, versuche jedoch, Ruhe zu bewahren. »Das passiert ständig und muss nichts heißen.« Die Veranstaltung ist wirklich gut abgesichert.

»Das sehen Naomi und ich auch so. Aber du solltest es wissen. Sei einfach vorsichtig!«

»Danke dir, Lainey.«

Ich drehe mich zu Drake, unsere Blicke treffen sich, und mich überkommt ein ganz seltsames Gefühl. Als wäre ich die Prinzessin in diesem märchenhaften Hollywoodstück, gleich schlägt es Mitternacht, und der Zauber verfliegt. Ich werde wach und muss zurück in mein altes Leben. Nur dass ich nicht mehr dahin zurückwill.

»Alles in Ordnung?«, fragt Lainey, als würde sie merken, dass mich was beschäftigt.

»Ja«, sage ich nur, straffe die Schultern und gehe lächelnd zu Drake. »Können wir los, Mister Hollywood?«

»Mit dem größten Vergnügen, Mauer–« Er bricht ab. »Mit dem größten Vergnügen, Hannah Clarke.«

Verdammt! Mein Lippenstift ist mir egal. Die Art, wie er das sagt, ist so feierlich, dass ich mich nicht bremsen kann. Ich stelle mich auf die Zehenspitzen und küsse Drake mit all den Gefühlen, die ich gerade nicht ausdrücken kann. Angst, Sehnsucht, Liebe.

Ja, Liebe.

Die Erkenntnis trifft mich mit einem Schlag. Ich erzittere, weil das doch nicht sein kann. Aber der Blick in Drakes Augen gibt mir Gewissheit. Genau das tue ich. Ich liebe diesen Mann. Und ich muss es einmal laut aussprechen. Als könnten diese drei Worte verhindern, dass der Traum jemals endet.

»Drake, ich –«

»Wir müssen los! Tempo, Leute«, unterbricht mich Gabe.

Mist! Er hat recht.

Mit einem Nicken wische ich Drake den Lippenstift ab, bessere meinen schnell aus, und dann verlassen wir das Gebäude. Wir steigen in die Limousine und lassen uns von Lainey zur Met Gala fahren.

»Du musst eine Rede halten, richtig?«, frage ich Drake, um meine Nerven zu beruhigen, dabei kenne ich den Ablauf des Abends in- und auswendig.

»Genau, ich bin der dritte Host und kündige einen der Auftritte an.«

»Von wem?«

»Verrate ich nicht.«

»Mir kannst du es doch sagen!«

»Nein, nicht mal dir. Job ist Job, und es ist eine Ehre, dass ich eine der Moderationen übernehmen darf.«

»Es gibt also immer noch Dinge, die auch für dich besonders sind?«

»Jede Menge«, sagt er und sieht mich ernst an. Weil ich dazugehöre.

Wir reden belangloses Zeug, und Drake durchschaut mein Verhalten. Dafür kennt er mich mittlerweile zu gut. Unsere Finger verknoten sich. Meine sind ganz feucht und kühl, seine angenehm warm.

»Du bist ja nervös, Babe!«

»Ein bisschen«, gebe ich zu.

»Sehr«, zieht er mich auf. »Denn du gibst es sogar zu.«

»Ach, halt doch die Klappe!«

»Wie könnte ich das? Ich muss das genießen. Das passiert viel zu selten.«

»Drake!«, zische ich warnend.

»Und da ist sie wieder, meine toughe Freundin!«

Erst da begreife ich, was er gerade für mich getan hat. Wenigstens für ein paar Augenblicke ist die Anspannung von mir abgefallen.

Als wir uns in die Schlange aus Limousinen einreihen, die vor dem Met, kurz für das Metropolitan Museum of Art, vorfahren, drücke ich seine Hand fester. Er legt einen Arm um meine Schulter, und ich lehne mich an ihn, sammele mich, um gleich meinen Job zu erledigen. Das ist jetzt wichtig.

»Die Leute werden durchdrehen«, ruft Gabe begeistert.

»Wie auch nicht bei diesem Mann«, sage ich.

»Wie auch nicht bei dieser Frau«, erwidert Drake.

Anstelle von Brausepulver spüre ich Zement in meinem Magen. Ich unterdrücke das unangenehme Gefühl. Das sind nur die Nerven, weil ich aus dieser Limousine aussteigen muss.

Aber wem mache ich hier was vor? Das Gefühl, dass das mit Drake und mir heute und hier endet, wird immer stärker. Früher hätte ich nur auf meinen Verstand gehört und das abgetan. Doch seit ich Drake kenne, vertraue ich auch meinem Herzen. Und jetzt gerade hat es Angst.

»Macht euch bereit! Ihr seid die Nächsten!«, informiert uns Gabe.

»Du erinnerst dich, was ich dir gesagt habe?«, wende ich mich an Drake und packe seine Hand fester. Zweimal drücken bedeutet Gefahr.

»Hab ich nicht vergessen«, sagt er.

»Gut.«

Wir halten am roten Teppich. Die Wagentüren werden geöffnet, und dann geht alles furchtbar schnell. Mein Adrenalin schießt in die Höhe, ich steige aus, die Menge kreischt, ich winke und sehe mich möglichst unauffällig um. Drake folgt mir, und die Lautstärke nimmt noch mal zu. Die Leute flippen aus, als wäre das die Drake Bradford Gala.

Unglaublich!

Gemeinsam schreiten wir über den roten Teppich, und Arm in Arm posieren wir für die Fotografen, auch wenn die uns lieber einzeln wollen.

»Du machst das gut«, raunt Drake mir zu.

»Weil du das gut machst.«

»Schon wieder ein Kompliment von dir, Babe?«

»Soll ich aufhören? Steigt es dir zu Kopf?«

»Auf keinen Fall. Die von dir nehme ich immer gerne.«

Endlich beruhigen sich meine flatternden Nerven ein wenig, und ich überstehe das Posen für Pressefotos ohne Ausrutscher oder Stolpern.

Als Nächstes gehen wir zu den Reportern. Ich erkenne nicht, nach welchem Muster Drake dem einen Team Interviews gibt, ein anderes jedoch ignoriert. Aber ich vertraue ihm, dass er weiß, was er tut. Er ist schließlich Profi! Und er kennt die Leute. Auch ich werde befragt, und unsicher antworte ich und atme auf, als Drake das Gespräch übernimmt.

»Alles okay?«, fragt er mich, als wir weitermüssen, und fährt mir vorsichtig durch die Haare. »Du siehst blass aus. Trotz deines zentimeterdicken Make-ups.«

»Meine Beine wollen weglaufen, aber wir schieben uns vorwärts«, will ich scherzhaft erklären, klinge jedoch panisch.

»Vertrau mir, das wird besser, sobald wir im Gebäude sind.«

Hoffentlich.

Irgendjemand rennt hinter uns vorbei, und ich zucke zusammen. Aber es ist nur der Assistent einer Fernsehmoderatorin. Wir bewegen uns weiter.

Es ist voll auf dem roten Teppich. Und es wird gedrängelt und geschoben, weil ein Star sich nicht an sein Zeitfenster hält und einem der TV-Sender ein zu langes Interview gibt. Ich stehe unter Dauerstress, aber Drake lächelt, als wäre das ein Spaziergang im Park, und verteilt an der Absperrung Autogramme.

Beeindruckend!

Als er auch für Selfies posieren will, hole ich ihn von den Fans weg.

»Das ist mein Job«, sagt er ein bisschen angefressen. Zum ersten Mal, seit wir uns kennen.

»Ich weiß«, antworte ich sanft. »Und das hier ist mein Job.« Wenn sie denjenigen haben, der hinter all diesen Vorfällen der vergangenen Wochen steckt, kann er gerne wieder so viele Fotos mit seinen Fans schießen, wie er will. Aber nicht heute.

Endlich passieren wir den letzten Interviewer und erreichen die Treppe zum Museum. Ich atme auf. Nur noch wenige Meter, und wir haben den kritischsten Part geschafft.

Die Menge kreischt lauter, als wollte sie Drake daran hindern, jetzt schon zu verschwinden. Tatsächlich landen zwei Schlüpfer vor uns, was mich kurz zum Lachen bringt. *Unglaublich, was Leute tun!*

Drake hält noch mal inne. Die Fans sind zu weit weg, doch er wechselt ein paar Worte mit Kollegen. Wir drehen uns um, und in dem Moment entdecke ich den Mann.

Ich habe ihn noch nie zuvor gesehen, aber das muss ich auch nicht. Ich erkenne den Ausdruck auf seinem Gesicht. Es ist ein ganz bestimmter zwischen Wut, Entschlossenheit und Vorfreude. Einer, auf den ich trainiert bin. Einer, der Ärger bedeutet.

Mit einem zweifachen Handdrücken gebe ich Drake zu verstehen, dass wir nach drinnen müssen. Denn jetzt übernehme ich, Hannah Clarke, die Personenschützerin. Das hier ist keine Übung, sondern der Ernstfall.

Zum Glück reagiert er sofort. Er lächelt zwar weiter, schließlich können wir nicht losrennen und eine Panik riskieren, aber wir setzen uns in Bewegung.

Das Prickeln in meinem Nacken wird intensiver. Ich drehe mich, damit die Kamera meiner Halskette den Mann, der näher kommt, einfangen kann.

Unauffällig halte ich mir die Hand vor den Mund, als wollte ich ein Lächeln verbergen. Dabei sage ich zwei Worte in das Mikro neben der Kamera: »Code Red.«

Im Hintergrund setzt sich daraufhin eine ganze Maschinerie in Gang. Ich habe die höchste Alarmstufe ausgerufen, und jeder ist darauf trainiert, den Vorfall ernst zu nehmen. Binnen Sekunden erhalten die Einsatzkräfte um uns herum ein Zeichen. Die Sicherheit der Gäste und Besucher hat Vorrang. Keiner hat Interesse daran, dass vor den Live-Kameras der Medien ein Blutbad stattfindet. Alle sind aufgefordert, die Prominenten in das Gebäude zu bringen und die Schaulustigen von den Absperrungen fernzuhalten.

Ich ziehe Drake wie vergnügt tänzelnd die Treppe zum Eingang mit mir hoch. Daraufhin geht ein wütendes Raunen durch die Menge, und es ist zu spät …

Wie in Zeitlupe sehe ich, wie ein Ereignis zum nächsten führt und alles außer Kontrolle gerät.

Der Fanpulk durchbricht die Barriere. Die Polizei ist abgelenkt und versucht, die Gruppe zurückzudrängen. Es ist unglaublich laut. Das Kreischen der Schaulustigen mischt sich mit Durchsagen aus Lautsprechern, in denen die Menge aufgefordert wird zurückzutreten.

Der Mann kommt näher, nutzt das Chaos aus, bewegt sich mühelos mit dem Strom. Wenn ihm doch jemand in die Quere kommt, schiebt er denjenigen grob zur Seite.

Drake und ich sind in seinem Fokus, nur Drake und ich.

Verdammt!

Auf dem roten Teppich wird die Lage unübersichtlich, weil zu viele zur gleichen Zeit ins Innere des Gebäudes strömen. Die Prominenten am Eingang sind zuerst in Sicherheit. Weitere folgen gehend und rennend.

Eine ältere Dame verliert ihre Handtasche. Sie bückt sich und wird umgerissen. Ihr Begleiter hilft ihr hoch, drängt sie, ihr Accessoire liegen zu lassen und weiterzukommen. Die Handtasche bleibt zurück. Eine Clutch mit funkelnden Steinen.

Bei einer Influencerin, deren Name mir nicht einfällt, löst sich die Hochsteckfrisur auf. Die Met Gala ist für ihre außergewöhnlichen Outfits berühmt. Der aus Haaren gebildete

Würfel auf dem Kopf der Frau zerfällt und enthüllt die darunterliegende Steckmasse.

Die Männer haben es da leichter. Viele versuchen den Gentleman zu spielen, einige lassen jedoch ihre Begleitung stehen und bringen sich noch vor ihr in Sicherheit.

Aus dem Prickeln in meinem Nacken wird ein Brennen.

Der Mann ist gleich bei uns. Wir haben nicht mehr viel Zeit und müssen hier weg.

Uns trennen zehn Meter.

Acht.

Dann nur noch fünf.

Immer noch durchkreuzen Gäste der Gala seinen Weg, verhindern, dass er einfach zu uns durchlaufen kann.

Bis bei drei Metern die Sicht plötzlich frei ist.

Scheiße!

Um uns herum herrscht nun ohrenbetäubender Lärm. Fans kreischen, Sirenen heulen, und Reporter rasseln Infos in ihre Mikros. Die Security muss schreien, damit die Leute am anderen Ende der Interkom-Geräte ihre Informationen und Lageupdates verstehen.

Der Mann bewegt seinen Arm und instinktiv gehe ich mit Drake in Deckung, stelle mich vor ihn, wie es mein Job ist.

»Los, weg hier, Mister Hollywood«, höre ich mich noch sagen.

Dann wird mir schwarz vor Augen.

Drake

Was passiert hier? Solche Szenen kenne ich sonst nur von Drehs. Dann ruft der Regisseur Cut, und die Schauspieler, Stuntleute und Statisten beruhigen sich wieder, lachen und scherzen. Jetzt ist alles anders. Niemand kann die Ereignisse anhalten. *Fuck!*

»Hannah!«, rufe ich, als wir getrennt werden.

»Wir kümmern uns um sie!«, sagt mir ein Mann, während mich ein zweiter weiter in die Halle des Museums zieht.

Ich laufe mit, drehe mich jedoch noch mal um und sehe, wie ein riesiger Kerl Hannah hochhebt. Ein Teil von mir erwartet, dass sie mir zublinzelt. Aber das tut sie nicht. Sie hängt schlaff in den Armen des Mannes. Einer ihrer High Heels rutscht ihr vom Fuß. Und Blut läuft ihr über die Schulter. Viel Blut.

»Sie braucht einen Arzt!«, rufe ich.

Die Leute, die mich ins Gebäude gebracht haben, wollen mich nicht zu Hannah lassen, doch ich kämpfe mich zu ihr durch. Ich muss sie sehen. Vielleicht ist die verletzte Frau ein Double. Und gleich kommt die fröhlich strahlende echte Hannah um die Ecke gebogen und ruft: »Reingefallen!« Es gibt ein paar Showformate, bei denen so etwas gerne gemacht wird. Nichts, an dem ich mich bisher beteiligt habe, aber vielleicht veranstaltet gerade deshalb der Showmaster diese Nummer mit mir. Wer weiß. In Hollywood ist alles möglich.

»Lassen Sie mich durch!«, ruft da ein Sanitäter.

Ich folge ihm, erreiche Hannah und greife nach ihrer Hand. Ihre Finger sind eiskalt. Ich drücke sie, erwarte, dass sie den Druck erwidert, aber das tut sie nicht. *Nein, nein, nein!*

»Ich bin hier«, sage ich leise und eindringlich. »Ich liebe dich, Babe. Bleib bei mir! Bitte. Hörst du mich? Ich liebe dich wie verrückt.«

Dann bringen die Sanitäter sie weg. Ich will ihnen hinterher. Doch Lainey ruft nach mir. »Drake, wir müssen gehen. Hier entlang!«

Ich kann nicht mehr klar denken. Ich will bei Hannah sein, weiß aber auch, dass ich Lainey und Tucker begleiten muss. Zu meiner eigenen Sicherheit. So lautet das Protokoll.

»Worauf wartest du, Drake?! Lass die Ärzte ihren Job erledigen.«

»Sie kommt in Ordnung, oder?«

Lainey wirkt völlig ruhig, und ich wundere mich, wie ihr das gelingt. Dann sehe ich, dass sie mit den Tränen kämpft. »Ja, Drake, sie wird wieder. Komm jetzt!«

Ein letztes Mal schaue ich Hannah hinterher, dann folge ich Lainey und Tucker. Sie bringen mich zur Limousine, und wir steigen ein. Gabe ist bereits da, und Lucas gibt Gas und bringt uns hier weg. Wir umfahren das Chaos an Einsatzwagen, und schließlich erkenne ich, dass er uns nach Midtown zu meiner Wohnung fährt.

Was für ein Abend! Gabe redet unentwegt auf mich ein, aber ich höre nicht hin. Das alles fühlt sich falsch an. Ich sollte bei Hannah sein. Noch nie war mir ein Mensch so wichtig. Stattdessen sitze ich in einer Limousine mit bequemen cognacfarbenen Nappaledersitzen. *Scheiße!*

»Wende!«, befehle ich Lucas.

»Nein!«, sagt Gabe.

»Doch, wende und fahr zum Krankenhaus.«

»Bist du verrückt geworden!«, herrscht mich Gabe an. »Willst du auch noch eine Kugel abkriegen? Sie haben den Kerl erwischt und klären gerade, ob er alleine gearbeitet hat oder nicht. Bleib hier und reiß dich zusammen. Dir ist schließlich nichts passiert. Das ist das Wichtigste.«

Ich lehne mich zurück ins Polster, ignoriere Gabe und starre nach draußen. Ich wünschte, ich könnte die Sterne sehen, aber es ist bewölkt, und das Einzige, was funkelt, sind die Lichter der Stadt.

Bilder von Hannah quälen mich. *Das viele Blut … Ihre blasse Haut …*

Ich fasse mir an die Lippen und denke an unseren letzten Kuss. *Wie sie ihren Lippenstift komplett vergessen hat!* Das war Hannah. Das *ist* Hannah, korrigiere ich mich streng. Sie hat nicht mich, den Hollywoodstar, geküsst, sondern mich, den Mann. Mich, Drake Bradford. *Mich.*

Ich kneife mir in die Nasenwurzel, um die Tränen aufzuhalten, die mir in den Augen brennen. Gefühle ein- und auszuschalten ist meine Spezialität. So wie ich einen wütenden Menschen spielen kann, wenn ich glücklich bin, so kann ich auch einen glücklichen Menschen spielen, wenn ich Scheißtage habe. Und das heute, das ist ein Scheißtag. *Also reiß dich zusammen, Bradford! Rumheulen hilft niemandem.*

Auf dem Handy rufe ich die neuesten Nachrichten auf. Fotos zeigen, was ich selbst gesehen habe. Und dennoch aktualisiere ich die Suchergebnisse sekündlich. Weil ich auf Informationen zu Hannah hoffe. Sie wird im Krankenhaus operiert, und ich bin nicht da. Das ist falsch. Das ist grundfalsch.

Fuck!

Noch beschissener fühle ich mich, als wir viel zu früh zurück in der Wohnung sind. Hannahs Duft hängt in der Luft, und überall liegen Sachen von ihr herum. Ich sehe sie wieder vor mir, strahlend in diesem traumhaften, mit Pailletten bestickten Kleid. Neue Tränen schießen mir in die Augen, und lange kann ich sie nicht mehr zurückhalten. Ich bin gut, aber nicht so gut.

Um Fassung bemüht, atme ich mehrmals tief durch, bis ich weiß, dass meine Stimme fest genug ist. »Lainey, kannst du im Krankenhaus nachfragen, wie der Stand ist?«

»Bin schon dabei«, sagt sie, schwenkt ihr Handy und hält es sich dann wieder ans Ohr.

Ich starre sie an und warte. Mir ist egal, wie ernst es ist. Mit ernst komme ich klar. Nur *eine* Nachricht will ich *nicht* hören.

»Und?«, frage ich, als sie aufgelegt hat.

»Sie operieren sie noch. Es wird dauern.«

»Wie lange?«

»Ein paar Stunden.«

»Also sieht es schlimm aus?«, sage ich mehr zu mir als zu ihr.

»Tut mir leid, Drake.« Sie legt mir die Hand auf den Arm. Eine tröstende Geste, aber ich registriere sie kaum. Ich nehme meine Umgebung nur schemenhaft wahr, fühle mich wie hinter einer Scheibe, auf der einen Seite ich, auf der anderen der Rest der Welt.

Völlig fertig gieße ich mir Scotch ein, löse die Krawatte und streife das Jackett ab. Ich rücke mir den Sessel zurecht, sodass ich den anderen den Rücken zukehre und stattdessen auf die Stadt schauen kann. Irgendwo da unten kämpft Hannah um ihr Leben. Und ich bin nicht bei ihr. *Fuck!*

Gabe sagt meinen Auftritt ab, was jedoch nicht weiter ins Gewicht fällt. Die gesamte Organisation der Gala ist durcheinandergeraten. Es wundert mich, dass sie nicht vollständig abgesagt wurde. Aber vermutlich hängen zu viele Werbegelder an dem Termin. Die Veranstaltung wird sich lediglich um ein paar Stunden verzögern. *Kranke Bastarde. Wenn sie das glücklich macht!*

Mir ist das egal. Ich bin vollauf damit beschäftigt, positiv zu denken. *Hannah lebt. Sie ist vielleicht schwer verletzt. Aber sie lebt.* Daran klammere ich mich.

Zeit verstreicht. Aus dem Abend wird Nacht. Doch wir sind in New York, der Stadt, die niemals schläft. Ich bleibe wach und warte.

»Warum legst du dich nicht hin?«, meint Lainey, als es auf Mitternacht zugeht.

Ich drehe mich zu ihr. Sie sieht ebenfalls schrecklich aus, kommt mit der Situation kaum besser klar als ich.

»Keine Neuigkeiten?«, frage ich.

Sie schüttelt den Kopf. »Aber das ist gut, Drake.«

»Was ist denn daran gut? Sie wird seit Stunden operiert.«

»Na ja, weil sie dann –«, beginnt sie, doch da macht es bei mir schon klick.

»Fuck!«, fluche ich. Weil das bedeutet, dass Hannah noch nicht tot ist. »Sorry, Lainey, ja, das ist gut.«

Ich schenke mir Scotch nach und tausche einen Blick mit Gabe. Er hat viele Fragen. Das sehe ich ihm an. Aber er stellt keine, was ich ihm hoch anrechne. Ich kann ihm jetzt nicht erklären, dass ich mich ausgerechnet in die einzige Person auf dem Planeten verliebt habe, in die ich mich nicht hätte verlieben sollen. Und die sich auch nicht in mich hätte verlieben dürfen.

Wieder überfliege ich auf dem Handy die Nachrichten. Die Fotos des Anschlags gehen um die Welt. Von einer verletzten Hannah, von der immer noch jeder glaubt, sie wäre ein Model, nicht mein Bodyguard.

Es ist verrückt, ich bin reich, kann mir beinahe alles erlauben. Aber gerade jetzt bin ich so hilflos wie jeder andere auch. Genauso verletzlich. Genauso am Arsch.

»Gibt es Neuigkeiten von der Polizei?«, frage ich.

»Sie haben den Mistkerl angeschossen, er wird selbst operiert«, sagt Gabe. »Erst dann können sie ihn verhören.«

»Klasse«, murmele ich. Wenn der Kerl stirbt, ohne dafür zu büßen, dann … keine Ahnung, was dann passiert.

Mein Handy klingelt und lässt mich den Gedanken nicht zu Ende denken. Ich schaue aufs Display, lese den Namen von Brian O'Leary und lasse den Anruf ins Leere gehen. Danach sehe ich, dass ich außerdem Nachrichten von Jeff Copperfield, Dante und Caitlin erhalten habe. Das habe ich nicht mitbekommen, weil die App auf lautlose Benachrichtigungen eingestellt ist. Wer dringend was von mir will, soll anrufen.

Meine Kollegen wollen sich garantiert nach mir erkundigen und wissen, was los ist. Doch ich kann jetzt nicht mit ihnen sprechen. Weil ich ihnen nur sagen kann, dass ich selbst nicht weiß, was los ist. Also stelle ich das Handy aus.

Lebe, Hannah, halte durch!, bete ich stumm.

Aber falls Gebete erhört werden, so kriegt man nicht sofort ein Zeichen – oder in meinem Fall einen Anruf vom Krankenhaus. So läuft das nicht mit Wundern.

Und da dachte ich, indem ich Chicago und das Viertel, in dem ich aufgewachsen bin, hinter mir gelassen habe, hätte ich das Schlimmste überstanden. Doch man wird immer wieder vom Leben geprüft. Das hatte ich irgendwie vergessen.

Der Scotch wirkt nicht. Bevor ich mir ein drittes Glas genehmige, stehe ich auf und nutze die knapp zweihundert Quadratmeter meines Penthouse. Ich laufe sie zum ersten Mal ab, statt sie wie neunzig Prozent des Jahres leer stehen zu lassen.

Ich warte. Nie zuvor waren Minuten so lang. Und nichts passiert.

In einem Anflug von Aktionismus zwinge ich mich zu arbeiten. Ich nehme ein Manuskript für eine neue Rolle zur Hand, für die ich vorsprechen will. Aber die Buchstaben verschwimmen vor meinen Augen, ergeben keinen Sinn. So wie auch das Vorsprechen von mir aus entfallen kann.

»Ich leg mich hin«, informiere ich schließlich die anderen. Mehr kann ich nicht tun.

Im Schlafzimmer hängt Hannahs Duft intensiver in der Luft, weil sie sich hier angezogen hat. Und ich entdecke den Slip, den sie anscheinend erst an-, dann jedoch wieder ausgezogen hat.

Mein sexy Mauerblümchen.

Ich stecke ihn mir in die Hosentasche, lege mich hin, schließe die Augen, will zur Ruhe kommen. Aber es gelingt mir nicht. So muss es einem gehen, bevor man zusammenbricht. Ich bin müde und doch voller Energie. Die Angst um Hannah hat mich fest im Griff. Ich stehe kurz vor einer Panikattacke.

Atme, Bradford!, gebe ich mir selbst einen Tritt. *Für sie, mit ihr. Hauptsache, du atmest. Genau wie Hannah einfach weiteratmen muss.*

Ich konzentriere mich auf diese Aufgabe, als könnte ich ihr damit helfen. Dass ich dabei einschlafe, merke ich erst, als die Sonne mich weckt.

Schlagartig richte ich mich auf und suche nach einer Nachricht von Gabe oder Lainey. Aber da ist keine.

Angst breitet sich in mir aus. Auf dem Handy rufe ich die neuesten Artikel zu letzter Nacht auf.

Freundin von Drake Bradford tot
Model bei Gala erschossen
Anschlag auf Schauspieler und Freundin

Ich lese nicht die Artikel, nur die Schlagzeilen. Aber die reißen mir bereits den Boden unter den Füßen weg.

Da muss ein Fehler vorliegen. Eine Verwechslung. Ein Missverständnis. Hannah war vorhin doch noch an meiner Seite. Ihr ist bisher nie was Ernsthaftes passiert. Sie ist gut in ihrem Job. Das hier ist nicht richtig. Wenn das Risiko für einen Anschlag so hoch war, hätten wir nicht zur Gala fahren dürfen. Das weiß sie. Oder sie hätte eine Weste tragen müssen. Genau wie ich auch.

Was im Internet steht, kann nicht stimmen. Die Medien verbreiten doch ständig Fake News.

Ich stehe auf, schwanke, verlasse das Zimmer und wundere mich, dass ich nur Gabe im Wohnzimmer antreffe.

»Wo sind denn alle?«, frage ich, habe einen trockenen Mund, gehe in die Küche und nehme mir ein Wasser.

»Die Operation von dem Kerl lief gut. Er ist aufgewacht, wurde verhört, hat gestanden. Diese ganze Scheiße ist vorbei, Gott sei Dank!« Gabe grinst breit. »Der Typ ist der Ex deiner Ex. Wärst du nie drauf gekommen, oder?«

»Von Sophia? Nein«, sage ich wie betäubt, kann die Information gar nicht richtig verarbeiten.

»Er war schon aggressiv und hatte es auf dich abgesehen, als sie ihn deinetwegen verlassen hat. Du erinnerst dich? Die ersten Drohungen kamen, als du noch mit ihr zusammen warst. Völlig ausgetickt ist er jedoch, als du wiederum sie verlassen hast. Bevor du noch einer Frau wehtust, wollte er dich aus dem Weg räumen und hat Profis beauftragt, das für ihn zu übernehmen. Krass, oder?«

Ich reibe mir die Schläfen. Das sind gute Nachrichten, doch ich nehme sie kaum wahr. »Die anderen?«, frage ich wieder, weil ich noch einen Moment brauche, bevor ich die Wahrheit zu Hannah höre.

»Die sind auf dem Weg zurück nach L. A. Der Job ist vorbei. Ich habe die Zusammenarbeit mit Invisible beendet. Lucas wartet nebenan, Tucker in Beverly Hills.«

Mein umsichtiger Manager, schießt es mir durch den Kopf. Wut steigt in mir auf, ich begreife jedoch noch nicht, warum.

»Was ist mit Hannah?«, frage ich und halte ihm das Handy hin, kann das, was ich gelesen habe, nicht aussprechen. »Wann, Gabe?«

»Heute Nacht, zwei Uhr.«

»Ich fürchte, ich verstehe nicht.« Ich reibe mir übers Gesicht, um meine Gedanken zu klären, und sehe ihn wieder an. »Was heißt das?«

»Sie ist tot. Tut mir leid, Drake.«

Ich wusste, was er sagen wird. Doch erst jetzt trifft mich die Nachricht. Mir ist, als würde ein Teil von mir sterben. Der rationale. Der, von dem ich Hannah unbedingt beweisen wollte, dass ich ihn habe. Ich verliere den Boden unter den Füßen, und für mehrere Sekunden kann ich nicht atmen. *Warum sich die Mühe machen, wenn Hannah es auch nicht mehr kann?*

Bis meine Lungen protestieren. Beziehungsweise mein Gehirn. Das ist der Trugschluss vieler Leute. Sie denken, die Lunge fordert Luft, aber es ist das Gehirn, das nicht genug Sauerstoff bekommt und dichtmacht.

Bewusst atme ich ein, dann wieder aus. Und mit dem Sauerstoff kommt der Schmerz. Nur noch Schmerz.

»Ich will sie sehen«, sage ich. Ich *muss* sie sehen.

»Das geht nicht.«

»Was soll das heißen? Es geht nicht?«

»Also … ähm … ihre Familie kümmert sich jetzt um sie.«

Begriffsstutzig schaue ich Gabe an, weil ich keine Ahnung habe, was er damit meint.

»Sie haben sie … den Leichnam abholen lassen.«

»Und? Trotzdem will ich sie sehen.«

»Sie trauern. Mach es für sie nicht noch schlimmer.«

»Soll das ein Witz sein?«, schnaube ich. *Ich trauere auch. Was ist mit mir?* Aber ich zügele mich. Gabe hat recht, für Hannahs Familie muss das alles ein Schock sein. Sie brauchen jetzt Ruhe, niemanden, der mit der Presse im Schlepptau die Leiche ihrer Tochter zu Grabe trägt.

Tief durchatmend reibe ich mir die Schläfen, versuche, mich zu sortieren, irgendwie mit all dem Chaos um mich herum klarzukommen.

»Jetzt wieder alles okay mit dir?«, fragt Gabe.

Ich muss lachen. *Wirke ich so auf ihn, als wäre alles okay?*

»Was brauchst du?«

»Scotch«, sage ich. »Gib mir Scotch.«

Gabe reicht mir die Flasche und ein Glas. *Wie amüsant! Glaubt er, zwei Fingerbreit können mich trösten?*

Ich löse den Verschluss, setze die Flasche an meinen Mund und trinke den Inhalt wie Wasser. Gabe erkennt seinen Fehler, will sie mir wegnehmen, aber das schafft er nicht. Der Alkohol hilft mir. Und ich fluche, als die Flasche leer ist und der Schmerz zurückkommt. Mit all der Wut und Verzweiflung, die ich in mir trage, schleudere ich die Flasche gegen die Wand meines Dreißig-Millionen-Dollar-Penthouse.

»Mehr«, sage ich zu Gabe.

»Bist du lebensmüde?«

»MEHR!«

***

Ich müsste wieder zurück nach Los Angeles. Zwar erwartet keiner, dass ich nach dem Vorfall sofort meine Interviewtermine zum neuen Film wahrnehme. Aber ewig kann ich mich nicht in New York verkriechen. Doch genau das mache ich die nächsten Tage. Ich bleibe in meinem Penthouse und verkomme. Sterbe auch ein bisschen, soweit man das kann, wenn man noch am Leben ist.

Hannah würde das amüsieren. Der ehemals attraktive Hollywoodstar, der plötzlich muffelt, fettige Haare und kratzige Bartstoppeln hat. Der gefallene Star. Nicht besser und nicht schlechter als der Rest der Welt.

»Verdammt, hoch mit dir!«, reißt mich Gabes Stimme aus meinen Gedanken. »Oder willst du wieder in dem Getto enden, aus dem du gekommen bist?«

»Warum nicht?«, knurre ich. Wahrscheinlich würde ich dort innerhalb einer Woche abgeknallt werden. Wäre nicht das Schlechteste.

Gabe packt mich unter den Achseln, schleift mich angezogen in die Dusche und stellt das Wasser an.

Augenblicklich werde ich nüchtern. Was ein Zustand ist, den ich nicht ertrage. Denn dann wird mir mit voller Wucht bewusst, dass sie weg ist.

Ich will Gabe gerade wegstoßen, aus der Dusche kriechen und mir eine neue Flasche Scotch öffnen, als ich Frauenlachen höre.

»Hannah?«, frage ich, verwundert, überrascht und kurz davor, meine geistige Gesundheit anzuzweifeln.

Ich schaue auf, aber nicht Hannah erscheint in meinem Luxusbadezimmer, sondern zwei Brünette, die ich nicht kenne, ihr jedoch verdammt ähnlich sehen. Aufgeregt gesellen sie sich zu mir unter die Dusche.

»Ein bisschen Ablenkung«, meint Gabe grinsend.

Wenn ich könnte, würde ich ihm eine reinhauen. Doch ich bin zu angetrunken und wacklig auf den Beinen. *Soll das ein Scheißwitz sein? Als wäre Hannah ein zerbrochener Teller, den man einfach so ersetzen kann!*

»Haut ab!«, zische ich den Frauen zu, als sie ihre Hände über mich gleiten lassen, als hätten sie noch nie Muskeln berührt.

Sie zögern. *Fuck, was hat Gabe ihnen erzählt?*

»Holt euch euer Geld, und dann weg hier!«, knurre ich.

Sie warten.

»Sofort!«

Erschrocken huschen sie aus dem Bad und hinterlassen dabei eine Wasserspur auf meinen Fliesen. Ich bleibe unter der Dusche sitzen, höre, wie Gabe mit ihnen spricht, hätte jetzt gerne einen Drink, aber verzichte darauf. Ich atme tief durch und versuche, einen klaren Kopf zu bekommen. Hannah ist tot. Und sie fehlt mir. *Wie verrückt.*

Gabes Frage fällt mir wieder ein.

Will ich zurück nach Chicago?

Nein, wird mir, endlich bei Verstand, klar. *Ich habe mich da rausgearbeitet, habe mir dieses Leben hier aufgebaut. Es geht nicht rückwärts, nur vorwärts.*

Ich kriege mit, wie die Frauen mein Penthouse verlassen. Gabe kommt wieder zu mir, und wir sehen einander an. Ich hasse, dass er nicht empfindet, was ich empfinde. Aber es wäre mies von mir, ihm das vorzuhalten. Wir haben für den Bodyguard-Job extra jemanden gebucht, der mich nicht toll findet und mir, dem großen Drake Bradford, nicht zu Füßen liegt.

Keiner konnte ahnen, dass sich alles so entwickelt.

»Sieh es mal positiv«, sagt Gabe und lehnt sich an den Waschtisch. »Sie ist als Model gestorben, keiner hat rausbekommen, dass sie dein Bodyguard war. Das erspart uns einen Skandal.«

»Da kommt ja glatt die Sonne raus«, knurre ich und kann diesen Optimismus nicht teilen. Ich würde jeden Skandal der Welt in Kauf nehmen, wenn Hannah nur wieder hier bei mir wäre. Das wäre ein lächerlich kleiner Preis.

Ich ziehe mich an der Steinwand hoch und pelle mich aus meinen Klamotten, um wirklich zu duschen – und denke an die vielen Male, die ich das mit Hannah getan habe.

Ich ermahne mich, fair zu bleiben. Tatsächlich kann ich Gabe verstehen. In dieser beschissenen Promi-Welt ist es das Beste. Ich muss niemandem erklären, warum ich mit meinem Bodyguard zusammen war. Ich muss niemandem sagen, wer Hannah wirklich war. Und Gabe selbst wird nun auch nie was mit ihr anfangen können. Ein schwacher Trost. Immerhin. So ist es am einfachsten. Aber was hätte ich für die komplizierte Lösung gegeben!

Sobald ich ausgezogen bin, drehe ich das Wasser wärmer und entspanne mich. Ich bin dankbar für meine luxuriöse Situation, hier in aller Ruhe durchdrehen zu können und Gabe zu haben, der mir den Rücken freihält. Da, wo ich herkomme, hätte ich für mein Selbstmitleid eins in die Fresse gekriegt.

Ich dusche, bis meine Haut schrumpelt, trockne mich ab, ziehe mich an und esse was, obwohl ich weder Hunger noch Appetit verspüre.

»Wo sind ihre Sachen?«, frage ich.

»Die Auswahl an Abendkleidern ist wieder bei den Designern. Den Rest hat die Agentur abholen lassen.«

Fuck! Nein, nein, nein! Panik keimt erneut in mir auf. Aber dann erinnere ich mich an Hannahs Slip. Hastig gehe ich zu meinen durchweichten Klamotten in der Dusche und muss grinsen, als ich das rote Stück Stoff in der Hosentasche des Anzugs finde. Erleichterung durchflutet mich, lässt mich wieder freier atmen. Hannah war hier. Das ist der Beweis.

»Geht es jetzt wieder?«, fragt mich Gabe und klopft mir auf den Rücken, als ich zurück in der Küche bin, um zu Ende zu essen.

Ich bin Schauspieler, ich kann alles spielen, wenn ich nur will, und ich zwinge mich zu dem lockeren Lächeln, für das ich berühmt bin.

»Klar geht es«, lüge ich. »Lass uns diese Scheißstadt verlassen und kümmere dich um meine nächsten Interviews. Wird Zeit, dass ich ein bisschen Geld verdiene.«

»Gute Entscheidung.« Er zückt sofort sein Handy, um den Flug zu organisieren.

»Und, Gabe?«

»Ja?« Er wendet sich noch mal zu mir, wirkt auf der Hut. *Seltsam …*

»Die Idee mit den Damen hat mir gefallen, nur ihre Haarfarbe war falsch.« Brünett wie Hannah. »Kriegst du das hin, dass mich eine blonde Miss Mai strahlend empfängt, wenn ich in L. A. lande?« Wer auch immer diese Miss Mai sein wird und was auch immer ich dann mit ihr für die Presse anstelle, denn nach Sex ist mir nicht …

»Kein Problem. Krieg ich hin.«

Na dann los, Bradford, sei einfach der Knackarsch, als den die Welt dich kennt! Wie schwer kann das schon sein?!

21

Hannah

Das Piepsen neben mir wird immer lauter. Ich wache auf und fühle mich, als hätte mich ein Elefant umgerannt. Vorsichtig bewege ich die Finger und ächze vor Schmerzen.

»Hey!«, höre ich daraufhin Lainey.

Ich verziehe das Gesicht, weil ihre Stimme in meinem Schädel dröhnt. »Was ist passiert?«, frage ich schwach.

Ich brauche mehrere Anläufe, bis ich die Augen ganz öffnen kann. Meine Umgebung ist verschwommen, weil ich weder meine Brille noch Kontaktlinsen trage. Ich liege im Krankenhaus in einem Einzelzimmer. Blumen stehen auf dem Beistelltisch. Hinter den Vorhängen scheint die Sonne. In meinen Armen stecken Zugänge, und die Stelle um mein Brustbein, dort, wo mich die Kugel getroffen hat, brennt leicht.

»Ich hole jemanden«, sagt Lainey. »Bin gleich wieder da.«

Ich habe so viele Fragen, aber Lainey ist schon weg, bevor ich sie stellen kann. Was bedeutet, dass sie verdammt schnell ist. Oder ich mich langsamer bewege als sonst. Und auch nur unter Schmerzen. *Puh!*

Wenig später kommt Lainey mit einer Ärztin zurück.

»Hallo, Ms Clarke, wissen Sie, wo Sie sind?«

Ich runzele die Stirn, was wehtut, und schaue Lainey verwirrt an. »In einem Krankenhaus, oder?«

»Sehr gut«, lobt mich die Ärztin. »Erinnern Sie sich, was passiert ist?«

Ich brauche einen Moment, als wäre mein Gehirn eingerostet, dann sind all die Bilder plötzlich da, als hätte jemand einen Schalter umgelegt. »Ich wurde angeschossen.« Ich sehe zu Lainey. »Drake …?«

»Geht es gut.«

»Gott sei Dank.« Erleichterung erfasst mich.

»Haben Sie Schmerzen?«, fragt mich die Ärztin.

Ich nicke. Mir ist, als würde der Elefant, der mich über den Haufen gerannt hat, nun auf mir sitzen. Jede noch so kleine Bewegung erfordert unglaublich viel Kraft. Allein die Augen offen zu halten, ist eine Leistung.

»Das haben wir gleich«, sagt sie lächelnd und ändert was am Tropf.

»Ich werde müde«, sage ich.

»Das ist in Ordnung. Sie brauchen Ruhe.«

Ich sehe zu Lainey, aber sie wirkt nicht besorgt, sondern lächelt. »Drake …?«, setze ich erneut an. Doch falls sie antwortet, kriege ich das schon nicht mehr mit, denn ich schlafe wieder ein.

***

Als ich das nächste Mal wach werde, fühle ich mich deutlich fitter. Der Elefant auf meinem Oberkörper hat seinen Platz mit einem Kätzchen getauscht, wesentlich angenehmer. Jemand hält meine Hand, warm und fest. Ich denke an Drake, bewege die Finger und bin enttäuscht. Die fremde Hand ist zierlicher als seine, muss zu einer Frau gehören.

Schwerfällig öffne ich die Augen und werde für die Bemühung mit einem Lächeln von Lainey belohnt – und mit meiner Brille, die sie mir aufsetzt.

»Drake?«, frage ich.

»Dem geht es gut. Wie fühlst du dich? Besser?«

Ich nicke, dabei habe ich nicht wissen wollen, wie es Drake geht, sondern wo er steckt. Er müsste doch hier sein. Warum sitzt dann nur sie ständig an meinem Bett? »Was ist passiert, Lainey?«

»Du wurdest angeschossen.«

Ich werfe ihr einen finsteren Blick zu. »Das weiß ich.« Ich will es sauer sagen, aber mir fehlt noch die Energie. Also lege ich alles in meine Mimik.

»Eine Kugel hat dein Herz gestreift«, sagt sie. »Du hast viel Blut verloren. Es ist ein Wunder, dass du lebst. Die Ärzte haben dich die ganze Nacht operiert, und dann …« Sie schluckt. »Du warst im Koma, Süße.«

»Wie lange?«

»Eine Woche.«

»Wow!« Das erklärt, warum ich mich so fertig fühle und mich alle wie ein rohes Ei behandeln. »Kannst du Drake Bescheid geben, dass ich wach bin? Bitte.«

Ich freue mich, dass Lainey hier ist, aber ich muss ihn unbedingt sehen, muss mich selbst davon überzeugen, dass ihm nichts passiert ist. Ich will, dass er mich anlächelt. Und meine Hand hält und mich küsst, denn mein Mund ist eine der wenigen Stellen, die mir gerade nicht wehtun. Das müsste gehen. Obwohl mir gar nicht so viele Tage fehlen, habe ich das Gefühl, er ist weit weg. Und das kann nicht sein!

»Lainey?«

Sie setzt sich zu mir auf die Bettkante und fährt mir durch die Haare. »Lass uns später über Drake sprechen, in Ordnung?«

Irgendwas geht hier vor sich. Ich will sie beinahe schon wieder fragen, ob mit ihm alles okay ist. Da macht es bei mir klick.

»Er kommt nicht, richtig?«

»Es tut mir so leid, Süße.«

Plötzlich laufen mir Tränen über die Wangen. »Hat er wenigstens nach mir gefragt?«

»Nein«, sagt sie und wischt mir vorsichtig das Gesicht trocken.

»Und die Blumen?«

»Sind von Naomi.«

»Du hast ihn an dem Abend doch in sein Penthouse gebracht, richtig?« So lautet das Protokoll, und sie nickt. »Und dann? Was ist passiert?« Ich begreife nicht, wie der Mann, der in einer Minute mit mir Händchen hält, mich in der nächsten vergisst.

Lainey ringt mit sich. »Dann war er echt fertig«, erzählt sie weiter, obwohl sie es augenscheinlich nicht will. »Ich habe mit seinem Manager gesprochen, und es gab eine Konferenzschaltung mit Naomi.« Sie schluckt. »Sie haben mich zu euch ausgefragt. Ich wollte euch nicht auffliegen lassen, aber ich konnte sie auch nicht anlügen. Sie waren nicht begeistert zu hören, dass du Grenzen überschritten hast.«

Was hat meine Beziehung damit zu tun, dass Drake nicht hier ist?

»Aber so war das nicht …«, wende ich ein. Drake hat genau die gleichen Grenzen überschritten. Nicht nur ich habe ihn verführt, er auch mich. Und es ist ja nicht so, als hätten wir beide geplant, ein Paar zu werden. Ich bin Lainey nicht böse, dass sie es erzählt hat. Ich bin sauer auf Naomi und Gabe, die mir das vorwerfen. »Wie ging es weiter?«, frage ich.

»Naomi und Gabe haben miteinander diskutiert, was die nächsten Schritte sind. Es war immer offen, was aus dir, dem

Model, wird, wenn der Auftrag vorbei ist. Wie du wieder aus Drakes Leben verschwindest. Nun wurde derjenige gefasst, der für diese krassen Aktionen verantwortlich war. Es war der Ex von Drakes letzter Freundin Sophia. Er hat manches davon selbst durchgeführt, und teilweise hat er andere dafür bezahlt. Die Gefahr war vorbei. Deine Anwesenheit war nicht länger nötig.«

»Also kam ihnen meine Verletzung ganz gelegen, um den Auftrag sauber zu beenden?« Das klingt makaber.

»Nicht sofort«, sagt Lainey. »Solange unklar war, ob der Täter alleine hinter all den Vorfällen gesteckt hat, hat sich Naomi dafür eingesetzt, dass Hannah, das Model, am Leben bleibt. Schließlich wäre dein Job dann weitergegangen.«

»Logisch«, murmele ich.

»Erst als von der Polizei die Info kam, dass der Mann hinter allen Vorfällen gesteckt hat und gerade ein umfassendes Geständnis schreibt, war sie einverstanden.«

»Womit einverstanden?«, frage ich angespannt, dabei ahne ich es längst, will es nur nicht wahrhaben.

»Sie haben relativ lange diskutiert. Wer alles von dem Schwindel wissen darf … Wie man es den Medien erzählt … Was mit Anfragen der Filmcrew passiert … Aber letztendlich sind sie sich einig geworden. Du, das Model, stirbst an deinen Verletzungen, keiner fragt mehr nach dir, und Drake kann sein Leben so weiterführen wie bisher.«

Das ist ja heftig. »Ihr habt mich echt sterben lassen?!«

»Haben wir. Deine Ärztin hat vor laufenden Kameras ein Statement für die Presse abgegeben, und wir haben auf deinem Model-Instagram-Account und auf deiner Website eine kurze Nachricht eingestellt. Naomi hat deine falsche Beerdigung inszeniert. Es gab ein paar knappe Berichte, aber ohne Drake hat sich für Hannah kaum jemand interessiert.

Damit war die Sache erledigt. Hannah, das Model, gab es nicht mehr.«

»Und Drake hat da mitgespielt?«

»Drake weiß es nicht, Süße. So, fanden sie, ist er glaubhafter.«

»Wie bitte?!«

Bis eben habe ich mich schwach und kraftlos gefühlt, aber plötzlich bin ich voller Energie. Ich will aufstehen, zu ihm und ihm sagen, dass es mich noch gibt. *Wie konnten sie Drake das antun?* Ihm muss es schrecklich gehen. Doch Lainey drückt mich zurück ins Bett.

»Bevor du was Dummes tust und von den Toten wiederauferstehst: Er hat jetzt schon wieder eine neue Freundin. Die Klatschblätter berichten über nichts anderes. Schau selbst! Bist du dir sicher, dass das mit euch was Ernstes war?«

Lainey zeigt mir ihr Handy, und ich lese die Schlagzeilen.

Nicht mal Blumen zu ihrer Beerdigung

So genießt der Hollywoodstar sein Leben nach Hannah

Drake Bradfords neuester Bettwärmer

Unmöglich! Ich kann das gar nicht richtig verarbeiten. »Aber du hast uns doch zusammen gesehen …«, sage ich matt. *Das war ernst. Das war verdammt ernst.*

»Was, wenn er mir was vorgespielt hat?«

»Aber so war er auch, wenn wir unter uns waren.«

»Und wenn er bei dir ebenfalls nur eine Show abgezogen hat?«

»Warum sollte er so was Furchtbares tun?«

»Vielleicht um sich zu beweisen, dass er jede haben kann? Sogar das Mädchen von nebenan, das in seiner Welt normalerweise nichts verloren hat.«

»Das ist gemein, Lainey!«

»Ja, das ist es«, sagt sie sanft. »Aber wenn es nicht das war, was sonst?«

Gute Frage. Ich erinnere mich an den allerersten Moment mit Drake. Den Blickwechsel in der Agentur. Und an den Schauer, der mich erfasst hat. Das war verdammt echt. Genau wie kurz darauf die Erektion, die ich bei ihm ausgelöst habe. Und die Hitze in seinem Blick. Und das Zucken seiner Mundwinkel. Und noch später die brennenden Küsse, der leidenschaftliche Sex, unsere Gespräche …

Hat ihm das alles nichts bedeutet?

Für mich war das Liebe, nicht nur Verliebtheit, nicht nur Brausepulver im Bauch, sondern mehr. Ich habe das mit uns nicht gespielt. Ja, ich habe Talent, aber so gut bin ich nicht. Nie gewesen.

»O mein Gott!«, keuche ich. Das ganze Ausmaß erdrückt mich. »Lainey?«, sage ich leise. »Ich wünschte, ich wäre wirklich gestorben.«

»Denk das nicht!«

Doch! Denn dann müsste ich nicht dieses Loch spüren, das Drake in mir hinterlassen hat. Dann würden mich nicht all die Erinnerungen quälen. Dann täte es nicht so weh.

Dabei hatten wir nicht mal einen Plan, wie es mit uns weitergeht. Schließlich war klar, dass ich nicht ewig als Model an seiner Seite bleiben kann. Aber das hat uns nichts ausgemacht. Für mich war das die aufregendste, schrägste und schönste Zeit meines Lebens. Und sie basierte auf einer Lüge. Ich wollte nie wieder auf einen Mann hereinfallen. Aber das bin ich. *Wie blöd von mir!*

»Kannst du mir meine Handtasche geben?«, frage ich Lainey. Ich muss mit eigenen Augen sehen, dass er weitergezogen ist.

Sie reicht sie mir. Ich greife zuerst mein Firmenhandy, das jedoch keinen Akku mehr hat. Dann ertaste ich mein privates Handy, das zum Glück funktioniert.

Nervös google ich selbst die neuesten Nachrichten zu Drake und stoße auf Fotos von ihm mit einer kurvigen Blondine, Delilah White. Auf den Bildern lächelt er, wirkt glücklich, als wäre nichts passiert. Gut, beide könnten vertrauter miteinander aussehen, aber ich vermute, der Fotograf hat sie nur aus diesem eher unvorteilhaften Blickwinkel erwischt. Drake sieht jedenfalls genauso aus, wie bevor wir uns kennengelernt haben. Lässig lächelnd mit seiner Sonnenbrille. Und die Wahrheit dringt mehr und mehr zu mir durch. Ich habe diesem Mann nichts bedeutet. »Scheiße!« Kraftlos lasse ich das Handy auf die Bettdecke sinken.

»Geht es dir gut?«, fragt Lainey.

»Nein«, sage ich leise. »Jetzt gerade geht es mir nicht gut. Aber das wird schon.« *Irgendwann …*

Kurz überlege ich, Nick Hammond anzurufen. Er hat angeboten, dass er für mich da ist, wenn Drake es versaut. *Aber was soll ich ihm sagen? Dass die Beziehung mit Drake nur Show war? Genau wie mein Tod? Und dann? Ich will ja nicht Nick, sondern Drake.*

»Und was ist mit meinen Eltern?« Die Schießerei muss landesweit in den Nachrichten gewesen sein. Sie müssen ganz krank vor Sorge sein. Alarmiert scrolle ich auf meinem Handy durch die zahlreichen Nachrichten, die ich erhalten habe.

»Naomi hat mit ihnen gesprochen. Sie wissen, dass du nicht tot bist.«

»Oh, Gott sei Dank!«

Ich habe nicht die Kraft, mich bei allen Leuten, die ich kenne, zu melden, und poste daher in meinem WhatsApp-Status ein Selfie aus dem Krankenhausbett. Keine Minute später ruft mich daraufhin, wie zu erwarten, meine Ma per Videochat an, und wir wechseln ein paar Worte. Obwohl Naomi ihr tägliche Updates geschickt hat, ist sie natürlich besorgt. Sie will sofort mit Dad nach New York fliegen, aber ich halte sie davon ab. Mom arbeitet als Lehrerin und Dad bei Gericht. Sie können nicht einfach eine Woche Urlaub machen, zu telefonieren muss reichen. Wir werden uns sehen, wenn ich wieder in L. A. bin.

Als ich das Gespräch beende, spüre ich wieder diese Leere.

»Wir sind alle für dich da«, sagt Lainey.

»Danke dir.«

Erschöpft schließe ich die Augen und döse wieder weg. So wie es dauern wird, mich von diesem schweren Eingriff zu erholen, so wird es dauern, mich von der Sache mit Drake zu erholen.

***

Eine Woche später regelt Naomi, dass ich vom Krankenhaus in New York nach Los Angeles verlegt werde. Mein Zustand bessert sich, die Wunde verheilt gut. Die Fäden werden gezogen. Ich muss nur noch über Drake hinwegkommen. Doch wie soll das gehen? Vor allem, wenn mich eine Narbe auf meinem Brustbein immer an die Zeit mit ihm erinnern wird.

Die Medien überschlagen sich, weil Drake nun mit einer neuen Freundin auftaucht. Erst war ich die Frau, mit der er beinahe zwei Monate zusammen war, nun tauscht er seine Partnerinnen schon nach zwei Wochen aus. Als hätte er was nachzuholen. *Heftig!*

Ich werde immer ruheloser und atme auf, als ich endlich aus dem Krankenhaus entlassen werde und zur Reha darf. *Ein Fortschritt …*

Die erste Zeit ist extrem anstrengend. Als ich noch den ganzen Tag im Bett liegen musste, habe ich mich so fit gefühlt, aber jetzt merke ich, was mein Körper mitgemacht hat. Ich wünschte, Drake wäre an meiner Seite. So etwas sollte man nicht alleine überstehen müssen. Doch er kommt nicht. Wie auch? Dafür ist Lainey für mich da.

Drake hat schon wieder eine neue Freundin. Nach der Hälfte meiner Reha hat er die nächste, und am Ende ist er bei Nummer vier seit dem Tag der Gala. *Vier! Dieses Arschloch!*

Trotzdem lassen mich andere Männer kalt. Und ich bewahre die Erinnerungen an unsere gemeinsame Zeit. Er macht das Gegenteil und scheint mich gar nicht schnell genug vergessen zu können. Immer wieder neue überschminkte Blondinen haben ihre Finger an ihm. Mein einziger Trost ist, dass es nie Caitlin ist. *Das wäre der Gipfel der Unverschämtheit!*

Ich weiß, ich muss aufhören zu verfolgen, was Drake so treibt. Das ist nicht gesund. Aber dieser Mann hat etwas in mir verändert. Und ich kann nicht mehr zurück. Er hat mein Leben auf den Kopf gestellt. Er hat mir geholfen, zu mir selbst zu stehen. Mich zu zeigen, so wie ich bin. Spaß zu haben. *Nicht zu vergessen, wie praktisch Kontaktlinsen sind, die ich jetzt wieder trage.* Ich müsste ihn loslassen, aber es gelingt mir nicht.

Sobald ich nach Hause darf, krempele ich meine Wohnung einmal komplett um. Die Einrichtung ist mir viel zu unpersönlich. Sie passt nicht länger zu mir. Ich durchforste das Internet, mische Designerteile mit Massenware, lebe mich richtig aus. Dank Drake. Ich liebe schöne Dinge. Und sie zu besitzen macht aus mir keinen oberflächlichen, überheblichen, arroganten Menschen. Dass ich das je denken konnte!

Das Projekt Wohnung lenkt mich ab von der Menge an Frauen, die Drake verschleißt. Zumindest zeitweilig. Danach kreuzt er erneut in meinen Gedanken auf. Macht Stippvisiten, wenn ich am wenigsten damit rechne. Ist von der einen auf die andere Sekunde zurück.

Wie verläuft die Heilung bei Liebeskummer? Sollte es nicht langsam aufhören, so wehzutun?

***

Nach weiteren zwei Monaten betrete ich zum ersten Mal wieder das Fabrikloft von Invisible, den Ort, an dem sich mein Leben verändert hat. Ein Teil von mir wünscht sich, einfach ab dem Punkt neu anfangen zu können, ab dem alles aus dem Ruder gelaufen ist. Aber das ist kindisch. Niemand kann die Zeit zurückdrehen.

Ich parke vor dem Fabrikgebäude, steige aus und gehe über den Hof – in Jeans und Shirt und mit frisch lackierten Nägeln und elegant frisierten braunen Haaren. Die alte Hannah und doch neu und anders.

Ich atme tief durch, als ich den Empfangsbereich betrete, zögere, weil ich mir nicht mehr sicher bin, ob ich hierhergehöre, gebe mir dann jedoch einen Ruck. Invisible hat meine Arztrechnungen übernommen. Mein echtes Leben geht weiter, und von irgendwas muss ich meine Miete bezahlen.

»Darf ich wieder arbeiten?«, frage ich Naomi, die am Empfangstresen auf mich gewartet hat.

»Du siehst dünn aus«, sagt sie und mustert mich von Kopf bis Fuß. »Und müde.«

»Aber ich bin fit«, betone ich, weiß jedoch, was sie meint. Nicht nur der Krankenhausaufenthalt hat mich abmagern lassen. Auch die Trennung von Drake. Von Schokoladenriegeln, egal welcher Marke, wird mir übel, weil ich dabei an ihn und seine unerschöpflichen Snickersvorräte denken muss. Bei vielen anderen Dingen ist es ähnlich. Ich kriege kaum etwas runter. Und ich schlafe schlecht, träume wild, schrecke hoch und sehe mich nach Drake um, der nicht da ist. »Mir geht es wirklich wieder gut«, lüge ich.

»Wo ist das Attest vom Arzt?«

Ich reiche ihr den Zettel und warte ungeduldig auf ihre Entscheidung.

»Hier steht, dass du dauerhaft Belastungen vermeiden sollst.«

»Und?« Das macht mich nicht zu einer Invaliden.

»Es tut mir leid, wie das alles gelaufen ist, und ich hätte dich gerne wieder im Team. Du warst gut und hättest dir weitere eigene Kunden mehr als verdient, aber ...« Sie sucht nach Worten. *Nicht gut.*

»Schmeißt du mich raus?« *Das kann nicht ihr Ernst sein?*

»Mit dem Attest kann ich dich nicht arbeiten lassen, Hannah.« Bedauernd sieht sie mich an. »Jeder hier muss absolut fit sein, das weißt du. Selbst wenn ich wollte, ich kann keine Ausnahme erlauben. Es steht zu viel auf dem Spiel.«

Ach was? Wer weiß das besser als ich? »Und wenn ich beim Fahrdienst bleibe? Oder mich im Büro nützlich mache? Es muss doch was geben, das ich übernehmen kann, ohne mich in die Schusslinie zu bringen?« *Das würde ich sowieso lieber vermeiden.*

»Auch solche einfachen Aufgaben würdest du erledigen?«, fragt Naomi nachdenklich.

»Auf jeden Fall. Ich weiß, worauf es ankommt. Und es würde die anderen entlasten.« Tief durchatmend sehe ich Naomi an, stehe aufrecht da, viel selbstbewusster als sonst, bin nicht mehr die ruhige Hannah, sondern die Kämpferin. »Außerdem hast du Zeit und Geld in mich investiert.

Ich war eine der Besten beim taktischen Fahrtraining. Ich bin gut im Analysieren von Situationen.« Genau deshalb habe ich den Mann auch in der Menge entdeckt. Wenn ich das nicht getan hätte, wäre der Tag noch schrecklicher ausgegangen. »Und falls ich jemals eine Waffe ziehen muss, kann ich verdammt gut zielen.«

Plötzlich grinst sie.

»Was ist?«

»Du kaust mir so lange ein Ohr ab, bis ich nachgebe, richtig?«

»Richtig.« Mein Herz klopft hoffnungsvoll, und ich erwidere ihr Lächeln. »Oder ich klage.« *Knallhart. Denn mir steht der Job zu.*

»Du hast dich verändert«, murmelt sie.

»Das stimmt.«

»Gefällt mir«, sagt sie und fällt mir endlich um den Hals. »Meinetwegen. Willkommen zurück, Hannah!«

»Danke!« Nach dem Chaos der letzten Monate brauchte ich diese gute Nachricht. Die Freundschaften hier, wie die zu Lainey, geben mir Halt.

Ich gehe zu den Aufenthaltsräumen, stelle meine Sachen ab und übernehme sofort die nächste Fahrt. Ein ungefährlicher Auftrag, bei dem ich Sasha, die Kollegin, die im Einsatz ist, unterstützen muss. Reine Routine.

Fast ist alles wie früher.

Aber eben nur fast.

Denn wenn ich nicht beschäftigt bin, denke ich an Drake. Ich kriege ihn einfach nicht aus meinem Kopf und vermisse ihn mit jedem Tag mehr statt weniger. *So sollte das nicht laufen …*

Drake

»Nein, Blondie!« Ich drehe mich von der Frau weg, die gerade die Arme wie ein Krake um mich legt und mich in den Hals beißen will. Sie hat einen Namen, aber der ist mir entfallen. Wie so vieles in letzter Zeit. Aber das kümmert mich nicht. Wir haben einen Deal. Sie darf meine Bekanntheit nutzen, um selbst berühmt zu werden, dafür spiele ich weiter den strahlenden Star, der den Anschlag überlebt hat und für den die Welt sich weiterdreht. Mehr wird nicht laufen. Genau wie mit ihren blonden Vorgängerinnen nichts gelaufen ist. Weil mir Hannah nach wie vor durch den Kopf spukt.

Heute ist der Anschlag bei der Gala auf den Tag genau vier Monate her. Die Presse bringt die Story immer noch, weil sie sich gut verkauft und Online-Klicks generiert, und Hannah verfolgt mich weiter.

Mein sexy Mauerblümchen …

Der Verlust in mir müsste heilen. Doch das tut er nicht. Nicht nur Hannah ist an dem Tag gestorben, auch ein Teil von mir ist weg. Sie hat ihn mitgenommen.

Ich setze eine kühle Miene auf, und niemand bemerkt die Veränderung. Mein Leben fühlt sich leer an. Und wie um dieses Loch zu stopfen, pumpe ich erst immer mehr von meinem Vermögen in Hilfsprojekte. Als würde Hannah zurückkommen, wenn ich der Welt beweise, dass ich ein guter Kerl bin! Und als das nicht reicht, gründe ich über Nacht meine eigene Stiftung BetterDay. Eine Schnapsidee, für die mich Gabe am nächsten Morgen zusammenscheißt. Aber es ist mein Geld, ich kann damit tun, was ich will. Selbst wenn ich es anzünden wollte, könnte er mich nicht aufhalten. Ich stehe zu BetterDay. Und die Arbeit als Geschäftsführer für die Stiftung ist neu, fordert mich und macht mir Spaß.

Ein Rebell zum Verlieben, der Film, den ich im Frühjahr gedreht habe, kommt nun in die Kinos. Die Premiere und die Promo dazu sind die Hölle, weil ich so viel davon mit Hannah verbinde. Ich überstehe die Termine nur mit Unmengen von Alkohol. Ein paar Leute bemerken das, aber mir ist egal, was sie darüber denken. Irgendetwas muss das Loch in mir füllen, und Scotch schafft das ganz ausgezeichnet. Dass ich jetzt gerade nüchtern bin, ist ein Wunder. Lange wird dieser Zustand nicht anhalten.

Das nächste Projekt, das Gabe für mich einfädelt, ist ein weiterer Film mit Caitlin. Auch wieder irgend so ein Streifen, bei dem ich möglichst oft ohne Shirt durchs Bild laufe. Ich müsste sauer über den Vertrag sein, stattdessen bin ich zufrieden. Ich kassiere viel Geld. Das stecke ich in meine Stiftung. Ich brauche es nicht, es nützt mir nichts. Doch anderen kann es helfen. Das ist mein Trost. Schwach, aber besser als nichts.

»Geh!«, sage ich zu der Blondine, die sich gerade für mich ausziehen will, weil sie glaubt, sie könnte mich umstimmen und doch noch für Sex begeistern. Ein Irrtum. Ich ertrage heute niemanden. Nicht mal mich selbst.

Ich warte, bis sie es begreift und ihre Brüste wieder einpackt, und atme auf, als sie verschwindet.

Wütend brodelt es in mir.

Ja, es war Hannahs Job, mich zu beschützen. Doch wie konnte ich zulassen, dass ihr was passiert? In welcher Welt geht denn der Kerl hinter der Frau in Deckung?

Zugegeben, ich habe nicht kommen sehen, dass da jemand war. Dafür bin ich nicht ausgebildet. Aber trotzdem! Bis zu dem Moment, als wir mein Penthouse verlassen haben, war ich glücklich gewesen, zum ersten Mal in meinem Leben. Das habe ich erst später gespürt, als das Gefühl plötzlich weg war. So ist es immer, man merkt zu spät, was man eigentlich hatte.

Ich kneife mir in die Nasenwurzel, um nicht rumzuheulen. *So weit kommt es noch!* Wenn ich jetzt loslasse, kann Gabe mich einweisen lassen. Also spiele ich weiter den unbekümmerten Hollywoodstar. Nichts leichter als das!

Da ich die Villa in Beverly Hills nicht ertrage, weil sie mich an Hannah erinnert, lebe ich in meinem Strandhaus in Malibu. Wenn ich könnte, würde ich sogar Kalifornien verlassen, aber ich habe hier Verpflichtungen.

Ich trete raus auf die Terrasse, schaue aufs Meer und hole tief Luft.

Sobald der Druck in mir nachlässt, löse ich mich von dem Anblick, gehe zurück ins Haus und setze mich an den Laptop. Immer wenn ich kurz davor bin, den Verstand zu verlieren, hilft mir die Arbeit für die Stiftung.

Seit Jahren schon unterstütze ich diverse Charity-Projekte, was Hannah erst nicht glauben wollte. Aber ich weiß, woher ich komme und dass nicht jeder einen guten Start ins Leben hat. Daher gefällt es mir, anderen etwas von dem Glück, das ich hatte, abzugeben. Ihnen neue Perspektiven zu eröffnen, eine zweite Chance zu geben, etwas zu verändern, so wie ich es bei Dante getan habe, der sich nicht mehr durch Chicago durchschlägt, sondern ein gefragter Stunttrainer ist. Außerdem sind dann Filme wie der letzte mit Caitlin immerhin zu etwas nütze. Selbst eine Stiftung zu gründen war daher nur der nächste Schritt.

Ziel von BetterDay ist es, sozial benachteiligten Kids weltweit zu helfen. Täglich erreichen mich Dutzende Anfragen, und ich verschenke Bücherabos, Musikunterricht oder Sporttraining. Ich bin jedes Mal erstaunt, dass das Leute glücklich macht, und warte darauf, dass ein bisschen der

Freude auf mich übergeht. Aber das befriedigende Gefühl, etwas Gutes getan zu haben, bleibt aus. Weil die einzige Sache … der einzige Mensch, der mich glücklich machen kann, nicht mehr da ist.

»Scheiße!«, fluche ich, als der Schmerz so unerträglich wird, dass ich für einen Augenblick alles beiseitelegen muss und mich wieder nur darauf konzentriere zu atmen.

Ich dachte, es würde langsam besser werden. *Ich unterdrücke die Trauer doch gar nicht! Sie ist da, jeden Tag, ich spüre sie in jeder Faser meines Körpers. Warum lässt sie dann nicht nach?*

Als würde ich mich nicht schon genug quälen, gehe ich erneut die Zeit mit Hannah durch. Vorsichtig, um keine einzige Sekunde mit ihr auszulassen. All die schönen Momente. Unsere Diskussionen, unsere Hitze, die Leidenschaft in ihren Augen.

Aber es hilft mir nicht. Heute hilft es nicht. Und ich mache was richtig Bescheuertes. Ich ziehe mir einen Kapuzenpullover an, damit mich auf der Straße niemand erkennt, schnappe mir die Autoschlüssel für den unauffälligen Toyota und fahre zu dem einzigen Menschen, der mir mehr von dem geben kann, was ich brauche. Erinnerungen an Hannah.

Und das ist Lainey, bei Invisible.

22

Hannah

Der Fahrdienst ist definitiv besser, als auf dem Sofa Trübsal zu blasen. Gerade habe ich einen Senator durch die Gegend chauffiert. Nun lenke ich den Wagen in die Einfahrt von Invisible, parke, bleibe jedoch noch einen Moment sitzen, um das Ende des Arbeitstages hinauszuzögern.

Zu Hause wartet meine jetzt superhübsche, allerdings auch stille Wohnung auf mich. Ich mag die neue Gestaltung. Aber sie erinnert mich an denjenigen, der mich dazu gebracht hat, Dinge zu verändern. Und den ich verloren habe. Drake.

Mist, Hannah! Hör auf, in die Richtung zu denken! Reiß dich zusammen. Naomi soll nicht bereuen, dass sie dich wieder eingestellt hat.

Ich steige aus, schließe den Wagen ab und betrete das ausgebaute Fabrikloft, um meinen Einsatzbericht zu schreiben. Es ist zwar schon spät, und ich könnte ihn auch am nächsten Morgen abgeben, doch ich will das lieber gleich erledigen. Dann bin ich so müde, dass ich, wenn ich nach Hause komme, bestimmt sofort ins Bett falle.

»Hi, Naomi, du bist ja noch hier!«, begrüße ich meine Chefin.

»Heute war es verrückt, es kamen so viele Anfragen für Aufträge. Echt schade, dass ich dich nicht mehr in den Außendienst lassen kann.«

»Wenn es leichte Jobs sind, könnte ich sie übernehmen.« Damit hätte ich noch weniger Zeit, um mich mit Drake zu beschäftigen.

Nachdenklich sieht sie mich an, schüttelt jedoch den Kopf. »Danke dir, aber ich krieg das schon ohne dich organisiert. Dass du den Fahrdienst übernimmst, ist Hilfe genug.«

»Wie du meinst. Dann erledige ich jetzt den Papierkram.« Bestimmt durchschaut Naomi meinen übertriebenen Eifer und sieht außerdem, wie müde ich bin. Zum Glück lässt sie mich machen.

Ich gehe eine Etage höher, grüße meine Kollegin Jo und setze mich mit dem Laptop an den Küchentisch.

»Willst du auch noch was essen? Es ist Curry übrig«, sagt sie.

»Nein, danke, hab keinen Hunger«, antworte ich, schaue nur kurz vom Bildschirm auf und arbeite dann weiter.

Das ist natürlich gelogen. Ich habe Hunger. Mein Magen knurrt. Aber allein beim Gedanken an Essen wird mir schlecht.

Ich atme tief durch, erfasse die Daten des Kunden und übertrage das Protokoll der Fahrt für die Abrechnung. Da ich damit schneller fertig bin als gedacht, studiere ich danach die Pläne für den nächsten Tag.

»Noch immer kein Feierabend?«, fragt Jo.

»Gleich«, antworte ich nur.

Keine Ahnung, was mit mir los ist. Ich bin müde, aber ich will nicht nach Hause. Es muss daran liegen, dass heute vor genau vier Monaten meine Welt zusammengebrochen ist.

Wie um mich weiter zu quälen, google ich noch mal die letzten Fotos von Drake und dieser blonden Countrysängerin, seiner neuesten Flamme.

»Na, Cowboy, macht es dir Spaß, es ihr richtig zu besorgen?«, murmele ich finster. *Männer!*

Meine Kehle zieht sich immer enger zusammen. Ich weiß, das ist eine Panikattacke. Naomi habe ich nichts davon gesagt, den Ärzten auch nicht. Denn bisher hatte ich sie nur zu Hause, nicht hier. Aber jetzt spüre ich, wie sich die Angst aufbaut.

»Alles okay?«, fragt mich Jo besorgt.

Ich nicke, murmele etwas davon, dass ich mal frische Luft brauche und steige aufs Dach.

Doch dort wird es nicht besser. Ich stolpere, falle hin, könnte problemlos wieder aufstehen, stattdessen drehe ich mich auf den Rücken, schaue in den sternenklaren Nachthimmel und frage mich, wann es endlich aufhört wehzutun.

Der Polarstern und Sirius leuchten mich an. Sie gehören zum Kleinen Bären und zum Großen Hund, Sternbilder, die ich jedoch nur mit viel Fantasie erkennen kann, weil es in der Stadt zu hell ist, um sie zu beobachten.

Macht einen, was einen nicht umbringt, wirklich stärker? Ich fühle mich nicht stark. Überall sind die Erinnerungen an Drake. Ich kann ihnen nicht entfliehen.

Nach Los Angeles zurückzukommen war ein Fehler.

Genau wie wieder bei Invisible anzufangen.

Wenn ich bleibe, lasse ich Drake nie hinter mir.

Ich muss hier weg. Weg aus dieser Stadt. Weg von diesem Mann. Weg aus diesem Land. So weit weg, dass mich mein altes Leben nicht einholen kann.

Nur wohin? Vielleicht nach England? Aber das Wetter ist für mich als Kalifornierin zu nasskalt. Dann nach Australien?

Doch in beiden Ländern kennt man Drake, dort wird über ihn berichtet. Ich muss irgendwohin gehen, wo es keinen Drake Bradford gibt.

Glückwunsch, Hannah, dass du dich ausgerechnet in einen weltweiten Filmstar verliebt hast! Wo soll dieser Ort bitte schön sein? Auf dem Mond?

Und dann bricht erneut alles über mir zusammen. Ich dachte, diese Phase hätte ich längst hinter mir. Anscheinend habe ich mich geirrt. Ich kann wieder nicht glauben, dass alles nur gespielt war und dass Drake einfach so weitermachen kann wie bisher. *Wie schafft er das?*

Ich rolle mich auf die Seite und stelle mir vor, dass er neben mir liegt. Ich male mir sein markantes Gesicht aus, das Lächeln auf seinen Lippen und was er jetzt sagen könnte.

›Heulst du echt Mister Hollywood nach? Das schmeichelt meinem Ego.‹

›Ich hab nur Sand im Auge, Blödmann!‹

›Schlecht geschauspielert, Babe. Du bist auf einem Dach. Wo soll hier Sand herkommen?‹

›Du bist meine Fantasie. Sei gefälligst etwas netter!‹

›Nööö. Wozu?‹

›Du bist so ein Arschloch, Drake Bradford!‹

›Bin ich. Und Frauen mögen das. Auch du.‹

›Nie im Leben.‹

›Lügnerin!‹

›Halt die Klappe!‹

In meiner Fantasie lacht er.

Und ich muss in echt lachen.

»Verdammt, Drake …«, flüstere ich. »Drake, Drake, Drake …«

Drake

Los, kehr wieder um!, sage ich mir, als ich schon fast bei Invisible im Arts District bin. Es ist dunkel, kurz nach zehn, niemand wird mehr arbeiten. *Was habe ich mir nur bei der Aktion gedacht? Drehe ich jetzt völlig durch?*

Als ich das Fabrikloft jedoch erreiche, brennt noch Licht. Ich fahre den Wagen auf den Innenhof, zögere, aber reibe mir schließlich übers Gesicht und steige aus. Vielleicht kann mir Lainey was zu Hannah erzählen, was ich bisher nicht wusste. Oder es gibt noch Sachen von ihr. Ein Shirt, einen Pullover, etwas, das nach ihr riecht. Denn ich kann mich kaum noch daran erinnern, wie sie geroch–

Ich betrete die Agentur und halte inne. Ihr Parfüm steigt mir in die Nase. *Wie irritierend.* Das muss daran liegen, dass sie hier so oft gearbeitet hat. Anders kann ich mir das nicht erklären.

»Mr Bradford, alles in Ordnung?«, begrüßt mich Naomi, mustert mich eindringlich von Kopf bis Fuß und reicht mir die Hand.

»Ich hätte vorher Bescheid geben sollen«, beginne ich. »Wir können auch einen Termin vereinbaren …«

»Unsinn! Kommen Sie mit!«

Ich folge ihr und bekomme am ganzen Körper Gänsehaut, weil ich mich erinnere, wie Hannah und ich uns hier begegnet sind. Instinktiv schaue ich hoch zu der Galerie, auf der sie vor sechs Monaten gestanden hat. Doch natürlich ist sie nicht dort.

Naomi führt mich in denselben Konferenzraum wie damals. Ich setze mich und fahre mit den Händen über die Tischplatte, als könnte ich Hannah berühren. Was zeigt, dass es um meine geistige Gesundheit nicht mehr allzu gut steht.

»Kaffee? Tee? Wasser?«, fragt Naomi.

»Nicht nötig. Das hier geht schnell. Ich wollte nur fragen, ob Lainey da ist.«

»Lainey?!«, wiederholt sie überrascht.

»Sie ist doch die Freundin von Hannah?«

Naomi schaut mich erschrocken an, und ich bemerke meinen Fehler. Nach all der Zeit habe ich mich noch nicht daran gewöhnt, von Hannah in der Vergangenheitsform zu sprechen.

»Sorry, sie *war* die Freundin von Hannah, oder?«, korrigiere ich mich.

»Mr Bradford, womit kann ich behilflich sein? Fanden Sie Lainey gut? Soll ich sie buchen?«

»Nein … Ja!« rufe ich. Lainey könnte mir mehr helfen, als eine Blondine nach der anderen zu daten. Das ist noch besser, als sie bloß zu sprechen.

»Worum genau geht es? Gibt es wieder Drohungen?«, fragt Naomi und zückt ihr Tablet, um sich Notizen zu machen.

»Keine«, sage ich sofort. Die einzige Gefahr, in der ich mich befinde, ist, verrückt zu werden. »Demnächst stehen viele Veranstaltungen an. Die Fans werden immer aufdringlicher. Ich brauche jemanden, der hilft, dass alles friedlich abläuft«, erfinde ich spontan. Dass ich dafür nach wie vor Lucas und Tucker habe, verschweige ich.

»Mmh … verstehe«, murmelt sie und schreibt sich die Eckpunkte auf. »Wie viele Stunden am Tag sind das etwa? Für welchen Zeitraum? Können Sie das grob schätzen?«

Gute Frage! Keine Ahnung, wie lange ich noch brauche, um über Hannah hinwegzukommen. »Den ganzen Tag für, sagen wir …, die nächsten vier Wochen?«

»Moment, ich schaue nach, wie Lainey in der Zeit gebucht ist.« Sie tippt auf dem Tablet herum und kaut nachdenklich auf ihrer Unterlippe herum. »Sie haben Glück. Sie kann gleich morgen loslegen. Allerdings erst mal nur für drei Tage. Danach ist sie bereits für einen anderen Auftrag eingeteilt. Aber ich kann Ihnen Jo empfehlen, wenn Sie –«

»Nein, ich will Lainey«, unterbreche ich sie. »Kann sie nicht mit der Kollegin tauschen? Was würde mich das kosten?«

Noch nie habe ich mich so benommen, als wäre alles nur eine Frage des Geldes. Aber wozu habe ich die Scheinchen sonst? Lainey ist die Einzige, die mich mit Hannah verbindet. Ich brauche sie. Nur sie.

»Mr Bradford, geht es Ihnen wirklich gut?« Naomi wirft mir einen Blick zu, wie ich ihn schon eine ganze Weile nicht mehr bekommen habe. Zuletzt von Gabe. An diesem furchtbaren Morgen nach der Katastrophe, als ich nicht genug Scotch in mich reinkippen konnte. *Besorgt.* »Ist was passiert? Kann ich irgendwie helfen?«

Kann sie? Sie sieht genauso fit und fröhlich aus, wie ich sie in Erinnerung habe. Dass sie eine Kollegin, vielleicht sogar Freundin, verloren hat, merke ich ihr nicht an.

»Vermissen Sie sie denn gar nicht?«, frage ich irritiert.

»Wen vermissen?«

Wut steigt in mir auf. »Hannah! Wen sonst?!« *Ihr werden ja wohl kaum im Monatstakt Mitarbeiterinnen wegsterben!*

Plötzlich herrscht absolute Stille.

Dann verändert sich Naomis Miene. Da ist Verstehen und seltsamerweise Schuld. »Sie sind gar nicht wegen Lainey hier, sondern wegen Hannah, oder?«

Ich bringe nur ein Nicken zustande.

»Es tut mir leid«, meint sie leise und drückt meine Hände.

Irritiert runzele ich die Stirn. »Was tut Ihnen leid?«

»Hannah darf sich nicht auf Kunden einlassen, und wenn, dann muss sie das melden. Die Küsse waren okay, ihr solltet ja ein Paar spielen, aber woher hätte ich wissen können, dass das echt war? Sie hat nie was gesagt. Und als das alles passierte und Lainey plötzlich meinte, dass da was läuft, konnten Gabe und ich es nicht glauben. Das hätten wir mitbekommen, oder?«

Je länger Naomi redet, desto mehr verstehe ich, was hier los ist. Sie spricht nicht von Hannah wie von jemandem, der tot ist.

»Sie lebt?«, presse ich leise heraus.

»Ja, Hannah lebt.«

Das ist die Nachricht, auf die ich absurd hoffnungsvoll gewartet habe. Doch statt Erleichterung zu spüren, ist da plötzlich Wut.

»Hannah lebt und meldet sich kein einziges Mal bei mir?!«

Fuck, fühle ich mich verarscht! Seit Monaten heule ich dieser Frau hinterher, und sie spaziert durch die Welt, erledigt ihren Job und …

Ein Geräusch reißt mich aus meiner Litanei. Ich kenne es, brauche jedoch eine Sekunde, um es einzuordnen. Naomi hat die Agentur abgeriegelt.

»Was zum Henker soll das? Halten Sie mich jetzt gefangen? Machen Sie die verdammte Tür wieder auf, oder ich rufe die Polizei!«

Mein Auftritt lässt Naomi kalt. »Ich bin froh, dass Sie hier sind«, sagt sie zu meiner Überraschung. »Sie sollten etwas wissen. In jener Nacht haben wir gemeinsam beschlossen, dass es das Beste wäre, wenn Hannah stirbt.«

»Wir?«, frage ich, während sich mir der Magen umdreht.

»Gabe und ich. Es war für alle das Beste.«

Seit wann sind Lügen das Beste? Ich bin so dermaßen wütend, dass ich das gesamte Gebäude eigenhändig niederreißen könnte. Und als Nächstes wäre dann Gabe dran.

»War Hannah überhaupt verletzt?«, frage ich beherrscht.

»Ja, das war sie.«

»Aber sie arbeitet jetzt wieder?«

»Nur als Fahrerin. Sie musste einiges durchmachen. Die Verletzungen waren schwer. Sie hat den Angriff nur knapp überlebt.«

»Scheiße«, fluche ich. Die Wut verraucht, und ich fühle mich mies, weil ich für Hannah hätte da sein müssen und es nicht war. Es nicht konnte. »Das wusste ich nicht«, murmele ich.

»Ich weiß«, sagt sie leise.

»Was ist dann passiert?«

»Sie hat weitergemacht.« Naomi sieht mich streng an. »So wie Sie weitergemacht haben. Mit vielen blonden Frauen.«

Der Vorwurf trifft mich nicht. *Wie konnten alle nur denken, es sei okay, jemanden sterben zu lassen? Wie konnten sie das ohne mich entscheiden?* Es ging mir an dem Abend mies, aber nicht so mies, dass ich keine rationalen Entscheidungen hätte treffen können. *Und haben denn wirklich alle geglaubt, ich hätte Hannah einfach vergessen? Dass sie genauso war wie die Blondinen nach ihr, deren Namen ich nicht mal mehr zusammenkriege? Sie kennen doch meine Welt. Diese Beziehungen waren nur Show, mehr nicht. Sie hätten es besser wissen müssen.*

Mir schwirrt der Kopf, aber nur eine Sache ist gerade wichtig. »Wo ist Hannah jetzt?«

»Hier. Sie ist hier.«

23

Hannah

Wie soll es nur weitergehen?

Die Sterne haben darauf keine Antwort. Man erkennt sie kaum, weil die Lichter von Downtown zu hell sind.

Naomi ruft mich, doch ich reagiere nicht. Was auch immer sie will, kann warten. Morgen sieht die Welt wieder besser aus.

Dann höre ich Drake. *Aber das ist unmöglich! Warum sollte er hier sein?* Für ihn bin ich gestorben. Außerdem ist es beinahe Mitternacht. Nicht die Zeit für Geschäftstermine. Naomi muss Besuch von einem Mann haben, dessen Stimme der von Drake sehr ähnlich ist. Das ist alles.

Trotzdem rast mein Herz, und als ich in die Sterne schaue, rede ich mir ein, dass Drake gerade das Gleiche tut. Zumindest so sind wir miteinander verbunden.

»Hannah, bist du hier?«, reißt mich Naomi aus meinen Gedanken. Vorhin gab es einen Lockdown, der mich auf dem Dach ausgesperrt hat. Jetzt fährt das Gitter wieder nach oben, die Dachklappe öffnet sich, und meine Chefin taucht auf.

Kann sie bitte gehen?

»Bist du dir sicher, dass Hannah aufs Dach wollte?«, höre ich Naomi meine Kollegin Jo fragen. Die bestätigt das. *Klasse!*

Innerlich bereite ich mich auf eine Auseinandersetzung mit meiner Chefin vor. *Warum habe ich es dazu kommen lassen? Ich hätte nach Hause fahren sollen.*

»Darf ich?«, höre ich da diese dunkle Männerstimme, die der von Drake so ähnelt, und muss lächeln.

Darf ich?! Drake hat Manieren, aber er würde nie bitten, sondern handeln. Nein, der Fremde ist definitiv jemand anderes.

Schritte knirschen auf dem Dachkies.

»O mein Gott, da liegt sie«, höre ich das Drake-Double rufen.

Er kommt näher, und instinktiv rolle ich mich ein wie ein Igel. Momentan meine beste Verteidigungshaltung, denn ich kann jetzt nicht kämpfen.

Sekunden später kniet der falsche Drake neben mir, fühlt meinen Puls und streicht mir durch die Haare. Was sich unerwartet vertraut anfühlt. Auch sein Schatten im Dunkeln sieht ihm sehr, sehr ähnlich.

»Hey, Babe«, sagt er sanft.

Nur ein kleines bisschen gebe ich meine Schutzhaltung auf. Die Neugierde ist zu groß. Reglos starre ich den Mann vor mir an.

»Was machst du denn hier auf dem Dach?«, fragt er und legt sich zu mir, ganz selbstverständlich.

Das muss eine Halluzination sein. Der echte Drake ist gerade mit dieser blonden Countrysängerin zusammen.

»Du frierst ja.« Er reibt mir über die Arme.

»Und du bist warm«, entweicht mir, woraufhin ich die Luft einziehe, weil ich fest damit rechne, dass der Mann vor mir verschwindet.

»Ich bin warm«, sagt er jedoch nur, zieht mich näher an sich und streicht mir mit den Händen über den Rücken.

Wohlig seufzend schmiege ich mich an ihn und kann nicht fassen, wie echt sich das anfühlt. *Das muss ein Streich meines Gehirns sein!*

Erst fließt eine Träne, dann noch eine, und schließlich schüttelt mich ein heftiger Weinkrampf. Ich dachte, diese Zeit wäre vorbei. Aber so kann man sich irren.

»Babe, beruhige dich«, sagt er sanft und flüstert mir süßen Unsinn ins Ohr.

»Ich vermisse dich so sehr«, schluchze ich.

»Aber ich bin doch jetzt hier.«

Ha, ha! »Falls du es nicht weißt, Mister Hollywood: Du vergnügst dich gerade mit einer heißen Blondine in deinen Satinlaken.« Die Boulevardpresse schreibt zwar viel Schrott, aber die Fotos von ihm mit dieser Frau, eng umschlungen auf seiner Terrasse, lügen nicht.

Vertraute Lippen treffen mich und knabbern an meinem Ohr. »Die Blondine hat meine Satinlaken nie berührt. Und ich habe sie längst nach Hause geschickt. Mit keiner der Frauen ist seit der Gala was gelaufen. Du warst und bist die Einzige für mich.« Er wiegt mich in seinen Armen. »Ich bin wirklich hier, Babe. Ich wüsste keinen besseren Ort, wo ich gerade sein sollte.« Er lacht leise. »Na ja, gut, ein etwas bequemerer wäre schon toll. Die Aussicht ist fantastisch. Man sieht ein paar Sterne. Aber der Kies drückt mächtig am Hintern.«

Ausgerechnet sein Lachen legt in mir einen Schalter um. Es ist rau, locker, einzigartig.

O mein Gott, Drake ist wirklich hier! Ich höre auf zu heulen und nehme den Mann neben mir zum ersten Mal richtig wahr.

Immer noch irritiert, aber auch bedürftig schiebe ich die Hände unter sein Shirt und erschauere. Was ich spüre, ist echt. *Wie ist das möglich?!*

Schwer atmend sehe ich ihm in die Augen. Erkenne bei dem schwachen Licht auf dem Dach nicht die Farbe, dafür aber die Intensität in seinem Blick, die mich wie wiederbelebende Stromstöße durchschießt. *Nur – was macht Drake hier? Seit Monaten vögelt er sich durch den Blondinenkatalog der Stadt. Er hat mich vergessen und ist weitergezogen.*

»Ist das okay, oder tut das weh?«, fragt er da leise und schiebt seine Hände umgekehrt unter mein Shirt, streicht meinen Rücken entlang, bringt alles in mir zum Kribbeln.

Ich verstehe seine Frage nicht und runzele die Stirn. Meine Haut brennt. Ich stehe in Flammen für diesen Mann. Mir tut ganz viel weh, alles in mir zieht sich vor Erwartung zusammen. Aber es ist ein Schmerz, der mir gefällt. Ein schöner Schmerz.

»Ich frage wegen deiner Verletzung«, erklärt er leise.

»Die Kugel ging nicht durch. Die Narbe ist vorne. Alles ist gut verheilt.«

Die Gefühle in seinem Blick rauben mir den Atem. Bedauern. Schuld. Aber auch Dankbarkeit und Liebe. Er tastet sich über meinen Rücken nach vorne, nimmt den BH als Orientierung, findet auf meinem Brustbein die kleine Erhebung und fährt behutsam daran entlang.

»Jetzt bin ich beschädigte Ware, Mister Hollywood«, sage ich scherzhaft. »Keine Schönheitsbehandlung der Welt wird das ändern können.«

»Glaubst du, das stört mich?« Seine Hände legen sich wieder auf meinen Rücken, und ich liebe das Gefühl seiner Haut auf meiner. Ich bin wie ausgehungert und will mehr davon, dabei geht nicht mehr, sondern nur länger. »Du lebst«, sagt er und sieht mich an wie ein Wunder, das er selbst nicht ganz begreifen kann. »Babe, du lebst. Das ist die Hauptsache.«

Erst in dem Moment fällt mir auf, wie müde Drake aussieht und dass nicht nur ich ihn nicht loslassen kann, sondern dass auch er mich halten, fühlen, spüren muss.

»Du dachtest, ich bin tot«, stelle ich leise fest.

Er nickt nur.

»Es tut mir so leid«, hauche ich, obwohl ich mir den Mist nicht ausgedacht habe. »Ich wollte es dir sagen. Aber –« Ich spreche nicht weiter, weil ich ihm keine Vorhaltungen machen will. *Wer weiß, wie ich umgekehrt reagiert hätte?*

»Aber ich hatte die anderen Frauen«, beendet er den Satz für mich und streift mit seinen Lippen über meine. »Ich hab alles getan, um dich zu vergessen, Babe.«

Tiefe Befriedigung erfasst mich. »Ist dir nicht gelungen, wie?«

»Richtig, war ein Ding der Unmöglichkeit.«

»Ging mir genauso«, sage ich und küsse ihn. Erst nur sanft. Doch schnell wird mein Kuss fordernder. Die letzten Monate waren schlimm. Erst die Verletzung, dann die Reha, und jede Minute überschattet von der Trennung von Drake … Beinahe hätte mich das gebrochen. Aber hier ist der Mann, der all das wieder in Ordnung bringen kann. Mit seiner Nähe, seinen Küssen und diesem mich verschlingenden Blick.

Mehr, mehr, mehr, hämmert es in mir.

Gierig zerre ich an seinem Shirt und atme auf, als ich es ihm ausgezogen habe. Mir ist egal, wo wir gerade sind und ob uns jemand sehen kann. Ich brauche diesen Mann, zittere vor Ungeduld.

»Langsam!«, raunt er mir zu, streift mir aber auch mein Oberteil ab, deutlich behutsamer, und küsst dann meine

Narbe auf dem Brustbein. »Das tut wirklich nicht mehr weh?«

»Nein.« Und selbst wenn es so wäre, ich würde lügen, damit er nicht aufhört.

Wir drehen uns. Nun habe ich die Kiesel im Rücken. Ich verziehe das Gesicht. Drake hat kaum durchblicken lassen, wie unbequem das Dach ist. Aber dann öffnet er meine Hose, und ich vergesse alles andere. Ich hebe mein Becken, er zieht sie mir langsam aus, streift dabei über meine Beine und grinst plötzlich. So wie ich es von ihm kenne. Was für eine heiße Welle in meinem Unterleib sorgt.

»Was ist so lustig?«, frage ich irritiert.

»Du bist nicht rasiert, sondern gewaxt.«

Ich spüre, wie ich rot anlaufe. Als hätte er mich bei etwas Verbotenem erwischt. Dabei habe ich mich nur kurz nach der Gala gehen lassen. Aber ungepflegt hätte mich Naomi nicht wieder arbeiten lassen. Also habe ich wieder mehr auf mich geachtet. Und statt mir nur die Beine zu rasieren, finde ich waxen bequemer, weil ich viel seltener ranmuss. »Das kannst du fühlen?!«, frage ich.

»Klar, Babe. Ich bin Profi.«

»Weil du die letzten Monate weitere Erfahrungen gesammelt hast?«

»Eher weil ich diese mit dir haargenau abgespeichert habe.«

Mir fehlen die Worte. Zum Glück brauche ich für den Moment auch keine. Ich küsse Drake erneut, und er erwidert meinen Kuss. Ich kriege nicht genug von seiner Haut auf meiner und schlinge die Beine um ihn. Meine Mitte spürt seine Erektion, und ein weiterer Feuerball durchdringt mich. Ich kann nur noch daran denken, dass ich mehr brauche, *alles* brauche. *Sofort.*

»Drake?«, wimmere ich.

»Ich weiß«, stöhnt er, packt meine Hüften und reibt sich an mir. »Du hast Besseres verdient, Babe. Ein weiches Bett. Bei dir oder bei mir. Aber so lange halte ich es nicht mehr aus.« Er meint Sex, und seine Ungeduld sorgt für einen Schwall Feuchtigkeit an meiner Mitte. »Hier auf dem Dach oder im Auto?«

»Schlechte Auswahl, Mister Hollywood.«

»Die einzige, die ich zu bieten habe.« Er zittert vor Selbstbeherrschung. »Also? Deine Entscheidung.«

»Dann hier.«

Drake

Ich blende aus, dass ich Drake Bradford bin und was los sein wird, wenn Hannah von den Toten aufersteht. Im Moment zählt nur sie, dass ich sie zurückhabe und dass ich sie nie wieder gehen lasse.

»Ich liebe dich«, sage ich leise, was ich ihr schon am Tag der Gala, als sie so schwer verletzt war, zugeraunt habe, und jetzt bin ich mir noch sicherer. Vor einer Kamera habe ich die Worte schon ein Dutzend Mal benutzt, aber erst in diesem Moment verstehe ich ihre tiefe Bedeutung. Am ganzen Körper. Ich liebe diese Frau. Und ich brauche sie. Und ich werde sie haben. So oft ich will.

»Ich liebe dich auch«, antwortet sie, und in dem Moment weiß ich, uns beide wird nichts mehr trennen.

Ich schiebe ihren Slip beiseite, spüre, wie feucht sie für mich ist, und stöhne vor Verlangen. Sie ist dünner geworden, in den letzten Monaten ging es ihr genau wie mir nicht gut. Aber Hauptsache, ich habe sie zurück.

»Drake«, haucht sie ergriffen und voller Ungeduld.

»Ich weiß, Babe.«

Wie sie mich anschaut! Sie hätte mir nicht sagen müssen, dass sie mich liebt. Ich sehe es, fühle es. Wir sind perfekt zusammen.

»Ich brauche dich«, sagt sie und massiert meinen Schwanz kräftiger.

»Keine Kondome«, keuche ich, denn auf das hier war ich nicht vorbereitet. »Verdammt, muss auch so gehen.«

»Warte!« Sie küsst mich wieder und löst sich dann. »Jo!«, brüllt sie so unerwartet laut über das Dach, dass ich lospruste.

»Was ist, Hannah?«, meldet sich ihre Kollegin von der Dachluke.

»Hast du Kondome?«

Diese Frau! Ich muss lachen, knabbere schnaufend an ihrem Ohr und kann nicht fassen, dass wir es hier treiben. Und wie wir es hier treiben. Schön ist echt anders. Aber der Zweck heiligt die Mittel.

»Ich muss nachschauen«, kommt als Antwort. Kurze Stille. »Jaaa, hab ich!«

Schwer atmend will Hannah sich von mir lösen. »Geh runter von mir, ich hol sie!«

»Glaubst du, ich lass *dich* nackt über das Dach laufen?!«, stoppe ich sie.

»Glaubst du, ich lass dich nackt über das Dach laufen?«, erwidert sie entsetzt.

»Was ist jetzt?«, fragt Jo. »Willst du welche oder nicht?«

Hannah dreht mich auf den Rücken, ich streiche ihr Steinchen von den Schulterblättern und spüre sie nun selbst wieder unter mir drücken.

»Bring sie her!«, ruft Hannah über mich gebeugt zu ihrer Kollegin. »Und mach dabei die Augen zu. Wenn du Drake auch nur komisch anschaust, gibt es Ärger.«

»Ich werde auf keinen Fall im Dunkeln, blind über dieses Dach –«

»Dafür erfülle ich dir drei Wünsche.«

Ich muss lachen. »Nur so viel bin ich dir wert?«

»Halt die Klappe, Drake!«, sagt sie und küsst mich schnell, dreht sich dann auf mir und sieht zur Dachluke.

Ein Kopf erscheint, danach ein Körper. Jemand kommt näher, dürfte uns aber nur als Schatten erkennen. Zumindest ging es mir vorhin so.

»Stopp, nah genug!«, sagt Hannah. »Jetzt wirf das Päckchen her!«

»Ihr habt nicht wirklich gleich Sex?!«

»Jo, das Gummi und dann Abmarsch!«

Ich muss noch lauter lachen, weil mir Hannah so besitzergreifend und herrisch total gut gefällt. *Sehr sexy!*

»Hier!«, ruft ihre Kollegin, wirft was und geht hastig davon. »Ich bin dann übrigens weg. Ihr habt die Firma ganz für euch.«

»Danke dir, Jo!«

Hannah verrenkt sich und tastet im Dunkeln nach dem Päckchen, während ich sie küsse, weil ich nicht genug von ihr kriege.

»So wird das nichts«, jammert sie.

»Warte!« Ich richte mich auf, strecke mich mit ihr in den Armen, erwische das Päckchen und reiße es auf. »Jetzt gibt es kein Zurück mehr!«

»Wirke ich so, als wollte ich zurück?«

Mit ihren Beinen um mich geschlungen? Nein!

Ich rolle mir das Kondom über und lehne mich zurück. Über mir sind Hannah und der Sternenhimmel. Sie lässt sich langsam auf mich sinken, und ich fühle mich wieder wie ich selbst. Ich stöhne, als ich die vertraute heiße Enge spüre. Und ich werde noch mal härter, als wir beide verbunden sind.

»So gut«, murmelt sie und sieht mich überwältigt an.

»So verdammt gut, Babe«, gebe ich ihr recht, packe sie am Hintern und drücke mich noch ein paar Millimeter tiefer in sie.

Sie beugt sich vor und küsst mich. Ihre Haare fallen mir ins Gesicht, und ich streiche sie auf eine Seite und lasse mich ganz auf den Kuss ein.

Ich muss mehr spüren und bewege leicht die Hüften, genieße, dass sie am Leben ist, dass sie mich will. Und dass sie mich liebt.

Unser Rhythmus ist langsam, vorsichtig, quälend. Ich fahre zärtlich über ihre Haut, atme ihren Geruch ein, inhaliere ihn, als müsste jeder Atemzug für den Rest meines Lebens reichen. Sie lässt ihre Hüften kreisen und verteilt Küsse auf meinem Oberkörper, meinen Schultern, meinem Hals. Beißt mich provokant. Weil sie mehr will. *So durchschaubar!*

Mit einem Knurren reagiere ich, drehe sie auf den Rücken und stoße tiefer in sie.

»Ich tu dir nicht weh?!«, frage ich. Das Dach ist nicht gerade ideal.

»Ja und nein, aber hör nicht auf. Sonst tu *ich* dir weh.«

»Bossy …«, murmele ich.

»Hast du damit ein Problem?«

»Kein bisschen.« Ich nehme sie härter. »Du?!«

»O Gott!«

»Das heißt dann wohl Nein.« Ich reibe ihre Klit und stoße in einem wilden, schneller werdenden Rhythmus in sie. »Und gleich noch mal, Babe!«

»O Gott, Drake!«

»Ganz recht.«

Ihre Pussy zieht sich eng um mich zusammen. Ich verwandele sie in ein stöhnendes Häufchen Frau. Das hier wird schnell gehen, und das ist für mich völlig okay. Ich will, dass sie kommt. Für mich. Ich kann es gar nicht erwarten, erneut zu spüren, wie ihr Körper sich mir ergibt. Das letzte Mal ist zu lange her. Das letzte Mal mit ihr, das letzte Mal überhaupt mit einer Frau. Weil meine angeblich echten Beziehungen seit Hannah alle fake waren, während die einzige eigentlich vorgetäuschte Beziehung in meinem Leben echt war. Verdammt echt. Die mit Hannah.

Komm, Babe, komm!

Ich küsse sie gieriger, packe sie entschlossener, kenne sie und weiß, was sie mag. Als ich immer wieder tief in sie gleite, gibt sie auf. Sie zieht sich eng um mich zusammen, klammert sich an mir fest, stöhnt vor Erleichterung und reißt mich mit sich. Ich komme ebenfalls, lasse mich komplett gehen. All die Wut, der Verlust, die Trauer der letzten Monate fallen von mir ab. Ich pumpe in sie, schreie all den Schmerz raus und breche dann glücklich und überwältigt auf ihr zusammen.

Fuck, genau das habe ich gebraucht!

Diese Frau habe ich gebraucht.

Mit ihr drehe ich mich wieder auf den Rücken und streichele sie vorsichtig, muss mich vergewissern, dass sie okay ist, obwohl ihr sinnliches Schnurren das bereits verrät.

»Dir ist klar, dass du mich jetzt nicht mehr loswirst?«, raune ich ihr zu und lege die Arme um sie.

»Das klingt ja wie eine Drohung.«

»Wenn du nicht spurst, wird das auch eine«, sage ich und knabbere an ihrer Lippe. »Ich bin ein Kerl mit mehr Geld, als gut für mich ist, und ich werde alles tun, damit du bei mir bleibst.«

Sie grinst und fährt mir keine Spur eingeschüchtert durch die Haare. »Dir ist klar, was du dir mit mir einhandelst?«

»Ein verdammt sexy Mauerblümchen? Damit komme ich zurecht.«

Lächelnd schmiegt sie sich an mich und schließt die Augen. »Ich bin angeschlagen, aber nicht machtlos. Ich kann dich immer noch jederzeit überwältigen, wenn es sein muss.«

»Gut zu wissen …«

Auch wenn der Sternenhimmel romantisch ist, ich will nicht auf dem Dach mit Hannah einschlafen, sondern in meinem Bett.

Mit Schwung hebe ich sie daher hoch. Sie kreischt überrascht, klammert sich jedoch an mich.

»Letzte Chance, mich loszuwerden, Babe«, sage ich und sammele unsere Sachen auf.

Ihr Griff wird fester. »Wirke ich so, als würde ich davonlaufen?«

»Kein bisschen.«

»Dann lass uns nach Hause fahren.« Sie sieht mich an. »Zu dir?«

»Sag bloß, das Mauerblümchen hat eine heimliche Schwäche für Luxus?«

»Vielleicht«, gibt sie schief grinsend zu.

»Nicht dass all mein Geld deinen Charakter verdirbt!«

»Keine Sorge, dafür brauch ich kein Geld. Du reichst vollkommen.«

»Beleidigst du gerade den Kerl, der von seinem Hollywood-Olymp herabgestiegen ist und eine normale Frau erwählt hat?«

»Tue ich wohl«, sagt sie. »Und dem Hollywood-Gott gefällt das.« Sie windet sich in meinen Armen und streift mit ihrer Mitte meinen wieder härter werdenden Schwanz.

Ja, verdammt, es gefällt mir! Und ich kann es gar nicht erwarten, diese Frau weiter zu verderben.

An der Luke lasse ich sie vorsichtig herunter.

Wir steigen nacheinander vom Dach und ziehen uns im Hellen an – und lassen uns dabei nicht aus den Augen. Weil wir beide es noch nicht glauben können, wieder zusammen zu sein.

»Allerletzte Chance abzuhauen«, sage ich scherzhaft, als wir abmarschbereit sind.

Ich mache das nicht, weil ich Zweifel an Hannah habe, sondern weil ich weiß, was ein Leben in der Öffentlichkeit bedeutet. Die Presse wird durchdrehen. Meine Fans werden die Nachricht, dass ich dauerhaft vergeben bin, nicht alle positiv aufnehmen. Und für Hannah wird nichts mehr so sein, wie sie es bisher kannte. Sie hat sich quasi für ein amerikanisches Kulturgut entschieden, von dem jeder eine Scheibe abhaben will. Ich gehöre ihr. Aber sie wird mich mit den anderen teilen müssen.

Hannah küsst mich noch mal, dann lächelt sie und steigt in meinen Wagen. »Tadaaa! Entscheidung getroffen.«

Verdammt, diese Frau macht mich schwach. Das hat sie schon bei unserer allerersten Begegnung getan. Dass sie so genau weiß, was sie will, und dazu steht, haut mich einfach um.

»Gute Wahl«, sage ich, setze mich hinters Lenkrad und fahre los.

24

Hannah

Obwohl es beinahe Mitternacht ist, warten vor dem Grundstück von Drakes Strandhaus in Malibu Paparazzi.

Er wirft mir einen fragenden Blick zu. *Will ich dieses Leben als öffentliche Person wirklich?*

Ich nicke. »Wir ziehen das durch!« Denn ich will ihn. Und wenn ich ihn nur so bekommen kann, dann nehme ich das in Kauf.

Wir halten vor dem Tor, und es kommt Bewegung in die Fotografen.

Erst schießen nur einige wenige Bilder. Sobald sie bemerken, dass neben Drake jemand sitzt, bedrängen sie unseren Wagen.

Das Tor öffnet sich langsam.

Wir warten.

Als Drake aufs Grundstück fahren will, lege ich jedoch die Hand auf seine am Lenkrad und halte ihn auf. »Warum geben wir ihnen nicht das, was sie wollen? Wenn sie hier schon die halbe Nacht ausgeharrt haben? Ich bin in Feierlaune, und so ein Foto bringt ihnen viel Geld, oder?«

»Durchtrieben, Babe!«

»Ich fange gerade erst damit an.« Fange an, aus mir herauszukommen. Das Leben zu genießen, alle meine Möglichkeiten auszuschöpfen. »Also, einverstanden?«

Ist er, denn er beugt sich zu mir, schnallt mich ab, hievt mich auf seinen Schoß und fällt über mich her.

Erst ist der Kuss nur Show. Uns gefällt die Idee, den Paparazzi was zu bieten. Außerdem will ich morgen früh nicht aufwachen und Fotos von diesem Countrystar an Drakes Seite sehen. *Ich bin jetzt die Neue. Nur noch ich.* Aber schnell wird der Kuss tiefer, dringender.

»Das genügt«, meint Drake grinsend.

»Müssen wir noch was erklären? Schließlich bin ich vor vier Monaten gestorben und nun wieder lebendig.« Es gab sogar eine Beerdigung. Das wird auf jeden Fall für Schlagzeilen sorgen.

»Stimmt, sollten wir. Aber nicht heute Nacht. Lassen wir sie ruhig etwas spekulieren. Darin sind sie ziemlich gut.«

Drake drückt mehrmals auf die Hupe und fährt dann langsam, mit mir auf dem Schoß, aufs Grundstück.

»Das ist, als würdest du mich über die Türschwelle tragen!«, scherze ich.

»Das kann ich besser, wetten?« Das Tor gleitet automatisch hinter uns zu. Drake parkt den Wagen und schnallt sich ab. Mit mir in den Armen steigt er aus und trägt mich ins Haus. Über die richtige Türschwelle. Rein in mein neues Leben.

»Das ist definitiv besser«, kichere ich.

Lucas erscheint im Foyer, um nach dem Rechten zu sehen. Ich nicke ihm knapp zu. Er wirkt erst überrascht, mich zu sehen. Schließlich war ich auch für ihn tot. Aber er fängt sich schnell. Grinsend erwidert er den Gruß und zieht sich wieder zurück. Drake ist für die nächsten Stunden in meinen Händen. Und damit in Sicherheit. Denn auch wenn es nicht mehr mein Job ist, ich werde immer verhindern, dass diesem Mann was passiert.

Ich sollte mich im Strandhaus umschauen, um mich besser zu orientieren. Aber dafür habe ich keine Zeit. Ich will nur noch mit Drake ins Bett. Und ihm geht es genauso. Auf dem oberen Treppenabsatz lässt er mich los und drängt mich den Flur entlang, bis ich rückwärts in ein Zimmer stolpere. Ich drehe mich kurz um, entdecke das Bett, setze mich drauf und ziehe mich hastig aus. Drake reißt sich ebenfalls die Kleider vom Leib. Ohne mich aus den Augen zu lassen. Und hungrig, so verdammt hungrig auf mich.

»Was jetzt?«, frage ich, als ich fertig bin.

»Bleib genau da!«, sagt Drake und tritt nackt zu mir.

Bewundernd lasse ich meinen Blick über ihn gleiten. Dieser Mann ist jedes Mal wieder ein Ereignis. Auch wenn er dünner geworden ist und ein bisschen an Muskelmasse eingebüßt hat. Nicht viel, aber mir fällt es auf. Genau wie die Schatten unter seinen Augen.

»Gefällt dir, was du siehst?«, fragt er.

»Immer.« Ich liebe den Mann, nicht seinen Körper.

Er stützt sich links und rechts von mir auf und küsst mich. »Du bist dünner geworden, Babe.« Sein Blick wärmt mich, und Sorge blitzt darin auf, als er bei der Narbe auf meinem Brustbein hängen bleibt. Tief durchatmend fährt Drake mit dem Daumen erneut drüber und küsst dann mein Herz, den Teil von mir, der beinahe zu schlagen aufgehört hätte.

»Ich mag dünner geworden sein, aber ich habe immer noch meine Tricks«, sage ich frech, damit er mich ja nicht mit Samthandschuhen anfasst. Nicht heute.

Ich krabbele auf dem Bett zurück und fasse mir provozierend an meine Mitte. »Komm und hol dir, was du willst! Oder ich mach es mir selbst.«

Da ist es mit Drakes Zurückhaltung vorbei. Mit einer geschmeidigen Bewegung ist er über mir und verschlingt mich. Wir wälzen uns auf den Laken, was deutlich angenehmer ist als im Kies, und ich erschauere, als er meine Hände festhält und über mir thront. Jetzt kann er alles mit mir anstellen. *Bitte.*

Er küsst sich über meinen Hals, meine Schulter, meinen Busen, meinen Bauch …

Ich nutze aus, dass er mich losgelassen hat, und grabe die Finger in sein Haar.

»Nein, lass die Hände oben!«

»Aber Drake!«, jammere ich.

»Vertrau mir …«

Brav lege ich die Arme wieder zur Seite. Seine Lippen erreichen meine Mitte, und schamlos öffne ich ihm die Beine. Wie zur Belohnung leckt er über mich und knabbert an meinem Kitzler. Hitze durchschießt mich, und ich dränge mich ihm entgegen, brauche mehr.

»Sei nicht so zappelig!«, ermahnt er mich.

»Dich will ich mal sehen, wie du stillhältst, wenn ich das bei dir mache.«

»Ist das ein Angebot?«, fragt er und streift mit den Lippen meine empfindliche Mitte.

»Gott, Drake!«, stöhne ich. »Ja, das ist es.«

»Ich komme darauf zurück. Später …«

Seine Zunge dringt in mich ein, seine Finger folgen, füllen mich weiter aus, und mein Körper wird immer heißer.

»Wo zum Henker hast du das gelernt?«, keuche ich.

»Ich bin Schauspieler und eigne mir ständig neue Techniken an. Das darfst du gerne auf die Liste meiner Vorzüge setzen.«

»Weil du mal in einem Porno mitspielen musstest?«, necke ich ihn, woraufhin er so verflucht fest an mir saugt, dass vor meinen Augen Sterne tanzen. Ich sterbe, mal wieder. Nur dass sich diese Art zu sterben verdammt lebendig anfühlt, weil ich jede Faser meines Körpers spüre. »Drake«, wimmere ich.

»Wie? Willst du etwa kommen, aber kannst es noch nicht?«

Unsere Blicke treffen sich, und er sieht, wie dringend ich ihn brauche. Wir können später noch spielen.

»Bitte«, sage ich nur.

Das Funkeln in seinen Augen verrät mir, dass ich von dieser süßen Folter erlöst bin. Vorerst.

Drake küsst sich wieder an mir nach oben, greift sich vom Nachttisch ein Kondom, zieht es sich über und erobert mich erneut. Und wie all die Male zuvor bin ich sensorisch leicht überfordert. Es sind zu viele sexy Muskeln, die sich unter meinen Händen an- und entspannen, zu viel unverschämt perfekte Haut, zu viel anbetungswürdiger Mann.

»Für immer«, sagt er nur, als er sich endlich in mir bewegt.

»Ja, für immer«, sage auch ich, und dann endlich komme ich. Diese süße Welle der Lust reißt mich mit sich fort. Mein Herz rast, meine Mitte pulsiert, und diesen Mann bei mir zu spüren gibt mir den Rest.

Drake folgt mir wenig später, und wir fallen zurück in die Satinlaken. Er entfernt das Kondom. Verschwitzt verknoten sich unsere Körper. Ich höre sein Herz, er spürt meinen Puls. Wir haben uns, und erschöpft vom Sex und dem Stress der letzten Wochen lasse ich los und schlafe in seinen Armen ein.

***

Hunger!

Noch bevor ich richtig wach bin, meldet mein Magen nagenden Hunger. Die vergangenen Monate waren die Hölle.

Alles hat fade geschmeckt. Oder meinen Körper rebellieren lassen. Aber plötzlich fordert jede Zelle in mir Essen, viel Essen. Egal woran ich denke, mir läuft das Wasser im Mund zusammen, und ich weiß, wer für diese Veränderung verantwortlich ist.

Ich drehe mich zur Seite und sehe Drake neben mir schlafen.

Endlich!

Jetzt bei Tageslicht fallen mir die Spuren der letzten Monate noch deutlicher an ihm auf. Die wirklich dunklen Schatten unter seinen Augen, das unrasierte Gesicht, die wirre Frisur. Aber er lächelt im Schlaf, was mich auch zum Lächeln bringt. Weil ich das bewirkt habe.

Mein Magen knurrt lauter. Ich will aufstehen und in diesem riesigen Haus den Kühlschrank suchen, doch zuerst muss ich Drake Bescheid geben. Er soll auf keinen Fall wach werden und den Platz neben sich leer vorfinden. Ich erinnere mich zu gut daran, wie das im Krankenhaus war, ihn nicht bei mir zu haben.

»Hey«, mache ich leise, fahre ihm durch die Haare und küsse seine Lippen, bis seine Augenlider flattern und sein Mund mir träge antwortet.

»Hey, Schönheit! Alles in Ordnung?«

Unsere Blicke treffen sich, und ich lächele. »Ich geh in die Küche, du kannst weiterschlafen, okay? Aber ich hab Hunger.«

»Hunger?« Grinsend rollt er mich auf den Rücken, nimmt mich unter sich gefangen und übersät mich mit neuen Küssen.

»Echten Hunger«, sage ich sofort etwas atemloser.

Seine Küsse werden sanfter, bis er sich ganz von mir löst und mich freigibt. »Die Küche ist links, wenn du die Treppe runterkommst«, erklärt er und fährt mir durch die Haare. »Ich hab nicht mehr alles da, aber für Frühstück sollte es reichen.«

»Bin ich eine schlechte Freundin, wenn ich dich für Essen verlasse?«

»Um Kräfte für mich zu sammeln?« Er spielt mit meinen Brüsten. »Überhaupt nicht. Im Gegenteil.«

»Gott, was hast du mit mir vor?«, kichere ich, nutze meine Chance und rutsche unter ihm zur Seite.

»Nur Gutes«, sagt er.

»Versprochen?«, flirte ich.

»Los, stärk dich, Babe!«

Dieser Mann! Ich muss wirklich was essen. Eine Dusche wäre auch nicht schlecht. Und sosehr ich es will, ich kann nicht schon wieder mit Drake schlafen. Der Sex gestern hat mich doch mehr geschafft, als ich dachte. Ich bin fit, aber nicht mehr so fit wie vor der OP. Das darf ich nicht vergessen.

Ich hebe Drakes Shirt vom Boden auf, ziehe es mir über und tänzele zur Show mit dem Hintern wackelnd aus dem Schlafzimmer.

Das Strandhaus ist nicht so riesig wie Drakes Villa in Beverly Hills. Dafür liegt es direkt am Meer, der Küstenabschnitt ist privat, und ich sehe keinen einzigen Paparazzo am Strand. *Traumhaft.*

Ich finde die Küche problemlos, inspiziere den Kühlschrank und schüttele den Kopf. Das reicht nicht nur für Frühstück, sondern für eine Woche. *Wenn das wenig ist, was hat er sonst hier gebunkert?*

Um den ersten nagenden Hunger zu stillen, belege ich mir kalten Toast mit doppelt Käse und Tomaten. Dann stelle ich zwei Pfannen auf den Herd, brate Speck an und schlage Eier auf. Sobald beides brutzelt, sehe ich mich weiter um und entdecke eine Schublade mit Süßkram. *Aha, hier lagert also sein Vorrat!* Immer noch hungrig gönne ich mir ein Snickers. Je mehr Kalorien ich zu mir nehme, desto besser.

»Riecht gut«, lässt mich Drakes Stimme zusammenzucken. »Ich mach uns Kaffee und Orangensaft.«

Zerknautscht, aber lächelnd bedient er in Shorts und mit freiem Oberkörper die luxuriöse Kaffeemaschine. Was mich kurz auf die Idee bringt, alle seine Oberteile zu verbrennen, damit er immer so herumlaufen muss. Die Welt würde mir das danken.

»Du hättest noch schlafen können«, sage ich.

»Ich konnte nicht.« Er drückt mir einen Kuss auf die Wange und gibt Orangen in eine Saftpresse, wie ich sie so professionell nur aus Restaurants kenne. »Nachdem du gegangen bist, hat mich Gabe angerufen. Er ist fast aus allen Wolken gefallen. Sämtliche Klatschblätter der Welt drehen unseretwegen durch. Wir sind *das* Thema.«

»Echt? Was schreiben sie denn?«

»Lies selbst!«

Drake reicht mir sein Handy, und ich scrolle durch die Headlines.

Was für ein Comeback!
Sie haben ihren Tod nur vorgetäuscht!
Miss März, Miss April, Miss Forever!

»Wie hat Gabe reagiert?«, frage ich

»Er wollte wissen, ob es uns wirklich ernst ist. Ich hab ihm das bestätigt. Und er redet gerade mit der Presse und erklärt allen, dass wir diesen Schritt gegangen sind, damit du nach dem Vorfall in Ruhe deine Reha machen und wieder auf die Beine kommen kannst.« *Gute Idee!*

»Du feuerst ihn nicht?« Zusammen mit Naomi war er schließlich der Grund, warum wir beide so gelitten haben.

»Nein. Er ist sehr gut in seinem Job. Meistens. Er hat sich entschuldigt und mir versichert, dass er solche Entscheidungen nicht noch mal für mich treffen wird. Und nur damit er das so schnell nicht vergisst, werde ich ihn die nächsten Monate verdammt hart für sein Geld schuften lassen. Ist das okay für dich?«

»Total okay«, sage ich und küsse ihn glücklich. »Du hättest trotzdem weiterschlafen können.«

»Außerdem hatte ich Schiss, dass du den Snickersvorrat ohne mich plünderst«, schiebt er grinsend hinterher und nimmt sich auch einen Riegel.

»Ich hab eben Hunger«, verteidige ich mich und zeige zum Herd. »Soll ich dir auch was machen?«

»Wie, das reicht nicht für uns zwei?!«

»Na ja«, druckse ich verlegen herum und mustere den Pfanneninhalt. »Vielleicht … schon …«

Für ganze drei Sekunden behält Drake seine entrüstete Pose bei, dann lacht er laut.

»Hey, du hast mich verarscht!«

»Ich bin eben ein guter Schauspieler.«

»Muss ich mir das jetzt immer gefallen lassen?«

»Lern halt, mich zu durchschauen.« Er nimmt sich frische Eier. »Ich mach mir selbst was. Iss du deine Portion!«

Wir albern herum. Es wird noch ein paar Tage dauern, bis ich endgültig wieder die Alte bin. Aber das wird …

Sobald mein Essen fertig ist, stürze ich mich darauf. Als würde eine Stoppuhr laufen und es gelte, einen Rekord aufzustellen!

Drake macht sich Sandwiches und schlägt Eier wie ein Profi in eine neue Pfanne. Kauend und fasziniert sehe ich ihm zu. Er kann das wirklich gut. Ich hätte ihn kochen lassen sollen. Seine Portion verdient den Hashtag Foodporn.

»Du magst mich hoffentlich auch, falls ich fett werde?«, nuschele ich und schlucke den letzten Bissen runter.

»Du mit Pausbäckchen? Wie könnte ich dich da nicht lieben?«, sagt er scherzhaft, setzt sich mit seinem Teller zu mir und isst sein Frühstück.

»Du machst dich über mich lustig!« Zur Strafe stibitze ich mir was von seinem Teller.

»Hey! Nur ein bisschen«, ruft er. »Denn du, Babe, wirst nie fett werden. Nicht bei dem, was ich mit dir im Bett alles vorhabe.«

»Meine Frage war ernst gemeint.« Niemand ist schließlich für immer jung. Wir werden uns verändern, älter werden, Falten bekommen …

»Würdest du mich denn ohne das Sixpack lieben?«

»Tja … also …« Ich muss beschämt lachen. »Vielleicht ein klitzekleines bisschen weniger.«

»Also sollte ich es behalten?«

»Unbedingt«, gurre ich scherzhaft, werde jedoch schnell ernst. »Weißt du, eigentlich sind mir deine Bauchmuskeln egal. Hauptsache, du schaust mich weiter so an wie jetzt.« *Als wäre ich das achte Weltwunder.*

»Das krieg ich hin.«

»Dann ist alles gut.«

Satt lehne ich mich zurück, beobachte Drake beim Essen und frage mich, was das Leben sonst noch für mich bereithält. Ich wollte immer die Welt ein bisschen besser machen. Aber jetzt, nach dem Unfall, bleibt mir bei Invisible nur Büroarbeit und der Fahrdienst. Eine Sackgasse. Davon abgesehen, dass Drake mich sowieso nie wieder was Gefährliches machen lassen wird. Verständlicherweise.

Was fange ich also jetzt mit mir an? Schließlich möchte ich nicht auf Drakes Kosten leben. Ihm würde das natürlich nichts ausmachen. Doch die Leute würden reden. Das will ich nicht.

»Was geht dir gerade durch den Kopf?«, fragt Drake und zeigt mir wieder, dass er Menschen verdammt gut lesen kann. Ich kann das aber auch, denn ich bemerke die leichte Anspannung in seinen Schultern.

Ich stehe auf, umrunde den Tisch, klettere auf seinen Schoß und lege die Arme um seinen Hals. »Ich hab deine Freundin ganz gut gespielt, aber aus mir wird nie eine richtige Schauspielerin. Mit dir über den roten Teppich zu gehen war in Ordnung. Aber ansonsten bin ich eher der Typ, der hinter der Kamera steht, nicht davor. Richtig?«

»Ich hätte es nicht treffender sagen können. Worauf willst du hinaus?«

»Jetzt, da ich in der Öffentlichkeit stehe, kann ich den Job bei Invisible nicht weitermachen. Der lebt von Diskretion, nicht von Blitzlichtgewitter. Aber irgendwas muss ich in Zukunft tun.«

»Du hast eine Idee?«

Ich nicke. »Aus deinem Höschen-Wohltätigkeitsprojekt ein richtiges machen. Was hältst du davon?«

Drake

Diese Frau haut mich um. Immer wieder.

»An was genau hast du gedacht, Babe?«

»Dir gefällt die Idee nicht?«, missdeutet sie meine Rückfrage.

»An was hast du gedacht?«, beharre ich. Ich will wissen, wie wichtig ihr das ist. Nicht dass sie das nur aus einer Laune heraus will. Dafür ist mir das selbst zu wichtig.

»Sozial benachteiligten Kids helfen«, sagt sie. »Oder mich für den Umweltschutz engagieren? Oder beides? Vielleicht sogar mit dir zusammen?«

»Das würde ganz schön an meinem oberflächlichen Image kratzen«, gebe ich gespielt unentschlossen zu bedenken.

»Wäre das denn schlimm, wenn die Leute endlich sehen, wer du wirklich bist?«, fragt sie, legt mir die Arme um den Hals und fährt mir durch die Haare. »Ich sag ja nicht, du sollst Anwalt für Menschenrechte werden. Aber du könntest ruhig allen da draußen zeigen, dass mehr in dir steckt. Zusammen mit mir.«

»Was, wenn ich das schon getan habe?«

Sie sieht mich verblüfft an.

Die Projekte, die ich bisher unterstützt habe, liefen im Hintergrund ab. Und das war für mich okay. Aber Hannah hat mich in dem Punkt verändert. Ich kann Vorbild sein, und wenn so vermeintlich oberflächliche Leute wie ich sich für Hilfsprojekte einsetzen, trauen sich vielleicht noch mehr. Jeder Dollar beziehungsweise jede Stunde freiwillige Arbeit zählt.

»Ich habe BetterDay gegründet«, erkläre ich. »Und die Stiftung kann immer Hilfe gebrauchen. Du kannst einsteigen, die Führung übernehmen. Gabe könnte sich morgen gleich als Erstes darum kümmern und dich als alleinige Geschäftsführerin eintragen lassen. Ich überlasse die Position gerne dir.«

»Wow, ehrlich?«

»Klar«, sage ich. »Wenn du dir das zutraust.«

»Hey! Ich hab studiert – und dich für mich eingenommen. Und ob ich mir das zutraue!«

»Sehr schön.« Ich halte sie und kann nicht fassen, dass wir ab sofort ein Paar sind, so richtig. Auf den ersten Blick mögen wir nicht zusammengepasst haben, aber wir ergänzen uns, fordern uns, fördern uns. Lieben uns.

»Dann ist das jetzt mein Leben?«, jubelt Hannah überwältigt. »Wahnsinn!«

»*Unser* Leben, Babe«, korrigiere ich sie sanft.

»Und sie lebten glücklich und zufrieden bis ans Ende ihrer Tage«, murmelt sie.

Ich verziehe das Gesicht, weil ich nicht an den Tod denken will. »Und sie lebten glücklich und zufrieden für immer«, verbessere ich sie ernst.

»So lautet der letzte Satz im Märchen aber nicht.«

»Falls du es noch nicht bemerkt hast: Das hier ist kein Märchen. Sondern das wirkliche Leben.«

Hannah küsst mich zärtlich. »Stimmt. Dann für immer, Drake.«

EPILOG

EIN JAHR SPÄTER

Hannah

»Tempo!«, erreicht mich die Nachricht von Lainey, als Drake und ich gerade die Paramount Studios verlassen, wo Drake für seinen neuesten Film vor der Kamera steht. »Wo bleibt ihr? Nicht dass ihr zu eurer eigenen Gala zu spät kommt!«

»Wir sind auf dem Weg«, schreibe ich zurück und werde aufgeregt, weil sich seit der Nacht bei Invisible so vieles verändert hat. Vor allem für mich.

Die Presse hat die erste Zeit pausenlos über meinen inszenierten Tod berichtet und Drake und mich belagert. Das hat mittlerweile nachgelassen, dafür haben sie nun neue Themen. Ich stehe jetzt in der Öffentlichkeit, und alle Welt interessiert, welche Klamotten ich trage, was ich zum Mittag esse und wie Drakes und mein Sexleben aussieht. Irgendwie muss ich den Kerl für mich eingenommen haben. Und die Presse ist sich einig, an meiner Haarfarbe, nennen wir sie ruhig immer noch Straßenköterbraun, kann es nicht gelegen haben.

Außerdem bin ich bei Drake eingezogen.

Die meiste Zeit nutzen wir das Strandhaus in Malibu. Ich liebe es, jeden Morgen das Meer zu sehen. Manchmal sind wir aber auch in seiner Villa in Beverly Hills, so wie heute, weil es besser zu unserem Zeitplan passt, oder – wenn er für Dreharbeiten, Fotoshootings oder Auftritte um die ganze Welt jettet – in einer seiner anderen Immobilien oder im Hotel. Sofern ich mich von meinem Job kurz freimachen und ihn begleiten kann.

Ich habe die Geschäftsführung bei BetterDay übernommen, wobei mir zugutegekommen ist, dass es die Stiftung noch nicht allzu lange gab. Ich musste mich nicht in alte Strukturen einarbeiten, sondern konnte mir die aufbauen, die ich für richtig halte. Wenn nötig, dann spreche ich mich dabei mit Drake ab. Ihm liegen die Projekte wirklich am Herzen, und er hat immer mal wieder tolle Ideen.

Zwei große Projekte der Stiftung laufen bereits erfolgreich, und um ein drittes anzustoßen, veranstalten wir heute unser erstes Charity-Event, den OhBetterDay-Ball. Ich kann echt noch nicht glauben, dass wir das wirklich machen. *Dass ich das wirklich mache!* Wir können so vielen helfen, und ich hoffe, alles geht gut.

Eingeladen sind Prominente, Familie und Freunde von uns, Leute mit Geld und natürlich die Presse. Die Planung hat ein halbes Jahr gedauert, und mein Herz hämmert aufgeregt, wenn ich daran denke, dass sich heute zeigt, ob sich die Arbeit auszahlt.

Ich mache das, was ich immer wollte: Ich helfe Menschen. Nicht so, wie ich früher dachte. Aber so, wie ich es viel besser kann. Indem ich meine neue Bekanntheit nutze und Unterstützer für die Sache suche.

»Freust du dich?«, fragt Drake.

»Und wie! Ich platze gleich vor Glück!«

Wir fahren vom Filmstudio nach Hause. Ich sitze hinterm Steuer, wie meistens. Drake ist zwar ein guter Autofahrer, doch wenn es darum geht, sich durch eine Traube von Fotografen durchzuschlängeln, bin ich einfach besser. Drake trainiert das aber auch. Und es wird nicht mehr lange dauern, bis er so gut ist wie ich. Der Mann lernt schnell. Bis dahin genieße ich mein Privileg.

Drake sitzt neben mir und liest Nachrichten auf seinem Handy. »Die Stylistin ist schon mit den Kleidern da«, sagt er, schaut kurz zu mir und zählt dann die Labels auf. Nur eines fehlt.

»Was ist mit Saint Sandra?« Ich bin schockverliebt in die Designerin und will sie unbedingt bekannter machen. Wenn ich in eines ihrer Kleider reinpasse. Das wird sich bei der Anprobe zeigen.

Drake tippt etwas und zögert die Antwort hinaus und hinaus und hinaus. Und dann dämmert es mir.

»Du solltest mich nicht veralbern, wenn ich am Steuer sitze, Mister Hollywood. Das könnte übel enden. Sie hat Saint Sandra dabei, oder?«

»Natürlich«, sagt er. »Und ich werde dich immer wieder necken. Du bist zu niedlich, wenn du dich aufregst. So wie bei deiner ersten Anprobe …«

»Mit gutem Grund! In einigen der Outfits sah ich total billig aus.« Diesen Tag in der Boutique am Santa Monica Boulevard werde ich nie vergessen. Die Röcke waren zu knapp, der Stil passte nicht zu mir.

»Wie ein Model«, sagt Drake.

»Billig«, beharre ich.

»Mit viel sexy Haut.«

»Billig, Drake!«

»Mir hast du so gefallen.«

»Dir gefalle ich immer.«

»Das stimmt«, sagt er und gibt endlich nach.

Kluger Mann!

Statt mich zu entspannen, werde ich jetzt jedoch richtig aufgeregt. Drake und ich hatten schon gemeinsame Termine. Dazu zählen Interviews, Auftritte im Frühstücksfernsehen oder bei Late-Night-Shows und auch ein exklusives Fotoshooting für ein Modemagazin. Doch die Gala ist unsere erste seit dem Anschlag. Alle wissen das, und obwohl es keinerlei Sicherheitswarnung gibt, bin ich angespannt. Deshalb begleitet uns auch Lainey als Bodyguard. Drakes Idee, denn er will kein Risiko eingehen.

***

»Wow, heute sind aber besonders viele Fotografen hier«, rufe ich, als ich die Toreinfahrt zum Grundstück ansteuere. »Sollten die nicht längst am Barker Hangar sein und sich die besten Plätze sichern?« Die Halle ist direkt am Flughafen und wird für Events und Konzerte genutzt. Und dort findet auch unsere Veranstaltung statt.

»Die teilen sich auf«, erklärt Drake. »Je früher sie ein Foto von dir in deinem Outfit kriegen, umso mehr Geld machen sie.«

»Von mir und meinem Outfit? Was ist mit *dir* und *deinem* Outfit?«

»Sie sind von dir besessen, Babe. Wahrscheinlich, weil sie mich schon so oft vor der Linse hatten.« Er grinst. »Und weil du einfach hübscher aussiehst als ich.«

»Ha, ha«, mache ich lahm, dabei geht mir das Herz auf, und ich muss ihn kurz küssen. Wenn ich eine einzige Sache auf eine einsame Insel mitnehmen dürfte, dann wäre das Drake. Mehr brauche ich nicht, um glücklich zu sein.

Ich fahre aufs Grundstück, das Tor schließt sich hinter uns, wir steigen aus, und ich entdecke Lainey. »Du bist ja schon da«, jubele ich und falle ihr vor Freude um den Hals. Wir sehen uns viel zu selten. Nur alle zwei Wochen, wenn es ihr Dienstplan zulässt.

Lainey hat sich bereits zurechtgemacht, wobei ich mir ziemlich sicher bin, dass ihr Beautyprogramm schmaler ausgefallen ist als das, was ich damals hatte. Schließlich achtet sie schon immer auf gezupfte Augenbrauen und manikürte Nägel. Sie trägt eine klassische dunkelblaue Abendrobe, ihr Make-up ist fertig, und ihre Haare sind straff zu einem Zopf zusammengebunden. Schlicht und elegant.

»Die Zeit rennt!«, ermahnt mich Drake.

»Wir müssen erst in drei Stunden los«, wende ich ein.

»Und deine Bestzeit im Bad liegt nicht mehr bei sieben Minuten.«

»Sondern jetzt bei zwanzig, na und?« Ich bin langsamer geworden, weil die Cremes Zeit zum Einziehen benötigen, doch eine Stunde brauche ich nicht. Und drei schon gar nicht.

»Ich will nur nicht zu spät kommen.«

Grinsend lege ich ihm die Arme um den Hals. »Du, Mister, *kommst* nie zu spät.«

»Schmutzig«, haucht er mir zu. »Aber nicht schmutzig genug, Babe. Mach dich fertig!« Er gibt mir einen Klaps auf den Hintern und drückt mir einen Kuss auf die Wange. »Ich zieh mich auch um und übe noch mal meine Rede.«

»Die kannst du längst auswendig.« Genau wie ich, denn er trägt sie mir seit Wochen vor. So wie er meine auch kennen müsste, die ich zur Begrüßung als Kopf von BetterDay halte.

»Stimmt, aber da sind noch Kleinigkeiten, an denen ich arbeiten will. Nicht dass ich Ärger mit der Geschäftsführerin kriege.«

So kenne ich Drake gar nicht! »Bist du etwa nervös?« Drake ist nie nervös, und selbst wenn, dann kann er das gut verbergen. Sogar vor mir.

»Möglich«, gibt er zu meiner Überraschung zu.

Statt mich fertig zu machen, lege ich ihm die Arme erneut um den Hals. »Meinetwegen? Das musst du nicht sein. Alles wird gut gehen.«

»Wir werden sehen«, sagt er und fährt mir mit den Händen über den Rücken. Ruhig und fest, wie ich es mag.

»Wird es. Vertrau mir! Es sei denn …« Alarmiert schaue ich zu Lainey. »Gab es doch eine Drohung?!«

»Nein, nein«, wiegelt sie ab. »Los, machen wir dich endlich fertig.«

Irgendetwas ist hier seltsam. Aber ich komme nicht darauf, was es ist. Nur das fehlende Unbehagen in meinem Magen sorgt dafür, dass ich dem nicht nachgehe.

Brav folge ich Lainey in das Zimmer, in dem sich Colleen, meine Stylistin, mit all den Outfits eingerichtet hat, und das Gefühl verschwindet angesichts der Auswahl. Ich liebe jedes einzelne Kleid, die Schnitte, die Farben. Alles! Ich werde wie eine moderne Prinzessin aussehen. *Ja, ja, ja!*

Eilig dusche ich, ziehe mir dann nur einen Spitzenslip an und probiere mich mit Colleens Hilfe durch die Roben. Dabei drehe ich komplett durch. Ich hatte schon öfter Anproben, aber diese ist einmalig. Jedes Kleid finde ich schöner als das vorherige. Ich bin so glücklich, ich weiß gar nicht, wohin mit mir.

»Das alles ist wie ein Traum«, hauche ich.

»Hyperventilierst du?«, fragt Lainey amüsiert. »Wegen eines Kleides?«

In einem Modell, das ich, weil ich so verliebt bin, bereits zum zweiten Mal anziehe, betrachte ich mich im Spiegel.

Es ist cremeweiß und blau, schulterfrei, betont meine Taille und fällt dann mit viel Tüll zu Boden.

»Wenn du das hier tragen würdest, würdest du auch nach Luft schnappen.« Ich ignoriere Colleen mit dem nächsten Modell, wiege meine Hüften und bringe den Rock zum Schwingen.

»Oh, das ist es, oder?«, ruft Lainey angetan.

»Ja!«, hauche ich. »Das ist mein Kleid.«

»Soll ich Alison für Haare und Make-up holen?«, fragt Colleen.

»Gerne.«

Ich drehe mich durch den Raum und hoffe, dass bei der Veranstaltung auch Leute tanzen.

Es ist vorgesehen, doch ich weiß von anderen Events, dass es eher selten vorkommt. Es heißt zwar Ball, aber es ist nur eine Gala.

Alison sieht mich und fasst sich nach Luft schnappend an die Brust.

»Zu übertrieben?« Nur sehr schweren Herzens wäre ich bereit, mein Outfit zu wechseln.

»Spinnst du?!« Sie blinzelt Tränen weg. »Das Kleid ist fantastisch.«

Sie baut ihre Sachen auf, Make-up-Tiegel, Pinsel, Lidschatten, Lippenstifte, betrachtet mich eine Weile und bittet mich schließlich, Platz zu nehmen.

»Ist es okay, wenn ich gar nicht so viel mache? Ich sorg dafür, dass deine Augen richtig groß wirken. Ich tupfe ein bisschen Gloss auf deine Lippen und ordne deine Haare, damit sie perfekt fallen. Und das war's.«

»Dann sind wir deutlich früher fertig als geplant?«, frage ich.

Sie nickt.

»Leg los«, sage ich grinsend. »Drake wird staunen, wenn ich lange vor der Deadline auftauche. Auf das Gesicht bin ich echt gespannt.«

»Vielleicht sollte ich ihn vorwarnen?«, meint Lainey.

»Vorwarnen?«

Dass alle so ein Gewese um mich machen, irritiert mich – und verunsichert mich. Ich bitte Alison noch mal aufzuhören und stelle mich vor den Spiegel.

»Ich sehe gut genug aus, oder?«

Da sind sie wieder, die alten Zweifel. Nicht mehr so stark wie früher, aber dennoch vorhanden. Dafür ist das alles hier immer noch viel zu neu für mich. Ein Jahr Glamour lassen nicht die mehr als zwanzig Jahre bodenständiges Leben ungeschehen machen. Drake ist der Megastar. An seiner Seite will ich mich und ihn nicht blamieren.

Bis jetzt haben wir zusammen immer einen denkwürdigen Auftritt hingelegt. Bis auf dieses eine Mal, als wir an einem Sonntag mit ungewaschenen Haaren beim Fast-Food-Essen erwischt wurden. Aber gut, wir kamen von einem seiner seltenen Nachtdrehs und waren zu hungrig, um zu kochen.

»Wenn ich doch besser das grüne Kleid anziehen soll, kann ich das machen, noch ist Zeit«, sage ich. *Und das grüne war auch ganz okay.*

Lainey dreht mich an den Schultern, damit ich sie und nicht mein Spiegelbild anschaue. »Du hast mich falsch verstanden, Süße. Du siehst absolut großartig aus. Und dieser Mann wird einen Herzinfarkt erleiden, wenn man ihn nicht darauf vorbereitet.«

»Drake weiß, wie ich aussehe.«

Sie schüttelt nur den Kopf, als wüsste ich nicht, wovon ich spreche.

»Also gut, verdirb ihm die Überraschung und warn ihn vor«, gebe ich nach. Enttäuscht, aber wenn alle finden, das sei notwendig …

»Keine Sorge, er wird trotzdem begeistert sein«, tröstet sie mich.

»Geh schon!«, zische ich, bevor ich es mir anders überlege.

Für meine Haare begebe ich mich wieder in Alisons Hände und lasse sie ihren Job erledigen.

Keine fünf Minuten später kommt Lainey zurück.

»Und? Was hat er gesagt?«, frage ich.

»Dass er sich freut.«

»Mehr nicht? Was macht seine Rede?«

»Sitzt perfekt.«

»Er hat sie echt noch mal geübt?«

»Hat er«, sagt Lainey breit lächelnd.

»Und war er nervös?«

»Nicht mehr.«

»Gut, er kann das nämlich. Ich verstehe gar nicht, warum er sich so anstellt …«

Ich halte still, und Alison beendet ihr Werk. Abschließend besprüht sie meine Haare mit einem Schutzspray.

»Fertig?«, frage ich alle ungeduldig. Wir sind deutlich vor der anberaumten Zeit durch, und ich will keine Minute Vorsprung aufgeben, um Drake das Ergebnis zu zeigen.

»Fertig«, haucht Lainey.

»Perfekt.«

Ich stürme aus dem Zimmer und suche Drake. Ich rausche ins Bad, dann über die Treppe nach unten ins Erdgeschoss und durch die Küche, und schließlich halte ich an unserer Leseecke inne.

Drake steht mit den Händen in den Hosentaschen am Fenster und sieht nach draußen, und ich bewundere, wie gut die Sachen an ihm sitzen. Der Anzug ist dunkel, förmlich und dennoch leger. Es gibt Männer, die bei den Events mit der Mode spielen, aber Drake bevorzugt die klassischen Modelle. Der hier lässt ihn aussehen wie einen Mann, der weiß, was er will. Meine Mitte kribbelt, weil ich es auch weiß. Er will mich. Er will immer nur mich.

Mit einem Räuspern mache ich mich bemerkbar. »Mister Hollywood? Ich bin fertig!«

Er dreht sich um, und mir stockt der Atem. Zusätzlich zu seinem Anzug trägt er eine Fliege. Die nutzt er selten, obwohl er weiß, dass ich total darauf stehe. Die sei nur für besondere Anlässe, findet er. Und heute ist wohl so einer. Aber das allein ist es nicht. Es ist dieser Blick und all die Gefühle, die mir entgegenschlagen.

Hunger, sehr primitiver Hunger auf mich. Und Stolz, Verlangen, Liebe, Vertrauen, Freude, Zukunft, alles. Ungefiltert.

»Sag was«, bitte ich ihn leise. »Lainey hat dich doch vorgewarnt, oder? Gefalle ich dir? Wenn nicht, kann ich mich auch noch mal umziehen.«

»Fuck«, kommt als Einziges über seine Lippen.

Ich runzele die Stirn und weiche instinktiv zurück. Das mit dem Kleid war eine saublöde Idee. *Es ist zu schlicht, viel zu schlicht!*

»Nein, bleib stehen!«, bremst er mich da.

Drake

Himmel! Auf diesen Anblick hat mich Lainey nicht vorbereitet. Hannah sieht immer großartig aus. Sie glaubt es mir nicht, aber selbst in einem Kartoffelsack würde ich sie toll finden. Die Frau, die jetzt vor mir steht, raubt mir jedoch den Atem.

Es gab in meinem Leben vor Hannah selten etwas, das mich überraschen konnte, doch diese Frau schafft es immer wieder aufs Neue. Die Nervosität, die ich seit unserer Rückkehr vom Set verspüre, wird erst heftiger und verschwindet dann völlig, nur um gleich darauf erneut auf mich einzudonnern.

»Ich verstehe, warum das deine Lieblingsdesignerin ist«, finde ich endlich meine Sprache wieder. Ich gehe zu ihr, schlinge einen Arm um sie und fahre ihr vorsichtig durch die Haare.

»Kann ich mich also so auf unserer Gala zeigen?«

»So kannst du dich überall zeigen, Babe.«

»Also ein Angeloutfit ist das nicht«, witzelt sie.

Ich muss lachen. Das ist Hannah. Sie merkt selbst nicht, dass sie wie eine Frau aussieht, die ganze Heere in die Knie zwingen könnte.

Mir ist fast etwas schwindelig in ihrer Nähe. Ich will sie küssen. Aber dabei würde ich ihren Lipgloss verschmieren, und es würde nicht bei einem einfachen Kuss bleiben. Also nehme ich nur ihre Hand und streife die Innenseite mit meinen Lippen.

»Kein richtiger Kuss?«, fragt sie unsicher.

»Den spare ich mir für heute Abend auf.«

»Blödmann!«, ruft sie, legt mir die Arme um den Hals, holt ihn sich, und ich bin verloren.

Ein anderer Mann könnte sich jetzt vielleicht von ihr lösen, aber ich nicht. Das liegt nicht nur an ihrem Aussehen. Es liegt an diesem Tag, an uns. Alles fühlt sich so echt an. Als wäre diese Blase, in der ich gelebt habe, zerplatzt, und nun bin ich in der wirklichen Welt. Und die ist noch besser als das, wovon die meisten Menschen träumen, weil ich Hannah habe.

Ich gebe einen frustrierten Laut von mir, weil Stoff zwischen meinen Händen und ihr ist und ich ihre Haut brauche. Ich necke sie mit der Zunge und liebe es, dass unter dem Kleid ihre Nippel hart werden. Ich will sie. Aber bevor ich sie nehme, weiche ich zurück.

»Verdammt!«, fluche ich. »Ich habe dein Make-up ruiniert.«

»Wie gut, dass ich eher fertig geworden bin«, sagt sie ohne Bedauern und viel entspannter als ich. »Ich lass mich noch mal frisch machen, okay?«

»Ja«, kann ich nur sagen und über diese Frau staunen, die nach einem kurzen Kuss davonschwebt, mir an der Tür jedoch erneut einen Blick über die Schulter zuwirft. Wie eine Einladung, ihr zu folgen.

Nur zu gerne! Ich nehme sie an, weil ich mit eigenen Augen sehen will, wie Hannah zurechtgemacht wird.

»Ich hab dich gewarnt«, meint Lainey breit grinsend, als wir im Ankleidezimmer auftauchen.

»Also wenn noch mal so was passiert, sprich die Warnung deutlicher aus«, sage ich, ohne den Blick von Hannah abwenden zu können.

»Was ist deutlicher als: Sei auf alles gefasst?«

»Keine Ahnung«, murmele ich. Ich dachte schon, ich liebe diese Frau und mehr geht nicht. Aber genau jetzt verliebe ich mich wieder in sie. Und wieder und wieder und wieder … Ich habe noch nie gehört, dass es das gibt. Doch so fühlt es sich an.

»Fertig!«, verkündet Alison schließlich.

»Gerade rechtzeitig«, meint Lainey. »Nicht dass ihr zu spät zu eurer eigenen Gala kommt!«

Sie hat recht.

Wir verlassen das Haus, nehmen eine der dunklen Limousinen, mit denen die Gäste des Events abgeholt werden, und steigen hinten ein. Und ich kann nicht anders, als diese Frau immer wieder zu berühren.

»Ich bin echt«, sagt sie leise.

»Ich weiß, aber lass es mich trotzdem überprüfen.«

»Gut so?«, fragt sie und verknotet ihre Finger mit meinen.

»Ja, gut so.«

Wir fahren das kurze Stück von Beverly Hills nach Santa Monica zum Hangar. Die eine Straßenseite ist komplett abgesperrt. Hannah hat den Bereich noch mal vergrößern lassen. Dennoch bildet sich wie so oft ein kleiner Stau, wenn zu viele Wagen zur gleichen Zeit vorfahren. Als unsere Limousine endlich hält, fällt die Nervosität von mir ab.

»Lass mich dieses Mal zuerst aussteigen«, sage ich.

Hannah sieht sich instinktiv um, als wären wir in Gefahr. So wie Lainey. Ich schätze, aus Gewohnheit.

»Ich will nur ein Mal ohne dich bejubelt werden«, necke ich sie, denn zu befürchten habe ich heute nichts.

»Ha!«, macht sie eingeschnappt. »Dann geh doch!«

Aber das Funkeln in ihren Augen verrät sie. Es stört sie nicht. Warum auch? Ich bin niemand, der sie ausnutzt wie ihr Ex. Wir sind Partner, gleichberechtigt. Jeder ist mal am Zug. Sie steht mit dem Ball und jedem neu zugesagten Promi-Gast seit Wochen im Rampenlicht. Und – wenn auch nur kurz – so ist das jetzt mein Moment. Ich steige aus, knöpfe mir das Sakko zu, hebe eine Hand, um den Schaulustigen zuzuwinken, und die Menge kreischt wie verrückt. Dann helfe ich Hannah aus dem Wagen, und um uns herum drehen alle richtig durch.

»Wow, die mögen mich genauso sehr wie dich«, haucht Hannah.

»Ich glaube, sie mögen dich sogar etwas mehr.«

»Oder uns beide zusammen.«

»Auch das ist möglich.«

Langsam bewegen wir uns durch die Menge, und es fällt mir dabei schwer, jemand anderen als Hannah anzuschauen. Normalerweise würden die Fotografen sich beschweren. Aber heute merken sie es kaum, als würde es ihnen genauso ergehen. Keiner kann den Blick von ihr abwenden. Das ist ihre Gala. Ihr Auftritt. Sie ist der Star des Abends.

Da nur Fotos und keine Interviews vorgesehen sind, steuern wir direkt den Eingang an. Ein Assistent kommt, wie von Hannah im Vorfeld organisiert, auf uns zu und führt uns durch die aufwendig dekorierte Halle zu unseren Plätzen. Auf dem Weg begrüßen wir bekannte Gesichter. Natürlich Gabe, aber auch Kollegen von mir. Unsere Eltern. Freunde.

Kurz bevor die Show startet, entschuldigt sich Hannah. Sie geht auf die Bühne, begrüßt alle Anwesenden und stellt das Projekt vor, für das heute das Geld gesammelt wird. Die ersten Minuten ist sie dabei nervös. Ich bin mir sicher, dass es niemand bemerkt, aber ich kenne sie und mir fällt es auf. Mit jedem Wort wird sie jedoch sicherer. Es geht hier schließlich nicht um sie, sondern den Zugang zu sauberem Wasser für Kinder in Afrika. Sie setzt sich seit einem Jahr für dieses und ähnliche Projekte hier im Land und auf der ganzen Welt ein, und sie hat Reden wie die gerade schon vor ganz anderen Gremien mit Erfolg gehalten. Ich bin echt unglaublich stolz auf sie.

Unter Applaus beendet Hannah ihre Begrüßung, kommt von der Bühne und setzt sich zu mir an unseren Tisch.

»Alles in Ordnung?«, frage ich sie leise, als das Programm beginnt. Sie hatte schon Auftritte für die Stiftung, aber das heute Abend sprengt alle Dimensionen.

»Ja«, sagt sie und lächelt mich an. »Ich kann immer noch nicht fassen, dass wir das auf die Beine gestellt haben.« Ergriffen verfolgt sie die Aufführung einer Artistikgruppe, die gerade auf großer US-Tour ist. »Das macht mich so glücklich.«

Sie fasst sich ans Herz, weil ihr das hier wirklich wichtig ist, und ich hauche ihr einen Kuss auf die Wange. »Gar nicht mehr so hohl, so ein Promi-Leben, was?«

»Absolut nicht«, sagt sie.

Weitere Programmpunkte folgen, während auf einer Tafel die Spendensumme in die Höhe schießt. Die Zahl ist jetzt schon sechsstellig und übertrifft Hannahs und meine Erwartungen bei Weitem. *Wahnsinn!*

Ein Assistent von der Eventplanung beugt sich zu mir und gibt mir das Zeichen für meine Rede, die den offiziellen Programmteil beendet und die Party einleitet. »Kommen Sie? Sie müssen, Mr Bradford!«

»Hau sie um!«, sagt Hannah voll Vertrauen in mich. Und genau das habe ich vor. Ich werde sie umhauen, alle Leute hier im Saal, aber vor allem diese eine Frau.

Ich verabschiede mich mit einem schnellen Kuss von ihr und gehe backstage. Gabe reicht mir meine Moderationskarten, dabei nehme ich die nur zur Sicherheit. Text zu lernen fällt mir leicht, und diesen habe ich besonders lange geübt. Ich kann ihn. Jeden Satz, jedes Wort, jeden Buchstaben.

Die Musik wechselt und kündigt meinen Auftritt an. Ich trete auf die Bühne, das Scheinwerferlicht trifft mich, und ich begrüße Freunde, Kollegen und Unterstützer, die so zahlreich erschienen sind. Ich lobe die einzelnen Performances und improvisiere eine kurze Steppnummer mit einem Jungen aus Idaho, was für Ohs und Ahs im Saal sorgt. Dann bedanke ich mich bei den Mitarbeitern der Stiftung für deren Arbeit und bei den Spendern für ihre umfangreiche, großzügige Hilfe.

Bis nur noch eine Sache offen ist.

»Und ich muss mich bei Hannah bedanken«, sage ich. »Diese wundervolle Frau, die mich schon bei unserer ersten Begegnung im wahrsten Sinne des Wortes umgehauen hat.« Nämlich auf den Tisch, wie ich mich erinnere. »Ohne sie stünde ich heute nicht hier vor euch. Ohne sie wäre diese Stiftung nicht so erfolgreich. Ohne sie wüsste ich nicht, was ich alles erreichen kann. Auf der Leinwand und im wirklichen Leben. Mit ihr ist jeder Augenblick schöner als ohne sie.«

Ich muss schlucken, bin ergriffen. So wie sie. Sie tupft sich bereits jetzt verstohlen Tränen aus den Augenwinkeln. Dabei kommt der wichtige Teil erst.

»Hannah Clarke, du bist die Liebe meines Lebens. Und ich danke dir von ganzem Herzen. Für alles, was du für mich und für die Menschen da draußen tust. Jeden Tag aufs Neue. Du bist außergewöhnlich, voller Ideen, und ich freue mich zu sehen, was du noch alles auf die Beine stellen wirst. Ich bin stolz darauf und fühle mich geehrt, dabei an deiner Seite sein zu dürfen. Ich liebe dich, Babe!«

Ich applaudiere ihr, und immer mehr Leute fallen mit ein. Familie und enge Freunde stehen zuerst auf, dann Regisseure, Mitarbeiter der Stiftung …

Deshalb war ich so nervös. Hannah ist eine tolle Frau, aber es gibt immer noch Momente, in denen sie an sich zweifelt. In denen sie selbst nicht erkennt, was für ein großartiger Mensch sie ist.

Unsere Blicke kreuzen sich, und sie fasst sich ans Herz, als müsste sie sich selbst beruhigen.

Dann sammelt sie sich und steht auf – was jedoch niemand bemerkt, weil mittlerweile der gesamte Saal auf den Beinen ist.

Sie flüstert Lainey etwas zu, die reicht ihr die Hand, und ich kann nur lachend den Kopf schütteln, als Hannah auf ihren Stuhl steigt. Wie eine Göttin. Wieder überrascht sie mich.

Der Applaus, der eben abebben wollte, brandet erneut voll auf.

Da ruft Hannah mir etwas zu. Zumindest sehe ich, dass sich ihre Lippen bewegen.

»Ich kann dich nicht hören«, antworte ich.

Sie versucht es wieder, es kommen jedoch nur abgehackte Fetzen bei mir an.

»Leute, leiser! Diese wunderbare Frau hat mir was mitzuteilen«, sage ich ins Mikro.

Ich kann die Ungeduld in Hannahs Gesicht sehen, weil es dauert, bis es ruhiger wird. Aber dann ist es so weit.

»Du liebst mich also?«, fragt sie lächelnd.

»Ja, ich liebe dich. Jetzt sogar noch mehr.«

Das waren die falschen Worte, denn der Saal applaudiert wieder. Was auch immer sie sagt, es geht erneut unter. Doch obwohl ich es nicht hören kann, rast plötzlich mein Herz. Denn sie tut nicht das, wonach es aussieht, oder?

»Leute, ihr müsst leiser sein, Hannah war noch nicht fertig«, sage ich und warte, dass Ruhe einkehrt. »Was hast du gerade gesagt, Babe?«

»Willst du mich heiraten?«

Was ich nicht gänzlich geschafft habe, ihr gelingt es spielend. Plötzlich könnte man im Saal eine Stecknadel fallen hören. Und ich genieße diesen Moment. Denn das hier ist irgendwie surreal. Aber es passiert wirklich. Und es ist perfekt. Auch wenn es ganz anders abläuft als geplant, denn auf mein Zeichen fährt hinter mir ein Schriftzug herunter, auf dem genau die gleiche Frage steht.

»Heißt das Ja?«, fragt sie.

»Sag du es mir!«, antworte ich.